INSTANTÁNEA

A. J. QUINNELL

INSTANTÁNEA

Círculo de Lectores

Título del original inglés, Snap Shot
Traducción, Nora Watson

Círculo de Lectores, S.A.
Valencia, 344 Barcelona
1 2 3 4 5 6 7 8 9 6 8 0 3

Edición no abreviada
Licencia editorial para Círculo de Lectores
por cortesía de Emecé
Queda prohibida su venta a toda persona
que no pertenezca a Círculo

Depósito legal B. 4914-1986
Impreso y encuadernado por
Printer, industria gráfica sa
Sant Vicenç dels Horts 1986
Printed in Spain
ISBN 84-226-2102-9

Vaya mi más profundo agradecimiento a «Multy» y a «Speedy», por el asesoramiento técnico que me brindaron en lo relativo a las secuencias aéreas y fotográficas.

PRÓLOGO

A las 16:40 del domingo 7 de junio de 1981, catorce aviones despegaron de la base Etzion de la Fuerza Aérea Israelí, en el desierto del Sinaí. Todos eran aviones de combate ultramodernos: ocho F16 y seis F15. Sólo que, para esa misión, los F16 fueron despojados de sus cañones y de sus misiles aire-aire y equipados, en cambio, con bombas de novecientos kilos y tanques suplementarios de combustible para una mayor autonomía de vuelo. Los F15 debían limitarse a cubrirlos, así que conservaron sus armas convencionales, pero también llevaban tanques de combustible adicionales.

El escuadrón pasó a baja altura sobre el golfo de Aqaba, los F15 volando apenas por encima de los F16 y encerrándolos en una horquilla.

Seis minutos después del despegue, la formación cruzó la línea de la costa de Arabia Saudita y siguió un curso paralelo a la frontera con Jordania.

A las 16:52, un sargento del cuerpo técnico de la Fuerza Aérea Jordana de la base de Maán dio de pronto un respingo en su silla cuando catorce puntos luminosos aparecieron en la pantalla de radar que tenía delante. Treinta segundos después la torre de control de Maán solicitaba a los aviones que se identificaran. El líder lo hizo en árabe fluido, explicando que eran un escuadrón de Arabia Saudita procedente de la base de Tabuk y que estaban realizando maniobras. Le dio al operador de control de Maán la contraseña adecuada, intercambió con él algunas bromas y prosiguieron vuelo hacia el este. Tres minutos después, los catorce puntos luminosos desaparecieron de la pantalla de radar.

No existe ningún sistema militar integrado de control aéreo entre Jordania y Arabia Saudita, razón por la cual el operador de Maán no informó del vuelo ni a la base de Tabuk ni a ninguna otra base aérea árabe.

A las 17:00, el escuadrón viró y tomó un nuevo curso este-nordeste, en línea recta hacia la frontera iraquí.

Aproximadamente a unos ochocientos kilómetros hacia el este-sudeste de su posición, un avión de vigilancia AWAC pilotado por norteamericanos volaba a nueve mil metros. Había sido entregado en préstamo al gobierno de Arabia Saudita, estado en el que reinaba cierta inquietud como consecuencia del reciente conflicto entre Irán e Iraq. Sus perfeccionadas antenas se encontraban dirigidas hacia el este, en dirección al golfo Pérsico, y los técnicos atentos y experimentados no vieron ni remotamente a los catorce intrusos que bordearon la periferia del alcance de sus aparatos electrónicos de vigilancia.

A las 17:10, el escuadrón cruzó la frontera de Iraq sin ser detectado y dieciséis minutos más tarde se encontraba sobre su blanco: el reactor nuclear Tammuz I, de construcción francesa, en El Tuwaitha, a diecisiete kilómetros al sur de Bagdad. Mientras los F16 cobraban altura y viraban para quedar de espaldas a poniente, en la clásica maniobra de bombardeo, los F15 se formaron para interceptar cualquier avión de combate iraquí que lograra llegar a tiempo para interferir la misión.

A las 17:32, el primer F16 hizo su pasada a baja altura y, con devastadora precisión, dejó caer su bomba de novecientos kilos dentro de la bóveda de protección del reactor. Los demás lo siguieron y lanzaron sus proyectiles con idéntica precisión. Las cámaras emplazadas en los aviones registraron la completa destrucción del reactor y el éxito total de la misión.

Estos hechos se dieron a conocer y se difundieron por todo el mundo.

Lo que casi todos ignoran es que, de los ocho F16, sólo siete soltaron sus bombas en El Tuwaitha. El octavo realizó un pequeño desvío a once kilómetros de distancia.

Durante la incursión aérea, varios oficiales de alta graduación permanecieron de pie, muy tensos, en la sala de mando de la base israelí de Etzion, escuchando las transmisiones por radio de los pilotos de los F16. El general de división David Ivri se mantuvo a cierta distancia de los demás oficiales. Junto a él había un civil, que constituía una nota discordante en medio de esa atmósfera militar, sobre todo porque era un individuo de baja estatura y obesidad casi obscena, vestido con un traje de hilo blanco y corbata verde oscuro. En sus manos centelleaba una serie de anillos.

A medida que la voz de cada piloto fue informando, por turno, del éxito de su misión, la tensión reinante entre los oficiales se fue disipando y una creciente algarabía la reemplazó. Sólo el hombre gordo conservaba su expresión preocupada. Luego, después de una pausa, la voz del octavo piloto surgió distorsionada por el altavoz. Era la voz de un hombre a quien el individuo gordo conocía muy bien, pues apenas unas horas antes había mantenido una prolongada conversación con él.

La voz llegaba desde una distancia de ochocientos kilómetros e informaba que también él había dejado caer su bomba, exactamente en el blanco elegido. Lentamente, el civil aflojó la tensión de sus manos apretadas y una leve sonrisa jugueteó en sus labios carnosos. Uno o dos de los oficiales lo miraron con curiosidad, pues a pesar de su aspecto sabían que tenía acceso a secretos de los cuales ellos no estaban siquiera enterados.

La destrucción del reactor Tammuz I en El Tuwaitha fue una de las incursiones aéreas más controvertidas de la historia. El estallido creó una reacción mundial en cadena. Los iraquíes, respaldados por los franceses, alegaron que la instalación nuclear había sido realizada estrictamente con fines pacíficos. Los israelíes sostenían lo contrario: la consideraban una amenaza inminente. La historia de la construcción del Tammuz I está entremezclada con sobornos y chantaje económico, asesinato y perversión, intolerancia étnica y religiosa y, también, con actos de enorme valor.

Este libro es una parte de esa historia y cuenta la razón por la que un F16 no arrojó su bomba sobre el Tammuz I.

Es una obra de ficción.

LIBRO PRIMERO

Capítulo 1

Clic...

La Nikon deforme cristalizó la imagen del sargento negro que atravesaba el claro a toda velocidad con un M16 golpeteándole la cadera.

Clic...

En la imagen siguiente giraba como una marioneta, agitado violentamente, no por una serie de hilos sino por una ráfaga de proyectiles provenientes de una ametralladora oculta.

Clic...

Ahora estaba doblado en dos sobre la tierra. Y en la película quedó congelado el último estertor convulsivo de la muerte.

Una nube se desplazó debajo del sol y los dedos de Munger corrigieron automáticamente la apertura de diafragma de la lente. Oyó una orden impartida a gritos y vio que el capitán salía de su escondite y, agachado, iniciaba una carrera en zigzag hacia la izquierda, con una ametralladora cruzada sobre la espalda y una granada en cada mano.

Los dos belgas aparecieron en el encuadre desde la derecha, barriendo los árboles que tenían delante con disparos de sus M16.

Clic...

La cámara registró el momento de suprema mala suerte para los belgas. Enfrentado a una disyuntiva, el operador de la ametralladora oculta los eligió a ellos como primer blanco. Tenía oficio y experiencia, bastó una ráfaga de dos segundos para voltearlos como si fueran muñecos de trapo.

Desde los extremos opuestos del claro, el cañón de la ametralladora y el objetivo de la cámara de Munger convergieron para enfocar al capitán. Munger fue el más veloz.

Clic...

El capitán, lanzándose hacia adelante y arrojando una granada.

Clic...

El capitán boca abajo, tratando de aplastar su cuerpo contra la tierra mientras las balas le pasaban rozando.

Luego la detonación de la granada y un breve silencio, seguido por más disparos a medida que el resto de la patrulla iniciaba el ataque y cruzaba el claro.

Muy pronto todo terminó y Munger giró para alejarse. Entonces vio al prisionero del Vietcong sentado solo, con los brazos atados detrás de la espalda y un nudo corredizo alrededor del cuello que lo mantenía sujeto a un árbol. Por un momento las miradas de ambos se cruzaron. La del asiático era inescrutable, la del inglés, inexpresiva. Entre ambas se interpuso la cámara.

Clic...

Era la última foto del rollo.

No enterraron a los muertos; ni a los propios ni a los del enemigo. Para esos hombres, tales gestos de cortesía habían dejado de existir hacía ya mucho. Siguieron avanzando de prisa para alejarse lo antes posible del lugar y de ese territorio hostil. Los exploradores meo los precedían. El capitán los había abofeteado y pateado por no descubrir la emboscada. No le importaban en absoluto los muertos de su comando, pero sí la habilidad y la disciplina militar. La ausencia de tales cualidades suscitaba el único sentimiento que afloraba en él: la furia. Y esa furia persistía aún, mucho después de haber acampado para pasar la noche.

Permaneció sentado con expresión hosca y taciturna mientras los demás bromeaban y hacían planes para su inminente licenciamiento en Saigón. Llegarían a Vinh Long al siguiente mediodía, entregarían al prisionero y serían trasladados en helicóptero a la gran ciudad.

De vez en cuando miraban con curiosidad al fotógrafo que estaba sentado, solo, a algunos metros de ellos. Se sentían orgullosos de tenerlo en su patrulla; además, lo admiraban, pues habían visto su valor bajo el fuego enemigo. La valentía que ellos exhibían se fundaba en las armas que portaban; por eso les costaba entender cómo un hombre podía enfrentarse a los tiroteos empuñando sólo una cámara, cómo podía sostenerla con firmeza y fotografiar a los que trataban de matarlo. Ése fue el tema de conversación durante un buen rato. El australiano aventuró la hipótesis de que tal vez Munger se enfrascaba tanto en su trabajo que se olvidaba de las balas. Pero el francés dijo:

—No tiene alma ni corazón, así que ¿por qué esperar que sienta algo, aunque sea miedo?

Pero el francés se equivocaba. En ese preciso instante Munger tenía miedo. No por la integridad de su cuerpo sino por la de su mente. Había algo en el trasfondo de su cerebro que le molestaba.

Algo que trataba de abrirse paso hacia su conciencia. Munger estaba asustado porque, aunque sólo tenía treinta años, hacía mucho que, gracias a un prologado adiestramiento, poseía un control total sobre sus sentimientos. Tenía una férrea disciplina mental, así que lo atemorizaba descubrir que algo golpeteaba en los pliegues más ocultos de su mente, por completo fuera de su control. Intentó precisar qué era. ¿A qué se debía su malestar? ¿A los horrores que había presenciado durante los últimos diez días? ¿A la implacable brutalidad de los hombres que estaban reunidos a un paso de él? Después de diez años de trabajar como fotógrafo de guerra, era tan inmune al horror y a la brutalidad de los hombres, como a la intimidad o al afecto auténtico.

¿Sería algo ocurrido en un pasado más remoto? Su mente inició un examen retrospectivo, evaluando y catalogando hechos, pero cuando llegó a la época de su pubertad fue como si la cortina de un obturador le cerrara el paso; la misma que siempre le impedía seguir buceando en su pasado.

Se dio por vencido y, tal vez para distraer su mente, fue con su cantimplora de agua hasta donde estaba el prisionero y se la acercó a los labios. El individuo bebió con avidez y no dejó ni una gota. Tal vez habría sido más prudente que Munger hubiera reservado un poco de agua para tomar él por la mañana, pero mientras sostenía la cantimplora pegada a la boca del prisionero, los ojos de ambos se enlazaron y no le fue posible apartar la mano.

De haber reparado en ese hecho, tal vez Munger habría comprendido cuál era ese pensamiento intruso que tanto lo atormentaba.

Cuatro noches después, Munger se encontraba sentado frente a una mesa exterior de un restaurante de la Rue Catinat. El recinto estaba atestado y su clientela era una mezcla de militares, corresponsales y hombres de negocios.

Sentado en una silla junto a la puerta principal, estaba el propietario del establecimiento, un francés rechoncho. Le irritaba el hecho de que Munger siguiera ocupando una mesa cuando había terminado de comer su tortilla dos horas antes, después de la cual bebió una sucesión de vodkas con soda. De haberse tratado de alguna otra persona, el propietario habría hecho un comentario lo suficientemente grosero como para asegurarse de que la mesa quedara desocupada; pero estaba al corriente de los antecedentes de Munger y no era un hombre afecto a las ofensas gratuitas. Observó al fotógrafo con curiosidad y decidió que estaba enfermo. No podía ser la bebida pues, a pesar de demostrar una prodigiosa capacidad para el vodka, nadie había visto jamás a Munger realmente borracho.

Pero Munger no estaba enfermo; al menos físicamente. Estaba, eso sí, exhausto, pues casi no había dormido desde hacía cuatro días y en ese momento, a pesar de tener el cuerpo y la mente doloridos por el cansancio, no podía levantarse y regresar a la habitación de su hotel. No deseaba establecer ningún tipo de contacto personal, pero necesitaba desesperadamente el ruido y el movimiento de la gente que lo rodeaba. Necesitaba algo en qué ocupar su mente, algo en qué distraerse.

Un perro oscuro y de raza indefinida cruzó la calle, saltando entre los automóviles, los ciclomotores y los *trishaws*. Constituía una visión patética: era un animal pequeño y flacucho y sostenía en el aire una de las patas delanteras en la cual podían observarse rastros de sangre seca; sin duda un accidente de tráfico o una muestra de insensata crueldad humana. Comenzó a olisquear entre las mesas y uno de los camareros le amagó una patada. Mientras el animal se alejaba del restaurante a saltos, el propietario asintió con aire de aprobación. Desde su situación privilegiada podía controlar lo que ocurría, tanto en el restaurante como en el bar. Un minuto después, volvió a asentir con satisfacción al oír que Munger le encargaba al mozo un bistec de lomo bien jugoso. Por lo visto la tortilla no había logrado saciarle el apetito.

El perro se sentó a cierta distancia y lo contempló con ojos hambrientos cuando el camarero colocó el plato frente a Munger. Lo observó cortar la carne en pequeños trozos y luego, con total incredulidad, vio que Munger se agachaba, colocaba el plato en la acera y lo llamaba. El animal comenzó a avanzar con lentitud, moviendo el hocico y mirando alternativamente la carne rosada y el azorado camarero.

El propietario del restaurante se puso en pie. Los demás comensales dejaron de comer y clavaron la mirada en Munger y en el perro.

—Monsieur... —comenzó a decir el propietario, indignado.

Pero entonces Munger giró la cabeza y el propietario vio que sus ojos azules y sombríos se habían oscurecido y entornado.

—Está pagado.

Todos los presentes, incluyendo el perro, estaban pendientes de la confrontación. El francés abría y cerraba la boca como un pez. Luego, encogiéndose de hombros con expresión de desaprobación, dio media vuelta. Alguien lanzó una carcajada y el perro se acercó con vacilación al plato y comenzó a comer. Ya no parecía nervioso, intuyendo sin duda que estaba bien protegido.

En una mesa cercana, dos corresponsales norteamericanos observaban la escena con interés. Uno de ellos dijo:

—Munger se ha reblandecido con los años.

El otro rió.

—Lo dudo mucho. Lo más probable es que lo haya hecho sólo para fastidiar al viejo Montagne.

Ambos miraron a Munger con curiosidad, mientras él observaba al perro que devoraba la carne con avidez.

—No tiene buen aspecto —comentó el primero, y el otro asintió con la cabeza.

—Quién te dice que por fin no le haya llegado el turno. Hace años que viene cubriendo esta guerra prácticamente sin tomarse un respiro. Es como una adicción que lo está carcomiendo por dentro.

—No —dijo el otro, en desacuerdo—. Hasta hace un par de días estaba igual que siempre. Es curioso. Consiguió meterse en esa patrulla de Fuerzas Especiales, pero al final no presentó ninguna fotografía. Ninguna en absoluto.

El otro se encogió de hombros.

—Tal vez no ocurrió nada interesante.

—Donde está Munger, siempre pasa algo —respondió el otro—. No. Ya lo creo que pasó algo, pero no puedo imaginar qué puede haber sido para afectar así a un tipo como él.

Ambos volvieron a empuñar los cubiertos y se pusieron a comentar las recientes conversaciones de paz.

El perro ya había terminado de comer y estaba sentado junto a las piernas de Munger, quien se agachó y le rascó la cabeza. El perro movió la cola y le lamió la mano.

No le había dado de comer para fastidiar al propietario del restaurante. Le gustaban los perros y sentía una gran afinidad con ellos. Era la afinidad de un hombre solitario; un hombre cuya disciplina lo había llevado a no poder comunicar sus sentimientos a los demás seres humanos. Se decía de él que no era más que una cáscara vacía; solamente un dedo apoyado sobre el disparador de una cámara.

Pero, a pesar de todo eso, le gustaban los perros.

Janine Lesage llegó de Bangkok dos noches después. Mientras viajaba en taxi a la ciudad, sintió una mezcla de alivio y excitación. Había estado tres semanas en Bangkok y odiaba ese sitio. Era una ciudad para hombres, con sus cientos de salones de masaje, de baile y burdeles. Prefería mil veces Saigón pues, aunque también tenía todo lo necesario para satisfacer los gustos de los hombres, la guerra le había conferido una especie de masculinidad que le resultaba estimulante. Además, allí estaba Munger, y Janine se sentía impaciente por estar a su lado.

Había pasado demasiado tiempo: más de un mes. Mientras el taxi circulaba por entre el tráfico infernal, Janine se preguntó cuál sería el imán que, una y otra vez, la atraía hacia Munger, y decidió que se trataba de algo puramente físico. Ella era una mujer hermosa y tenía el don de atraer a cualquier hombre que se le antojara; pero era también una mujer que necesitaba imperiosamente ser satisfecha sexualmente. En Munger había encontrado a un hombre que podía hacerlo como ningún otro. En cierto modo eso la asustaba, porque le confería a Munger un enorme poder sobre ella, cosa que la irritaba. Trató de analizar sus sentimientos. ¿Acaso lo amaba? Se burló de sí misma. No. Tal vez incluso lo odiara. Su indiferencia, su audacia, su independencia y su aislamiento mental. Él no necesitaba a nadie. Tal vez por eso la atraía. Era una mujer naturalmente dominante pero, inevitablemente, los objetos de su dominación le resultaban luego monótonos y aburridos. En cuanto un hombre caía rendido a sus encantos, perdía todo interés por él. Conocía a Munger desde hacía más de un año y la necesidad física que tenía de él jamás había disminuido. Volvió a experimentar una oleada de excitación. En el aeropuerto se cruzó por casualidad con Ram Foster, que partía hacia Hong Kong. Él le comentó que Munger se encontraba de regreso en Saigón, con lo que quedaba de una patrulla de Fuerzas Especiales que había llevado a cabo una misión cerca de Vinh Long. Janine supuso, entonces, que Munger se quedaría en Saigón durante un tiempo. También estaba algo desconcertada, pues Foster mencionó que Munger no había entregado ninguna fotografía, que su conducta era algo extraña y que bebía demasiado, incluso para un hombre con su capacidad para el alcohol.

El taxi se detuvo frente al Hotel Continental. Janine le pagó al conductor, le pidió al portero que recogiera su equipaje y, saludando con la mano a un grupo de rostros familiares en la terraza, avanzó resueltamente hacia la recepción. Lo primero que hizo después de firmar el registro fue mirar el tablero con las llaves de las habitaciones. La de la 204 faltaba, de modo que Munger estaba en su cuarto. No esperó que le trajeran sus maletas, sino que se dirigió directamente al ascensor. El recepcionista vietnamita la observó con admiración. Janine usaba un conjunto de blusa y falda beige de seda natural; era una mujer alta y elegante de cabello rubio y largo recogido en un rodete en la parte superior de la cabeza.

Se detuvo frente a la puerta de la habitación 204, levantó los brazos y se quitó del pelo la larga aguja de plata con que se lo sujetaba. Su cabellera cayó como una cascada, que casi le llegó hasta las nalgas. Llamó a la puerta y, después de oír un gruñido inquisitivo, la abrió.

Munger estaba tendido en un rincón de la cama, cubierto sólo con una bata. Una barba de varios días oscurecía sus mejillas.

—*Ça va,* Dave? —dijo Janine automáticamente antes de darse cuenta de su aspecto—. ¿Estás enfermo?

Él sacudió la cabeza.

—No. *Ça va,* Janine.

Ella cruzó la habitación, vio la papelera de metal junto a la cama y sintió olor a papel quemado.

—¿Qué ocurre, Dave? ¿Qué te pasa? —preguntó y luego se agachó, lo besó en la boca y se sentó junto a él.

Munger no le contestó y se limitó a encogerse de hombros con aire resignado. Ella inspeccionó la papelera con los ojos y vio restos chamuscados de negativos y copias.

—¿Qué es eso?

—Algunas fotografías que tomé.

—¿Por qué las quemaste?

Una vez más, volvió a encogerse de hombros.

Janine estiró un brazo y encontró una fotografía que se había quemado sólo parcialmente. En uno de los extremos superiores le pareció descubrir el rostro de un hombre. Era un rostro que estaba desfigurado y mostraba todos los dientes. En un principio ella pensó que se trataba de una expresión de miedo o de dolor, pero luego, de pronto, comprendió que en realidad era lascivia, lujuria llena de sadismo. Levantó los ojos y miró a Munger.

—¿Tomaste esto en tu última misión? ¿Qué ocurrió? ¿Quién es este tipo?

Él le quitó la fotografía y la miró; luego buscó el encendedor que estaba sobre la mesita de noche, le prendió fuego a la copia chamuscada y la volvió a arrojar en la papelera. Ella se quedó mirando la espiral ascendente de humo.

—Cuéntame lo que pasó.

—No, no tiene importancia. De todos modos, ya pasó. Me voy.

—¿A qué te refieres?

—A todo este maldito juego.

En el rostro de Janine apareció una expresión de asombro.

—¿Tu trabajo? ¿Piensas dejarlo? ¿Por qué?

—Ya he tenido bastante.

—¿Qué vas a hacer?

—Mañana iré a Hong Kong, le dejaré mi cámara a Chang para que la subaste y luego abandonaré Oriente e intentaré algo distinto en otra parte.

Janine sacudió la cabeza con incredulidad y luego lo observó con atención. Vio en sus ojos una expresión perturbada. De pronto tuvo la sensación de estar frente a un niño, a un niño perdido. Su primera reacción fue de azoramiento y luego, por ser el tipo de mujer que era, se sintió intrigada.

—¿Por qué no me lo cuentas todo? —dijo con tono persuasivo.

Él sacudió la cabeza enfáticamente.

—No hay nada que contar.

No insistió. Se puso de pie y comenzó a pasear por la habitación, tratando de poner en orden sus ideas. Sobre la mesa vio la Nikon con su deformante accesorio. Munger se había convertido en una leyenda precisamente con esa cámara. ¿Por qué abandonar su profesión y venderla? Eso sólo ocurría cuando un fotógrafo perdía la vida. Se volvió hacia él.

—De acuerdo, Dave. Ya hablaremos más tarde sobre el asunto. Pareces agotado —dijo y consultó su reloj—. Yo comí en el avión. ¿No tienes apetito?

—No.

—Entonces dormiremos —dijo ella con una sonrisa.

Llevó la mano a la parte delantera del vestido y con lentitud, casi provocativamente, comenzó a desabrocharse la hilera de botones. Él se quedó mirándola hasta que su cuerpo esbelto y bronceado quedó al descubierto. Janine colocó el vestido sobre el respaldo de una silla. Ahora sólo la cubría una diminuta pieza de seda blanca que le cruzaba las caderas. Se acercó al borde de la cama y, sin dejar de mirar a Munger, se bajó la prenda de seda y exhibió el triángulo de vello rubio que hacía juego con el color de su cabello. Se deslizó debajo de las sábanas, junto a él, le soltó la bata y comenzó a recorrerle el cuerpo con las manos.

—Hace demasiado tiempo —murmuró ella—. Realmente demasiado. Yo te quitaré cualquier preocupación que tengas, te lo aseguro.

Por primera vez, en los ojos de Munger apareció un destello de animación, seguido por otro de esperanza. Extendió las manos y la atrajo contra su cuerpo, enterrando la cabeza en la curva del cuello de Janine.

Diez minutos después, ella estallaba en carcajadas. Y no era una risa agradable, por cierto.

—¡No puedes hacerlo! ¿Qué mierda te pasa? —exclamó, sentada en cuclillas junto a él, mirando su pene fláccido.

En los ojos de Munger campeaba de nuevo una mirada perturbada.

—¿Qué te ha ocurrido, Dave?

Ahora la voz de Janine tenía un matiz triunfal. David lo percibió y se apartó de ella. Janine volvió a reír y abandonó la cama de un salto.

—¡Dave Munger... impotente! —exclamó en son de mofa y cogió su vestido.

De pronto su risa cesó y giró en redondo.

—¿O es solamente conmigo?

Su rostro se ensombreció, pero luego se despejó al ver que Munger volvía la cabeza y se quedaba mirando a la pared.

—No; debes de haberlo intentado con otras.

Y estalló de nuevo en una risa perversa.

Se abotonó el vestido, se recogió el cabello con el clásico rodete y, después de sacar la aguja de la cartera, se lo sujetó.

—Sólo me servías para una cosa —afirmó—. Fue una maravilla mientras duró. Compraré tu cámara en la subasta. Me recordará al hombre que fuiste alguna vez.

Y con otra carcajada avanzó hacia la puerta y salió de la habitación.

Munger permaneció tendido sobre la cama, con la mirada perdida en el techo. Muy lentamente levantó las manos y se cubrió la cara.

Duff Paget recordaría siempre esa fecha: 26 de octubre de 1969. La subasta tuvo lugar tres días antes del primer aniversario de su boda con Ruth y desencadenó la primera pelea virulenta entre ambos. Fue, asimismo, la causa incidental de muchas otras cosas.

Se enteró poco después de las ocho, gracias a una llamada telefónica de Chang, el barman del Club de Corresponsales Extranjeros, quien le avisó que esa noche, a las diez y media, se llevaría a cabo la subasta de un equipo fotográfico.

—¿El de quién? —preguntó Duff.

—El de Munger —contestó Chang con voz tensa.

Duff sintió que se le retorcía el estómago.

—¡No me digas que lo mataron!

—No, señor Paget. Estuvo por aquí hace una hora. Sólo me dijo que hiciera correr la voz.

—Allí estaré.

Duff colgó y se quedó durante varios minutos contemplando, por la ventana panorámica, las luces movedizas del puerto de Hong Kong, allí abajo, y las otras más lejanas pero estáticas de Kaulun. La sorpresa del primer momento se vio reemplazada por una acuciante curiosidad. La subasta de equipos fotográficos no era un hecho desusado durante ese período. Apenas un mes atrás había asistido al perteneciente a Hasagawa. El japonés estaba fotografiando el avance de los Infantes de Marina hacia Con Thien, cuando una bala de mortero «perdida» (si es que, en rigor, puede tildarse de «perdido» a cualquier proyectil) lo hizo saltar en pedazos. Tenía una esposa joven que vivía en un pequeño apartamento en Happy Valley y, puesto que Hasagawa trabajaba de forma independiente y solía invertir la mayor parte de sus ganancias en aumentar su equipo fotográfico, éste constituía prácticamente todo su patrimonio.

Duff recordaba bien cómo su viuda permaneció sentada inmóvil y con gran dignidad en un rincón del recinto, sin apartar la mirada de la larga mesa sobre la cual estaban alineadas las filas de cámaras y lentes, trípodes y filtros, que lanzaban destellos negros y plateados en la ruidosa sala de subastas. Ruth la visitó esa misma tarde y la encontró limpiando con esmero el equipo, sin derramar una lágrima, mientras su hijito de seis meses dormía en una cuna situada en un rincón del cuarto. Fue el primer encuentro cara a cara de Ruth con el estoicismo de la mentalidad oriental.

—No demostró la menor emoción —le dijo a Duff—, ni derramó una sola lágrima. Me preparó una taza de té y me habló con tono práctico acerca del bebé y del precio de los pasajes de avión para volver al Japón. Entonces me mostró la cámara que su marido estaba usando cuando lo mataron. Estaba toda abollada y retorcida. Comentó que seguramente no se vendería en la subasta y se echó a reír. ¿Me has oído, Duff? ¡Se rió! Supongo que lo hizo para esconder sus sentimientos; algo así como una válvula de escape.

Duff la observó luego, disimuladamente, mientras Bennet —el agente de seguros británico que algún tiempo antes fuera vendedor en Sotheby's— anunciaba los lotes y hacía subir las ofertas. A medida que cada pieza se vendía y se colocaba a un lado, la delicada cabeza de la mujer descendía un poco más sobre su frágil cuello. Pues esas piezas de plástico, metal y cristal fabricadas con inmensa precisión eran los únicos vínculos que la ligaban con su marido muerto.

Pero esta subasta sería diferente, pues Munger todavía estaba con vida. Pero, ¿por qué diablos se le ocurriría a cualquier fotógrafo de guerra, en particular a uno como Dave Munger, vender las herramientas de su profesión? Era como si un hombre sano decidiera donar sus ojos para la investigación médica e insistiera en hacer entrega inmediata de ellos.

Mientras reflexionaba sobre el tema, un trasatlántico iluminado de proa a popa se desplazó lentamente frente al puerto. Duff oyó los ecos de una marcha de bienvenida ejecutada por una banda delante de la terminal oceánica. En ese momento la voz de Ruth irrumpió en sus pensamientos para anunciarle que la cena estaba lista.

La vio depositar los platos, uno por uno, en la amplia bandeja giratoria colocada en el centro de la mesa redonda. Había pollo con salsa de nueces, cerdo agridulce, oreja marina, un vegetal verde de aspecto indeterminado en una salsa marrón igualmente misteriosa, cangrejo desmenuzado y frito, camarones hervidos y rosados y, en el centro, un enorme tazón con *chow fan* humeante. Alrededor había varios recipientes pequeños con salsa de soja, vinagre, mostaza y chile caliente. Lo último que su mujer colocó sobre la mesa fue el tazón con té frío que los chinos suelen usar para enjuagarse los dedos después de comer. Por último, se sentó frente a él y aguardó, expectante. Él se inclinó hacia adelante y olisqueó con tono aprobador.

—Todo tiene un aspecto y un aroma delicioso, querida —dijo, con sinceridad.

A fin de cuentas, ella acababa de realizar un curso de seis meses de cocina cantonesa en el Club Norteamericano y, en cierta forma, la comida de esa noche era algo así como su tesis. En el fondo, Duff se moría de ganas de comer un enorme bistec jugoso, cocido por fuera y tirando a crudo en el centro, acompañado por rodajas de cebolla y una gran patata de Idaho hervida con piel y cubierta con cebollines y crema agria.

Tardó nada menos que seis meses en reconocer que no le gustaba la comida china; una tarea nada fácil, por cierto, ya que sus colegas de la prensa la reverenciaban casi como una religión mística. Si es cierto que los marineros tienen una novia en cada puerto, cada corresponsal extranjero o fotógrafo destinado al Lejano Oriente tiene su pequeño restaurante chino favorito, sea en Cholon o en Vientiane, en Penang o en Phnom Penh. Parecía existir un axioma al respecto: cuanto más pequeño y sucio fuera el lugar, mejor era la comida.

«Aquí es donde comen los culíes», le habían repetido infinidad de veces a Duff mientras lo sentaban en la desvencijada silla de una cueva llena de moscas, en algún callejón perdido de una serie de ciudades asiáticas. A él le parecía una contradicción y con frecuencia se sentía tentado de preguntar: «¿Entonces, por qué no comemos, mejor, donde lo hacen los chinos opulentos?»

Pero era joven e inmaduro y trató por todos los medios de asimilar el entusiasmo de hombres que le merecían respeto y que —suponía— tenían un paladar refinado y, por consiguiente, capaz de discernir lo bueno de lo malo.

Ruth se había lanzado con tal entusiasmo al aprendizaje de la cocina cantonesa, que no se animaba a decirle que preferiría mil veces comer un bistec.

Por un instante, volvió a analizar la sensatez de la decisión de casarse justo antes de esa misión. Para ser honesto consigo mismo, sabía que la duda era incluso más profunda y tenía que ver con la esencia misma del matrimonio. Había descubierto mucho sobre sí mismo en el pasado año. Por ejemplo, que a pesar de tener veintisiete años, el espíritu inquieto que dominó su infancia no se aplacaría con el tiempo. Por el contrario, la excitación vivida en los últimos meses había espoleado ese espíritu aventurero y, en cierta forma, le ayudó a destrozar la crisálida y a volar en libertad. Pero su matrimonio fue la culminación de una serie de acontecimientos inevitables. Había conocido a Ruth y se enamoró de ella durante su tercer año de estudios en la Universidad de Cornell. Él se especializaba en ciencias políticas y ella cursaba psicología. Fue un noviazgo a la antigua: los dos parecían estar al margen de la juventud liberada y rebelde de la década de los sesenta. Los dos provenían de pueblos pequeños y conservadores del medio oeste: el padre de Duff era un juez de distrito y el de Ruth un alcalde republicano desde hacía muchos años. La única diferencia importante entre sus respectivas familias era que los padres de Duff eran protestantes descendientes de los primeros colonizadores, mientras que los de Ruth constituían la segunda generación de judíos polacos.

A pesar de haber recibido una educación conservadora similar, ambos exhibían notables diferencias de personalidad que ya comenzaban a aflorar. Básicamente, él era romántico y ella no. No obstante su desagrado por las comidas exóticas, esa antipatía estaba restringida a su paladar, pues al mirar desde lo alto de la ventana de su apartamento en dirección a Victoria Peak, Duff intuía y casi olía el mundo excitante y misterioso que yacía a sus pies. A Ruth, en cambio, le preocupaba más todo lo referente a la organización y manejo de su casa.

Trabajaba medio día en el Hospital de Niños de Sandy Bay, especializado en llevar a cabo una compleja cirugía de la columna vertebral, asesorando a los médicos con respecto a la rehabilitación mental de los pequeños pacientes.

Ahora, mientras manejaba cuidadosamente los palillos, seleccionaba distintos pedazos de la variedad que tenía frente a sí y lanzaba entusiastas gruñidos de aprobación, Duff comprendió con claridad meridiana que el éxito o fracaso de su matrimonio dependía de la capacidad de ambos para aceptar y clasificar esas diferencias y, más importante aún, expresar dicha aceptación. Él tenía confianza en su propia capacidad para hacerlo. No tanto en lo genuino de su aceptación como en la sinceridad con que estaba dispuesto a expresarla, pues se sabía un consumado y perfecto mentiroso. Pero eso no le creaba problemas de conciencia. Había logrado convencerse hacía ya mucho de que la mayoría de sus mentiras o de sus verdades a medias o de sus omisiones, constituían un auténtico esfuerzo por evitar problemas innecesarios o por no lastimar la sensibilidad de los demás. Era la filosofía típica de un romántico, y eso le permitió mascar un trozo de oreja marina, escurridiza y gomosa, y al mismo tiempo mascullar «Delicioso, querida» con tono de total sinceridad.

Ruth, en cambio, jamás decía mentiras ni cercenaba la verdad. Duff recordó lo ocurrido la primera vez que la llevó a su casa para presentársela a su familia. El padre de Duff tenía, desde hacía mucho tiempo, el orgullo de fabricar su propia cerveza. Con el entusiasmo propio del aficionado, durante años obligó a su familia y a sus amistades íntimas a beberla y siempre recibió a cambio la seguridad de que era muy superior a cualquier cerveza comercial. Pero dio la casualidad de que Ruth, con bastantes motivos, se consideraba una verdadera especialista en ese campo. Su propio abuelo había sido fabricante de cerveza en Polonia antes de emigrar a los Estados Unidos, así que en su hogar no sólo se bebía mucha cerveza, sino que la calidad de ésta era analizada y comentada en profundidad. Al enterarse de tal hecho, el viejo juez corrió al sótano, le sirvió un vaso y la contempló beber un sorbo, dando por sentada su aprobación.

Entonces, en el hermoso rostro de Ruth se dibujó una mueca de disgusto y de sus labios escaparon esas palabras que nadie olvidaría jamás:

—¡Diablos! ¡Me está tomando el pelo!

En cierta forma, el resto de la familia le quedó eternamente agradecida, pues a partir de ese momento no se fabricó ni una sola gota más de cerveza casera.

Puesto que era un juez, el viejo alabó la franqueza y sinceridad de su futura nuera, pero Duff sospechaba que, después de ese incidente, interiormente, su padre desaprobaba su elección de pareja.

Al esforzarse por seguir masticando un trozo de vegetal verde y alargado, Duff se sintió tentado de escupirlo y repetir aquellas palabras de Ruth: «¡Diablos! ¡Me estás tomando el pelo!» Pero, no obstante, siguió mascando con valentía, mientras se preguntaba por qué Ruth no se limitaba a cocinar los platos que le salían tan bien. Su madre y su abuela le habían enseñado a preparar esas comidas judías famosas en Europa Central, que a Dave le encantaban, pero Ruth insistió en que si vivían en el exterior, debía aprender a preparar las especialidades de la gastronomía local. Duff se consoló pensando que dentro de pocos días volvería a partir hacia Vietnam y estaría lejos de su casa por lo menos un mes. En Saigón había varios excelentes restaurantes franceses y, además, siempre le quedaba la posibilidad de conseguir un buen bistec en cualquiera de las bases norteamericanas que visitaría. Sintió un dejo de culpa por su hipocresía, pero se apresuró a desembarazarse de los remordimientos pensando que no sería justo hacer sentir desdichada a su mujer. Estaba auténticamente convencido de que su amor por ella justificaba tal actitud. La primera ocasión en que recurrió a ese tipo de razonamiento fue justo después del compromiso de ambos. Duff estaba a punto de graduarse y tanto Ruth como sus respectivas familias dieron por sentado que él ingresaría en el servicio diplomático. Ya lo habían sometido, con éxito, a una entrevista dos meses antes. Fue después de la segunda entrevista cuando dejó caer la noticia bomba. Le dijo a Ruth que había decidido no ingresar en la diplomacia sino dedicarse a la fotografía profesional. Ella quedó desconcertada. No ignoraba, desde luego, su interés por la fotografía; Duff había ocupado el cargo de secretario del foto club universitario durante dos años, llegando incluso a ganar varios premios en los concursos organizados por dicha institución, uno de los cuales fue conquistado con un retrato en *flou* de la misma Ruth con expresión pensativa. Esa fotografía dio origen a una broma secreta entre ambos. El presidente del jurado comentó, en aquella oportunidad, que la expresión de la modelo transmitía la vivencia de una inocencia trascendental. Lo cierto era que Duff había oprimido el disparador apenas algunos segundos después de haberle proporcionado a Ruth uno de los orgasmos más formidables de su joven existencia.

Sin embargo, ella siempre creyó que su interés por la fotografía era tan sólo un pasatiempo juvenil y no la base de una carrera seria. Pero Duff estaba decidido y envió carpetas con obras suyas a varios periódicos y revistas de fama mundial. Ruth se sorprendió cuando, algunas semanas más tarde, un semanario oriental, de derechas, pequeño pero influyente, le ofreció trabajo como fotógrafo estable, con un sueldo que le pareció más que generoso.

Duff se mostró extrañamente satisfecho con ese éxito. Le dijo a Ruth que su ambición era convertirse en un fotógrafo de guerra sobresaliente y que ese empleo constituía un excelente escalón para lograrlo.

Pero lo primero que debía hacer era perfeccionarse y dejar de ser un mero aficionado, así que poco después de graduarse se separaron por primera vez y él fue a Los Ángeles para asistir a un curso avanzado de fotografía de seis meses de duración.

Fue la primera «omisión» importante de Duff para con Ruth. Sí, se proponía ser fotógrafo de guerra. La omisión residía en que seguiría trabajando para el servicio de relaciones exteriores del gobierno, pero no exactamente de la manera que ella había previsto.

La época de la graduación de Duff coincidió con un cambio radical de política en el servicio de inteligencia de los Estados Unidos. Finalmente, alguien había caído en la cuenta de que era incompatible con una supuesta organización secreta tener una imagen pública tan visible.

Ocurrió cuando un analista de la CIA se puso a hojear, en

Langley, un folleto de la USIS sobre diversas embajadas de los Estados Unidos en Europa. Varias páginas presentaban fotografías de las caras de los funcionarios de la embajada, desde los mismos embajadores hasta las secretarias. En cada caso había varios espacios en blanco, en los que figuraba la leyenda «no hay fotografía disponible», y que casi siempre coincidían con los lugares reservados para los agregados militares o los agregados culturales. El analista en cuestión no necesitó recurrir a la computadora para saber que cada uno de esos espacios vacíos correspondía a un agente «interno» de la CIA.

Era, desde luego, un típico fallo burocrático, pero desencadenó un nuevo giro de pensamiento. Un estudio de cuatro meses de duración les reveló a los funcionarios superiores de inteligencia lo que no era un secreto para nadie: que la CIA era obviamente una entidad demasiado pública, desde su edificio en Langley a sus agentes con trajes de Brooks Brothers en todos los rincones del mundo.

La recomendación a que dio lugar dicho informe fue simple: si la CIA era semejante a un iceberg invertido, con nueve de sus diez partes expuestas por encima de la superficie, era imperativo darle la vuelta lo antes posible para que ocupara la posición correcta.

Pero aquí el analista hizo su aportación personal sugiriendo que, de todos modos, la punta debía quedar bien visible mientras que, simultáneamente, era necesario crear un substrato por completo fuera de la vista del público, sumergido en las sombras más profundas del océano. Las miradas de todos convergerían sobre la centelleante punta del iceberg y subsistirían los comentarios sarcásticos de las oficinas de la competencia, mientras se montaba una sección ultrasecreta, empleando agentes *ex officio* que jamás hubieran pisado Langley ni las «granjas» de adiestramiento de la compañía.

Fue así como vio la luz la sección «Equino» de la CIA.

Se recompensó al analista con el nombramiento de primer director y fue precisamente él el responsable de acuñar ese nombre. Como era amante de los clásicos y, al mismo tiempo, fanático de las palabras cruzadas, pensó que equino equivalía a caballo que a su vez equivalía a troyano, y la idea lo dejó complacido. Uno de sus principios guía era que todos los agentes de «Equino» debían tener una «fachada» que no guardara ninguna relación con las instituciones oficiales. Se redactó una lista de profesiones posibles, que incluía agentes de importación-exportación, ingenieros civiles y geofísicos, agentes de viaje, asesores comerciales y financieros, catedráticos universitarios, traductores, integrantes de sociedades de beneficencia, misioneros, etc. En la parte superior de la lista figuraban los corresponsales extranjeros y fotógrafos. No era, por cierto, nada maravillosamente original, ya que la mayoría de los servicios de inteligencia europeos ya habían logrado infiltrar agentes en los medios de comunicación mucho antes del nacimiento de Marconi.

Para la selección de sus agentes, la sección «Equino» recurrió a las mismas fuentes que las demás secciones de la CIA: hombres y mujeres blancos, de centro-derecha, con educación universitaria, preferentemente protestantes. Pero existía, sin embargo, un requisito adicional: cada agente debía tener una habilidad natural o al menos una vocación para la carrera que le serviría de «pantalla».

«Equino» adquirió una computadora nueva y «virgen» y la instaló en sus flamantes oficinas centrales, situadas en una compañía en las afueras de Gary, Indiana, dando por sentado que a ningún espía que se preciara de serlo se le ocurriría morirse nada menos que en ese rincón de los Estados Unidos. La auténtica «fachada» de la compañía consistía en la fabricación de un insecticida en aerosol para las personas que preferían cuidar su propio jardín. El analista convertido en director, cuyo nombre era Ray Sherman, la llamó Pterygota Inc., inspirándose en el nombre latino de todas las especies de insectos alados. Por motivos que desconcertarían a cualquier redactor creativo de una agencia de publicidad, el nombre se popularizó entre los jardineros y, desde el primer año de su instalación, la empresa obtuvo suculentos beneficios.

Lo primero que hizo Sherman fue alimentar su computadora con los nombres de todos los estudiantes prometedores de los últimos años de las universidades de renombre, en quienes podían aunarse la vocación por una de las profesiones contenidas en su breve lista y, al mismo tiempo, el deseo de servir a su país. También le suministró a la computadora los nombres de la última generación de aspirantes al servicio diplomático. Se programó a la computadora de manera que relacionara las dos listas y le diera prioridad a cualquier nombre que apareciera en ambas. El de Duff Paget salió en la primera tanda. De ahí que durante su segunda entrevista en Washington fuera hábilmente guiado y enfrentado a un jurado de selección completamente nuevo, cuyo presidente le preguntó con aire tímido si no le gustaría convertirse en espía. A partir de ese momento, el temperamento romántico e inquieto de Duff hizo el resto. Explicó que estaba comprometido para casarse y los miembros del jurado asintieron con entusiasmo. Ya habían verificado los antecedentes de su novia y eran impecables; después de todo, una esposa buena y discreta no haría más que dar solidez a la «fachada» de un agente secreto. Comentó que era un fotógrafo entusiasta pero también muy poco profesional. La aseguraron que eso no sería problema; le proporcionarían el adiestramiento necesario y, además, le «conseguirían» un empleo y también sus futuros trabajos fotográficos. Durante los tres días siguientes, lo sometieron a una serie de exámenes mentales y físicos, que superó con todos los honores. Le resultó particularmente satisfactorio el éxito obtenido con la prueba de detección de mentiras.

Partió rumbo a Los Ángeles para realizar un curso intensivo de fotografía, pero cada quince días pasaba una semana en un complejo de alta seguridad cerca de Long Pine, en la falda de la Sierra Nevada. Allí le enseñaron los «secretos» de su otra profesión paralela.

Antes de partir a California tuvo una conversación prolongada y seria con Ruth. Decidieron casarse sólo después de que él se hubiera afianzado en su carrera y esperar por lo menos tres años antes de tener hijos. En el fondo de su ser, ella tenía la secreta esperanza de que, para entonces, Duff hubiera cambiado nuevamente de idea y tomado un camino más convencional. Era una mujer paciente y, a la vez, práctica.

No obstante, sólo dieciocho meses después de iniciarse su trabajo en la revista, repentinamente le ofrecieron destacarlo en el extranjero, es decir, cubrir el sudeste de Asia desde una base de Hong Kong. Por aquella época, el sudeste de Asia significaba Vietnam y la intrincada guerra que allí tenía lugar. De forma abrupta, se le presentaba la ocasión de satisfacer sus deseos de convertirse en fotógrafo de guerra.

También fue abrupto el problema que se le planteó con respecto a qué hacer con Ruth. La tarea implicaba un mínimo de dos años en el extranjero y ella opinaba que era demasiado tiempo para estar separados. Así fue como, inevitablemente, se casaron. Desde el punto de vista práctico, el matrimonio fue un rotundo éxito, ya que asimiló bien el choque cultural que para una occidental implicaba ir a vivir a Oriente. Sabiendo que su marido con frecuencia debería estar lejos de ella, Ruth se zambulló en la rutina social de los exiliados: aparte de recibir lecciones de cocina, asistía a clases de ikebana los martes y de yoga los jueves. A diferencia de sus nuevas amigas, decidió no tomar una *amah*; el apartamento en que vivían era pequeño y compacto, pero el hecho de mantenerlo limpio la distraía y la obligaba a dedicarle tiempo. Ruth siguió actuando como si el trabajo de Duff no fuera otra cosa que una pequeña ola en una vida matrimonial serena y convencional.

Contempló a su marido mientras él se metía en la boca el último resto de *chown fan* y, al notar que lo miraba, Duff dejó escapar un pequeño eructo y sonrió. Ruth sabía que, después de una comida china, ése era un gesto de aprobación. Decidió una vez más que Duff era el hombre más apuesto del mundo: tenía una cara llena de aristas y las facciones casi perfectas, ojos grandes y límpidos, nariz recta, boca grande y movediza con el labio inferior ancho y masculino y mentón partido. Un rostro coronado por pelo negro, lacio y brillante. Ruth sabía que Dave tenía plena conciencia de lo bien parecido que era y que incluso a veces eso le producía irritación porque, al igual que lo que les pasa a las mujeres bonitas, la gente tendía en un primer momento a no tomarlo en serio.

«Por eso me gusta la fotografía —le dijo en una ocasión—. La gente me juzgará exclusivamente por mis fotografías y no por mi aspecto personal.» Ruth podía entender muy bien lo que sentía pues ella misma era muy hermosa y, de hecho, ambos eran conocidos en el ambiente en que se movían como la pareja «de cine».

Al ponerse de pie para retirar los platos, Ruth notó que su marido parecía serio y preocupado.

—¿Estaba bien la comida, Duff? —preguntó, y tuvo que repetir la pregunta.

Él dio un respingo.

—Perfecta. Sencillamente perfecta. Lo siento, querida. Me distraje un momento con mis propios pensamientos. Tengo que salir dentro de una hora... al CCE. Se subastará un equipo fotográfico.

Duff se puso serio y Ruth volvió a colocar la pila de platos sobre la mesa y se sentó.

—¿El de quién?

Duff observó su expresión y sonrió mientras sacudía la cabeza.

—No te preocupes, no ha muerto nadie. Parece que Dave Munger ha decidido vender su equipo. No puedo imaginar por qué.

Munger. Su nombre evocaba sentimientos antagónicos en ella. Lo había visto en una ocasión en una fiesta de despedida para un corresponsal del *Newsweek* al que habían destinado a Medio Oriente. Fue una reunión de borrachines y Munger estuvo más ebrio que la mayoría de los presentes, pero también mucho menos ruidoso. Permaneció sentado en el bar, solo y en silencio, bebiendo un vodka con soda tras otro. Duff le había explicado que Munger acababa de estar en el frente de combate durante siete meses seguidos y que siempre le costaba mucho readaptarse a lo que la gente llamaba «cordura». A Ruth le sorprendió el aspecto de Munger. Le pareció pequeño, flaco y mediocre, con pelo rubio desordenado y una expresión atormentada en su cara afilada. Sus ojos eran el rasgo sobresaliente de su persona: grandes, profundos y de un asombroso color azul, que cambiaba de intensidad según su estado de ánimo. Ruth estaba enterada de las murmuraciones de otras esposas acerca de la reputación de Munger con las mujeres. Al parecer, eran su único interés, aparte de lo que él llamaba sus «instantáneas». Asimismo, todo parecía indicar que las mujeres se rendían a sus pies con monótona regularidad. Al principio, Ruth no lo percibió en sí misma, no podía entender qué le veían de atractivo las demás. Pero más tarde, mientras bailaba con él, al levantar la mirada y ver esos ojos que la contemplaban y que parecían tratar de absorber su imagen, experimentó de golpe el impacto de la atracción física.

Otra particularidad de Munger era la admiración que Duff le tenía y que se parecía mucho a la veneración que se siente frente a un héroe. A Ruth no le gustaba que su marido estuviera bajo el influjo de otra persona, aunque se tratara de alguien a quien Duff apenas conocía y con quien prácticamente no salía nunca.

Se incorporó una vez más, tomó la pila de platos y se dirigió hacia la puerta, diciendo por encima del hombro:

—A lo mejor decidió que su trabajo comenzaba a interferir en las dos cosas que más le importan: la bebida y las mujeres.

Duff la miró y se encogió de hombros. Jamás podría explicarle los sentimientos que Dave Munger suscitaba en otros fotógrafos. En realidad, no estaba en condiciones de comprender los sentimientos de Duff porque en cierta ocasión ocurrió algo, algo que él no se animó a contarle nunca. Fue otra de sus «omisiones». Sucedió unos dos meses después de la llegada de Duff; dos meses de terrible frustración.

Al llegar a Saigón, Duff se había presentado al jefe de la sección local de «Equino», cuya fachada era la de gerente de una compañía norteamericana de informática. Se le dijo que, al menos durante el primer año, su misión consistiría en echar las bases de la «carrera» con que camuflaría sus actividades reales. Es decir, que debía hacerse con una reputación como fotógrafo de guerra.

El secreto de un buen fotógrafo de guerra es estar en el lugar adecuado, en el momento justo, y conservar la mente serena.

Duff puso manos a la obra. Recorrió el país en todas direcciones, con las cámaras listas, pero no en el momento oportuno y con muy poca suerte. O bien abandonaba una zona justo antes de que se desencadenara una lucha o bien llegaba a ella cuando ya había cesado. Su tarea se limitaba a fotografiar a los heridos y las bolsas de plástico que contenían los cadáveres y, en una ocasión, a un grupo patético de prisioneros del Vietcong que más bien parecían un conjunto de muchachos medio muertos de hambre que habían hecho novillos.

Al principio tomó con cierta filosofía su falta de éxito. A fin de cuentas, estaba conociendo todo el país y estableciendo contactos con los militares, tanto norteamericanos como vietnamitas. Pero, a medida que transcurrían las semanas, su frustración crecía. Después de cada salida regresaba a Saigón, subía a su habitación del Hotel Continental y, empleando el cuarto oscuro casero que había instalado en un armario, revelaba los rollos y hacía copias de contacto. Una y otra vez miraba las copias y comprobaba, con total certeza, que ninguna de las tomas era lo bastante interesante como para publicarse en la revista para la que trabajaba.

Entonces los demás comenzaron a tomarle el pelo. «¿Qué? ¿Conseguiste alguna buena foto últimamente?», solían gritarle jocosamente cuando se lo topaban en el bar o en la terraza que daba a la calle Tu Do. Él pareció tomarlo bien, con una sonrisa, y les contestaba con algún chiste, pero comenzaba a angustiarse. Recibió, incluso, una nota de su editor con un suave tirón de orejas. Le hizo notar que seguían viéndose obligados a usar fotografías enviadas por el servicio cablegráfico de noticias y que el hecho de tener un fotógrafo de la revista en el lugar de los hechos les resultaba bastante oneroso.

Al cabo de dos meses la situación llegó a su punto culminante. En el bar del restaurante L'Ange se organizó una reunión improvisada. Algunos corresponsales partían de permiso a Hong Kong y Bangkok, y otros acababan de regresar. Eran un grupo de individuos bonachones pero también muy competitivos, y una vez más, Duff se convirtió en el blanco obligado de algunas burlas algo cáusticas. Dave Munger estaba presente pero permaneció en silencio, sentado frente al bar, escuchando, mirando y bebiendo sus consabidos vodkas con soda.

A Duff le pareció que todo era demasiado injusto. Frente a él tenía a un hombre transformado ya en leyenda que, en lugar de tener que ir en busca de la guerra, bastaba que saliera a caminar un rato para que la guerra fuera hacia donde estaba él. No por nada lo habían apodado «Mohamet». Desde luego, Duff sabía que había algo más que eso. Dave Munger era un profesional nato.

A lo largo de los años se preocupó por establecer contacto con los militares, no tanto con los figurones del alto mando como con los suboficiales, que eran los que realmente manejaban las cosas. Sobre todo los de los Comandos de Transporte. Se murmuraba que Munger era capaz de hacer remontar un helicóptero con un silbido y mucha mayor rapidez de lo que lo haría un general de tres estrellas. Lo mismo había hecho en los aeropuertos civiles. Desde Ton San Nut de Saigón a Kai Tak de Hong Kong o Haneda de Tokio, Munger conocía a los supervisores de embarque de la mayoría de las líneas aéreas. Aunque otros corresponsales optaban por lisonjear o llevarles regalos a los gerentes generales o coordinadores de vuelo, Munger sabía al dedillo quiénes eran los que detentaban el verdadero poder. Así que, mientras los demás llamaban con desesperación a medianoche a la casa particular de un ejecutivo para tratar de conseguir plaza en un vuelo atestado de gente, el supervisor de embarque de esa misma línea aérea conducía a Munger a su asiento que, para colmo, por lo general se encontraba en primera clase.

Otro aspecto del profesionalismo de Munger era su capacidad para el «escamoteo». Había practicado juegos de manos y prestidigitación con el único propósito de ser capaz de escamotear un rollo de película fotográfica. La pesadilla recurrente de cualquier fotógrafo de guerra era tomar una serie de fotografías asombrosas y que después alguien le confiscara o velara el rollo. Hubo, en la carrera de Munger, muchos policías, miembros del cuerpo de seguridad y funcionarios de aduana que lo descubrieron tomando fotografías en una zona «prohibida» o poco después de haberlo hecho. Luego vieron su expresión consternada cuando le quitaban el rollo en cuestión y lo velaban a la luz. Pero jamás tuvieron oportunidad de observar su sonrisa interior ni tampoco el rollo original oculto en su cuerpo mientras ellos se ocupaban de destruir el «señuelo».

Por último, Munger había tomado algunas medidas para proteger su persona. Algunos fotógrafos y corresponsales llevaban armas cuando les asignaban misiones peligrosas: una pequeña pistola oculta, un cuchillo o incluso una lata de aerosol irritante. Alguna que otra vez se recurría a la contratación de guardaespaldas, no tanto para misiones de combate como para la permanencia en determinadas ciudades de Oriente. Un famoso comentarista de televisión de Nueva York fue apodado «Sinatra» por el séquito de «matones» que lo acompañaban día y noche.

Munger, en cambio, tomó un camino diferente. Al comienzo de su carrera estudió la mayoría de las artes marciales orientales: judo, karate, Tok Wae Do, Kung Fu y algunas otras variedades menos conocidas. De cada una de ellas aprendió las técnicas que más le convenían, tanto a él como a sus fines. Así que, al igual que un gato acorralado, sabía muy bien cómo mostrar las uñas y usarlas como armas letales.

Plantado en el otro extremo del bar y mientras se tomaba su tercer whisky doble, Duff había barajado la posibilidad de someterse a una preparación similar. Hacía sólo dos meses que actuaba en ese campo. En cambio Munger, a pesar de tener treinta años, trabajaba como fotógrafo de guerra desde hacía más de diez. Había cubierto los enfrentamientos en Chipre y las guerras en Biafra, el norte de Borneo, Angola y, en ese momento, Vietnam. Con considerable recelo, Duff se vio obligado a reconocer que no se trataba sólo de la preparación, sino que existía también otro requisito intangible. No bastaba con ser un fotógrafo técnicamente perfecto ni siquiera uno con inclinaciones artísticas, pues Munger sólo trabajaba en blanco y negro y sus fotos no contenían ningún elemento innovador ni asombroso. Era, más bien, una cuestión de «intuición»; algo que se tenía o no se tenía. Una vez más, Duff sintió una oleada de resentimiento. En realidad, ni siquiera había tenido la oportunidad de descubrir si tenía o no ese algo intangible, y ya estaba siendo presionado por sus colegas y su editor. Pensó con ironía que debió haber nacido inglés, como Munger. Era curioso cómo los británicos dominaban ese campo. Sí, había buenos fotógrafos de los Estados Unidos y el Continente: franceses y alemanes, incluso, un español brillante. Hasta los japoneses estaban muy bien representados por Hasagawa y otros, pero los británicos eran los mejores: el compasivo Larry Burrows, el desapasionado Don McCullin y el joven y bravío Tim Page. Pero por encima de todos ellos estaba Dave Munger, quien era capaz de fotografiar las facciones desoladas de un soldado joven, cansado y asustado, y estampar el rostro de la guerra en un millón de mentes.

A medida que Duff fue ingiriendo más whisky, su desesperación se acrecentó. Tuvo la sensación de que el bullicio y las risas que brotaban a su alrededor le llegaban como a través de un largo túnel. Vació su copa y levantó los ojos para mirar al camarero, pero en cambio se topó con los de Munger en el espejo situado detrás del bar. Durante un largo rato sus miradas se enlazaron. Fue como si los ojos celestes de Munger bucearan en su mente y en su alma, viéndolo todo y, al mismo tiempo, sin ver nada. En el rostro ensombrecido y delgado de Munger apareció una semisonrisa... ¿Burlona, tal vez? De pronto Duff sintió que estallaba. Los dedos de su mano se cerraron sobre la copa vacía y, con un gemido de dolor, la arrojó contra la imagen del espejo.

El estruendo del cristal hecho añicos hizo que en el recinto reinara un repentino silencio. Duff permaneció inmóvil, con las manos temblorosas, mientras por sus venas corría adrenalina. Lentamente giró y se percató de que todos los ojos convergían sobre él, una serie de rostros perplejos lo miraban como si hubieran sido congelados por la luz de un estroboscopio. Moviéndose con dolorosa lentitud, Duff se metió la mano en el bolsillo posterior del pantalón, extrajo un fajo de billetes, sacó varios sin siquiera mirar y los arrojó sobre el mostrador del bar. Entonces se abrió paso hacia la puerta y salió al sofocante aire de la noche. A sus espaldas, el zumbido de la conversación se reinició. Alguien lanzó una risotada.

Duff sacudió la cabeza para despabilarse y luego se golpeó la frente con la palma de la mano. Un taxi se detuvo frente a él y el conductor casi sin dientes sonrió y extendió el brazo para abrir la portezuela de atrás. Duff se dejó caer pesadamente en el interior del vehículo y se recostó sobre el asiento mientras el taxi arrancaba y se mezclaba con el tráfico.

—¿A dónde?

Con un esfuerzo, se incorporó y murmuró:

—Continental.

El conductor lo miró de reojo y su sonrisa se ensanchó al comprobar el estado de su pasajero.

—¿No quiere una muchacha, Joe? Sexy. Muy joven.

Merced a otro esfuerzo, Duff logró controlarse.

—No. Hotel Continental.

El conductor se encogió de hombros y se concentró en el tráfico.

Pero al cabo de cinco minutos, Duff cambió de idea. Jamás le había sido infiel a Ruth, pero en el estado de ánimo en que estaba, se justificó pensando que si era un fracaso en todos los demás aspectos, por qué no habría de serlo también como marido. Además, tal vez eso lograra distraerlo de lo que acababa de ocurrir. Y nunca había estado con una mujer asiática.

El conductor del taxi lo llevó a Cholon, el sector chino de la ciudad, y lo depositó frente a la puerta de la famosa casa de huéspedes Tai Cheong. No era lo que Duff imaginaba. Fue recibido por una vieja fea con aspecto de bruja, quien lo condujo por una escalera desvencijada de madera hasta una habitación enorme que tenía el aspecto de un cobertizo. Una serie de camas imperiales pesadas y con dosel ocupaba cada una de las paredes, dejando un pequeño pasillo en el medio. Cada cama estaba envuelta en un tul mosquitero blanco, que parecía una mortaja. Algunos de esos cortinajes oscilaban suavemente, fuera por movimientos de su interior o por la acción de dos ventiladores de techo que renovaban el aire. Duff percibió en el ambiente un aroma denso y dulzón.

Ya empezaba a arrepentirse de haber ido a ese lugar, cuando la vieja bruja lo tomó del brazo y lo condujo a una de las camas, apartó el tul y lo instó a trepar a ella. Duff observó que las sábanas y la almohada estaban inmaculadamente limpias y blancas. Decidió que de todos modos era mejor que caminar de vuelta al piso inferior. Cuando se desplomó sobre la cama, la vieja diestramente le quitó los zapatos, dejó caer el tul y se alejó con sigilo.

Duff permaneció algunos minutos tendido de espaldas y luego, al oír un ruido leve, giró la cabeza y miró hacia la izquierda. Por entre las dos capas de tul blanco apenas alcanzó a distinguir lo que le pareció una masa única y amorfa meciéndose a ritmo lento.

Levantó un poco la cabeza y cuando sus ojos se adaptaron a la oscuridad, comprendió que eran dos formas de la cama de al lado, unidas en el acto del amor. No podía distinguir las facciones, sólo las formas vagas oscilando al unísono, envueltas en una niebla blanca. Esa visión, sumada al aroma denso y dulzón que reinaba en el recinto, le suscitó la sensación más erótica experimentada en toda su vida. No se sentía un intruso ni un *voyeur*, sino alguien que formaba parte del cuadro, que se sumaba a él. Podría haber seguido contemplando la escena durante una eternidad, pero oyó un crujir de seda a sus espaldas; giró el cuerpo y se encontró mirando dos estanques oscuros y almendrados. Enfocó la vista y los estanques se convirtieron en los ojos de un rostro oval.

Trepó a la cama y el tul volvió a crujir detrás de ella. Duff se incorporó y se apoyó en un codo. Ahora veía mejor. La muchacha estaba arrodillada sobre las sábanas y llevaba un Ao Dai blanco, cerrado al cuello, ajustado alrededor de sus pechos y cintura y más abajo con unos cortes que revelaban sus pantalones de seda negra.

Primero lo desvistió a él, lánguidamente, como con timidez. Rió pudorosamente entre dientes al tratar de quitarle los calzoncillos con la erección que tenía.

Dejó caer la ropa de Duff debajo de la cama y luego, con una gracia de la que no parecía ser consciente, se arrodilló a los pies de la cama y se desvistió. Era delgada y casi tan blanca como el tul que los rodeaba. Pero la blancura de su piel era modelada y sombreada por la medialuz y realzada por su cabellera y ojos negros, sus pezones turgentes y la sombra oscura entre sus muslos. Duff sintió una apremiante urgencia, pero se obligó a permanecer tendido e inmóvil. Ella se le acercó y comenzó a hacerle masajes en los pies. Sus dedos finos tenían una fuerza sorprendente y la presión que aplicaba conocía los límites justos entre el placer y el dolor. Siguió con las pantorrillas y luego los muslos. Eludió su erección y pasó a su estómago y a su pecho. Por último le hizo masajes en los músculos de los hombros y con sus dedos le quitó todo vestigio de tensión. Una vez acabado esto, mantuvo su cara muy próxima a la de Duff y en su rostro jugueteó una leve sonrisa. Pero Duff sólo sentía una parte de su cuerpo, precisamente la que ella había pasado por alto. Era como si la hubiese aislado, centrando la totalidad de su sistema nervioso en sus genitales.

Apoyó sus senos en el pecho de Duff y colocó sus labios contra los de él, con un beso casto de boca cerrada. Luego bajó la mano derecha y colocó el pene erecto contra la húmeda sedosidad de la entrada de su vagina. La sensación fue un suplicio para Duff, quien con una sacudida involuntaria empujó su cuerpo hacia arriba y la penetró.

De allí en adelante él casi no se movió y, en su mente colmada de placer, le pareció que tampoco ella se movía, a pesar de lo cual tenía la sensación de tener el pene encerrado en un recipiente apretado, repleto de volátiles gusanos de seda.

Tal vez lo que sentía fuera demasiado para él. En repetidas ocasiones estuvo a punto de llegar al clímax pero en cada oportunidad, apenas unos segundos antes, la sensación se perdía. Al principio, deseosa de prolongar el placer de Duff, ella deliberadamente disminuía el ritmo al sentir que él se acercaba al orgasmo, pero después comenzó a moverse más rápido, como urgiéndolo a terminar. Mas, por lo visto, no le sería posible hacerlo. Duff comenzó a caer en la cuenta de que no podría. El hecho de ser joven y con experiencia limitada permitió que ese pensamiento lo perturbara, y así, fue perdiendo su erección. Ella lo percibió, sacudió la cabeza y le sonrió.

—No te preocupes —dijo en un murmullo—. Tú muy fuerte. Relájate, acabarás muy pronto.

Entonces se desprendió de él y se deslizó hacia abajo. Duff levantó la cabeza y la vio tomar el pene y acercárselo a su pequeña boca. Era una sensación nueva más localizada, más aguda. Una vez más, Duff fue trepando hacia el clímax, pero tampoco entonces pudo conquistar su cima. No era porque no lo intentaran ambos. Duff sintió todo su cuerpo dolorido, que vibraba con desesperación para alcanzar esa válvula de escape, pero todo parecía inútil. También ella lo comprendió y se deslizó junto a él, acurrucó la cabeza bajo su brazo y escuchó los salvajes latidos de su corazón.

—No te preocupes —murmuró—. Tal vez más tarde o la próxima vez.

Pero esas palabras no lograron serenarlo. Una vez más era un fracaso y le dolían los testículos.

Ella se incorporó en la cama, se apoyó en un codo y observó atentamente la expresión atribulada de Duff. A continuación le palmeó el hombro, levantó el mosquitero de tul y se deslizó fuera.

Duff dio por sentado que no volvería a verla, pero diez minutos más tarde apareció con una bandeja roja laqueada, que colocó sobre la cama antes de trepar a ella y colocarse a su lado. Sobre la bandeja había una pequeña lámpara de aceite, una pipa larga con una hornacina extraña y chata, un par de pinzas, una caja de fósforos y un cuadrado de papel plateado. Sobre el papel se veía un diminuto terrón amarronado que despedía un brillo húmedo en la penumbra. Duff comprendió que lo que tenía frente a sí era un grano de opio y todo lo necesario para fumarlo. A pesar de que, por su educación, debería haber exhibido cierto rechazo, en esta oportunidad Duff no tuvo reacción alguna. Observó en silencio a la muchacha que encendía la lámpara, tomaba el opio con las pinzas y lo sostenía sobre la llama, haciéndolo girar con habilidad. Al cabo de algunos minutos ella se agachó y se lo acercó a la nariz. Asintió, sonrió a Duff y dejó caer el grano en el hornillo de la pipa. Cuando se la ofreció, apoyada sobre las palmas de sus manos, él tuvo un momento de pánico pero luego, con un gesto interior de indiferencia, la aceptó.

Al principio actuó con torpeza y trató de fumarla como si fuera tabaco. Pero ella le enseñó cómo aspirar con mucha delicadeza y lentitud y retener lo más posible el humo en los pulmones.

Era la primera experiencia de Duff con cualquier tipo de droga. Ni siquiera había fumado marihuana. Aguardó los efectos de la misma con una mezcla de excitación y miedo. Al cabo de algunos minutos respiró aliviado. No había experimentado ninguna sacudida repentina en la mente ni en los sentidos. Nada, excepto cierta sequedad acre en la garganta. Se sentía levemente decepcionado. A fin de cuentas, si se decidía a «pecar», lo menos que esperaba era saborear un poco el fruto prohibido.

Ella permaneció sentada, cruzada de piernas sobre la cama, observándolo, con el cuerpo desnudo brillante y perlado de sudor por su reciente esfuerzo. Duff decidió que era increíblemente hermosa; no sólo físicamente, sino que parecía iluminada por una llama interior. Era como una pintura al óleo; un retrato que a primera vista parece tan sólo colorido y bien delineado, pero que gracias a un examen más atento revela una profundidad cromática notable, una serie de tonos que se desvanecen y se funden unos en otros y que le otorgan al rostro perspectiva y carácter. De pronto empezaron a pasarle cosas. Le pareció que la tonalidad marfileña de la piel de la muchacha se iluminaba con luces internas que se desplazaban. El color de su cabello se oscureció y pasó de lo meramente negro al ébano más intenso. Ella estaba sentada a cierta distancia, pero a Duff le pareció sentir el roce de su piel: las protuberancias de sus pezones, el lustre de la parte interior de sus muslos, la curva y forma de su cuello.

Comprendió, en forma vaga, que el opio había invadido finalmente sus sentidos; agudizándolos y, al mismo tiempo, suavizándolos. Rió pero no oyó ningún sonido; vio la sonrisa de ella y también que se acercaba a él y lo aplastaba contra la almohada. Todas sus ansiedades y temores se dispersaron con el humo que ascendía en espirales y permanecía suspendido sobre él como una bruma.

La mañana lo devolvió a la realidad y marcó un punto crucial en su existencia.

Cuando despertó, era tarde. Sintió que le apretaban suavemente el lóbulo de la oreja izquierda. Gruñó y fue recuperando la conciencia con lentitud. Casi en seguida sintió un dolor sordo que irradiaba desde la parte posterior de la cabeza. Luego recordó lo ocurrido, giró y vio a la muchacha agachada sobre él. Estaba vestida, de nuevo con un Ao Dai, y llevaba el cabello recogido. El mosquitero de tul había sido levantado y colocado sobre el marco de madera de dosel, lo mismo que los de las otras camas. La habitación se encontraba despojada de la atmósfera de misterio que reinaba en ella la noche anterior y parecía el dormitorio de una barraca militar.

Duff se sentó. Él y la muchacha eran los únicos que quedaban en ese vasto recinto. Ella tomó un tazón de la mesita junto a la cama y se lo entregó con un pequeño frasco de vidrio. El tazón contenía té caliente y el frasco estaba lleno de lo que parecían cientos de diminutas semillas marrones.

—Trágalas —le dijo—. Buenas para la cabeza.

Duff arrancó el corcho con los dientes, echó la cabeza hacia atrás, se vació el contenido en la boca y luego lo tragó con un sorbo grande de té. Las semillas tenían un sabor amargo, como de almizcle.

—Buena medicina china —dijo ella con tono de aprobación, como si le estuviera hablando a un niño pequeño.

—¿Eres china? —le preguntó Duff.

—Medio china, medio vietnamita.

Ella se acercó a la mesa y le pasó la ropa, que había sido lavada y planchada. Duff terminó de beber el té, bajó las piernas de la cama y comenzó a vestirse. Ella se puso de rodillas y le colocó los calcetines. Ahora sí que se sentía como un niño. Era una sensación curiosa de desamparo que armonizaba con la serie de emociones vividas la noche anterior: culpa, excitación y, por último, azoramiento.

Lo más probable era que el incidente del bar hubiera puesto fin a sus dos incipientes carreras. No cabía duda de que «Equino» se enteraría de lo ocurrido, y un agente que pierde el control no era precisamente digno de elogio. En cuanto a sus actividades como fotógrafo de guerra, todos los esfuerzos realizados hasta el momento habían resultado inútiles. Como si todo eso fuera poco, había traicionado a su mujer y fumado opio: una noche ignominiosa, por cierto.

La muchacha estaba colocándole los zapatos. Cuando Duff bajó la vista y contempló su cabellera negra y lustrosa, un pensamiento antagónico se abrió paso en su mente: ¡Y qué! Tal vez hubiera arruinado sus dos empleos y hasta su matrimonio... pero había sido una noche inolvidable y una experiencia increíble para un muchachito yanqui procedente de un humilde pueblo.

—¿Cómo te llamas? —le preguntó a la muchacha mientras se ponía de pie.

—Wei Fong. ¿Y tú?

—Duff.

—¿Duff? —repitió, con aire vacilante, y él le dedicó una sonrisa forzada.

—Sí. Duff el inútil —dijo; echó un vistazo a su reloj y maldijo para sí. Pero le dijo a la muchacha—: Más vale que vuelva a mi Armagedón.

Ella lo miró sin comprender y él extendió los brazos, le rodeó la cara con las manos y la besó en los labios.

—Gracias, Wei Fong. Es probable que seas la última cosa agradable que me ocurra en mucho, mucho tiempo.

—¿Te veré de nuevo?

Duff se encogió de hombros.

—¿Por qué no? Si regreso, traeré mi cámara. Por lo visto no sirvo para captar escenas de guerra, pero es posible que pueda plasmar en película lo opuesto.

Lo condujo al piso inferior, él pagó a la vieja bruja y luego, una vez en la calle, encontró al mismo taxista desdentado esperándolo. Los taxistas de Saigón pertenecen a una raza que, de habérsele permitido, se habría encadenado con gusto a un buen cliente.

Durante el viaje de regreso al hotel lo embargó una depresión total. Se puso a contemplar el gentío que llenaba las calles: los omnipresentes soldados y los policías de uniforme exagerado; las mujeres, algunas con vestidos occidentales de colores vivos, otras con los ondeantes Ao Dai, y aquí y allá, el contraste de una mancha azafranada cuando un monje budista acertaba a pasar entre ellos. La medicina china había surtido efecto y el dolor de cabeza comenzaba a disminuir, pero no podía hacer nada para amortiguar el peso que sentía en el corazón.

Era un fracasado y todas sus ambiciones no eran más que sueños. Decidió que no esperaría. Mientras el taxi se internaba por la calle Tu Do en dirección al hotel, decidió ponerse en contacto sin tardanza con la sección «Equino». También enviaría por télex su renuncia a la revista. Entonces tomaría el primer vuelo a Hong Kong y le contaría a Ruth esa historia triste y estúpida.

Le pagó al conductor y subió de prisa los escalones hasta el vestíbulo del hotel, tan enfrascado en sus pensamientos que no vio al individuo que salía y casi tropezó con él.

—¡Duff! ¿Dónde mierda estuviste?

Era Greg Harris, un australiano grandote y despreocupado que actuaba como corresponsal de guerra para el *Melbourne Star*. Era apenas mayor que Duff y relativamente nuevo en Vietnam, hecho que de alguna manera establecía un vínculo entre ambos. Duff lo miró inexpresivamente y notó que estaba muy excitado. El australiano lo aferró del brazo.

—Te busqué por todas partes —dijo—. ¿No te enteraste?

—¿Enterarme de qué?

—Los de la primera división motorizada están haciendo otro intento en Ah Shau. Entraron allí al amanecer. Hubo una suspensión total de noticias, así que sólo lo supimos hace una hora. Los otros partieron hace rato. Yo estuve en el Delta y acabo de regresar. Vamos, hombre. Busca tu equipo de una vez. En cualquier momento traerán los primeros heridos y podremos aprovechar el viaje para llegar hasta allí.

Duff seguía sin comprender demasiado y Greg, impaciente, literalmente lo zarandeó y le gritó:

—Muévete, hombre. Es la mayor operación llevada a cabo en años.

El mensaje llegó a destino. Era una oportunidad...; tal vez la última. Greg gritó al taxista de Duff que esperara. Luego, dirigiéndose a Duff, le preguntó:

—¿Vienes o no? ¿Qué diablos te pasa?

Duff sonrió.

—Voy. ¡Estaré contigo en treinta segundos!

Corrió hacia la recepción y, haciendo caso omiso del conserje que lo miraba azorado, pasó al otro lado del mostrador y tomó la llave de su habitación. Como el ascensor era muy lento, subió a toda velocidad los dos tramos de escalera. La puerta de su habitación estaba abierta y una criada limpiaba el piso. Lo miró, divertida, correr como una exhalación de un lado al otro del cuarto. No era la primera vez que presenciaba una escena semejante. Lo primero que hizo Duff fue quitarse los zapatos y luego, a toda velocidad, se calzó un par de botas de color verde oscuro para la jungla y una chaqueta de camuflaje. Y, corriendo, recogió el casco y la bolsa con su equipo fotográfico. El grito estridente de la criada lo frenó en la puerta. De pie junto a la mesita de noche, tenía en la mano el distintivo de plástico que lo identificaba como periodista, sin el cual jamás lograría acercarse siquiera a un helicóptero. Corrió hacia ella, la besó en las dos mejillas, le arrancó el distintivo de las manos y salió, seguido por la complacida risa de la mujer.

Consiguieron viajar en un Medivac Huey, junto con otros tres corresponsales que no llegaron a tiempo para salir en la primera tanda. La conversación fue escasa. Al levantar el vuelo, uno de los pilotos comentó sucintamente:

—Aquello es una carnicería. Nosotros no tenemos más remedio que regresar allá, pero no puedo entender por qué lo hacen ustedes.

El helicóptero entró en el área a baja altura y gran velocidad, casi rozando el denso follaje. Primero volaron entre el humo y luego se oyó un repentino repiqueteo metálico como el ruido que se produciría al sacudir una lata gigantesca llena de clavos dentro de una cámara de resonancia.

—¡Hijos de puta! —murmuró el piloto—. Tienen armas cortas pero están demasiado cerca de la zona de aterrizaje —dijo, mientras inspeccionaba el instrumental y sus pasajeros se miraban unos a otros tratando de disimular el miedo que sentían.

Uno de los corresponsales se quitó el casco, levantó el trasero y se lo colocó debajo. Duff estaba a punto de hacer lo mismo cuando el piloto gritó por encima del hombro:

—¡Allá vamos!

El helicóptero se ladeó hacia la izquierda en dirección a un claro. Una serie de balizas humeantes señalaban la pista. En el terreno había otros cuatro helicópteros: dos Huey con las hélices girando, un tercero caído de costado y echando humo y un Cobra quemado. Un grupo de hombres portando camillas corría hacia los Huey que esperaban.

Duff aflojó la correa de la Nikon que le colgaba de la nuca y aferró el objetivo. De no ser por el ruido del motor del helicóptero, estaba seguro de que los demás habrían oído los salvajes latidos de su corazón.

De pronto tocaron tierra, saltaron del Huey y corrieron hacia los árboles.

Durante los siguientes minutos fue como si contemplara una escena filmada con cámara rápida. Desde el borde del campo de aterrizaje giró y comenzó a tomar fotografías. En primer lugar, el Cobra quemado, luego el enjambre de médicos que cargaban las camillas. Todo sucedía con demasiada rapidez. Conectó el motor de su cámara y la Nikon comenzó a zumbar y a lanzar una cadena ininterrumpida de clics a medida que congelaba distintas imágenes del movimiento. Sus compañeros habían seguido avanzando entre los árboles, hacia donde crepitaba y retumbaba el tiroteo. Duff decidió registrar el momento en que los Huey levantaban vuelo y luego seguir a sus colegas. El motor de la Nikon se detuvo, señal de que el rollo de película se había terminado. Duff se apresuró a rebobinar, abrió la tapa posterior de la cámara, extrajo el rollo expuesto y corrió el cierre automático del bolsillo lateral de su bolsa para tomar un rollo virgen. Realizó todos los movimientos con rapidez y habilidad; para eso había practicado muchas horas. Pero su mano quedó congelada y también su corazón: el bolsillo estaba vacío.

Lentamente se dejó caer hacia atrás y quedó sentado en tierra. La cámara abierta pendía suelta de su cuello cuando se abrazó las rodillas y enterró en ellas la cabeza. Se echó a reír, y la suya fue una risa histérica y lacerante. Era la humillación final.

Justamente el día anterior había decidido cambiar de película. En lugar de seguir usando una de 400 ASA emplearía una de 800 ASA, de mayor sensibilidad, que era la que le habían comentado que usaba Munger. Salió y se compró una docena de cajas. La noche anterior, después de la reunión improvisada, tenía planeado sacarlas de sus cajas y asegurarse de que cada rollo estuviese listo para cargarlo. Era un trabajo que le ocuparía por lo menos una hora, así que, para ganar tiempo, había vaciado el compartimiento de su bolsa para dar cabida a los nuevos rollos. Luego vinieron el espejo, la muchacha y el opio.

Esa noche lo encontró tendido de espaldas sobre la cama de su habitación. Permanecía allí desde hacía horas, con la mirada perdida en el cielo raso y en el ventilador de techo que giraba con lentitud. Cuando estaba en el campo de aterrizaje se enfrentó a tres opciones: pedirle prestada película a otro fotógrafo, regresar a Saigón en el siguiente helicóptero o suicidarse.

Terminó regresando en el siguiente helicóptero. No estaba dispuesto a pedirle a nadie que le prestara película. Lo harían con todo gusto, pero luego sonreirían y le recordarían que le quitara la tapa al objetivo antes de disparar. En cuanto a suicidarse, dudaba mucho de tener el coraje suficiente para hacerlo.

Tuvo que esperar una hora antes de ser evacuado. Le tocó la misma tripulación que lo había llevado hasta allí. Duff se sentó en la parte trasera del aparato, entre las bolsas de plástico que contenían los cadáveres, deseando en parte ser uno de ellos. Los pilotos no dijeron nada; se limitaron a mirarlo. No sucedía a menudo, pero habían visto a otros corresponsales y fotógrafos que no tenían valor para afrontar la realidad de la guerra.

Todo había terminado. Los rollos de película sin usar representaban la última oportunidad desperdiciada. No se molestó siquiera en revelar el único rollo expuesto. Frente a la operación más importante que le había tocado presenciar y que se desarrollaba a sólo quinientos metros de donde él se encontraba, las únicas tomas que logró fueron las de un par de helicópteros incendiados.

Todo había terminado y Duff sintió una oleada de irritación cuando oyó que alguien llamaba suavemente a la puerta.

—¿Quién es? —preguntó.

—Carta para usted —dijo una voz amortiguada.

—Pásemela por debajo de la puerta.

Se quedó otra hora contemplando el ventilador. Cuando se levantó de la cama para ir al baño, vio el sobre amarillo en el suelo. Lo cogió y lo rompió para abrirlo. Al hacerlo y extraer una única hoja de papel, cayeron al suelo varias tiras de negativos y de copias de contacto. Duff se sentó y leyó las líneas manuscritas:

No sé cómo te fue hoy, pero lo cierto es que conseguí más fotos de las que necesito. Si éstas te sirven para algo, úsalas. Todo quedará entre tú y yo.

Si te estás preguntando por qué lo hago, el hecho de que la hayas emprendido contra el espejo y no contra mí me parece una razón más que suficiente.

D. M.

Sostuvo el trozo de papel durante un largo rato, luego lo dejó caer sobre la alfombra y recogió las fotografías. Eran diez, en dos tiras. La primera mostraba a dos vietcongs vestidos de negro, cargando en dirección a la cámara y empuñando Kalashnikovs a la altura de las caderas. En la tercera toma, uno de ellos caía, mientras la Kalashnikov le saltaba de las manos. En la cuarta, el otro hombre estaba mucho más cerca, su rostro contorsionado por el esfuerzo y el odio. En la quinta se encontraba de rodillas, con la cara convertida en una máscara sangrienta.

La segunda tira mostraba a un recluta que disparaba una metralleta. Era un primer plano de su cara que observaba por la mira: mentón sin afeitar y proyectado hacia adelante; sobre el casco se leía, escrita con tiza, la leyenda «Jinete del Infierno». En la quinta toma se le veía tendido de espaldas, arqueado sobre su arma. Sus ojos abiertos de par en par miraban sin ver. Junto a él, sobre la tierra, yacía su casco caído.

Duff hizo una inspiración profunda. Las tomas eran verdaderas joyas: bien expuestas, enfocadas y transmitían una acuciante sensación de proximidad. Lentamente las colocó junto al pedazo de papel, se puso de pie, fue hasta el baño y orinó en el inodoro. Luego bajó el asiento, se sentó y permaneció allí durante un rato muy largo. Era el lugar donde se sentía más inspirado para reflexionar.

Al cabo de una eternidad llegó a una decisión... y tiró de la cadena.

No había forma de explicarle a Ruth los motivos de esa decisión ni tampoco lo ocurrido en esas veinticuatro horas que marcaron un momento crucial de su vida.

Por la puerta abierta que daba a la cocina, la oyó lavar los platos. No, ella jamás lo entendería. Ni lo del espejo, ni lo de Wei Fong, ni lo del opio; pero menos todavía cómo pudo él abandonar su habitación aquella noche, bajar la escalera y enviar como suyas las fotografías de otra persona. Curiosamente, eso nunca le causó el menor problema. Ni siquiera trató de justificar su conducta pensando que lo había hecho para tratar de afianzar su actividad «pantalla». Después de aquella noche, sólo volvió a ver a Munger una vez más. Fue en el bar atestado del aeropuerto de Ton San. No menos de una docena de personas se interponían entre ellos y Duff tardó varios minutos en atraer su atención por el espejo que tenía a sus espaldas. Se limitó a asentir con la cabeza, Munger hizo otro tanto y, así, el mensaje fue transmitido y recibido.

A partir de ese momento se produjo un viraje de ciento ochenta grados en la carrera de Duff como fotógrafo. Su editor le mandó un cable lleno de loas y felicitaciones. Dos días después, Duff acompañó a una patrulla de infantes de marina al Delta y sus fotografías fueron tildadas después como las más electrizantes de toda la guerra. También recibió una herida leve pero honorable cuando una esquirla de granada se le incrustó en una pierna. Las bromas y las tomaduras de pelo habían terminado. Duff siguió el consejo de Munger y jamás trató de descubrir las razones de su generosidad. Pero ahora existía un vínculo entre ambos y Duff necesitaba desesperadamente saber por qué Munger había decidido vender su equipo fotográfico y si podía hacer algo por él.

Apartó su silla de la mesa, se puso en pie, se desperezó y fue a la cocina. Ruth estaba lavando los platos y cacerolas con guantes de goma largos y rosados. Duff se le acercó por detrás, le besó la nuca y le dio un par de palmadas en el trasero.

—Me voy.

Ella se volvió, lo besó en la boca y le preguntó:

—¿Volverás tarde?

—No. Sólo tardaré un par de horas. Cuando termines, ¿por qué no llamas al Mandarin y reservas una mesa para el jueves por la noche?

Ella sonrió frente a esa manera indirecta de Duff de recordarle el aniversario de boda.

—Sí, eso haré. Y les diré que tengan abundante champaña helado.

Duff sacudió la cabeza fingiendo sentirse exasperado.

—¡Eso de que donde come uno comen dos, es la mentira más grande que he oído en mi vida!

Ella le sonrió, le besó la punta de la nariz y siguió lavando los platos. Cuando oyó que la puerta se cerraba se preguntó si Duff ya le habría comprado la pulsera. Se suponía que sería un regalo sorpresa, pero ambos sabían que no era así. En dos oportunidades en el curso de la semana anterior, lo había obligado a pasar frente a la vitrina de la joyería en Lane Crawfords y, en tono casual, le llamó la atención sobre la pulsera de jade y oro. Sabía que costaba siete mil dólares de Hong Kong y que era un antojo extravagante, pero también sabía que él acababa de recibir su primera bonificación y que tenían incluso una suma un poco mayor que ésa en la cuenta bancaria.

Capítulo 2

Walter Blum los vio acercarse. Desde hacía una hora ocupaba su mesa habitual en un rincón y, también como de costumbre, sobre ella había un cubo de plata para hielo, con una botella ahora semivacía de Montrachet. Le gustaba observar a la gente; era a la vez su profesión y su deporte preferido. No tenía el físico necesario para practicar uno más activo, pues pesaba alrededor de ciento cuarenta kilos y no era alto. Su aspecto era una parodia del hombre rico y muy obeso, con gustos vulgares. Usaba un traje lustroso de mohair gris claro y una corbata rojo oscuro sujeta a la camisa celeste por medio de un alfiler de corbata de oro tachonado de diamantes. Cuando levantó su gran cigarro y le dio una chupada, centellearon los enormes anillos que lucía en sus dedos regordetes. La caricatura se completaba con un monóculo que le colgaba del cuello, sujeto a un cordón delgado de seda negra. Nadie lo había visto usarlo jamás. Llegaba al Club de Corresponsales Extranjeros casi todas las noches a las siete y media, después de haber sido depositado en la puerta de la Sutherland House por su Rolls Royce blanco. Incluso el esfuerzo mínimo que implicaba recorrer los veinte pasos que lo separaban de los ascensores lo hacía llegar jadeando y sudando al vestíbulo con aire acondicionado del piso catorce. Avanzaba entonces hacia su mesa saludando con la cabeza a los empleados y amistades. Allí lo esperaban la botella de vino helada y cuatro copas, tres de las cuales estaban por si se le ocurría invitar a alguien a acompañarlo. Tales invitaciones eran muy codiciadas, pues incluso con los precios del club, una buena botella de Montrachet costaba una fortuna. A las diez menos cuarto solía ponerse de pie y, de camino hacia el vestíbulo, se detenía en el bar e intercambiaba algunas palabras con Chang, el barman. A las diez se encontraba ya instalado en su mesa rinconera del Grill Room del Mandarin Hotel. Prefería cenar solo: para él, la comida era un asunto muy serio.

Hacía muchos años que seguía esa rutina. Nadie entendía por qué le gustaba ir al CCE. No era un club de hombres ricos y carecía de la opulencia que habría estado más acorde con su aspecto físico. Pero la razón era muy simple: le fascinaba observar a la gente, en una gama lo más amplia que fuera posible. Y de todos los clubes de Hong Kong, el CCE era el lugar más indicado para hacerlo.

El venerable Hong Kong Club atraía a la comunidad de hombres de negocios y de miembros del gobierno británicos, con apenas un grupo de forasteros, a quienes se había aceptado como socios con la única finalidad de salir al paso de cualquier crítica anticolonialista. El Club Americano... bueno, estaba lleno de norteamericanos y el Country Club de Deep Water Bay era el reducto exclusivo de los *nouveaux riches*. A pesar de su aspecto, Walter Blum se habría estremecido si alguien lo hubiera incluido en tal categoría.

En esencia, el CCE era una institución cosmopolita. Sólo una parte de sus miembros eran auténticos corresponsales, pero atraía a una muestra representativa y variada de la comunidad. Estaban, desde luego, los representantes de los medios de información locales: editores y reporteros de la prensa británica y china, cameramen y comentaristas de los canales de televisión locales, incluso *disc-jockeys* de la emisora de radio del lugar. Como se trataba de «profesionales» de los medios de comunicación y por añadidura «locales», tendían a adoptar una actitud de leve superioridad con respecto a los miembros de menor rango, tales como los contables de las agencias de publicidad, los dibujantes y artistas creativos comerciales, los agentes de seguros y otra gente por el estilo. Sólo deponían esa actitud en presencia de la «aristocracia», es decir, de aquellos miembros para los que había sido creado el club: los jefes de oficina, corresponsales y fotógrafos que difundían lo ocurrido en la región a los medios internacionales de información.

Walter Blum no tenía problemas en reconocerlos. Los de la aristocracia eran pocos, pasaban mucho tiempo viajando por motivos de trabajo, no se vestían siguiendo una norma determinada y solían hablar en voz baja.

El segundo estrato, los hombres de los medios locales, por lo común usaban una especie de «uniforme»: un traje safari con charreteras para uso múltiple, lleno de bolsillos y compartimientos especiales para bolígrafos. Varios sastres hindúes de Nathan Road habían prosperado mucho más allá de sus expectativas encargándose de su fabricación.

El tercer estrato —que incluía a los agentes de seguros y agentes de líneas marítimas, los agentes de viaje y comerciantes— parecía estar permanentemente al acecho, a la espera de que ocurriera algún hecho excitante o escandaloso. Con frecuencia veían satisfechos sus deseos, pues semejante *mélange* de socios tenía, a veces, efectos explosivos.

Esa noche en particular, reinaba una atmósfera de gran expectativa. No era una curiosidad morbosa como hubiera sido normal antes de la subasta de un equipo fotográfico, sino una excitación contagiosa. El preludio de lo inesperado. El lugar estaba repleto de gente, pues la voz se había corrido con rapidez. Desde el puesto privilegiado de su mesa en el rincón, Walter Blum podía abarcar con la mirada la totalidad del restaurante, gran parte del bar oval y, además, el vestíbulo con las puertas de los ascensores. De vez en cuando le hacía una inclinación de cabeza a alguno que tenía méritos suficientes para que él lo saludara. En el extremo más alejado del bar, un grupo de cuatro individuos acaparó su atención. Estaba integrado por Howard Talbot, Primer Secretario del Consulado de los Estados Unidos; la hermosa Janine Lesage, corresponsal para el Lejano Oriente de *L'Universe*; Sami Asaf, de la Oficina de Prensa de Medio Oriente de Beirut, y Klaus Kinkel, la autoridad local del Instituto Goethe. Sí, un grupo sumamente interesante, por cierto, pues Walter Blum sabía, al igual que otras personas en ese recinto atestado, que aparte de sus credenciales aparentes, eran también agentes de inteligencia o, como él prefería llamarlos, espías.

Talbot era el número dos de la oficina local de la CIA. Lesage trabajaba para el Service de Documentation Extérieure et de Contre-Espionnage, el SDECE francés. Asaf era el único representante y, por consiguiente, la autoridad máxima del Mukhabarat iraquí en el Lejano Oriente. Kinkel era una estrella en ascenso del BND —el Bundesnachrichtendienst— de Alemania Occidental. De acuerdo con la información que poseía Walter, había sido destinado allí seis meses para obtener experiencia en cuestiones del Lejano Oriente antes de que le dieran un ascenso importante. Se preguntó si alguno de ellos sabría que los demás también eran espías o que Chang, el barman, que en ese momento fregaba los vasos y escuchaba su conversación, trabajaba tanto para el servicio secreto chino como para el del Kuomintang. El pensamiento divirtió a Walter mientras bebía un trago de su Montrachet y se quitaba de la solapa de su traje de mohair la ceniza del cigarro. Entonces concentró su atención en la puerta de los ascensores. De uno de ellos emergió Duff Paget vestido con unos pantalones celestes, camisa color crema y una expresión de disimulada curiosidad. Antes de entrar en el recinto principal se detuvo, como casi todo el mundo lo hacía, frente al panel curvo que separaba el vestíbulo del bar. En él se colocaban las fotografías tomadas por los miembros más eminentes del CCE. Había desde retratos de diversos estadistas hasta fotografías de guerra que habían sido aclamadas mundialmente. Nadie era capaz de observar ese panel durante un par de minutos sin sentirse profundamente sacudido. Allí estaba la toma que realizó Eddie Adam del Jefe de Policía de Saigón en el momento en que volaba los sesos a un indefenso prisionero vietcong;

un joven monje budista sentado con las piernas cruzadas y envuelto en llamas mientras, en una ceremonia ritual, moría abrasado frente al Palacio Presidencial; la conmovedora fotografía de Larry Burrow de un sargento negro que abrazaba y consolaba a un recluta blanco asustado; el rostro de un infante de marina afectado de neurosis de guerra, obtenido por Don McCullin, una cara que hablaba con mayor elocuencia del conflicto bélico que diez millones de palabras. Y también el rostro de Richard Nixon sonriéndole tontamente a una cámara.

Pero Walter sabía que el interés de Duff Paget se centraría en las últimas dos fotografías incorporadas al panel. Una mostraba a un capellán del Ejército de los Estados Unidos, incongruentemente ataviado con uniforme y cuello clerical, que contemplaba a un recluta que pasaba por allí y que, en la espalda de su chaqueta de camuflaje, llevaba escrita con tiza esa frase ya trillada:

> *¡Sí, aunque camine en las tinieblas de la muerte ningún mal temeré, porque soy el hijo de puta más redomado de la región!*

La expresión del capellán era inigualable. La otra fotografía era el retrato en primer plano de una muchacha de ojos almendrados, rostro oval y cabello oscuro recogido, que contrastaba notablemente con un fondo que parecía ser un tul blanco en *flou*. Era un rostro que transmitía inocencia.

Walter sabía que Paget se concentraría en esas dos porque él las había tomado, y el hecho de que la comisión del club hubiese decidido incluirlas en el panel constituía su pasaporte a la aristocracia de la institución.

Paget se quedó allí un buen rato y luego pasó al bar y se unió al grupo de espías que estaba en el otro extremo. Walter se preguntó si también él lo sería. Su interés iba más allá de la simple curiosidad, pues ese individuo de aspecto chillón, ese vulgar glotón, era en realidad un espía y con una envidiable reputación dentro de su propio servicio de inteligencia.

Llegó a ejercer esa actividad siendo ya mayor y por un camino curioso. Era ruso blanco y judío. Su familia había huido a Shangai después de la Revolución. Su padre comenzó primero a importar telas para el vasto mercado chino y luego a fabricarlas. La compañía se llamó Walen Trading, una amalgama de los nombres de sus dos hijos: Walter y Ellen. Esta última murió de pleuresía poco después del traslado de la familia y, así, Walter se convirtió en el único heredero.

Con el correr de los años, Walen Trading prosperó y el padre de Walter abrió sucursales y depósitos en todo el país, siempre manejados por rusos blancos judíos. Durante la guerra y la ocupación japonesa, esa prosperidad aumentó, sobre todo porque sus principales rivales, los británicos y los franceses, fueron hechos prisioneros. Sin embargo, y a pesar de esa primacía económica, el padre de Walter fue un hombre honorable y valiente que hizo uso de su libertad y su dinero para ayudar a los prisioneros, llegando incluso a sobornar a oficiales japoneses de alto rango para enviar a los campos de concentración medicamentos y alimentos adicionales, para lo cual no vaciló en enfrentarse a riesgos de índole personal. Cuando, finalmente, la guerra terminó, se encontró no sólo con una enorme fortuna sino también con la gratitud eterna de los que antes eran sus más acendrados rivales, y también con la del gobierno británico. Incluso le fue conferido el título honorario de Miembro de la Orden del Imperio Británico, y planeaba viajar a Londres para recibirlo de manos del propio rey Jorge VI. Lamentablemente, murió de una trombosis coronaria aguda poco antes de la hora prevista para que el barco zarpara. En consecuencia, Walter, que sólo tenía veinte años, se convirtió en el propietario de un pujante y extendido grupo empresarial dedicado al comercio y la manufactura. Fue una tarea solitaria, pues su madre había muerto varios años antes y tenía pocos amigos personales por ser ya un jovencito obeso y poco atractivo. No obstante, descubrió que tenía un gran talento no sólo para los negocios, sino también para calibrar en qué dirección soplaban los vientos de la política. Cuando los comunistas y los nacionalistas lucharon por el control de China, fue el primero en prever que los comunistas saldrían victoriosos. Comenzó a convertir las posesiones de Walen Trading en dinero contante y sonante y a sacarlo del país para invertirlo en el extranjero. La manera en que lo llevó a cabo fue notable. Había aprendido de su padre que, en los negocios, el activo más importante, además del dinero, era la gente. Su padre fue un formidable juez del carácter de los demás y Walter no sólo heredó esa cualidad sino que la desarrolló hasta poseer una intuición casi infalible para encontrar a la persona adecuada para un trabajo determinado. Reunió a todos los gerentes más antiguos de la Walen Trading y les explicó cuál sería la nueva política de la compañía. Cada uno de ellos sería destinado a otro país y recibiría un capital de medio millón de dólares norteamericanos y un crédito bancario de un millón. En 1948, no era una cifra nada desdeñable, por cierto. Cada uno de los gerentes sería propietario del veinticinco por ciento de la compañía que dirigiría. Walter mismo se trasladaría a Hong Kong, que se convertiría en la nueva base de operaciones para las oficinas centrales de la Walen Trading.

De ese modo, como un puñado de semillas arrojadas al azar sobre tierra fértil, Walter desparramó sus gerentes y su fortuna por todo el mundo. En aquellos días reinaba un control rígido sobre el cambio de moneda extranjera y surgieron bastantes problemas para transferir el dinero fuera de China, pero Walter zanjó la dificultad con gran ingenio. La orden de los monjes benedictinos estaba muy extendida y gozaba de gran influencia en la China de la preguerra. A diferencia de Walter, ellos previeron una victoria nacionalista y estaban decididos a estar preparados para ella. Como gran parte de sus bienes estaban invertidos en los Estados Unidos, Walter les ofreció una operación ventajosa para ambos. Él les entregaría el efectivo en China y ellos se lo acreditarían en sus cuentas de Nueva York, con un descuento del diez por ciento. Este arreglo persistió hasta la victoria comunista e incluso después de ella, pues aunque el pronóstico político y militar de los monjes demostró ser erróneo, en un primer momento los comunistas los alentaron a ellos y a muchas firmas comerciales a permanecer en el país.

Walter estaba a punto de hacer mutis por el foro cuando ocurrió. Aparte de compartir una transacción comercial con el abad benedictino, ambos también habían compartido una amante: una rusa blanca de temperamento explosivo. Ella fue la que puso en contacto a Walter y al abad y la que actuó como intermediaria en sus transacciones. Como es natural, antes de partir, Walter le entregó lo que, para él, era una suma más que generosa de dinero. Por desgracia, la dama en cuestión tenía una escala de valores diferente y, en un ataque de furia, se dirigió a las autoridades y les relató la verdad sobre las violaciones cometidas por Walter en lo relativo al control de divisas. Tanto él como el abad terminaron en la cárcel.

Walter sabía que sólo era una tormenta pasajera. Los comunistas eran pragmáticos. Querían dinero. El único problema era averiguar cuánto. Su mayor temor era que sus leales gerentes de allende los mares ofrecieran una suma excesiva. Desde la prisión no tenía manera de comunicarse con ellos, así que fingió un ataque de apendicitis y exigió ser examinado por su propio médico, quien también era ruso blanco y un amigo de confianza de la familia. A su debido tiempo el médico fue llamado y, mientras lo examinaba, Walter se las ingenió para transmitirle el mensaje vital. Pero los comunistas desconfiaban. Si Walter estaba realmente enfermo, había que hacer algo al respecto. Fue así como Walter perdió su apéndice totalmente sano en aras de las utilidades comerciales.

Cuando llegó el momento, su filial de Nueva York giró los dos millones de dólares que él les había sugerido y, al cabo de seis meses de tira y afloja, fue puesto en libertad y se le permitió partir para Hong Kong. Se preocupó entonces de recuperar el peso perdido durante su confinamiento prolongado, pero ese período dejó en él dos legados permanentes: uno era una cicatriz en su vientre blanco como la nieve; el otro, saberse de memoria cada una de las palabras del *Hamlet* de Shakespeare. Fue el único libro que consiguió que le prestaran en la poco provista biblioteca de la cárcel y, con el correr de los meses, le habían quedado grabadas cada una de las líneas de cada página. Esa obra le permitió hacer descubrimientos asombrosos y encontró en su lenguaje la expresión de todo lo que le habría gustado decir, pero que no podía hacer por falta de vocabulario o de lucidez mental.

A partir de ese momento, su conversación se vio literalmente salpicada con citas de *Hamlet*. Sus amigos y conocidos lo encontraron desconcertante y sus gerentes diseminados alrededor del mundo se vieron en la necesidad de tener una copia siempre a mano. Era cosa de todos los días que recibieran un télex con sólo un sucinto epigrama que rezaba, por ejemplo:

«Acto 1, escena 2, línea 192.»

Al consultar el ejemplar, el gerente descubría que decía: «Templad vuestra admiración por un tiempo», lo cual significaba que Walter no estaba demasiado convencido con respecto a una empresa colectiva que acababa de serle propuesta.

Al llegar a Hong Kong descubrió que la simiente de su imperio desperdigado ya había comenzado a germinar. En la actualidad tenía oficinas en lugares tan remotos como Río de Janeiro y Sidney, Londres y Johannesburgo. En Oriente, estaba bien establecido en todo el Japón y el sudeste de Asia. Cada oficina se iba desarrollando de acuerdo con su emplazamiento, y el temperamento y habilidad de su gerente. En Río se dedicaban al negocio del acero y metales especializados; en Japón, al área recientemente en auge de las cámaras y productos electrónicos. Allí el gerente había alquilado incluso una flota de pesqueros de atún y sus cargas se vendían en Europa por medio de la oficina de París.

Dos veces al año, Walter llevaba a cabo un vasto *tour*, tanto comercial como gastronómico: visitaba a sus gerentes y los mejores restaurantes de las ciudades en que ellos vivían. En su recorrido de 1953, cenó en el Savoy Grill de Londres y, a continuación, fue al Old Vic y vio *Hamlet* interpretado por Richard Burton. Sentado en la primera fila de platea, pronunció con él cada una de las líneas del texto, hasta que, hacia el final del Acto II, su voz se hizo notoriamente audible. Durante el descanso, le fue entregada una nota en el bar. Decía así:

Le estoy muy agradecido, apreciado señor mío, pero conozco bien mi parlamento.

R. B.

Walter atesoraba esa nota tanto como los cuadros de grandes pintores que adquirió después.

Hacia mediados de la década de 1950 era uno de los hombres más ricos de Asia. La guerra de Corea y sus secuelas habían promovido un formidable desarrollo comercial en el Japón y zonas adyacentes, y Walen Trading estuvo en la cresta de la ola. En ese momento, Walter tenía oficinas y fábricas en más de cuarenta países y cada recorrido le ocupaba no menos de tres meses. Debería haberse sentido más que satisfecho y, por lo menos en lo que se refiere a su éxito comercial, lo estaba. Pero, sin embargo, sentía que le faltaba algo. Gracias a su habilidad en la selección de personal y su política de otorgar una gran dosis de iniciativa y libertad a sus gerentes, era poco el trabajo que le quedaba por hacer en las operaciones cotidianas de su imperio. La suya era una organización diversificada y abierta y, a diferencia de lo que ocurría con las grandes empresas multinacionales, un excesivo control ejercido desde el centro habría ahogado su espíritu esencialmente libre.

En suma, comenzó a aburrirse y a buscar nuevos horizontes.

La guerra que se desencadenó en el Medio Oriente en 1956, obró como un catalizador en tal sentido. Una vez que Israel ocupó con éxito el Sinaí, el gobierno israelí hizo lo que hace siempre después de cada guerra: envió a conocidos generales y estadistas para solicitar dinero de los judíos diseminados en todo el mundo para financiar las acciones bélicas. Moshé Dayan, el héroe de la guerra, fue enviado a Australia. Después de recibir adhesiones por valor de más de cuarenta millones de dólares, de regreso a Israel hizo escala en Hong Kong.

En Hong Kong había menos de trescientos judíos, pero entre ellos se contaban algunos individuos de enorme fortuna, así que Dayan se pasó varios días ofreciendo conferencias sobre la guerra, el estado de las finanzas de Israel y los terribles peligros que los acechaban. Reservó toda una noche para conversar con Walter y ambos cenaron solos en su villa.

Dayan conocía de sobra la magnitud de la fortuna de Walter y confiaba recibir una contribución de por lo menos un millón de dólares, pero curiosamente encontró a su anfitrión en una actitud muy poco dadivosa. Walter le explicó que sentía una aversión particular frente al hecho de darle dinero al gobierno, ya fuera en impuestos o por cualquier otra vía. Por supuesto que apoyaba a Israel. No era un hombre mezquino y había enviado sumas generosas para plantar nuevos árboles e instituir becas para la Universidad de Tel Aviv. Su oficina en Tel Aviv, que introdujo en el país la artesanía del tallado de diamantes, también había hecho una contribución sustancial en efectivo. Dayan se mostró directo y persuasivo, pero Walter insistió en que preferiría cooperar de alguna otra manera.

—¿De qué otra manera? —preguntó Dayan.

Walter se encogió de hombros y señaló que tenía una red internacional de oficinas manejadas a nivel ejecutivo por empresarios judíos. ¿No sería factible que, por su intermedio, ayudaran a Israel a promocionar su comercio internacional? Dayan reflexionó un instante y luego su ojo sano centelleó. Se pasó el resto de la noche buceando en profundidad en el temperamento y los antecedentes de Walter y descubrió que, a pesar del aspecto del individuo y de su aparente vulgaridad, tenía una inteligencia sutil y una aguda comprensión de la naturaleza humana.

Mientras Walter lo acompañaba a la puerta, Moshé Dayan comentó que quizás hubiera una manera de hacer una aportación importante a su causa. Cambiaría ideas con otras personas en cuanto regresara a Israel y entonces alguien se pondría en contacto con él.

Una vez junto al automóvil, Walter agradeció a Dayan su visita, se llevó la mano al bolsillo interior de la chaqueta y le entregó un cheque por un millón de dólares. Sonrió al ver la expresión sorprendida del general. Entonces fue Dayan el que sorprendió y deleitó a su anfitrión. Durante la cena, había notado que Walter solía salpicar su conversación con abundantes citas de *Hamlet.* Se metió en el coche, bajó el cristal de la ventanilla y, cuando el vehículo arrancó, le gritó:

—Acto II, escena 2, línea 286.

Walter sonrió de oreja a oreja mientras con la mirada seguía al coche que se alejaba. La línea en cuestión saltó como un resorte en su mente.

«Mendigo soy, pobre hasta en las gracias.»

Seis semanas después, durante una de sus visitas periódicas a su oficina de Israel, Walter fue invitado a cenar a la casa de Dayan. Había otro invitado: un hombre pequeño y nervioso llamado Isser Harel. Después de la comida, Dayan dejó a sus dos huéspedes solos, con café y una botella de coñac. Isser Harel era la cabeza legendaria del Mossad, el Servicio Secreto Israelí. A medida que el nivel de coñac de la botella fue descendiendo, Harel habló largo y tendido acerca de la forma en que Walter podía cooperar con Israel. Hasta que por último Walter exclamó, azorado:

—¡Me está proponiendo que sea espía!

Harel había objetado el término, alegando que prefería usar una terminología menos sensacionalista, pero Walter estaba embelesado frente a esa perspectiva y se negó a aceptar ese intento de evasión semántica. Inmediatamente captó la belleza del plan. Con su red de oficinas, su instalación de comunicaciones comerciales, su ejército de gerentes judíos leales y, por encima de todo, su inmensa fortuna, en un instante se vio a sí mismo desempeñando un papel casi mágico.

Ahora Harel permanecía en silencio y Walter daba rienda suelta a su imaginación. Repasó velozmente los nombres de los directivos que se adaptarían mejor a semejante papel. Mientras, Walen Trading podía incorporar a una serie de agentes del Mossad a su nómina. Abriría nuevas oficinas en lugares clave. La mera idea le produjo un verdadero deleite.

Una vez más, Harel opuso objeciones. Era preciso moverse con lentitud, entrenar a la gente, incluyendo al mismo Walter. Una red como la imaginada por Walter tardaría varios años en formarse. Pero el entusiasmo de Walter no se empañó.

—Espía —murmuró y entonces sus gruesos labios se abrieron en una sonrisa—. ¡El espía mayor, eso es lo que seré!

Harel disimuló una sonrisa y más tarde, en su informe al gabinete, sugirió que si bien Walter Blum y su empresa Walen Trading podrían ser de cierta utilidad, en particular en lo tocante a comunicaciones y como conducto para transacciones financieras furtivas, dudaba mucho de que lograra acumular algún tipo de información secreta valiosa, salvo, quizás, algunos secretos industriales.

Pero Harel subestimó notablemnte la energía de Walter, su genio organizativo y su disposición innata para las sutilezas del espionaje. Antes de que hubieran pasado seis meses se le solicitó que entrenara a docenas de los hombres de Walter. Al examinar a cada uno de los candidatos, Harel tuvo que reconocer la habilidad de Walter en seleccionar su personal. Sólo uno debió ser rechazado debido a que todavía tenía familiares cercanos en Rusia y ello lo hacía vulnerable a las presiones. Walter mismo realizó varios viajes a Tel Aviv, aparentemente para expandir sus oficinas, pero en realidad para recibir adiestramiento. Al cabo de un año, la información entraba a raudales en los oficinas centrales del Mossad, y los analistas determinaron que era de primera calidad.

Mucho antes de lo previsto, Isser Harel comenzó a destacar a sus propios agentes del Mossad en la empresa Walen Trading y ésta pasó de ser un centro pasivo de recepción de información a desempeñar un papel más activo. Harel fue lo suficientemente astuto como para no socavar en ningún sentido la autoridad de Walter, quien siguió siendo el jefe de su propia red. Muy pronto los beneficios comenzaron a ser cuantiosos.

Cuando, a comienzos de la década de 1960, Israel intentaba

producir su propia bomba nuclear, fue precisamente la red de Walter la primera en proveer información técnica vital, junto con ciertos componentes «imposibles de conseguir». Más adelante, la filial de Nueva York de su organización se encargó de «recoger» grandes cantidades de plutonio de las instalaciones nucleares de los Estados Unidos y luego de tomar todas las precauciones necesarias para su embarque a Israel. En el período que desembocó en la guerra de 1967, Walter abrió oficinas comerciales en el Medio Oriente, todas propiedad de compañías títeres registradas en países como Liechtenstein, Panamá y Mónaco. Sus relaciones comerciales siguieron siendo excelentes con el mundo árabe y, merced a una alquimia de subterfugios y simples convenios comerciales, evitó que lo incluyeran en la lista negra árabe de todas las firmas que tenían tratos con Israel. Después del conflicto de 1967, contribuyó a invalidar el embargo de armamentos impuesto por Francia y otros países. Fue la red de Walter la que sacó de contrabando las seis lanchas cañoneras de Cherburgo, en las mismas narices de la armada francesa, después de que De Gaulle vetara su entrega.

Alrededor de 1969, por consiguiente, Walter Blum tenía todos los motivos para atribuirse el título de «Espía Mayor». A su red se le confirió el nombre en código de Naranja. Walter mismo era conocido como Naranja Uno y los distintos elementos de su red eran designados por otros números. A pesar de la estrecha colaboración existente entre el Mossad y la CIA, ni ésta ni ninguna otra organización de inteligencia estaba enterada de su existencia.

Walter Blum conservó su base de operaciones en Hong Kong porque sentía una extraña afinidad con el Oriente. Sin embargo, en los últimos tiempos había sido objeto de crecientes presiones para que se trasladara a una zona más próxima al Medio Oriente. Isser Harel se había retirado en 1962, siendo reemplazado por Meir Amit hasta 1968, año a partir del cual Walter trabajó a las órdenes de Zui Zamir.

En el primer encuentro entre ambos, Zamir insistió en que en la siguiente década Israel se enfrentaría a los mayores peligros de su historia y que sus servicios serían más necesarios que nunca. Volvió a pedirle que se trasladara a un lugar más próximo al teatro de operaciones. Walter le prometió pensarlo y, mientras tanto, se ocupó de fortalecer las actividades de Walen Trading en la isla de Chipre, que constituiría una base perfecta si algún día decidía desplazarse un poco más hacia el oeste.

En el bar se produjo cierta agitación. Walter observó que Duff Paget había abandonado el grupo con el que estaba conversando. En su cara apuesta campeaba una expresión de enojo. Una vez más, la curiosidad de Walter con respecto a ese hombre se avivó. Sabía que representaba a una revista cuyo dueño tenía fuertes conexiones con el gobierno de Washington. Un par de meses antes, Walter había enviado una solicitud de informes grado uno a las oficinas centrales del Mossad con respecto a Duff Paget, con resultados negativos. Y, puesto que el Mossad había penetrado hacía ya mucho en los niveles más altos de la CIA, la conclusión debía ser que Paget estaba «limpio». No obstante, Walter seguía abrigando leves sospechas. Consultó su reloj y descubrió que todavía faltaba media hora para la subasta, así que llamó a un mozo con el dedo y le envió a Paget una invitación para que tomara un trago con él.

Sentados frente a frente a la mesa del rincón, formaban una pareja contrastante: uno bajo, feo e indecorosamente gordo; el otro alto, delgado y sumamente atractivo.

Una vez que Duff estuvo instalado, con una copa de vino en la mano, Walter inició la conversación.

—Quiero felicitarlo por sus recientes trabajos. Son de primera clase. La gente ya empieza a hablar de usted como del nuevo «Munger».

Duff sacudió la cabeza vigorosamente, a pesar de sentirse halagado por los comentarios de un hombre que leía con mucha atención toda la cobertura periodística con respecto a Vietnam.

—Nada de eso —dijo con firmeza—. Todavía soy un novato. Munger es un tipo fuera de serie.

—Pues parece que eso es historia antigua —dijo Walter sin apartar la mirada del rostro del hombre joven que estaba frente a él—. ¿A qué se debe esta subasta?

Duff se encogió de hombros.

—Es un misterio completo. Después de realizar varias operaciones con las Fuerzas Especiales cerca de Vinh Long, regresó a Saigón, no presentó ninguna fotografía y estuvo una semana entera bebiendo. Esta mañana voló a Hong Kong, anunció que pensaba vender su equipo, se lo dejó a Chang y partió rumbo al aeropuerto. Al parecer se embarcó en el primer vuelo a Europa.

Walter volvió a llenar la copa de ambos y comentó:

—Muy extraño. ¿Qué se supone que harán con lo que se recaude?

Duff sonrió con ironía.

—Tengo entendido que se destinará para el RSPCA... ¡el hogar local para perros!

El enorme vientre de Walter retumbó de risa.

—Sí, a Munger nunca le gustó demasiado la gente. Pero, dígame, ¿no cree que la hermosísima señorita Lesage podría arrojar alguna luz sobre este asunto? A fin de cuentas, ha sido su chica durante los últimos meses, con alguno que otro intervalo.

Walter vio que el rostro de Duff se ensombrecía una vez más al mirar a la francesa rubia y espigada que estaba sentada frente al bar.

—No —dijo Duff con voz tensa—. Estuvo con él en Saigón, pero las informaciones que suministró son obscenas en todo sentido —comentó y la fulminó con la mirada.

—Por favor, cuénteme —lo urgió Walter.

Duff respiró hondo.

—Dijo que, después de Vinh Long, Munger quedó impotente. Que trató de acostarse con ella, pero no pudo.

Las cejas de Walter se elevaron y una bocanada de humo de su cigarro atravesó la mesa.

—Un comentario nada agradable para ningún hombre. Sobre todo tratándose de alguien como Munger y en un bar como éste.

Duff lanzó un gruñido de airada aprobación mientras Walter se dedicaba a estudiar a la mujer. Era alta y esbelta, casi flaca. En una oportunidad alguien se la describió como con un cuerpo de serpiente. Por lo visto, tenía también veneno. Llevaba su cabellera larga color maíz recogida en una especie de rodete, sujeto a la coronilla con una aguja. Walter también había oído decir que en ocasiones ella se lo quitaba, sacudía la cabeza y el pelo le caía como una cascada hasta debajo de la cintura. Le habría gustado verlo, pues tenía debilidad por las mujeres con cabello largo.

En el recinto resonó un murmullo cuando dos camareros transportaron una mesa larga y Bennet, vestido como siempre con un traje de tela a rayas finas y chaleco, se alejó del bar.

Colocaron la mesa en el otro extremo del recinto y casi todos los que se encontraban frente al bar se pusieron de pie para ver mejor.

A Walter le sorprendió comprobar de qué pocas piezas constaba el equipo de Munger. En otras subastas la mesa estaba cubierta por un montón de cámaras y accesorios. Esta vez sólo había una maleta metálica abollada y abierta, en cuyo interior se veía una serie de elementos para obtener copias de contacto: tres botellones de plástico plegables, dos bandejas para revelado, un cronómetro, un termómetro, un filtro para agua y varias espirales. Al lado había una versión más pequeña de la misma maleta, también abierta, que contenía cinco lentes, una hilera de filtros de rosca y un espacio lleno con cajas de película. Por último, sobre una bolsa de tela, aparecía una única cámara. La bolsa era de las que tienen ojales y se cierran con una cinta; tenía una mancha oscura en un lado. Todos los ojos de los presentes convergieron en la cámara. En un lado presentaba un curioso accesorio metálico que rompía la armonía de su diseño. Walter no había visto jamás nada semejante. Miró de reojo a Duff y vio que tenía la vista clavada en ella.

—Es una cámara de aspecto muy extraño —dijo Walter—. ¿Le importaría explicarme para qué es eso?

Duff hizo una inspiración profunda y, sin dejar de mirarla, comenzó a recitar su explicación como quien entona un salmo litúrgico.

—Es una Nikon FTN construida en níquel: muy ligera y resistente. Salió a la venta en 1965, pero Munger ya la tenía por lo menos un año antes. La fábrica se la dio para que la probara. Después de usarla seis meses, la llevó a Tokio e hizo que le adosaran esa especie de abrazadera. Es de aluminio y la diseñó para poder pasar la mano por ella y sostener y apuntar la cámara con la muñeca. Eso le permitía tener libres los dedos de la misma mano para seleccionar los controles de velocidad de obturación y abertura de diafragma. La abrazadera puede girarse para poder trabajar también en la parte superior del cuerpo de la cámara y cambiar de película. Todo con una sola mano.

—Pues suena de lo más sofisticado —fue el comentario de Walter—. ¿Es necesario realmente?

Duff indicó con la barbilla.

—Observe la bolsa de tela en la que llevaba la cámara. Esa mancha oscura es sangre. Proviene de una herida que recibió en el hombro izquierdo a comienzos de la ofensiva Tet. El brazo izquierdo le quedó inutilizado, pero durante los días siguientes obtuvo algunas de las mejores fotografías de toda la guerra.

Walter estaba impresionado.

—¿Entonces por qué no fabrica la Nikon todas las cámaras con ese accesorio?

Duff se encogió de hombros.

—Pensaron que era antiestética y que no tenía aplicación a los usos comunes. Era un caso especial. Otros fotógrafos de guerra deberían diseñar sus propias abrazaderas... pero no lo hacen.

—¿Por qué no?

Duff lo miró y sus labios se curvaron en una semisonrisa.

—Supongo que porque son individualistas y no les gusta que se los considere poco originales.

Volvió a concentrarse en la mesa. Bennet se había instalado detrás de ella y dio unas palmadas pidiendo silencio. Con voz tonante y ahuecada anunció:

—A continuación llevaremos a cabo la subasta de una cámara y equipo de revelado por indicación del señor David Munger... Todo lo recaudado se destinará al RSPCA.

Un murmullo de risas excitadas recorrió la sala y luego, sin más preámbulo, Bennet comenzó la subasta. Sabía que el interés principal era la cámara, así que la dejó para el final.

Tanto la maleta con elementos para revelado como las lentes se vendieron con rapidez, por poco más del valor de salida.

Entonces Bennet hizo una pausa y con gesto teatral indicó a Chang que le alcanzara un vaso grande de whisky. Bebió la mitad, colocó el vaso sobre la mesa y acercó la bolsa de tela y la cámara hacia el centro.

—Lote número tres —anunció—. Una Nikon FTN, levemente modificada.

El precio de una FTN nueva era de ochocientos dólares de Hong Kong y ésa fue la cifra con la que Bennet inició la subasta. Un minuto después las ofertas alcanzaban los tres mil dólares y los ojos de todos los presentes giraban hacia adelante y hacia atrás, pasando de uno a otro de los tres interesados principales: «Ram» Foster, jefe de la oficina del *Newsweek,* que había usado gran parte de las fotografías de Munger; George Hardy, un fotógrafo que trabajaba para el *New York Times,* y Janine Lesage. Mientras los dos primeros indicaban sus ofertas levantando el dedo, ella vocalizaba las suyas, pujando cada vez con voz resuelta y grave.

—Está desesperada por conseguirla —comentó Walter, pero Duff no le prestó atención.

Sus ojos entornados se movían constantemente de la cámara a los apostadores. George Hardy se plantó en los tres mil quinientos dólares y la puja se hizo menos intensa. Walter pensó que Foster hacía sus ofertas en representación de sus oficinas centrales, pero también él se dio por vencido al llegar a los cuatro mil dólares. Bennet gritó:

—A la una. Vendo por cuatro mil dólares.

Recorrió el recinto con la mirada y lo mismo hizo Janine Lesage, pero con ojos penetrantes, como los de un animal de presa.

—¡A las dos!

Bennet sostenía la mano plana, lista para golpearla contra la mesa.

—¡Cuatro mil quinientos!

Las miradas de todos se clavaron en la mesa del rincón y en la figura de Duff Paget, quien parecía sorprendido por el sonido de su propia voz. Walter Blum lo miraba, divertido, y vertió más vino en las copas. La voz de la francesa insistió:

—¡Cinco mil!

Ahora el recinto era un verdadero hervidero, Bennet tomó otro sorbo de whisky, extrajo un pañuelo del bolsillo superior de su chaqueta y se lo pasó por la cara.

—¡Cinco mil quinientos!

Duff estaba inclinado hacia adelante, con la cara rígida. Hubo una larga pausa. Todos los ojos estaban fijos ahora en Janine Lesage, cuyo rostro exhibía una mezcla de furia y frustración.

—A la una. Vendo por cinco mil quinientos dólares —entonó Bennet, mirando a la mujer.

Ella permaneció sentada como una piedra sobre un taburete del bar, con una copa en la mano derecha.

—A las dos.

—¡Seis mil! —gritó ella, y la voz de Duff no se hizo esperar.

—¡Siete!

Era el fin y Bennet lo sabía. Vio a Janine Lesage hundirse sobre la banqueta.

—A la una. A las dos.

Una pausa, un rápido recorrido por la habitación y su palma se abatió sobre la mesa.

—¡Vendida por siete mil dólares a Duff Paget! ¡Los perros le estarán agradecidos, señor mío!

Lanzó una carcajada por su propia agudeza, pero nadie lo imitó. Janine Lesage era ahora el centro de atención. Se había puesto de pie y miraba a Duff con odio. El silencio era total. Entonces ella escupió las palabras desde el otro extremo del cuarto.

—*Va te faire enculer.*

Golpeó la copa contra el mostrador del bar y abandonó el recinto. Hubo un suspiro general de alivio y alguna que otra risita nerviosa; luego la conversación se reinició cuando todos se acercaron al mostrador.

—¿Habla usted francés? —le preguntó Walter a Duff, quien parecía estar en Babia.

Duff levantó la mirada y negó con la cabeza.

Walter sonrió.

—Entonces, permítame que se lo traduzca. Parece que la dama lo asoció con la práctica de la sodomía..., no muy original, debo decir, para alguien cuya profesión le exige el uso de un vocabulario nutrido. Pero al menos logró transmitirle un mensaje que, en esencia, es que usted se ha hecho no sólo con una cámara sino también con un enemigo.

Duff seguía mirando la cámara como hipnotizado. Se encogió de hombros y dijo:

—No habría sido justo. Ella no tenía ningún derecho de tenerla.

—¿Piensa usarla?

Duff sacudió enfáticamente la cabeza.

—¡Jamás! Nadie la usará. Si alguna vez él desea volver a usarla, estará a su disposición —afirmó y, luego de suspirar, sonrió con aire sombrío—: Lesage no es la única que estará furiosa conmigo.

—¿Cómo es eso?

—Tenía ese dinero reservado para comprarle a mi esposa una pulsera de oro y jade. El jueves es nuestro aniversario de boda.

Walter chasqueó la lengua con expresión comprensiva.

—¿Y le parece que ella no lo comprenderá? —preguntó.

Duff meneó la cabeza lastimeramente.

—No, no lo entenderá.

Walter se le acercó y le palmeó paternalmente el hombro.

—Pues bien, jovencito, al menos no tendrá que preocuparse por la señorita Lesage. Tengo entendido que dentro de pocos días la enviarán al Medio Oriente.

Le echó una mirada a su reloj y se puso pesadamente de pie.

—Mil gracias por su compañía y sus explicaciones. Espero que le vaya bien con su esposa.

Se contoneó dificultosamente por el salón, ante la mirada intrigada de Duff.

Así fue como el 29 de octubre tuvieron lugar dos acontecimientos: Duff Paget le regaló a su mujer un ramo de rosas de tallo largo y tuvo una espantosa pelea con ella; y, a miles de kilómetros de distancia, y por pura coincidencia, el gobierno de Iraq ratificó el Tratado de No Proliferación Nuclear.

LIBRO SEGUNDO

Capítulo 3

PROGRAMA NUCLEAR IRAQUÍ

Informe N.º IIA.: 14 de julio de 1975

A: general Yitzhak Hofti, Director General
De: Shimon Saguy, Director de Investigación y Análisis
Fuentes: Jefe de la Agencia de París.
Naranja 4
Naranja 7
Circulación: *nil.*

Estoy harto. Son demasiadas las personas que se equivocan, envían información contradictoria y hacen perder una cantidad exorbitante de tiempo a los que trabajan en mi departamento. Durante los últimos cuarenta y cinco días hemos procesado informes y preparado análisis para:

Milint 2
el Ministerio de Relaciones Exteriores
el Secretario del Gabinete
el Panel de Asesores Científicos del Gabinete
el Despacho del Primer Ministro
el Despacho del Jefe de Personal
el Despacho del Representante de la ONU (¡¿Por qué?!)
y usted mismo (cinco veces)

Yo no entré a trabajar en El Mossad para convertirme en distribuidor de correspondencia. En distintos informes, hemos repetido lo mismo más de una docena de veces. Resumiré la información relevante que poseemos y luego presentaré una sugerencia:

1. Varios estados, que pueden ser clasificados como enemigos (o enemigos potenciales) de Israel, están empeñados en la actualidad en el intento de producir armas nucleares. Los estados que representan una amenaza más seria son: Egipto, Libia, Pakistán e Iraq.

2. No cabe duda de que Iraq constituye el peligro mayor porque, a diferencia de Libia o Egipto, que están sometidos a un se-

vero control por parte de sus respectivos protectores (es decir, la URSS y los EE UU), Iraq se ha distanciado lo suficiente de los soviéticos como para emprender un curso independiente (y, por lo tanto, al margen de toda supervisión extraña). Pakistán ha quedado rezagado por no contar con suficientes recursos financieros y científicos. En todo caso, su programa nuclear tiene como principal objetivo contrarrestar el de la India. La amenaza que representa para Israel es sólo un derivado de la conexión islámica.

3. El patrocinador de Iraq es Francia: quizás el más mercenario de todos los países desarrollados.

Nota: A. Más del cincuenta por ciento del petróleo importado por Francia es suministrado por Iraq.

B. Como parte del «paquete» comercial nuclear, Iraq ha acordado comprar productos de fabricación francesa por un valor superior a los seis mil millones de dólares, incluyendo armamentos. Estimamos que entre los años 1977 y 1981, este «paquete» constituirá una fuente segura de trabajo para más de un millón de obreros franceses.

C. En la actualidad se advierte en el gobierno francés una actitud evidentemente antiisraelita (o quizá sería más apropiado decir antisemita).

Estos factores, sumados a la riqueza petrolera de Iraq y a las ambiciones de Saddam Hussein de convertirse en líder del mundo árabe, crean, en mi opinión, la amenaza más letal a la que Israel ha debido enfrentarse en su historia.

4. La situación actual es la siguiente:
Hace tres meses se firmó un acuerdo por el cual Francia se comprometía a construirle a Iraq un reactor nuclear 70 de MW para investigación y entrenamiento, que sería reforzado por un minirreactor de 800 KW. Hemos logrado descubrir (sobre todo gracias a Naranja 4) que el contrato incluía varias cláusulas secretas, dos de las cuales son particularmente relevantes:

I) Ninguna de las dos partes debía suministrar información alguna sobre las dimensiones del complejo durante un período de veinticinco años.

II) Los franceses no emplearían a ninguna persona de ascendencia judía para trabajar en el proyecto.

Resulta significativo que el tamaño del reactor proyectado sea de por lo menos el doble de los que normalmente suelen emplear las otras naciones con fines de investigación.

Cinco firmas francesas, encabezadas por la empresa estatal Technicatom, han creado un consorcio para construir e instalar el reactor.

Capacidad para la producción de armas nucleares: Como Iraq ha firmado el Tratado de No Proliferación Nuclear, quedará bajo la supervisión de la Organización Internacional de Energía Atómica (OIEA). Previsiblemente, también habrá *in situ* científicos y técnicos franceses en el futuro próximo. De modo que, en circunstancias normales, a los iraquíes no les sería posible producir uranio o Pu239 con destino a la fabricación de armas nucleares. Sin embargo, puesto que cuentan con su propio equipo de personas entrenadas por ellos, podría darse el caso de que expulsaran a los inspectores franceses y de la OIEA. También cabe la posibilidad de que roben Pu239. Nosotros lo hicimos.

En este momento los iraquíes se encuentran también negociando con Italia la compra de cuatro laboratorios de máxima protección para usar en procesos radiactivos. Según nuestros informes, el trato se cerrará dentro de muy poco.

Esos laboratorios podrían ser utilizados para extraer pequeñas cantidades de Pu239 del combustible usado del reactor.

Iraq ya cuenta con un pequeño reactor para investigación suministrado por los soviéticos, que entró en funcionamiento en 1968. No obstante, los soviéticos suelen ejercer una supervisión mucho más estricta que muchos estados occidentales, así que por el momento no creemos que constituya una amenaza.

El quid de la cuestión radica en que, una vez que todas estas plantas nucleares estén en actividad, los iraquíes podrán entrenar hasta mil técnicos al mismo tiempo. Si todavía hiciera falta una prueba adicional de que los iraquíes planean producir armas atómicas, la red naranja nos ha informado de que durante los últimos seis meses, los iraquíes han intentado comprar (de distintas fuentes) una considerable cantidad de óxido de uranio. Se encuentran negociando activamente con Brasil, Nigeria, China, Libia y Portugal. Obsérvese que el tipo de reactor que los franceses se han comprometido a suministrar no acepta óxido de uranio refinado como combustible.

Sin embargo, disponiéndolo alrededor del núcleo del reactor como en una «frazada», podrían llegar a producir hasta doce kilogramos de Pu239 anuales. Suficiente como para construir dos bombas atómicas de tamaño similar a la arrojada sobre Nagasaki.

Conclusión:
Los iraquíes están decididos a producir armas nucleares, y el reactor que les están construyendo los franceses les ofrecerá esa posibilidad.

Plazos:
Si el contrato se cumple en su fecha y si, como creo, una vez en posesión del reactor los iraquíes se desembarazan de los técnicos franceses y de los inspectores de la OIEA, estarán en condiciones de tener armas nucleares entre 1978 y 1980. Ya cuentan con aviones preparados para lanzar dichas bombas.

Sugerencias:
1. Que todas las personas a quienes pueda interesar relean el «Memorándum G.M. número tres».
2. Que, dentro del seno del Mossad, se cree una entidad cuyo único objetivo sea contrarrestar dicha amenaza, y que se le dé prioridad sobre todos los demás asuntos. FIN.

Walter Blum arrojó el informe sobre el escritorio y lo cubrió con humo de su cigarro. Al otro lado del escritorio, el general Hofti tosió y apartó el humo agitando las manos. Ambos se encontraban sentados en el despacho de este último y, sobre el escritorio, había un cartel que proclamaba: «Prohibido fumar».

Walter Blum era el único que se había atrevido a violar esa norma, después de haberle explicado al buen general en ocasión de su primer encuentro que sin duda el humo le resultaría mucho menos molesto que su ausencia. El general Yizhak Hofti pasó a ser la autoridad máxima del Mossad en 1973, cuando Zui Zamir se convirtió en una baja burocrática de la guerra del Yom Kippur. Era un individuo hosco, con apenas una pizca de sentido del humor, que se cuidaba muy bien de ocultar. Walter le tenía simpatía y disfrutaba fastidiándolo.

—¿Y se puede saber qué es —preguntó— el «Memorándum G.M. Número Tres»?

Hofti empujó su silla hacia atrás, fue hasta la ventana y, a pesar del aire acondicionado, la abrió. Una bocanada de aire caliente barrió la habitación y él la aspiró con gratitud. Trató de decidir qué le disgustaba más: si el olor del cigarro o el de la colonia en la cual Walter, obviamente, se bañaba todas las mañanas. De hecho, Walter representaba una agresión para cada uno de sus sentidos, pues el general era un hombre austero y abstemio, y Walter simbolizaba el súmmum del hedonismo. Pero Hofti sentía un gran respeto por su inteligencia y su capacidad como «proveedor». Así que respiró hondo, cerró la ventana y regresó junto a su escritorio.

—Es el tercero de los tres informes que Golda Meir preparó cuando se retiró —dijo, tomó asiento y miró a Walter con aire solemne—. Los consideraba algo así como su legado a Israel. El primero trata sobre la inmigración, el segundo sobre la política interna y el tercero sobre la seguridad del Estado. Como es natural, tienen una circulación muy limitada. Ordenaré que le entreguen una copia. Mientras tanto, puedo darle un resumen de ese documento en su parte pertinente a este informe.

Señaló con un gesto la carpeta que había sobre su escritorio, a lo cual siguió un momento de silencio mientras ponía en orden sus ideas. Luego habló con voz grave y precisa.

—Como bien sabe, Israel fabricó su primera cabeza nuclear de combate en 1967. De hecho, la ayuda que usted nos brindó fue inestimable para ello.

Se refería al hecho de que, en 1965, la red Naranja de Walter cooperó en el robo de noventa y tres kilogramos de uranio enriquecido, de la Compañía de Equipos y Materiales Nucleares de Pennsylvania.

—Desde entonces —siguió diciendo Hofti—, hemos fabricado una reserva de veintitrés bombas.

El general esbozó una sonrisa.

—Lo que no sabe es que en 1973, durante la guerra de Yom Kippur, preparamos trece de ellas para su uso inmediato.

Su sonrisa se expandió cuando vio la expresión de Walter.

—¿Y las habríamos usado? —preguntó Walter.

El general se encogió de hombros.

—Esa era una decisión que le correspondía a Golda. Francamente, lo dudo mucho. Las preparamos con el fin de asustar a los norteamericanos. Como recordará, al principio tardaron mucho en enviarnos pertrechos militares aerotransportados. Es indudable que Kissinger pensó que si los egipcios tomaban y mantenían una porción considerable del Sinaí, nosotros nos mostraríamos más tratables cuando llegara el momento de entablar negociaciones generales de paz.

»Sea como fuere, Golda les envió un ultimátum de setenta y dos horas: o nos enviaban los suministros de una vez o estrenaríamos nuestro arsenal en Egipto. ¡Ya puede imaginarse su reacción!

Walter sacudía la cabeza, admirado.

—¿Y ellos le creyeron?

—Al principio, no. Pero al cabo de veinticuatro horas, comenzamos a preparar las bombas. Se encuentran en Dimona y la CIA tiene un agente allí. —Una vez más, Hofti sonrió ante la expresión de incredulidad de Walter—. Desde luego, supimos de él hace muchos años. Lo infiltraron allá en la década de 1950, cuando cooperaban con nosotros. Lo dejamos en paz con la esperanza de que algún día nos fuera útil. Pues bien, ese día llegó. Como es lógico, permitimos que viera que estábamos preparando las bombas y muy pronto los norteamericanos comenzaron a tomar en serio las amenazas de Golda. Como resultado, recibimos nuestros pertrechos y en poco tiempo el Segundo Ejército estaba rodeado. ¿Ahora comprende las implicaciones?

Walter asintió, perdido en sus reflexiones.

—Es evidente que si los egipcios hubiesen tenido también una bomba nuclear —dijo—, la amenaza de Golda habría sido por completo inútil. «Esto presagia una extraña conmoción para nuestro país.»

—Precisamente —convino el general—. Eso es lo que afirmó Golda en su informe número tres. Quizá no con tanta erudición como Shakespeare, pero por cierto en palabras sencillas e inequívocas. No podemos permitir que cualquier enemigo potencial de Israel tenga armas nucleares hasta que exista un tratado de paz amplio que le proporcione a nuestra nación límites seguros, reconocidos por todas las partes y garantizados por las grandes potencias. El hecho de que sólo Israel posea la bomba constituye nuestra única seguridad hasta que exista ese tratado de paz.

—Eso podría requerir mucho tiempo.

Hofti meneó la cabeza.

—No tanto como muchos creen. Ya nos llegan extrañas vibraciones procedentes de Egipto. Por mi parte, estimo que el plazo será de diez años. Pero, Walter, la cuestión es que si cualquier otro país del Medio Oriente obtiene o fabrica armas nucleares, entonces tal estimación se prolongaría considerablemente... y terminaríamos teniendo que transigir con una solución nada satisfactoria. Los egipcios ya han demostrado que son capaces de hacer frente a una guerra convencional. Nos enfrentamos a fuerzas que nos superan en una proporción de cien a uno y, a la larga, perderíamos una guerra convencional. Ante esa perspectiva, debemos volcarnos a trabajar en pro de la paz, y nuestra única carta de triunfo es que sigamos teniendo la exclusiva en el campo de las armas nucleares. No debemos perderla —dijo, y de nuevo señaló la carpeta—. Por consiguiente, he decidido seguir las sugerencias de Shimon. De ahora en adelante, una única entidad dentro del Mossad será la responsable de asegurarse de que Iraq, o cualquier otra nación enemiga, no obtenga, por ningún medio, armas nucleares. —Miró con intensidad a Walter, quien dio una profunda chupada a su cigarro—. Quiero que usted personalmente sea esa entidad. Desde luego, usará su red y cualquier otro elemento que necesite, pero a partir de este momento, su única misión es impedir que los iraquíes tengan esa bomba... Su única misión, Walter.

Con un gruñido, Walter se puso en pie y comenzó a pasear por la habitación. Llevaba un traje azul oscuro de piel de tiburón y zapatos de piel de cocodrilo, uno de los cuales chirriaba rítmicamente bajo su peso. Después de contonearse hacia adelante y hacia atrás varias veces, se detuvo de forma brusca, miró a Hofti con fastidio y exclamó:

—¡Es mentira!

—¿Qué?

—Que los zapatos sólo chirrían cuando no se han pagado.

Hofti soltó una risotada, entre divertido e indignado.

—Usted hace bromas mientras yo hablo de una amenaza a la existencia misma de Israel.

Walter sacudió la cabeza.

—No es ninguna broma. Estos malditos zapatos me costaron cuatrocientos dólares en Nueva York —dijo, mientras con su cigarro señalaba acusadoramente al general—. Y, por si esto fuera poco, se los compré a un judío —dijo, y en sus gruesos labios se dibujó una sonrisa—. A lo mejor nunca pagó siquiera la piel de cocodrilo.

Observó la expresión del general, regresó junto a su silla y se dejó caer pesadamente en ella. Hofti repasaba mentalmente los inconvenientes de tener un agente lo suficientemente rico como para comprar la mitad de Israel. Pero permaneció callado y esperó a que Walter volviera al tema.

—Podría, desde luego, hablar del enorme peso y responsabilidad que me pone usted sobre los hombros —dijo Walter—, pero detesto la menor alusión al peso, en cualquier forma que sea. ¿Tiene usted alguna sugerencia acerca de cómo puedo llevar a cabo esa misión?

—Varias —respondió Hofti—. La primera es que traslade su base a Chipre. Es imprescindible que esté más cerca del teatro de operaciones.

Walter asintió con la cabeza.

—Y también más cerca de Francia, porque es allí donde pienso comenzar.

—¿De qué manera?

Walter extendió tres dedos.

—Hay tres etapas. La primera: tratar de detener a los franceses empleando métodos diplomáticos. La segunda: sabotear el acuerdo, utilizando cualquier método. Y la tercera: suponiendo que el reactor sea entregado, inutilizarlo.

Se quedó pensativo un minuto y agregó:

—Reflexionaré sobre todos los aspectos y le presentaré un informe en siete días. Mientras tanto, necesitaré toda la información disponible —dijo, mientras se inclinaba hacia adelante y daba unos golpecitos sobre la carpeta—. Su amigo Shimon volverá a fastidiarse y a sentirse harto; le aseguro que me verá muy a menudo —dijo, sonrió al general y añadió—: Esperemos que disfrute de un buen cigarro.

Capítulo 4

Un perro hizo que abandonara su refugio y, aun así, tardó tres largos años antes de salir por completo a la luz.

El perro era un *mélange* de razas y pertenecía a Androulla Papadopoulos, una chiquilla obediente que, entonces, tenía ocho años. Vivía con sus padres en una pequeña granja a dos kilómetros de la aldea de Phini, en lo alto de los montes Troödos de Chipre. Con frecuencia su madre la enviaba a Phini a hacer las compras.

A mitad de camino hacia la aldea había otra casa rural, apartada del camino y rodeada por una cerca baja de piedra. Androulla había recibido instrucciones de no acercarse jamás a esa granja, porque en ella vivía un forastero un poco raro. Un forastero que casi nunca salía y, en las pocas ocasiones en que lo hacía, no hablaba con nadie, excepto con la vieja que atendía el pequeño almacén. Y, con ella, lo único que hacía era enumerarle las provisiones que necesitaba.

Cuando el individuo llegó al lugar se produjeron muchas habladurías, pues la aldea era muy cerrada y habría mirado con recelo incluso a un chipriota que llegara desde otra parte de la isla. Pero no fue mucho lo que lograron averiguar. El hombre compró la casona casi en ruinas y algunos acres de tierra, y se pasaba el tiempo reparando la casa, cultivando la huerta y criando unas pocas gallinas. La vieja del almacén informó que hablaba griego discretamente bien y que lo que más compraba era vodka.

Un ermitaño se convierte siempre en el centro de toda clase de especulaciones y recelos y la gente de Phini tomó a mal su silenciosa intrusión y decidió que era una mala persona. Los chicos de la aldea tenían órdenes de mantenerse alejados de él y, durante un año, Androulla había obedecido a sus padres y evitado todo contacto con el individuo en cuestión. Ni siquiera lo había visto en los poco frecuentes viajes que él realizaba al pueblo. Cuando pasaba junto a su casa, la pequeña se sentía nerviosa y siempre apresuraba el paso, contenta de gozar de la compañía de su perro. Sin embargo, cierto día una ardilla cruzó el camino y el perro corrió tras ella. La ardilla buscó refugio al otro lado de la cerca baja que rodeaba la propiedad y el perro la siguió de un salto. Mientras Androulla esperaba, asustada, junto al camino, oyó que su perro lanzaba un aullido y luego varios más. Luego se produjo un silencio y, cuando estaba a punto de echar a correr en busca de su padre, el forastero apareció por detrás de la cerca.

—¿Es tuyo este perro? —gritó.

El miedo le quitó el habla, pero la niña asintió vigorosamente.

—Bueno, entonces es mejor que vengas. Se ha lastimado.

La cabeza del hombre desapareció y la chiquilla permaneció un momento indecisa. Pero como sentía un enorme afecto por su perro, echó a andar por el sendero hacia la verja abierta y espió hacia adentro. El forastero estaba cerca del muro, agachado sobre el perro, que yacía inmóvil. Presa de un pánico repentino, Androulla corrió junto a él.

—¿Está muerto?

El individuo negó con un movimiento de cabeza y entonces ella vio que el perro tenía los ojos abiertos y meneaba débilmente la cola.

—Se hizo un corte en la pata cuando cayó en este lado.

El hombre señaló las cuchillas de una pequeña máquina para cortar césped que estaba junto a la cerca. En ese momento, el forastero comenzó a vendarle la pata lastimada al animal con un trozo de tela, y Androulla se sorprendió de que se quedara tan quieto en sus manos, pues era un perro bravo y nada cordial con los desconocidos.

—¿Es grave?

—No, pero renqueará durante varios días. Asegúrate de que no se quite el vendaje.

Terminó su tarea, se incorporó y el animal hizo lo mismo, sosteniendo la pata lastimada en el aire. Entonces echó la cabeza hacia adelante, le lamió la mano al hombre y miró a Androulla con expresión burlona. Se hizo un silencio embarazoso y entonces el individuo dijo:

—Será mejor que sigas tu camino.

Ella levantó los ojos y lo miró. Tenía el pelo largo y llevaba barba, así que no pudo ver mucho de su cara. Observó que sus ojos eran celestes y que tenía la piel bronceada y curtida por el sol. Quedó intrigada porque no le pareció que fuera mala persona y sabía que, si lo fuera, su perro no le habría demostrado afecto. Todos sus miedos desaparecieron y fueron reemplazados por una intensa curiosidad. Puesto que tenía sólo ocho años, fue directamente al grano.

—¿Por qué dice la gente que usted es una mala persona?

Le pareció que el hombre sonreía levemente debajo de la barba, pero su voz fue severa.

—Probablemente tengan razón. Ahora vete de una vez y no le permitas correr tras las ardillas.

Se volvió hacia la casa, ella tomó a su perro por el collar y lo guió, a saltos, hacia la verja. El forastero estaba a punto de traspasar la puerta cuando Androulla le gritó:

—Gracias.

Él se giró, asintió con la cabeza y se quedó mirándola mientras desandaba el sendero en dirección al camino. Permaneció parado allí durante mucho tiempo, incluso después de que ella desapareció de su vista.

Cuando Androulla regresó a su casa y le contó a su madre lo ocurrido, recibió una buena reprimenda. Nunca debió haber entrado en esa propiedad, sino volver inmediatamente a su casa. Era un hombre malo.

Androulla no estaba nada convencida y era obstinada.

—¿Por qué es un hombre malo? ¿Qué ha hecho?

Su madre le dijo que no hiciera más preguntas. Era demasiado joven para enterarse de ciertas cosas. Le prohibió que fuera allá de nuevo, que hablara con el desconocido y que hiciera preguntas.

Cuando la niña siguió replicando, intervino su padre, quien la envió a su cuarto y la amenazó con propinarle una paliza si desobedecía a su madre.

Se metió en la cama, y el perro saltó junto a ella, le lamió la cara con gesto compasivo, y luego mordisqueó la tela del vendaje. Ella le pegó en el lomo, desahogando parte de su frustración. El animal no se quejó. Pareció comprender la situación.

Pasaron semanas y meses; Androulla obedeció a su madre y no volvió a ver al forastero. Pero el perro no estaba sujeto a las mismas restricciones que la niña, así que cada vez que pasaban junto a la casona, se separaba de ella y corría hacia la verja. Ella proseguía su camino y el animal se reunía con ella un trecho después, moviendo la cola con entusiasmo.

Las cosas podrían haber permanecido así durante años de no haber sido por la invasión del ejército turco en Chipre, en febrero de 1973, y la siguiente ocupación de la parte nordeste de la isla.

Parte de los planes de los invasores incluía incendiar desde el aire los bosques de los montes Troödos como maniobra de distracción para mantener ocupado al ejército chipriota.

Así, cierta noche muchos bombarderos aparecieron desde el norte y pocas horas después las montañas estaban en llamas. La zona que rodeaba la aldea de Phini escapó por poco, pues el grueso del bombardeo se produjo en las laderas más hacia el norte. Sin embargo, un bombardero, quizá por falta de experiencia, se extravió de su ruta y dejó caer sus bombas incendiarias a menos de cien metros de la granja de Papadopoulos. Androulla y sus padres tuvieron que luchar solos contra el fuego, pues el resto de los aldeanos protegía sus propios hogares contra las esperadas hordas turcas. Tuvieron suerte, pues soplaba viento del norte, que empujaba el fuego hacia la base de las laderas y lo alejaba de la casa. El único peligro residía en una hilera de cuatro pinos próxima al edificio. Si llegaban a incendiarse, la casa se vería amenazada. Mientras Androulla ayudaba a su madre a transportar cubos de agua y empapar los arbustos más próximos, su padre cogió un hacha y se puso a talar los pinos. Ya casi había terminado el último, cuando ocurrió el accidente. Tal vez se debiera al agotamiento, pero lo cierto es que al errar el golpe, el hacha se desvió del tronco y se le clavó profundamente en la pantorrilla, dejando el hueso al descubierto. Aunque la madre de Androulla era una mujer estoica, el corazón dejó de latirle cuando vio la herida.

—¡La aldea! —le gritó a Androulla—. ¡Ve a la aldea y trae ayuda!

Androulla partió presurosa hacia la oscuridad, acompañada por su perro. Pero no se dirigió a la aldea.

La madre de la niña se las ingenió para arrastrar a su marido al interior de la casa y tuvo el buen tino de hacerle un torniquete en el muslo con un trozo de tela. Calculó que pasaría una hora antes de que recibiera ayuda, así que levantó la cabeza con sorpresa cuando, veinte minutos más tarde, se abrió la puerta y asomó por ella un hombre con una bolsa en la mano.

Era el forastero, que había corrido y logrado adelantarse a la chiquilla.

Al principio la mujer se sintió perpleja y su primera reacción fue proteger a su marido del desconocido, como una leona defendería a su cachorro.

El forastero evaluó en seguida la situación. Cuando habló, lo hizo con voz serena y bondadosa.

—Déjeme que le eche un vistazo. No le dolerá.

Colocó la bolsa sobre el suelo de piedra y desprendió las hebillas del cierre. La mujer alcanzó a ver una serie de botellas y envases metálicos y, en un lado de la bolsa, vestigios desteñidos de las siglas «USAMC», lo cual le resultó incomprensible. El forastero avanzó, arrastrando la bolsa. En primer lugar revisó el torniquete, dedicándole a la mujer una sonrisa de aprobación, y luego se puso a examinar la herida, mientras Androulla traspasaba la puerta, jadeando.

Al evocar lo ocurrido aquella tarde, la madre de Androulla tuvo que reconocer que el forastero asumió el control de la situación y logró convencerla de lo que debía hacerse.

Comenzó por asegurarle que la herida no era tan grave como

parecía, pues, aunque su marido hubiera perdido mucha sangre, no se había seccionado ninguna arteria. Sin embargo, era preciso darle muchos puntos. Así que le presentó la siguiente alternativa: podía vendarlo bien y tratar de transportarlo al médico más cercano, es decir a Platres, a dieciséis kilómetros de distancia por camino de montaña, o bien él mismo podía encargarse de la sutura. No era médico, pero tenía experiencia en esas lides. También era necesario tener en cuenta otros factores: existía la posibilidad de que los caminos estuvieran bloqueados; podían tropezar con tropas turcas y, aunque lograran llegar a Platres, era factible que los médicos estuvieran demasiado ocupados, durante días, con casos mucho más serios. Le dijo que, de acuerdo con lo informado por la radio, en el norte se estaba librando una batalla cruenta. Entonces ella miró a su marido, que tenía los ojos entornados y las mandíbulas apretadas por el dolor, y luego buceó en los ojos azules y resueltos del forastero.

—Hágalo —le dijo—. ¡Se lo ruego!

Androulla había hervido agua y su madre ayudó al forastero, quien primero inyectó novocaína alrededor de la herida y luego la limpió con desinfectante. Con voz sosegada fue explicando cada uno de los pasos. La primera hilera de puntos, para cerrar los tejidos internos, eran suturas que se disolverían en cuestión de días. Luego antibiótico en polvo y, por último, coser la parte exterior de la herida con puntadas más esmeradas. A continuación más antibiótico en polvo, un apósito de gasa y un vendaje firme. Todo lo que hizo y dijo llevaba el sello de la confianza y la experiencia. La ayudó a transportar a su marido a la cama y le dejó unas píldoras para aliviar el dolor. Luego, haciendo caso omiso de sus palabras de agradecimiento, partió, sin aceptar siquiera una taza de café. Su seguridad y pericia parecieron abandonarlo cuando finalizó su trabajo. Cuando ya estaba por traspasar la puerta, ella le pidió en voz alta:

—Por lo menos díganos su nombre.

El forastero masculló algo y partió. La mujer miró a su hija y le preguntó:

—¿Qué dijo?

La pequeña se encogió de hombros.

—Dijo que eso no tiene importancia.

Informaron de lo ocurrido a los habitantes de la aldea y, dos días más tarde, un médico del ejército llegó a la casa de Androulla en un vehículo y examinó la herida de su padre. Después de afirmar que la sutura parecía hecha por un profesional, le aplicó al granjero suero antitetánico y prometió regresar una semana después para quitarle los puntos.

La guerra breve y cruenta llegó a su fin cuando el ejército turco ocupó el sector de la isla señalado para la partición. Todos los grecochipriotas fueron expulsados y enviados, con sólo lo puesto, al sector griego. Exceptuando las bombas incendiarias sobre los bosques, las aldeas de los montes Troödos prácticamente no fueron dañadas y muy pronto la vida en ellas volvió a la normalidad. Pero Vassos y Helena Papadopoulos y su hija Androulla se vieron abocados a un problema, al parecer, insoluble.

El forastero les había hecho un enorme favor y ellos, con su visión simple y honesta de la vida, se sentían en deuda con él y deseaban saldarla de alguna manera. En cuando Vassos volvió a estar en condiciones de caminar, visitó al forastero para darle muestras de su gratitud e invitarlo a cenar. Pero el individuo aceptó su agradecimiento como restándole importancia al hecho y rechazó la invitación, alegando que prefería estar solo. Algunos días después, Vassos se encontraba tomando una copa con sus amigos en la mesa exterior de una taberna, cuando el forastero acertó a pasar, camino al almacén.

Vassos lo llamó y lo invitó a reunirse con ellos, pero una vez más tropezó con su negativa.

Vassos ya casi estaba decidido a retirarle su ofrecimiento de amistad, pero Helena, en cambio, era una mujer decidida y como buena esposa de un campesino y persona sensata, finalmente encontró la palanca adecuada para abrir el caparazón hermético en el que se había encerrado el forastero.

Cierto día preparó *kleftitko,* una especialidad culinaria chipriota cuyos ingredientes básicos son carne de cordero, vegetales y una misteriosa mezcla de hierbas. Helena era, con toda justicia, famosa por su *kleftitko* y se esmeró en la preparación de éste en particular. Lo cocinó a fuego lento durante casi todo el día y, justo antes de la puesta de sol, lo colocó, todavía humeante, en una cazuela y se lo mandó al forastero con Androulla.

—Si rechaza esto —le dijo a Vassos—, ¡entonces no es un verdadero hombre!

Androulla se acercó a la granja con bastante aprensión. Con infinita cautela colocó el recipiente en el escalón de la puerta de entrada y dio unos golpecitos vacilantes con el puño. Su perro la observó con atención. La puerta se abrió y, al levantar los ojos, la pequeña tropezó con la mirada impaciente del forastero.

—Mi madre le envía esto —dijo Androulla señalando la cazuela.

—¿Qué es?

—*Kleftitko.*

—Llévatelo. Agradéceselo a tu madre, pero dile que no lo quiero. Lo único que quiero es que me dejen en paz.

—Si se lo llevo de vuelta me dará una paliza.

—Eso es un soberano disparate —dijo él, al borde de la exasperación.

Androulla estaba desesperada, pues intuyó que ésa era su última oportunidad. De pronto tuvo una idea. Se agachó y le quitó la tapa a la cazuela, con lo cual el vapor y el aroma del *kleftitko* impregnaron el aire. El perro se acercó y olfateó. Androulla levantó la mirada; más tarde le juraría a su madre que también la nariz del forastero se crispó de placer. En el rostro del hombre se dibujó su lucha interior, hasta que por fin dijo con un gruñido:

—Bueno, está bien. No quiero que te den una paliza.

Antes de que tuviera tiempo de cambiar de idea, Androulla se escabulló y le gritó al forastero que a la mañana siguiente iría a buscar el recipiente.

Ese momento fue como un hito que marcó un cambio decisivo. Algunos días más tarde, Vassos ocupaba una vez más una mesa exterior de la taberna cuando pasó el forastero, quien esta vez aceptó la invitación y conversó sobre los cultivos, la invasión y lo estupenda cocinera que era Helena. A partir de ese día, el trago en compañía se convirtió en una rutina. Todas las semanas iba a la aldea para comprar provisiones y, después, tomaba una copa con Vassos y sus amigos. Descubrieron que el forastero sabía muchas cosas del mundo y, aunque jamás se mostraba demasiado locuaz, se convirtió en algo así como un oráculo y árbitro general. Una cosa siguió a la otra. Aceptó la invitación a cenar que le hicieron en ocasión del cumpleaños de Androulla y le llevó de regalo un chaleco azul de punto. Más adelante, durante una festividad de la aldea, se unió a las celebraciones, y hasta bailó con los hombres al compás de la música *bouzouki* y los sorprendió con su pericia. No tuvo más remedio que explicar que había estado en Chipre con anterioridad, durante otros choques armados; pero no explicó en qué carácter lo hizo en aquella ocasión ni por qué residía allí en ese momento, convertido prácticamente en un ermitaño. Los aldeanos no lo sometieron a un interrogatorio. Ahora respetaban su actitud reticente y observaban con satisfacción cómo lentamente emergía de su caparazón y se iba integrando a la comunidad. Fue un proceso lento, casi doloroso, como el de un hombre paralítico que gradualmente va recuperando el uso de sus miembros. Debieron transcurrir tres años antes de que mirara más allá de los confines de la aldea y decidiera pasar un fin de semana en Platres, saborear una comida diferente y, tal vez, hablar un poco en su propio idioma.

El camarero se abrió paso entre las mesas atestadas, depositó la enorme bandeja frente al huésped y, después de una breve pausa para lograr un mayor efecto teatral, levantó lentamente la tapa. Walter observó su contenido con verdadera satisfacción. Otros huéspedes de mesas cercanas estiraron el cuello para contemplar mejor lo que se había convertido ya en un ritual matutino. Walter comprobó con atención si la fuente contenía todo lo que había ordenado: cuatro huevos fritos con las yemas apenas cocidas; tres tomates cortados por la mitad, espolvoreados con queso y asados a la parrilla; cuatro costillas de cordero con una guarnición de champiñones; seis trozos de hígado salteado, acompañados con patatas a la suiza. Otro camarero se acercó y colocó sobre la mesa una panera con tostadas, un recipiente con mantequilla helada sin salar, un frasco con mermelada de naranjas Cooper y una jarra con jugo de naranja frío y recién exprimido. Walter completó su inventario y le dedicó una sonrisa beatífica a los dos camareros.

—Perfecto —declaró—. Quiero que me sirvan el café dentro de exactamente veinte minutos.

Los mozos se alejaron, sacudiendo la cabeza con azoramiento, y Walter la emprendió con lo que le gustaba denominar su desayuno «internacional».

Se encontraba sentado en la terraza del Forest Park Hotel de Platres que, según decidió, era uno de los lugares más perfectos del mundo para disfrutar de un desayuno. La frondosidad de los árboles protegía las mesas del sol matinal. El paisaje se extendía hacia abajo atravesando las laderas cubiertas de pinos, hasta la planicie y la costa, allá a lo lejos. Podía oír los gritos agudos de los chicos que chapoteaban en la piscina. El verano comenzaba y allá arriba, en lo alto de los montes Troödos, se estaba deliciosamente fresco después del calor y el polvo de Limasol. Walter decidió que, gracias a las montañas, Chipre era tolerable en verano. Por más que su casa de campo de Limasol tuviera aire acondicionado, lo mismo que su oficina y su Mercedes 600, era agradable poder respirar aire puro y sentir el aroma de las piñas. Ya hacía dos años que tenía su base de operaciones en Chipre y visitaba Platres de forma regular. En algún momento consideró la posibilidad de comprarse una casa en la montaña, pero le gustaba demasiado el hotel, con su encanto y su arquitectura de épocas antiguas. En un principio, la cocina le había resultado bastante precaria, pero por medio de su oficina dispuso que ciertas *Delikatessen* lo precedieran siempre por ese camino escarpado. Se llamó a un chef de París para que impartiera un curso de un mes a los cocineros del establecimiento. A partir de ese momento las cosas mejoraron notablemente.

Otra razón para sus habituales visitas era que Ruth y Duff Paget vivían en una casa cerca del camino a Spilia y, desde aquella subasta llevada a cabo siete años atrás, entre Walter y ellos se había establecido una cordial amistad. Duff fue destinado al teatro de operaciones del Medio Oriente en 1972 y era, en ese momento, uno de los fotógrafos más destacados en su especialidad. Mientras cortaba un trozo de una de las gruesas costillas de cordero, Walter sonrió para sus adentros al pensar en Duff Paget.

Siempre había abrigado ciertas sospechas con respecto a él y, tres años antes, ese asomo de duda quedó plenamente justificado. Uno de los agentes de Walter había alquilado un apartamento en Beirut Occidental, en una manzana cercana al cuartel general de la OLP. Su misión era ejercer vigilancia sobre las idas y venidas de la jerarquía de la OLP y sus visitantes. Por mera coincidencia, el apartamento de abajo había sido alquilado por un canadiense que ocupaba el cargo de gerente de una compañía de transportes. Como era lógico, el agente de Walter comprobó la identidad de todos sus vecinos, y las oficinas centrales del Mossad informaron que se sospechaba que dicho canadiense tenía vinculaciones con la CIA. En consecuencia, el agente de Walter fotografió a los visitantes del canadiense además de los de la OLP. A Walter le intrigó comprobar que Duff Paget concurría allí con asiduidad y que muchas veces se quedaba a pasar la noche, a pesar de tener una suite permanente en el Hotel Commodore. Eso hizo que Walter montara una operación y, usando la estratagema de un incendio en el foso del ascensor del edificio para desviar la atención, sus hombres lograron colocar un micrófono oculto en el apartamento del canadiense. Fue mediante ese recurso que el Mossad finalmente se enteró de la existencia de la red «Equino» de la CIA y de que Duff formaba parte de la misma. A partir de ese momento, cada vez que Walter estaba en Chipre, visitaba a los Paget y su casa de campo de Limasol estaba siempre abierta para ellos. No lo hacía tan sólo para tenerlos vigilados: sentía un genuino afecto por la joven pareja y apreciaba de veras el talento de Ruth para cocinar especialidades judías.

Pero lo que más lo intrigó fue la relación que existía entre la pareja. Advirtió una evidente disparidad en el carácter y la personalidad de ambos y, a través de su agente de vigilancia, sabía que con frecuencia Duff tenía aventuras pasajeras cuando le era encomendada alguna misión. Eso desconcertaba a Walter, para quien Ruth representaba el compendio de la belleza y la gracia femenina. También admiraba su carácter resuelto. Después de la invasión turca, se creó en Platres un orfanato para los hijos de los griegos que habían perdido la vida. Ruth ofreció sus servicios, que fueron aceptados sin tardanza por sus estudios de psicología. Ella se zambulló de cabeza en el trabajo y llegó incluso a dedicar varias horas al día al perfeccionamiento del correcto griego que ya hablaba. Walter sacó en conclusión que tal vez Duff no la satisfacía sexualmente y esa conclusión se vio reforzada cuando, un año más tarde, Ruth viajó a Israel.

A Duff le habían encomendado fotografiar la resistencia kurda frente a Iraq e Irán y Ruth decidió tomarse unas vacaciones y visitar Tierra Santa. Walter, desde luego, puso a su disposición los servicios de su oficina de Tel Aviv y el apartamento que allí tenía. También hizo que la siguieran con discreción, pues no sabía si ella participaba o no de las actividades clandestinas de Duff. El informe que le hicieron llegar, días más tarde, puntualizaba que, desde el día de su llegada a Israel, Ruth solía reunirse discretamente con un tal Gideon Galili, que resultó ser capitán de la Fuerza Aérea Israelí. Eso hizo que a Walter se le encendieran todas las alarmas, pero una investigación ulterior reveló que la relación entre ambos no tenía nada que ver con los servicios de inteligencia sino que, como manifestaba el informe, era puramente «carnal». Al parecer había conocido a Galili en Chipre, unos meses antes, cuando él se encontraba de permiso. El lugar donde se vieron por primera vez fue nada menos que el Forest Park Hotel, durante una cena con baile. Duff estaba ausente y Ruth había asistido con un grupo de amigos. Entre ambos se estableció una atracción inmediata y el agente que luego interrogó a Galili opinaba que estaban auténticamente enamorados. Ruth conversó con Galili sobre la posibilidad de separarse de su marido, pero llegó a la conclusión de que todavía no estaba lista para tomar esa decisión. En primer lugar, en cierta forma seguía amando a Duff. En segundo lugar, Galili era cuatro años más joven que ella y ese hecho la hacía dudar de que su deslumbramiento persistiera. Desde entonces, Ruth realizó otro viaje a Israel y Galili volvió una vez a Chipre. Walter dio por sentado que muy pronto a ella no le quedaría más remedio que tomar una decisión.

Se metió en la boca el último trozo de hígado y, justo en ese momento, apareció el camarero con una enorme cafetera. Una vez terminada la importante tarea de comer, Walter solía permanecer sentado una media hora frente a su taza de café y realizar un escrutinio del paisaje y de las personas que lo rodeaban. Esa mañana, sin embargo, no había en la terraza nadie interesante, ni siquiera una mujer atractiva a la cual admirar. Los pensamientos de Walter volvieron a Ruth y Duff. Ella lo había sorprendido seis meses antes hablándole sin tapujos de su problema y pidiéndole consejo. Ocurrió durante uno de los viajes de Ruth a Limasol para hacer compras, en que Walter la llevó a almorzar al Amathus. En aquel momento experimentó un particular placer en entrar en el local del brazo de una hermosa mujer quien, por su porte y proceder, obviamente no era de las que se consiguen por dinero.

Ruth se había mostrado deprimida durante el almuerzo y luego, de repente, le preguntó si no le importaba que le pidiera consejo. Puesto que también él era judío, tal vez estaría en mejores condiciones para comprenderla. Entonces le abrió su corazón y volcó sobre él todas sus angustias. A Walter le costó cierto esfuerzo que no se le notara que ya estaba al corriente de la existencia de Gideon Galili. De todos modos, la prioridad número uno para él era asegurarse de si Ruth sabía que Duff llevaba a cabo misiones de inteligencia. La sondeó con cautela, comentando que sin duda las tensiones propias de su trabajo hacían que la convivencia con Duff resultara difícil. Muy pronto fue evidente que, para Ruth, el único «trabajo» de su marido consistía en ser fotógrafo de guerra. Walter se sintió muy aliviado al pensar que cualquier consejo que pudiera brindarle no estaría sujeto a consideraciones propias de quienes trabajan en un servicio de inteligencia. Ella había decidido separarse de Duff. Sí, en cierto modo seguía amándolo, pero era más el afecto de una madre para con su hijo que el que le corresponde a un esposo. Duff era un romántico incurable y un hombre decididamente ingenuo. Era brillante en su trabajo, pero centraba su vida demasiado en su carrera de fotógrafo. Ruth no sentía ningún tipo de culpa por su aventura con Gideon, pues mucho antes de iniciarla se había enterado de las infidelidades de Duff. Por otro lado, no lo culpaba, ya que era algo inherente a su naturaleza, como también lo eran sus frecuentes mentiras. Luego todo quedó reducido a la debilidad de Duff. Tal vez Walter no lo percibiera, pero Duff era un individuo débil, de ahí las mentiras y las innumerables aventuras. La amaba, pero era demasiado débil para traducir ese amor en algo positivo, duradero e inalterable. De alguna manera, siempre le resultaba difícil decir que no.

Walter no quería entrometerse, pues les tenía afecto a ambos. No obstante, le resultó muy significativo que Duff jamás le hubiera dicho a su mujer que era espía. ¿Cómo podía florecer su amor si debía ocultar un secreto de semejante naturaleza? ¿Cómo se las arreglaba para confiar y compartir con ella un solo aspecto de su vida?

Así que prefirió interrogarla acerca de Gideon. ¿Estaba segura de los sentimientos de ese individuo? Sí, lo estaba. Tenía la certeza de que la amaba. Era un hombre con una energía enorme y una tenacidad y sinceridad casi obsesivas. Hasta ese momento, esa energía y tenacidad estuvieron centradas exclusivamente en su carrera. Gideon le dijo que nunca antes había estado enamorado y que esa posibilidad ni siquiera entraba en sus planes. Se lo explicó en términos simples. Era como un hombre que, después de haber estado sordo toda su vida, de pronto oye con toda claridad una sonata de Chopin. A Ruth, en cambio, le parecía una experiencia más similar a la de un ateo que descubre una religión nueva y exótica. Gideon tenía el fervor de un converso y ese hecho era casi perturbador. Quería que ella se divorciara de Duff y se casara con él. Pero lo que realmente desconcertaba a Ruth eran sus propios sentimientos. Gideon era el polo opuesto de Duff: honesto, franco, muy protector y práctico. Pero, a lo largo de su vida, Ruth había aprendido a conocer el poder que tiene la belleza física para doblegar la mente de un hombre. Gideon todavía era joven y, a pesar de su sentido práctico, era muy impresionable. Y ella no estaba dispuesta a pasar por los mismos problemas con otra persona.

Walter le preguntó qué opinaba Gideon sobre la posibilidad de tener hijos y Ruth se encogió de hombros con aire resignado. Ella y Duff habían deseado tenerlos; poco después de establecerse en Chipre, dejó de tomar anticonceptivos. Después de un año sin ningún resultado, se hizo una serie de análisis y le aseguraron que no existía ninguna razón orgánica para que no quedara embarazada. Entonces le pidió a Duff que se sometiera a un examen, pero él se negó. Y Ruth no lo presionó. Al fin y al cabo era psicóloga y adivinó que, en cierta forma, para él eso representaba una amenaza a su virilidad. Era una conducta típica de Duff, le dijo a Walter. Su debilidad le impedía enfrentarse a esa posibilidad. Le comentó el episodio a Gideon y él inmediatamente se hizo un examen y le dijo que no había nada que les impidiera tener hijos. Ése era otro punto más a favor de Gideon.

Walter se encontró en un aprieto. Le hubiera gustado aconsejar a Ruth, ofrecerle su hombro y brindarle todo su apoyo, pero dos factores conspiraban contra ello. En primer lugar, no deseaba interponerse entre dos personas con las que tenía amistad o tomar partido por una de ellas. En segundo lugar, sus sentimientos hacia Ruth distaban mucho de ser platónicos. Como era natural, jamás abrigó la menor esperanza de que ella sintiera por él nada que no fuera un afecto genuino. Desde muy joven, Walter había descubierto que su físico no resultaba precisamente atractivo para las mujeres jóvenes y hermosas, lo cual hizo que sus placeres puramente carnales siempre fueran satisfechos por una serie de amantes muy bien pagadas. Pero nadie podía impedirle soñar, y una de sus fantasías era que algún día ocurriría un milagro y Ruth descubriría y amaría las virtudes de su mente y de su carácter, permaneciendo ciega al hecho de que era un glotón obeso y casi deforme. No era más que un sueño, pero le impedía aconsejarle que abandonara a su marido y se lanzara en brazos de un piloto de combate joven, bien parecido y vital. Por lo tanto, se limitó a sugerirle que reflexionara durante un tiempo más y no tomara ninguna decisión apresurada.

Y eso era lo que sin duda había hecho, pues desde aquella vez no había vuelto a mencionar el asunto. Esa misma noche, Walter tendría oportunidad de observar el estado en que se encontraban sus relaciones de pareja, pues Duff estaba de vuelta por algunos días y lo había invitado a cenar. Ruth tenía planeado preparar pato dorado con repollo colorado y, a pesar de su reciente y copioso desayuno, a Walter se le hizo la boca agua con sólo pensar en esa perspectiva. Decidió que tomaría un almuerzo ligero; tal vez nada más que un pollo pequeño y sólo la mitad de uno de los pasteles de limón que el cocinero preparaba tan bien.

Entonces volvió a enfrascarse en sus propios problemas. Ya habían transcurrido dos años desde aquella reunión memorable con el general Hofti y la primera fase de la operación encomendada a Walter había sido completada, aunque lamentablemente sin el éxito esperado. Durante todo 1976 y comienzos de 1977, Walter organizó una campaña para persuadir al gobierno francés de que no suministrara a los iraquíes un reactor nuclear de investigación. La operación se llevó a cabo en dos niveles: se ejerció una presión diplomática de la mayor intensidad posible y, simultáneamente, se intentó volcar a la opinión pública francesa en contra del tratado. Se presentó en el palacio Élysée una gruesa carpeta de antecedentes con todas las pruebas habidas y por haber de que los iraquíes pensaban emplear el reactor para la fabricación de armas nucleares, adjuntando una serie impresionante de citas tomadas de discursos de Saddam Hussein y otros líderes iraquíes que confirmaban tal hipótesis. En un momento dado, Giscard d'Estaing pareció vacilar y proclamó públicamente que no se le habían proporcionado detalles completos del acuerdo. Sin embargo, los iraquíes no perdieron el tiempo y amenazaron con cancelar órdenes de compra asociadas por valor de miles de millones de dólares e incluso llegaron a amenazar veladamente con un embargo petrolero respaldado por otros estados árabes. El aspecto comercial de la operación prevaleció y el gobierno decidió seguir adelante y cumplir el contrato. La campaña que tenía como finalidad soliviantar a la opinión pública también fue un fracaso. Francia jamás tuvo un movimiento antinuclear demasiado activo ni el mucho empeño que puso Walter bastó para crearlo. A esa altura de las cosas, lo único que sí sabía era que los plazos de construcción del reactor se iban cumpliendo de manera rigurosa. El único éxito de importancia que tuvo consistió en introducir un agente en la fábrica de La Seine-sur-Mer, cerca de Tolón. Tres días antes, el agente le informó que, si todo iba bien, el reactor estaría listo para ser embarcado en un plazo de dieciséis a veinte meses. Pero Walter se proponía que las cosas no marcharan bien.

Para Walter, el fin justificaba los medios sólo cuando equivalía a la supervivencia del pueblo judío, lo cual, en última instancia, equivalía al Estado judío. A su criterio, ése sería precisamente el problema al que deberían enfrentarse en los próximos dos años. Sabía que, si lograban embarcar e instalar el reactor, cualquier método que él adoptara estaría más que justificado; pero ese mismo hecho le resultaba inquietante pues, en pocas palabras, sabía que contaba con pocos agentes dentro del campo de operaciones, es decir, Iraq y sus países limítrofes.

En la década de los sesenta, el Mossad había logrado penetrar con éxito en los estados árabes, infiltración que sentó las bases de la Guerra de los Seis Días. En Siria, Eli Cohen estuvo a punto de ser nombrado Ministro de Defensa antes de tener la mala suerte de ser descubierto. En Egipto, Wolfgang Lotz se convirtió en el confidente de la plana mayor del Ejército, siendo finalmente desenmascarado en un chequeo de rutina llevado a cabo por Alemania Oriental antes de la visita de Walter Ulbricht a El Cairo en 1965. Pero, después de aquellas épocas temerarias, los estados árabes partidarios de la línea dura habían mejorado notablemente su servicio de contraespionaje con la ayuda de la KGB.

Al Mossad le resultaba cada vez más difícil establecer redes eficaces. En Iraq, por ejemplo, Walter sólo contaba con un buen agente, que era miembro de la Oficina Especial de Inteligencia —el Mukhabarat—, donde ocupaba un cargo de poca importancia. Sin embargo, trabajaba en Kasr al Nihaya, el «Palacio del fin», antiguamente residencia de la familia real pero en la actualidad convertido en centro de detención e interrogatorio del Mukhabarat. Estaba en condiciones de informar acerca de las luchas internas entre los miembros del partido Ba'ath, pero no tenía acceso a los encargados del planeamiento y la ejecución de los planes de acción; por otro lado, se mostraba reacio a enfrentarse al riesgo de organizar su propia red. Originalmente fue reclutado por el desagrado que le produjo constatar la forma en que las autoridades del régimen trataban a los kurdos. Él mismo era musulmán shia y exhibía un marcado antagonismo hacia los sunnitas dominantes en Iraq. También era intelectual y humanista y al presenciar la tortura aplicada a varios rebeldes kurdos en el «Palacio del fin», se sublevó y decidió aliarse a la potencia enemiga con mayores posibilidades de asestarle un golpe contundente a los demonios que en ese momento gobernaban su país. Pero, a pesar de haberlo intentado, el Mossad jamás logró persuadirlo de que estableciera su propia red. El individuo se plantó en sus trece y afirmó que, aunque le resultara repugnante, estaba dispuesto a permanecer en el Mukhabarat e informar de lo que allí viera y oyera. Pero nada más, eso bastaría para tranquilizar su conciencia. Para Walter fue una gran frustración, pues sabía que, con el tiempo, necesitaría contar con alguien fuerte en Iraq y que los plazos para ello se acortaban cada vez más.

Era la frustración clásica del pensador, alguien incapaz de llevar a la práctica sus propios planes y aspiraciones. Era una de esas raras ocasiones en que lamentaba profundamente el físico y la apariencia que le habían tocado en suerte. Le habría encantado hacer un trabajo de campo; estar integrado en los engranajes del espionaje. Pero eso, desde luego, era absurdo. Un agente debía ser discreto, capaz de fundirse con las sombras, ser un maestro de la clandestinidad y convertirse en uno más entre la multitud. Y Walter era notoriamente visible. Ese pensamiento lo irritaba sobremanera y lo hacía sentirse un individuo sin extremidades, algo así como un torso rechoncho con cerebro. Revisó las opciones que tenía para crear una red en Iraq; una organización que le permitiera, de ser ello necesario, realizar un ataque al reactor si los demás planes fracasaban y lo instalaban. Las perspectivas eran sombrías: tenía a su disposición una cantidad de agentes capaces y experimentados, pero el hecho de tener que introducirlos en Iraq y colocarlos en puestos clave donde pudieran ser eficaces presentaba problemas insuperables. Desde 1966, año en que el Mossad persuadió a un oficial de la fuerza aérea iraquí para que desertara junto con su MIG21, el Mukhabarat se mantuvo alerta para impedir que volviera a ocurrir algo similar. Walter no creía que ninguno de los agentes que tenía fuera capaz de penetrar esas defensas.

Lanzó un suspiro y vació su taza de café. Esos negros pensamientos disiparon su buen talante. Con un gruñido se apartó de la mesa y se puso en pie. Detrás de una hilera de pinos, otro hombre desayunaba. Mientras pasaba con estruendo junto a él, Walter registró una imagen borrosa y desdibujada del individuo en cuestión; barba, cabello largo, ojos muy azules. Entró al vestíbulo del hotel y echó a andar hacia la recepción, pero la imagen se negó a abandonar su mente y entonces, retrospectivamente, registró otro detalle: la mirada sorprendida de esos ojos azules. Walter se paró en seco, con la mente funcionándole vertiginosamente y su memoria tratando de catalogar ese rostro. Entonces giró sobre sus talones y regresó a la terraza. El hombre estaba a punto de abandonar la mesa, aunque todavía quedaban en su plato un huevo frito y un poco de tocino. Levantó la mirada cuando Walter reapareció y en sus ojos asomó una expresión resignada.

—Vaya, vaya —dijo Walter, asintiendo con satisfacción—. Está notablemente más hirsuto, pero no cabe duda de que es... ¡nada menos que Dave Munger!

Decidió esperar hasta después de la cena, pues no quería que nada lo distrajera de la comida. Tal como lo suponía, todo resultó un verdadero manjar: el pato precedido por un *pâté de foie* se vio realzado por una guarnición de puré de patatas. Walter había enviado la semana anterior una caja de Château Latour 1959 pues Duff, a pesar de ser un conocedor pasable de vinos y de disfrutar paladeándolos, sin duda hubiera elegido alguna variedad más obvia y menos compatible. La última vez que Walter fue invitado a cenar, la carne vacuna salada y los *latkas* habían sido acompañados por un Barolo italiano. Esta vez Walter estaba decidido a no correr semejante riesgo; era lo suficientemente amigo de los dueños de la casa como para que su gesto no fuera mal interpretado.

En el curso de la comida, Duff se explayó acerca de la situación reinante en el Líbano y si el presidente Elías Sarkis sería capaz de controlar a los izquierdistas. Walter lo oía a medias, lanzando de vez en cuando un gruñido de asentimiento, pues tenía todos sus sentidos concentrados en la comida, el vino y Ruth. La encontró bastante más delgada, sin que eso atenuara su belleza. Llevaba el cabello negro recogido en la nuca en una especie de rodete, peinado que acentuaba sus pómulos altos y su tez cetrina. El suyo era un rostro triste, cuya melancolía se veía realzada por las facciones finas, la mejillas de curvas suaves y los labios generosos. A Walter le resultaba inexplicable que Duff no empleara toda su energía en hacerla feliz.

La cena tenía lugar en un comedor amueblado en estilo formal, contiguo a una sala de estar construida en un nivel más bajo. A continuación, un par de ventanales se abría a un patio rodeado de árboles y arbustos, discretamente iluminados por reflectores. La sala de estar tenía bibliotecas en dos de sus paredes, un grupo de sillones confortables rodeaban una mesita baja y en un mueble de módulos se observaban una serie de fotografías enmarcadas y distintos *souvenirs* recogidos por Duff en sus viajes. En un rincón, donde ambas bibliotecas convergían, había otra mesa pequeña pero alta, casi un pedestal, sobre la que estaba colocado un único objeto, cubierto con una campana de vidrio: la Nikon FTN de Munger que, de alguna manera, dominaba todo el recinto. Walter estaba enterado de que a nadie le estaba permitido tocarla, ni siquiera a la criada para quitarle el polvo. Todos los meses Duff la tomaba, la desarmaba y la limpiaba con verdadero fervor. En raras ocasiones les mostraba a sus amigos más cercanos cómo funcionaba y de qué manera había sido usada, pero nadie más que él podía tocarla. Walter saboreó de antemano el efecto de la bomba de tiempo que estaba a punto de lanzar. Mientras, decidió que ya había oído bastante sobre la política exterior de los Estados Unidos en lo concerniente al Líbano, así que le preguntó a Ruth cómo le iba en el orfanato. Inmediatamente, los ojos de ella centellearon y se puso a hablar sobre los chicos y sus progresos. A esas alturas, incluso los más pequeños tenían edad suficiente para ser colocados en hogares adoptivos. Existían, desde luego, casos difíciles y en ellos centraba todos sus esfuerzos. Aunque ya casi se habían cumplido tres años desde el fin de la guerra, algunos pequeños todavía conservaban cicatrices mentales profundas. Por ejemplo, un chiquillo de seis años que había presenciado la muerte accidental de sus padres por heridas de bala. Ruth estaba decidida a lograr que el muchachito llevara un existencia normal. Walter la escuchó con atención, pero el rostro de Duff traicionó la impaciencia que comenzaba a embargarlo. No era la primera vez que escuchaba ese relato y, por su trabajo, conocía suficientes casos similares como para conmoverse. Walter intuyó su impaciencia y, mientras la criada despejaba la mesa, decidió que había llegado el momento.

—Ah, me olvidaba —dijo, con tono casual—. Esta mañana vi a Dave Munger.

Duff quedó literalmente con la boca abierta y sus manos se cerraron en un puño. En la habitación reinó el silencio hasta que se fue la criada. Ruth se quedó mirando a su marido con expresión intrigada. La pregunta, cuando Duff estuvo en condiciones de formularla, se limitó a una sola palabra ahogada:

—¿Dónde?

Walter sonrió, se puso en pie y le preguntó a Ruth:

—¿Tomaremos el café en la sala?

Ella hizo un gesto afirmativo con la cabeza y comenzó a incorporarse.

—¿Dónde? ¡Maldito sea!

La voz de Duff era áspera y apremiante. Walter lo contempló bondadosamente.

—Aquí en Platres, en el Forest Park Hotel. Ven, Duff. Te lo contaré mientras tomamos café.

Se dirigieron a la salita y Walter se instaló cómodamente en un sillón mientras la criada le servía café y colocaba una enorme fuente con bombones de menta junto a él. Duff permaneció de pie en el centro de la habitación, con las piernas entreabiertas. Su rostro era un espejo de impaciencia, mirando alternativamente a Walter y a la cámara. Después de tomar un sorbo de café y devorar tres bombones, Walter volvió a sonreírle y le relató la historia.

Al parecer, Munger había estado viviendo en la zona desde hacía algunos años. Los detalles eran escasos, pero se decía que tenía una pequeña granja cerca de Phini. Walter tuvo la impresión de que no se alegró mucho de verlo, sino todo lo contrario. Tratar de sacarle algún tipo de información era como estrujar una esponja reseca. Walter lo había invitado a compartir una comida e incluso le sugirió que lo acompañara esa noche a casa de Ruth y Duff, asegurándole que sería más que bienvenido. A modo de señuelo, le contó que Duff tenía su cámara y le relató lo ocurrido en la subasta. Pero Munger no aceptó. Vagamente argumentó estar muy ocupado y que tal vez tendría tiempo en otra ocasión.

Por último, Walter le dio su tarjeta y le pidió que lo llamara en algún momento. Era evidente que el encuentro había puesto muy incómodo a Munger.

Como era de esperar, Duff no quedó satisfecho con los datos aportados por Walter. ¿Cuándo había llegado Munger a Chipre? ¿Procedente de dónde? ¿A qué se dedicaba? ¿Cuál era su aspecto?

Walter sólo pudo responder a la última pregunta. Dijo que lo encontró más envejecido, pero por otra parte hacía más de ocho años que no lo veía. O sea que andaría cerca de los cuarenta. Llevaba barba, estaba muy bronceado y tenía las manos llenas de callos, así que tal vez fuera cierto que se dedicaba a las tareas del campo. Su forma de hablar era algo pomposa y formal, como la de alguien no habituado a conversar, por lo menos no en inglés. La descripción de Walter fue completa y precisa, pues era un observador eficiente y adiestrado. Duff quiso salir inmediatamente en busca de Munger, pero Walter se lo impidió, recordándole que las últimas palabras pronunciadas por Munger eran que no deseaba ser molestado... por nadie. A fin de cuentas, tenía la tarjeta de Walter y si en algún momento tenía ganas de ponerse en contacto con él, podría hacerlo.

Pero Duff siguió excitado y poco convencido. La mera idea de que Munger hubiera estado viviendo tan cerca durante varios años le resultaba muy difícil de digerir. Seguramente sería posible localizarlo y al menos entrar a saludarlo y decirle que siempre sería bienvenido.

Walter sacudió la cabeza. Señaló un hecho extraño. Munger no apareció en el comedor del hotel a la hora del almuerzo y cuando Walter preguntó por él en la recepción, le dijeron que había pagado su cuenta y partido inmediatamente después del desayuno. Eso les llamó la atención, pues había llegado al hotel apenas la noche anterior y reservado una habitación para tres días. La dirección que figuraba en el registro era tan sólo: «Phini, Chipre.» Una inspección cuidadosa de los registros de los últimos cinco años demostró que no había estado en el hotel durante ese período.

Entonces Ruth intervino comentando que, por lo dicho por Walter, todo parecía indicar que Munger estaba a punto de emerger de un largo período de aislamiento, y el hecho de toparse inesperadamente con Walter sin duda representó un impacto violento para él. Dicho lo cual, sonrió a Walter para que no pensara que, de no haberse tratado de él, la impresión recibida por Munger habría sido menos intensa.

Por último Duff convino en que sería contraproducente salir a buscarlo a tontas y a locas. De todos modos, debía partir dentro de dos días y estaría ausente por lo menos un mes. Pero de algo no cabía duda: en cuanto regresara, se las arreglaría para localizar a Munger y preguntarle si necesitaba algo. Volvió a contemplar la cámara, solitaria y resplandeciente bajo su cúpula de vidrio. Lo menos que podía hacer era ofrecerse a devolvérsela.

Duff pasó el resto de la velada evocando a Munger. Contó una vez más una serie interminable de anécdotas suyas y ensalzó sus virtudes como fotógrafo de guerra. Nadie lo había igualado y nadie lograría jamás llegarle a la altura de los talones.

Walter y Ruth escuchaban en silencio. Más que nunca, ella se sentía intrigada y levemente resentida frente a ese hombre que había despertado semejante admiración en su marido. Tenía que tratarse de algo más que de mero talento pues, al fin y al cabo, el mismo Duff era reconocido como uno de los profesionales más brillantes en su campo. Ya se habían llevado a cabo varias muestras internacionales de sus trabajos y un libro recientemente editado con fotografías suyas alcanzó la categoría de *best-seller*. No, no era sólo el respeto de un hombre frente al talento de otro. Ruth lanzó un suspiro y se dijo que ésa era otra de las brechas que la distanciaban cada vez más de su marido.

Walter escuchó con interés. Había conocido a Munger razonablemente bien durante los años transcurridos en Asia y siempre lo dejó perplejo. Era uno de los pocos hombres que Walter jamás pudo entender ni catalogar. Era como si viviera en un vacío, totalmente independiente de los que lo rodeaban. Walter era un manipulador de gente: de sus miedos, sus esperanzas, sus sentimientos, y el hecho de encontrarse frente a un hombre inmune a su influencia le resultaba una experiencia fascinante. Escuchó cómo Duff describía una vez más la misteriosa habilidad de Munger para estar en el lugar adecuado cuando estaba a punto de ocurrir algo; su pericia para conseguir las tomas que deseaba y luego desaparecer y librarse de los peligros que lo acechaban. Siempre actuó como si fuera un espectro, como una sombra que se desplaza sobre el terreno, salvando cordones y muros, cerrojos y trámites burocráticos. Nunca hubo nadie como él. Luego, con respecto a sus últimos días como fotógrafo: ¿qué había ocurrido en esa última patrulla para hacerlo renunciar a su profesión? ¿Para que tirara por la borda la única vida que había conocido?

Walter comenzó a tener sueño. Había bebido mucho vino y luego tres coñacs. Ni siquiera la presencia de Ruth y las anécdotas sabrosas de Duff podían mantenerlo despierto. Así que se puso en pie, besó a Ruth en la mejilla y le dijo que aunque no hiciera otra cosa en la vida, su habilidad para preparar pato con repollo colorado le aseguraría un lugar en el paraíso. Ella se echó a reír y le prometió almorzar con él en Limasol la semana siguiente. Al llegar al automóvil, Walter sacudió a Spiro hasta despertarlo, luego se acomodó en el asiento trasero después de bajar el cristal de la ventanilla y le dijo a Duff:

—Ten mucho cuidado en Beirut. Me han dicho que se anuncia otra tormenta.

Duff sonrió.

—No te preocupes. ¿Acaso no dijo Hamlet que «la discreción es la parte más valiosa de la audacia»?

Walter sacudió la cabeza.

—Te equivocaste de obra. Lo dijo Falstaff, y no olvides que era un individuo que comía y bebía en exceso —afirmó y le guiñó un ojo—. ¡Jamás escuches los consejos de un hombre de esa calaña!

Después de la partida de Walter, Duff se llevó una botella de coñac al patio. La noticia transmitida por Walter lo dejó tan excitado que le quitó el sueño. Ruth intuyó su estado de ánimo y su deseo de estar a solas. Le dio un beso de buenas noches y se dirigió al dormitorio. Había sido un día muy largo y se sentía cansada. Pero, extrañamente, tampoco ella pudo dormir. Se quedó tendida en la gran cama escuchando el débil tictac del reloj de la mesa de noche y el paso ocasional de algún automóvil por el camino posterior de la aldea. Toda la conversación acerca de Munger durante la cena también la perturbó a ella. No tanto la persona en sí misma como los recuerdos que le trajo: sus primeras épocas de casada en Hong Kong; la lenta toma de conciencia de que las cosas no marchaban como ella había previsto; su propia madurez en un medio que le era desconocido; el descubrimiento de aspectos y facetas de su carácter. Recordó la noche en que Duff había regresado de la subasta con la cámara de Munger y el ataque de furia que tuvo al enterarse de que, por esa causa, Duff no podría comprarle la pulsera que tanto deseaba como regalo de aniversario. Ahora sonrió al evocar su reacción. Aquella fue una época en que la crianza y la educación que había recibido la llevaron a desear cosas materiales. Una época en que el amor y el afecto podían y debían ser medidos por el valor de un regalo; en que la felicidad conyugal completa consistía en tener un hermoso apartamento o todo un guardarropa de vestidos nuevos hechos a medida. Era lógico que así ocurriera. Sus padres siempre recompensaron sus logros con cosas materiales: unas vacaciones en California cuando se graduó en la escuela secundaria y un automóvil deportivo MG el día en que cumplió veintiún años.

Estaba acostumbrada a considerar su posición y su status social del mismo modo que evaluaba los cuadros que colgaban de las paredes de su casa. Ése le confería seguridad; aquél, un buen matrimonio; el de más allá, una vida social satisfactoria.

Tardó bastante en descubrir que, en sí mismos, los cuadros eran vagos y que lo que en realidad les daba forma eran los marcos. En un principio creyó que podía tratarse de la naturaleza transitoria y temporal de sus vidas. Después de dos años de vivir en Hong Kong, se trasladaron a Singapur durante un año y luego a Bangkok. Sólo después de mudarse a Chipre y comprar la casa de campo, amueblarla y decorarla con cosas, comenzó a experimentar una sensación de permanencia y de continuidad. Fue entonces cuando no le quedó más remedio que reconocer el vacío que existía en su vida. Todos sus cuadros estaban colocados ahora en su lugar y, sin embargo, faltaba algo. Ya estaba enterada de las infidelidades de Duff. En la comunidad de los que trabajan en los medios de información existían muchos supuestos «amigos» más que dispuestos a pasar algún «chisme» confidencial.

Fue la primera sorprendida ante su reacción. En primer lugar, no se sintió furiosa ni ultrajada, y en segundo lugar, no le pidió a Duff ninguna clase de explicaciones. Tal vez los años pasados en Oriente la habían condicionado para ver el matrimonio bajo una luz más difusa que la mayoría de sus amigas de la misma edad. A pesar de lo cual, durante todos esos años, fue fiel a su marido. La fidelidad había sido otra tela que pendía de las paredes de su casa. Un cuadro que ahora no era más que una tela pintada de negro.

Giró en la cama y ahuecó la almohada. ¿Cuántas noches había dormido sola mientras Duff se encontraba lejos, cumpliendo alguna misión? Más de la mitad de su vida de casada. Pero su soledad no se limitaba a ese aspecto, sino que calaba más hondo. Se refería a la esencia misma del amor. Ruth deseaba sentirse necesitada, ser necesaria. Quería ser el centro de la existencia de otra persona. Retrospectivamente comprendió que sólo dos cosas podían satisfacer ese deseo: tener un hijo propio o el amor total, íntegro de un hombre. Los hijos parecían estar fuera de su alcance —por lo menos con Duff—, así que fue casi inevitable que, cuando la segunda opción se le presentó encarnada en Gideon, se hubiera lanzado a la aventura con actitud resuelta. Lo que en realidad buscaba era realizarse. Al principio se mostró cautelosa por temor de que sólo se tratara de un entusiamo pasajero por parte de Gideon. Tenía plena conciencia de su propia belleza y atractivos; a lo largo de su vida había declinado una cantidad considerable de proposiciones. Sólo después de su viaje a Israel y de la segunda visita de

Gideon a Chipre, abandonó su cautela y se permitió disfrutar con la certeza de que él realmente la amaba. Era una hombre fuerte, inteligente y seguro de sí mismo... y la necesitaba.

Una vez más sonrió para sí, pero en esta ocasión con un dejo de tristeza. Después de haberse embarcado en esa relación, su misma intensidad la inquietaba. ¿Qué pasaría si ella no le correspondía con idéntica pasión?

Trató de analizar el sentimiento mismo del amor, pero muy pronto se dio por vencida. Le pareció más fácil cortar un arco iris en rodajas. Sea como fuere, el amor era una cuestión orgánica. A veces crecía y, desde luego, otras se marchitaba. Su amor por Gideon crecería hasta equiparar el que él sentía por ella. Sobre todo si tenían hijos. Ambos fertilizarían el terreno que les era común. Sólo faltaba que tomara esa decisión. Bastaba con que se lo dijera a Duff y le reprochara todas sus infidelidades. No entendía por qué le costaba tanto hacerlo. No cabía duda de que, a pesar de todo, en cierta forma seguía amándolo. Volvió a acomodar la almohada y se quedó dormida con un sueño ligero.

Walter se durmió en cuanto apoyó la cabeza sobre la almohada, pero no fue un sueño reparador. Se lo pasó dando vueltas en la cama hasta las tres. Entonces, con un gruñido de irritación, encendió la lámpara de la mesita de noche. Era un hecho por completo insólito en él, pues por lo general dormía profundamente y muy rara vez soñaba. Permaneció acostado un buen rato contemplando el lento girar del ventilador del techo. Entonces rodó hasta el borde de la cama, bajó las piernas y se calzó las zapatillas. Fue hasta la salita de la suite, se sirvió un vaso de agua Perrier y salió al balcón. Era una noche oscura, sin luna, y un resplandor lejano indicaba la presencia de Limasol. Sabía que su subconsciente había estado funcionando activamente. Algo lo perturbaba en el fondo de la mente, y hasta que no lo resolviera no podría conciliar el sueño. Era un pensador metódico y razonó que, puesto que la noche anterior había dormido sin el menor problema, lo que lo molestaba debía de ser algo ocurrido el día anterior. Repasó mentalmente los hechos y, como sucede con tanta frecuencia en las horas que preceden al amanecer, descubrió que tenía la mente lúcida y despejada y que ideas que a pleno sol parecían confusas y complejas, se volvían entonces más claras y diáfanas.

Era Munger. Munger era el hombre que Walter necesitaba. El encuentro casual de la mañana había sido providencial. Completamente despierto, giró, regresó a la salita y se sentó frente al escritorio. Durante media hora redactó un mensaje para ser enviado esa misma mañana a Shimon Saguy, en las oficinas centrales del Mossad.

Solicitaba, con extrema urgencia, un informe en profundidad sobre David Munger, quien fuera durante muchos años fotógrafo de guerra. El informe no debía excluir ningún dato. Walter Blum quería saber lo más posible sobre él desde el día de su nacimiento. Necesitaba conocer detalles de su infancia, sus padres, sus parientes, su educación, amigos, enemigos, gustos, antipatías, su historia médica, sus opiniones políticas, su color, su comida y su bebida favoritos. También solicitaba una copia de todas las fotografías obtenidas por Munger. Por último, pidió que se llevara a cabo una investigación entre la superioridad a fin de establecer qué podía haber ocurrido durante los últimos días de Munger en Vietnam. Realizó un examen retrospectivo, se esforzó por recordar y relacionar fechas. Entonces añadió que Munger había participado en una misión cerca de Vinh Long con una patrulla de las Fuerzas Especiales en algún momento del mes de octubre de 1969. Los agentes del Mossad en los Estados Unidos debían tratar de rastrear cualquier posible superviviente de esa patrulla y sonsacarle lo ocurrido. Del mismo modo, los agentes infiltrados dentro del ejército de los Estados Unidos debían tratar de localizar y copiar cualquier informe relativo a esa época.

Una vez terminado el borrador, lo colocó en su cartera, lo cerró con llave y miró su reloj. Entonces tomó el teléfono y pidió al recepcionista que lo despertara a las seis y media.

A continuación durmió profundamente, aunque sólo fueron dos horas. Cuando despertó recordó algo que Duff había dicho la noche anterior:

—Munger era como un espectro; como una sombra.

Capítulo 5

Después de tener un orgasmo intenso, Janine Lesage extendió el brazo y acarició el cabello negro de Sami Asaf, quien levantó la cabeza y la contempló por entre las ondulaciones del vientre de la muchacha. Asaf jadeaba todavía y sus bigotes húmedos resplandecían.

—Eres una maravilla, Sami —murmuró ella.

En el rostro de Asaf se encendió una sonrisa y el hombre comenzó a deslizarse hacia arriba por encima del cuerpo alargado de la mujer. Janine sintió cómo el pene erecto de Sami le rozaba la pierna izquierda y mentalmente lanzó un suspiro. Hacía ya mucho tiempo que no le era posible tener un orgasmo de la manera convencional. Tal vez se debiera a una promiscuidad excesiva o simplemente a una imaginación demasiado exacerbada, pero lo cierto era que necesitaba siempre algo más. Sea como fuere, ahora le tocaba ocuparse de satisfacer las necesidades de Sami: él se había esforzado con empeño durante un buen rato y era preciso recompensarlo. Sami se tendió sobre ella, se movió hasta estar en la posición adecuada y la penetró profundamente. Janine casi no sintió nada, pero igualmente dejó escapar los sonidos apropiados en el oído de Sami. Sabía que el trámite no sería corto, ya que Sami Asaf era uno de esos hombres para quienes la potencia sexual era mayor cuanto más se prolongara el acto. Mientras yacía debajo de él, acariciándole la espalda, Janine estaba enfrascada en otros pensamientos muy distintos.

Deliberadamente había seducido a Sami un mes antes, poco después de haberle sido encomendada la misión de trabajar como enlace entre su propio servicio, el SDECE, y el Mukhabarat iraquí; tarea que era resultado directo del acuerdo relativo al reactor nuclear. Recordó las instrucciones recibidas en las oficinas centrales del SDECE en París, impartidas por el director del mismo, Alexandre de Marenches.

En aquella ocasión, De Marenches le advirtió que el Mossad se mostraría implacable en sus intentos por frustrar el acuerdo; tuvieron una gran actividad en Francia durante los últimos dos años tratando de desbaratar el proyecto, así que una vez que el reactor fuera embarcado, sin duda concentrarían sus esfuerzos en

Iraq, probablemente escogiendo Beirut como base de operaciones. Como Janine había estado trabajando en esa zona durante seis años, era la candidata ideal, tanto para coordinar la contraofensiva del SDECE como para actuar de enlace con el Mukhabarat de Iraq. Por fortuna, conocía a Şami Asaf de las épocas en que había vivido en el Lejano Oriente. Él ocupaba en la actualidad el cargo de Directivo Adjunto del Mukhabarat y era asimismo el hombre responsable de la protección del reactor y de los técnicos franceses que trabajaban en el proyecto.

Janine sonrió para sí, tendida bajo el resollante iraquí. Afirmar que meramente «conocía» a Asaf no constituía ya una descripción adecuada de la relación que existía entre ambos.

De Marenches se ocupó, a continuación, de medir la potencia numérica de la oposición. Si bien los integrantes del Mossad no contaban con grandes fuerzas en Iraq, estaban, en cambio, bien afianzados en Beirut. Los informes más recientes indicaban que, dentro del Mossad, se había creado una sección especial dedicada a concentrarse exclusivamente en el reactor nuclear. De Marenches añadió que era vital para Francia que el acuerdo relativo al reactor se llevara a cabo según los plazos establecidos, ya que sólo entonces se confirmarían ciertos acuerdos comerciales y de venta de armamentos de enorme importancia.

—¿Tienen los israelíes auténticos motivos para abrigar sospechas con respecto al uso definitivo que se le dará al reactor? —preguntó Janine.

De Marenches le devolvió una mirada enigmática y se encogió de hombros con un gesto típicamente francés.

—Siempre tuvieron sospechas —dijo—. De todos modos, los iraquíes han firmado el Tratado de No Proliferación Nuclear. Algo que los israelíes no han hecho.

Janine le sonrió con cinismo y respondió:

—Desde luego. Ése es, ciertamente, un detalle muy importante.

Por último, De Marenches le informó acerca del papel de la CIA: ella debía dar por sentado que, debido a la paranoia del presidente Carter con respecto a la proliferación nuclear, la organización se mostraría muy curiosa frente a la totalidad del proyecto. El Departamento de Estado ya había ejercido una intensa presión sobre el gobierno francés para que cancelaran el acuerdo, lo cual se debía, por supuesto, a la camarilla judía del Congreso.

Por lo tanto, aparte de estar atenta al Mossad, debía también vigilar a los de la CIA. Janine contaba con dos factores básicos a su favor. En primer lugar, la CIA y el Mossad ya no cooperaban entre sí sino que, desde comienzos de la década de los setenta, eran más bien rivales. En segundo lugar —le dijo De Marenches con una sonrisa sombría—, agentes del SDECE en Washington habían logrado hacía poco infiltrarse en una nueva sección de la CIA conocida con el nombre de «Equino», y que se creía tenía una actividad particularmente intensa en el Medio Oriente. Dicho lo cual, De Marenches le entregó un hoja de papel con una lista de personas que se sabía o se sospechaba eran agentes de «Equino» en el área de Janine. En ella figuraban sólo siete nombres y el primero era Duff Paget.

De Marenches percibió su sonrisa: una mezcla de alborozo y de malicia.

—¿Conoce a alguno de ellos? —preguntó.

—Sí, a tres. Pero a uno en especial.

De Marenches le había advertido que fuera cautelosa al tratar con los norteamericanos y Janine asintió obedientemente.

Ahora Sami comenzaba a acelerar su ritmo y Janine experimentó cierta sequedad vaginal. Dejaré que pasen otros dos minutos —decidió—, y entonces lo haré terminar, le guste o no. Sami Asaf, desde luego, era una pieza vital para sus planes, tanto personales como oficiales. Ése fue uno de los motivos que tuvo para seducirlo hacía un mes. Siempre quería tener el control total de una operación y hacía mucho que había descubierto que existían dos maneras fundamentales de controlar a un hombre: el dinero y el sexo. Pero su experiencia le demostró que, entre ambas, el sexo constituía el factor más poderoso.

No cabía duda de que era ella quien controlaba la situación. Deslizó el brazo izquierdo por la espalda del individuo hasta llegar a la cabeza que se movía rítmicamente, giró la muñeca y consultó su reloj Cartier. Se estaba haciendo tarde y tenía muchas cosas que hablar con Sami.

Sabía qué debía hacer. Después de todo un mes de frecuentes relaciones sexuales, conocía al dedillo cuál era el límite sutil que separaba el sadismo de Sami de su masoquismo. Primero levantó los pies y los trabó alrededor de los tobillos de Sami. Luego aferró fuertemente el pelo del hombre con su mano izquierda y le clavó las uñas de su mano derecha. Él gimió de dolor y entonces Janine le tiró la cabeza hacia arriba y lo mordió debajo de la barbilla, muy cerca de la garganta. Sami comenzó a redoblar sus embates con ritmo febril. «Ocurrirá de un momento a otro», pensó ella, y siguió aferrada a él con dientes y manos. Entonces Sami eyaculó, lanzando un gemido de dolor y de éxtasis.

«Algún día —pensó— mataré a un individuo como éste... En lugar del mentón, será la garganta». Había leído en alguna parte que cuando un hombre muere en el clímax de una relación sexual, tiene una erección monumental, erección que persiste después de muerto. Eso sí que sería algo digno de ver... y sentir.

Sami permaneció tendido sobre ella, jadeando. Al cabo de una pausa más o menos decente y de susurrarle varias palabras de afecto, Janine lo hizo rodar hasta que quedó tendido a su lado y se levantó. Sami se quedó acostado, mirándola, mientras ella se dirigía al cuarto de baño. Era esbelta, flexible y llena de curvas, y su cabellera se mecía a sus espaldas como una capa dorada.

«¿Quién fue —pensó Sami— el que, hace muchos años, la describió como una víbora en movimiento?»

Oyó el ruido del agua que corría e inevitablemente asoció el sonido con la prostitución. Su primera experiencia sexual con una mujer había tenido lugar en París y, a continuación, ella se había lavado enérgicamente, lo cual lo hizo sentir incómodo y un poco indignado, pues pensó que ella lo hacía por considerarlo sucio.

Supuso que, en cierto sentido, también Janine estaba prostituyéndose. No se hacía ninguna ilusión de que lo amara e intuyó que, una vez que la operación hubiera terminado, lo dejaría plantado. No tenía importancia. Para eso faltaban por lo menos dos años y mientras tanto podía tener constante acceso a su cuerpo. Un cuerpo que lo tenía fascinado y nunca parecía saciarlo. Era sorprendente que, en sólo un mes, ella hubiera descubierto cuáles eran exactamente sus preferencias sexuales. También pensó que estaba perdiendo demasiado tiempo en Beirut en esas supuestas «misiones de enlace». La justificación que había empleado para tranquilizar su conciencia y satisfacer a su superior era que la amenaza del Mossad estallaría en el Líbano y que, por consiguiente, era vital para el Mukhabarat fortalecer las redes que allí poseía. Pero sabía que, en el fondo, era el cuerpo tenso de Janine Lesage y no el deber lo que le hacía visitar la ciudad con tanta frecuencia.

Janine salió del cuarto de baño, se acercó a la ventana y miró hacia afuera. Sólo llevaba una toalla sujeta a la cintura. Se encontraban en el apartamento de ella, situado en el último piso de un edificio en Ras Beirut, con una vista espectacular de la ciudad y de la guerra civil que tenía lugar en ese momento. En ese instante se oía el distante crepitar de las armas cortas procedente del distrito de Naba.

Sami le echó una ojeada a su reloj de pulsera, se incorporó en la cama y recogió la ropa que, una hora antes, había ido tirando, encendido por una pasión creciente. En media hora se llevaría a cabo una conferencia de prensa en las oficinas centrales de la OLP y, puesto que todavía conservaba la fachada de corresponsal para el *Middle East News Bureau*, debía asistir a ella.

Janine giró sobre sus talones y lo observó ponerse los calcetines. Entonces le dijo, con su voz de contralto:

—Duff Paget.

—¿Qué pasa con él?

—Quiero que lo mates.

Sami la miró, azorado.

—Es de la CIA —cortó Janine antes de que él tuviera tiempo de decir nada—. Y está comenzando a meter la nariz en nuestros asuntos.

El gesto de sorpresa de Sami fue casi cómico.

—¿Duff? ¿De la CIA?

—Sí, Sami. No te sorprendas tanto. Es agente desde hace ocho años. Desde Vietnam.

—¿Estás segura?

Sami se sentía desconcertado. Estaba acostumbrado a enterarse de que personas conocidas o incluso colegas trabajaban en tareas de inteligencia, pero por lo general no tardaba tanto en descubrirlo. El día anterior había tomado algunos tragos con un grupo de corresponsales en el Hotel Commodore; Duff Paget se encontraba entre ellos y se habían pasado una media hora charlando sobre los viejos tiempos.

—Por supuesto que estoy segura —respondió Janine con impaciencia—. Trabaja para una sección especial cuyo nombre de código es «Equino» y que descubrimos hace algunos meses. También nos enteramos de que una de sus misiones principales es contrarrestar la amenaza de proliferación nuclear.

Lo dijo sin dificultad, mezclando con toda astucia hechos reales con verdades a medias. El rostro de Sami reflejaba incertidumbre, hasta que en sus ojos apareció una mirada resuelta.

—¿Seguro que no lo estás inventando? Siempre lo has detestado, por lo menos desde aquella subasta.

Janine sacudió la cabeza, haciendo flamear su cabellera.

—No seas estúpido, Sami. Sí, lo odio, pero jamás permitiría que eso influyera en mí.

Janine comenzó lentamente a acercarse a la cama.

—Por supuesto que esto no tiene ninguna importancia si vuestros planes con respecto al reactor son los que habéis manifestado. Pero si no es así y si Paget llega a descubrir algo, entonces mi gobierno se verá sometido a una presión enorme. Estamos en condiciones de manejar a los israelíes, pero los Estados Unidos son palabras mayores. Giscard d'Estaing puede decidir entonces anular el trato, no importa qué tipo de sanciones petroleras nos impongáis.

Ahora estaba junto a la cama y Sami la miró.

—No me gusta la idea de que la CIA ande husmeando —dijo él—. Aunque no tengamos nada que ocultar.

—Desde luego —comentó ella con una semisonrisa—. De cualquier manera, Paget es una amenaza. Sería faltar a tu deber dejarlo vivo.

Sami suspiró. Le tenía simpatía a Duff Paget.

—Es una decisión difícil —afirmó—. El hecho de matar a un agente de la CIA puede desencadenar una serie de fuegos artificiales.

Ella se encogió de hombros.

—Sami, sé realista. ¿Cuántos periodistas y fotógrafos han sido asesinados en Beirut durante los últimos dos años? ¿Una docena? Posiblemente más. Por otra parte, no serían los tuyos los encargados de hacerlo. Habla con tus amigos de la OLP. De paso, no sé si sabes que la misión actual de Paget es espiarlos. Tengo todos los detalles. Está operando bajo sus propias narices.

Se produjo un silencio prolongado y luego Sami dijo:

—Lo pensaré.

Janine sonrió, sabiéndose vencedora. Extendió los brazos y atrajo la cabeza de Sami contra sus pechos.

—Cuando ocurra —murmuró—, quiero estar allí. Quiero verlo con mis propios ojos.

Walter Blum y el profesor Chaim Nardi caminaban sin prisa por los amplios terrenos de la Universidad de Tel Aviv. Walter lucía un traje beige y corbata rosada; el profesor —un hombre pequeño con aspecto de pájaro—, pantalones y camisa blanca de manga corta. Estaba cómodo. Walter, en cambio, sudaba profusamente.

Nardi se sentía intrigado con respecto a su visitante. Una semana antes había recibido la llamada del general Hofti, la autoridad máxima del Mossad, quien le informó que pensaba enviarle, por mensajero especial, una carpeta con material ultrasecreto. Contenía los detalles completos de un hombre. Apreciaría mucho que el profesor estudiara el informe con atención y luego intercambiara ideas con un individuo llamado Walter Blum. El nombre le resultó familiar a Nardi, pero antes de poder localizar de dónde lo conocía, Hofti le aclaró que se trataba del mismo Walter Blum que había colaborado financieramente no sólo con la universidad sino con todo el Estado de Israel.

Nardi estudió el *dossier* con diligencia e interés y, después de obtener la autorización de Hofti, intercambió ideas con dos colegas suyos del departamento de psiquiatría de la facultad.

Walter llegó al tiempo previsto y, después de devorar un pantagruélico almuerzo ofrecido por el decano, salió a caminar ùn rato con Nardi.

—Es un caso fascinante —dijo Nardi—. Usted ya ha leído mi informe. ¿Qué más puedo añadir?

Walter bajó la mirada y lo comtempló, pensando en ese momento que parecía más un gorrión que el cerebro más brillante de Israel en el campo de la psicología y la psiquiatría.

—Quiero saber cómo puedo manipularlo.

El profesor se sobresaltó a pesar de tener plena conciencia de que Walter era algo más que un hombre de negocios y de éxito.

—«Manipular» no me resulta un término agradable en ese contexto —comentó con tono severo.

—Ocurre que yo mismo me encuentro en una situación poco agradable —le contestó Walter—. Este hombre puede ser de enorme importancia. Lo necesito. Y también lo necesita Israel.

El profesor caviló un momento y luego se encogió de hombros.

—Bueno, es obvio que tiene un trauma. No lo apabullaré con terminología científica. A fin de poder serle útil a usted o a cualquier otra persona, es preciso sacarlo de ese trauma. Tendríamos que hablar con él sobre el tema y, según tengo entendido, eso es muy poco factible. Es una pena que usted no haya podido averiguar qué ocurrió en aquella última patrulla.

Walter hizo una mueca.

—Seguimos intentándolo, pero los resultados no son muy alentadores. Fue una patrulla mixta de Fuerzas Especiales de los Estados Unidos y mercenarios. Pero no hemos encontrado a ningún superviviente. Además, todos los registros e informes archivados por aquella época han sido destruidos.

Nardi extendió las manos en un elocuente gesto de impotencia.

—Así que seguimos a oscuras.

Walter se detuvo y el profesor se volvió para mirarlo.

—¿O sea que, a su criterio, no podrá sernos de ninguna utilidad a menos que esté completamente curado del trauma?

—Bueno, no exactamente. No sé para qué lo necesita usted. Obviamente conserva todas sus facultades. No es que haya perdido la razón, sino que lo que le ocurrió —sea lo que fuere— ha hecho que se replegara por completo en sí mismo. Se ha borrado del mapa, por así decirlo. El único aspecto alentador es que es posible que esté preparándose para salir nuevamente a la superficie. Ha tardado mucho tiempo, pero la mente, al igual que el cuerpo, posee una enorme capacidad de autocicatrización. Debe mostrarse usted muy cauteloso, pues cualquier intento que realice con él bien podría tener un efecto contrario al esperado.

Walter reanudó la marcha y el profesor lo siguió.

—¿Cómo llevaría usted a cabo el acercamiento? —preguntó Walter.

La voz del profesor adquirió un tono levemente pedagógico.

—Veamos un poco su historia. Nació en abril de 1941. Su padre era un funcionario de poco rango del Ministerio de Guerra

Británico, que no pudo ingresar en el servicio activo debido a un problema cardíaco. Era un hombre común y corriente procedente de una familia del norte, con un buen nivel económico. El informe señala que era un individuo bastante aburrido. La madre de Munger, en cambio, no lo era. En una época muy anterior a la liberación femenina parcial, ella logró, por sus propios esfuerzos, ganarse una beca para estudiar en la universidad y comenzó a cursar medicina. Al parecer es posible que contrajera matrimonio, en parte, para financiar sus estudios. Era una mujer vivaz, atractiva y perseverante... y era también judía, aunque no solía proclamarlo ni practicaba su religión. No demostró ningún interés manifiesto por el sionismo.

Miró de reojo a Walter para ver cuál era su reacción frente a una persona judía a quien no le interesaba el sionismo o tal vez sólo para asegurarse de que lo estuviera escuchando. Así era, en efecto.

—El pequeño la adoraba —continuó diciendo Nardi—. Podría afirmarse que ella era el centro de su vida. Al margen de su madre, era un muchacho solitario, como muchos otros lo fueron también durante la guerra. Debido a que sus padres trabajaban en Londres, pasó la mayor parte de su infancia en Bradford, con sus abuelos paternos, una pareja hosca y severa, incapaz de brindarle afecto. De ahí que las visitas semanales de su madre fueran los momentos más felices de su vida. En la época en que terminó la guerra, se había convertido en un chico muy introvertido.

Nardi se encogió de hombros.

—Desde luego, me veo obligado a basar tal diagnóstico en testimonios ajenos. No obstante, la carpeta con datos sobre Munger es muy explícita y detallada en este sentido.

—Ya lo creo —gruñó Walter—. Una docena de agentes se pasó varias semanas compilando informes. Continúe, profesor.

—Pues bien, en circunstancias normales, la finalización de la guerra debería haber puesto también fin al aislamiento mental de Munger. Estaba viviendo de nuevo con sus padres y supongo que la mente del pequeño comenzaba a florecer bajo la cálida y luminosa presencia de su madre. Entonces tuvo lugar el primero de los dos acontecimientos que forjarían su existencia. Su madre se había especializado en el tratamiento de la desnutrición. Durante la guerra, sobre todo entre 1942 y 1943, existía en Gran Bretaña una cantidad sorprendente de casos. Sólo dos meses después de la guerra y dos meses después del reencuentro con su hijo, fue invitada a trasladarse a Alemania para colaborar en el tratamiento de los supervivientes de los campos de concentración.

—Ya estoy enterado de todo eso —subrayó Walter—. También yo he leído ese maldito informe.

El profesor no estaba acostumbrado a ser interrumpido en sus exposiciones, así que, antes de proseguir, lanzó a Walter una mirada de censura.

—Se suponía que permanecería en Alemania sólo un mes, pero lo que vio la afectó profundamente. Me imagino la diferencia entre un superviviente de Auschwitz y un colegial inglés que durante un par de años se ha visto privado de determinadas vitaminas. Lo cierto es que se quedó trabajando allí durante un año, período durante el cual sólo veía a su hijo una vez al mes. Mientras, su marido regresó a Bradford con el muchacho y trabajaba en el negocio de la familia y vivía con sus padres. Ese año el pequeño comenzó a asistir a la escuela primaria, cosa que detestaba. Era un lobo solitario y, por consiguiente, no gozaba de las simpatías de sus compañeros. Cuando su madre regresó de Alemania se produjo un período de relativa calma que duró dos años. Una vez más, gracias a la beneficiosa influencia de la personalidad de su madre y del afecto que ésta le brindaba, el muchacho comenzó a salir de nuevo del caparazón en el que se había refugiado. Entonces tuvo lugar el acontecimiento que habría de moldear definitivamente su carácter para el resto de su vida.

—La guerra de 1948, que estableció el estado de Israel —interpuso Walter, con impaciencia.

—Exactamente —dijo el profesor, con tono meditabundo—. Así es la vida. Los futuros rasgos de carácter de un chiquillo de siete años pueden ser moldeados en un solo instante por un acontecimiento que él ignora, y que tiene lugar a miles de kilómetros de distancia.

El profesor tomó nota de la expresión de Walter y apresuró sus reflexiones.

—Sí, de acuerdo. Usted ya sabe todo eso. La madre de Munger renunció a su estilo de vida, a su práctica profesional, a su marido y a su hijo. Y partió hacia Israel para luchar. Era judía y lo aceptaba, lo asumía. Nada la apartaría del camino elegido, ni siquiera el hijo que tanto amaba. Lo abandonó.

—Es posible que haya vuelto a su lado.

Nardi negó con la cabeza.

—Lo dudo mucho, señor Blum. Lo suyo era un rechazo consciente de su pasado. De todos modos, supongamos que el muchacho comprendió que ella no regresaría. Sin duda el padre le dio motivos de sobra para pensarlo, pues sólo un mes después de su partida le interpuso un juicio de divorcio por abandono del hogar.

El profesor volvió a sacudir la cabeza.

—No. Es obvio que el muchacho comprendió la situación y que ello dejó huellas profundas en su ser. Está bien documentado en el informe. Su actividad escolar, la falta de amigos, su introspección. Pero, sobre todas las cosas, su falta total de emoción cuando se enteró de la muerte de su madre.

Walter asintió, pensativo.

—Ella murió por Israel. Fue violada y asesinada en la batalla por Jerusalén. Fue una heroína.

Nardi extendió las manos en un gesto elocuente.

—Para el muchacho, ella no significaba nada. Al igual que todo lo demás, la desterró de su mente. Ella lo había abandonado. A partir de ese momento erigió una alambrada alrededor de sus emociones. Se negó a dar y a aceptar afecto. Oh, sí. Cuando creció se convirtió en un Don Juan, en un individuo enormemente atractivo para el sexo opuesto. Es algo bastante usual: las mujeres suelen sentirse muy atraídas hacia esos hombres. Pero lo cierto es que parece que él no sintió nada especial por ninguna. Cuando finalmente el padre murió de un ataque cardíaco, el muchacho no demostró ningún pesar. Tenía diez años y no derramó ni una sola lágrima en el sepelio.

—Pero, sus fotografías... ¿cómo es posible que un hombre sin emoción, sin sentimientos, tome semejantes fotografías?

Esta vez fue el profesor el que se detuvo y cuando Walter se volvió, descubrió en el rostro de ese hombre pequeño una expresión de profundo interés.

—He analizado ese aspecto, señor Blum. He estudiado las fotografías con atención y le diré algo fascinante. De las miles que usted me envió, sólo unas pocas, unas cien, eran sobre temas no bélicos. Y en ellas precisamente está la clave. Por ejemplo, tomó una serie mientras se encontraba en Bali, de vacaciones. Estaba con una mujer, que probablemente lo aburría mucho, así que se dedicó a tomar fotografías del paisaje y de la gente. Bali es uno de los lugares más deliciosos de la tierra. Supongo que ha estado allí, señor Blum, ¿no es así?

Walter asintió.

—Bueno, entonces ya conoce su belleza. Sin embargo, cuando observé las fotografías de Munger vi un lugar totalmente distinto del que recordaba. Munger fotografió las máscaras de los bailarines, se las ingenió para aislarlas, hacerlas más aborrecibles y grotescas de lo que son en realidad. También fotografió un árbol. Un árbol tropical alto y lujurioso. Pero en su fotografía aparecía en segundo plano un cielo tormentoso y las ramas se agigantaban y cobraban un aspecto siniestro en conjunción con esos nubarrones negros. Fotografió la rompiente. En mis recuerdos, era una ondulación hermosa y simétrica que se desplazaba por los arrecifes de coral. Pero Munger la captó como un rocío blanco amenazador que azotaba las aguas inmóviles. ¿Usted qué opina, señor Blum? ¿Que Bali es como yo la vi o como la muestra Munger?

Walter le dedicó una mirada inquisitiva, luego lo tomó del brazo y echó a andar nuevamente, esta vez en dirección al automóvil que lo esperaba a cierta distancia.

—O sea que lo que usted quiere decir es que Munger es incapaz de fotografiar nada que no sea la guerra.

—Más que eso. Lo que digo es que la guerra está en su interior. La cámara son sus ojos. ¿Lee usted poesía?

—No demasiada —respondió Walter, un poco desorientado—. Sin embargo, he leído bastante a Shakespeare.

—Pues bien, el poeta Wordsworth habló de algo llamado «La visión espléndida». Le permitía ver cosas que para otros mortales eran invisibles. Una luz particular que delineaba una hoja. El color de una flor. Un tono de verde en una colina distante. Algunos poetas tienen ese don y son capaces de traducirlo en palabras. Munger tiene lo opuesto. Sus ojos son su cámara y él traduce lo que ve al papel y, señor Blum, los tonos predominantes son el negro y el gris, con apenas un atisbo de blanco.

Llegaron al automóvil. El conductor sostenía abierta la portezuela posterior.

—Por eso trabajó tan duro en su profesión —dijo el profesor—. Por eso se enseñó y se entrenó a sí mismo. Del mismo modo en que un poeta debe aprender cómo combinar y articular su «visión espléndida». Eso es todo lo que Munger tenía: esa visión sombría que le era propia.

Walter asintió con expresión melancólica.

—Eso es lo que lo convirtió en un fotógrafo de guerra tan formidable.

—Así es —convino el profesor—. Y es también lo que lo convirtió en un hombre a medias.

Walter suspiró y le tendió la mano.

—Muchísimas gracias, profesor Nardi. Usted me ha hecho comprender que la clave del problema de Munger radica en su madre muerta. Tal vez un tratamiento de choque sea el mejor camino. Debo reflexionar al respecto.

Nardi le estrechó la mano y luego dijo con tono severo:

—Sé que su trabajo es importante, pero por más que Munger sea un hombre a medias, es también un ser humano. Usada por manos inexpertas, la psicología puede ser un arma peligrosa y destructiva. ¿Podemos yo o mis colegas ayudarlo de alguna otra manera?

Walter negó con la cabeza.

—No. En estas circunstancias particulares tendré que arreglármelas solo —dijo, con voz nerviosa.

—Además, mucha gente ha sucumbido en este negocio. No tuvieron otra opción. El hecho es que, lo reconozca o no, la madre de Munger era judía y murió por Israel. Tal vez la idea no le resulte atractiva, pero le daremos a él la misma oportunidad.

Walter subió al coche, pero antes de que se pusiera en movimiento Nardi dijo:

—Aquella última patrulla...

—Sí. ¿Qué pasa con ella?

—Al regresar, estaba impotente. Al menos, eso dice el informe.

—¿Y?

—Así que en su trauma probablemente existía un ingrediente sexual. Es importante que lo tenga en cuenta.

—Eso pienso hacer —respondió Walter.

Le hizo una seña al chófer y el automóvil emprendió la marcha.

Capítulo 6

Sus rostros estaban encuadrados en el visor: eran cuatro y, gracias al potente teleobjetivo, sus facciones se observaban con claridad.

—Son los de siempre —comentó Duff Paget y se incorporó, frotándose la dolorida espalda. Miró su reloj—. Deben de estar a punto de salir a almorzar. Más vale que nosotros hagamos lo mismo. No creo que pase nada hasta por lo menos un par de horas.

Jerry Kimber asintió mientras observaba por la ventana la entrada del edificio que estaba en diagonal, cruzando la calle. Vio a los cuatro hombres subir a un Ford negro. A cada lado de la puerta había hombres apostados empuñando metralletas Skorpion y listos para disparar, mientras escrutaban la calle y el poco tránsito existente.

Kimber giró y se quedó mirando a Duff, quien ya le había quitado el teleobjetivo a la cámara y colocado en su lugar un zoom corto. En ese momento desenroscaba la cámara del trípode, la colocaba en su estuche portátil y se lo colgaba al hombro, con la lente al descubierto. Como siempre, estaba preparado para fotografiar en el acto cualquier cosa que ocurriera en una ciudad llena de acontecimientos.

—¿Qué tienes ganas de comer? —preguntó Jerry.

Duff hizo una mueca.

—Cualquier cosa que no sea cordero. Vayamos en el coche a The Smugglers a comer un buen bistec.

Jerry sonrió.

—Por ser un tipo que ha recorrido el mundo, eres muy selecto en tus comidas. ¿O será que tienes la esperanza de encontrarte con Gina Mansutti?

—Uno nunca sabe lo que le depara el destino —dijo Duff con una sonrisa—. La pobre está convencida de que puedo conseguirle una entrevista con Yasser Arafat. Imagínate si será ingenua. Supongo que en cualquier momento me quitará estos elegantes jeans de alta costura y realmente tratará de convencerme. Vamos de una vez.

Una vez en el pasillo, Duff oprimió el botón de llamada del ascensor mientras Jerry cerraba la puerta con triple cerradura.

En el apartamento del piso superior, Misha Wigoda, alias Melim Jaheen, también había llegado a la conclusión de que podía tomarse un respiro en la vigilancia de las oficinas centrales de la OLP y, como el canadiense y el norteamericano del piso de abajo, decidió salir a almorzar, aunque pensaba comerse un guiso de cordero en su mesa de costumbre del restaurante de la esquina. Ocurrió que había oprimido el botón del ascensor antes que Duff, así que lo tomó primero. Entró y oprimió el botón de la planta baja, pero el ascensor se detuvo en el piso siguiente. Cuando las puertas se abrían, oyó que el canadiense comentaba:

—Un solo maldito mes más y me transferirán a...

Se interrumpió de golpe al comprobar que en el ascensor había alguien. Entraron, saludaron con la cabeza a Misha y el ascensor descendió. Misha observó la cámara siempre lista de Duff. Había visto a muchos fotógrafos norteamericanos pertenecientes a la prensa internacional y admiraba mucho a Paget. De hecho, le tenía mucha envidia, pues él mismo era bastante competente con una cámara y versado en la aplicación de la fotografía al espionaje, pero reconocía en los trabajos de Duff ese elemento adicional que separa al artista del técnico. «Algún día —pensó— seré libre para ir de un lado a otro con mi cámara y captar los eventos que se van produciendo, en lugar de verme limitado a tener que fotografiar una serie interminable de rostros, de los cuales sólo uno entre mil es utilizado.» Su envidia no se circunscribía sólo al terreno de la fotografía, pues Misha era bajo y calvo y tenía una cara que su madre había descrito como «de fuerte personalidad» —es decir, fea—, mientras que Duff Paget era alto y muy atractivo.

El ascensor llegó a la planta baja y Misha hizo un gesto cortés para dejar pasar a los dos hombres. Duff y Jerry lo precedieron al vestíbulo y luego traspasaron las puertas abiertas en dirección al sofocante sol de la tarde. Misha permaneció un momento en lo alto de los escalones, mirándolos caminar hacia el viejo Mercedes verde de Jerry, aparcado en la esquina. El canadiense hablaba de nuevo. Misha sabía que era muy charlatán gracias al micrófono oculto que había colocado en el apartamento de abajo. No era, por cierto, una característica deseable en un agente de inteligencia. Duff lo escuchaba pero tenía la mano derecha apoyada, como al azar, en su cámara, con los dedos curvados alrededor del objetivo. «Un auténtico profesional», pensó Misha, y estaba a punto de girar en dirección contraria cuando todo ocurrió.

Un Simca gris apareció por la esquina a toda velocidad y sus neumáticos chirriaron contra el pavimento caliente. Misha vio que por las ventanillas asomaban los cañones negros de dos armas de fuego y, de manera instintiva, se tiró al suelo y extendió la mano bajo su chaqueta para tomar la pistola MAB que llevaba en la sobaquera. Pero no llegó a extraer el arma. Mientras rodaba hacia un costado vio que el blanco no era él: los cañones de las ametralladoras escupían llamas y apuntaban directamente a Duff Paget y al canadiense. Misha vio cómo los hacían saltar por el aire y los estrellaban contra el suelo, como manejados por una mano invisible. El aire se llenó con el tableteo de los disparos y el oído adiestrado de Misha reconoció en seguida el sonido de las armas y lanzó una maldición.

—Son Uzis. Los hijos de puta están usando nuestras Uzis.

El automóvil gris había disminuido la velocidad y fue una ráfaga de sólo tres segundos, pero Misha sabía que, en ese lapso, las dos Uzis escupieron más de setenta proyectiles sobre los dos hombres. El coche aceleró, pero Misha alcanzó a ver dos rostros que espiaban desde el asiento trasero. ¡Dios! Uno era el de una mujer, una cara blanca rodeada por cabello negro y ondulado. Miró a los dos hombres.

El canadiense estaba tendido contra una pared, con el cuerpo inmóvil y encorvado, pero Paget se movía, realizando un movimiento contorsionado y grotesco. Tenía las piernas plegadas debajo del cuerpo, el brazo izquierdo destrozado y lleno de sangre y le faltaba la parte inferior de la cara. Misha llegó a ver la blancura del hueso de la mandíbula que sobresalía por entre una masa roja y sanguinolenta. Pero Paget se movía, se arrastraba sobre el pavimento como una alfombra roja. Y en la mano derecha enarbolaba la cámara y la apuntaba en dirección al vehículo en fuga. Misha quedó sin aliento. ¡El *mishuganah* estaba sacando fotografías! ¡Estaba muerto —debía de estarlo—, pero sacaba fotografías!

Misha se puso en pie y comenzó a correr, presa de una furia incontenible. Ahora Duff estaba inmóvil, se había dejado caer hacia atrás y apretaba la cámara contra su vientre para tratar de impedir que se le escaparan las entrañas. Misha se inclinó sobre él y sintió repugnancia ante la visión de su cara destrozada. Sólo sus ojos estaban intactos y en ellos aleteaba el último resplandor de vida. Por lo menos un proyectil se le había incrustado en la boca en ángulo descendente hacia la mandíbula; allí no quedaban más que fragmentos de dientes rotos y un borboteo de sangre. Pero había sonidos. No tan sólo gemidos de agonía. Duff trataba de decir algo. Misha bajó la cabeza. Ahora en la calle vibraban otros sonidos: personas que gritaban, pisadas de gente corriendo, el ulular de una sirena a lo lejos. Misha se inclinó más abajo, casi tocando con la oreja esa carne roja y pulposa. Entonces la escuchó. Era una sola palabra, repetida cada vez en tono más débil. Sonaba como «jilm... jilm... jilm...». De pronto Misha comprendió. Era una palabra que provenía de lo más profundo de la garganta, pues por no tener ya ni boca ni dientes, ese hombre que agonizaba no podía formar la letra «f». Lo que intentaba decir era «film». Misha dirigió la vista a la cámara apresada en los tentáculos de la mano derecha de Duff.

Ahora Misha se serenó y comenzó a actuar una vez más con la habilidad propia de un agente de espionaje. Miró hacia el otro lado de la calle. Los guardias apostados en la puerta del edificio de la OLP contemplaban la escena impasibles, pero sus armas estaban listas para el ataque. Un grupo de curiosos se congregó a cierta distancia.

Con el pretexto de ayudar al hombre que agonizaba, Misha lo incorporó un poco y lo colocó de costado para que quedara de espaldas a la calle. Sabía que sólo contaba con escasos segundos. En ese momento, ya Duff gemía en su agonía; era un sonido horrible, el gorgoteo de alguien que se asfixia. Misha bajó las manos, liberó la cámara y estuvo a punto de vomitar cuando los intestinos de Duff se desparramaron sobre el pavimento. Jadeó mientras llevaba a cabo su tarea y maldijo cuando sus dedos se escurrieron de la cámara mojada. Por fin terminó de rebobinar la película, abrió el respaldo de la cámara, extrajo el rollo y se lo guardó en el bolsillo del pantalón. Cerró la cámara y volvió a ponerla contra el cuerpo. No hubo más gemidos. El norteamericano estaba muerto.

Lentamente se enderezó, miró a los guardias de la acera de enfrente y constató que lo observaban con mucha atención. Entonces Misha hizo una serie de gestos gráficos con las manos: primero un movimiento rotatorio para indicar que el individuo estaba muerto; luego se encogió de hombros y extendió los brazos hacia adelante, con las palmas abiertas hacia arriba, para demostrar que él no tenía nada que ver con el asunto. Con gran lentitud se apartó y empezó a caminar hacia la esquina. El sonido de la sirena estaba cerca, a menos de una manzana de distancia. Uno de los guardias levantó su Skorpion y Misha quedó paralizado de terror, pero sólo estaba sopesándolo. Misha echó a andar de nuevo y, cuando el primer camión de la policía asomó por el fondo de la calle, se encontraba ya en la esquina y comenzó a correr, con el corazón estallándole en el pecho y la mano derecha metida debajo de la chaqueta, listo para abrirse paso a tiros.

Walter Blum estaba sentado frente a su escritorio de caoba y contemplaba esa superficie lustrosa e impecable. Era ridículamente grande, pero Walter supuso que, precisamente por eso, hacía que él pareciera más pequeño. En el curso de la última hora, su estado de ánimo había pasado de la tristeza a la cavilación. Estuvo pensando en Duff Paget y en su muerte. Se sintió triste por haber perdido a un amigo y pensativo por su preocupación con respecto al futuro. Al enterarse de la noticia, dos días antes, envió una nota de condolencia a Ruth, a su casa de la montaña. Habría ido a verla personalmente en ese mismo momento, pero le avisaron que Misha Wigoda tenía no sólo información para dar sino también un rollo de película. Walter le ordenó que se presentara en seguida a verlo en Chipre. Había llegado una hora antes y le relató de manera gráfica los pormenores de la muerte de Duff. En ese momento estaban revelando la película y muy pronto estarían listas las ampliaciones. Esa misma noche, Walter tenía intenciones de ir a visitar a Ruth; mientras, apostó un centinela oculto para vigilar la casa y así se enteró de que, antes del mediodía, el jefe representante de la CIA en Nicosia había ido a verla. Se preguntaba justamente qué habría ocurrido en esa entrevista cuando sonó el timbre de su intercomunicador y una voz le informó que las fotografías estaban listas.

Empujó la silla hacia atrás y se puso trabajosamente de pie. La pared situada a sus espaldas estaba cubierta por una estantería repleta de libros encuadernados en piel. Se acercó a ella y con un grueso dedo índice oprimió el lomo de *David Copperfield* justo debajo de la «D» de Charles Dickens. Se oyó un clic y un zumbido y una sección de la estantería giró hacia atrás, dejando al descubierto un pasadizo apenas suficiente para permitir su paso. Mientras caminaba hacia la puerta tapizada de fieltro se censuró una vez más por esa muestra de arquitectura melodramática. Bien podría haber instalado las oficinas centrales de Naranja en un edificio normal de oficinas con una fachada común y corriente. Sin embargo, puesto que se proponía ser «el espía mayor», podía darse el lujo de tener algunos de esos montajes propios de todo agente que se precia de tal.

Abrió la puerta tapizada de fieltro y entró en una habitación funcional enorme y sin ventanas. Era el último piso del edificio vecino y albergaba a seis agentes residentes, una red de comunicaciones, un centro de archivos y un salón de reuniones. Saludó con la cabeza a un muchacho con camisa de manga corta instalado, con auriculares, frente a una consola, y se dirigió a la sala de reuniones.

Dos hombres estaban sentados a la mesa ovalada. Uno era Isaac Shapiro, teóricamente director asistente de la Walen Trading (Chipre), pero en realidad cabeza de Naranja 7. El otro era Misha Wigoda. Frente a ellos, sobre la mesa, había cuatro copias en blanco y negro de 18 x 24 cm. Sin decir una palabra, Walter interpuso su corpulento cuerpo entre los dos y observó las fotografías. Dos eran imágenes muy movidas del costado de un automóvil, en cuyas ventanillas se observaban manchas blancas.

—Destellos de armas de fuego —precisó Wigoda señalando las

manchas—. Sin duda fue un acto reflejo. Paget les hacía fotografías mientras ellos le disparaban.

Walter estudió la tercera fotografía: era la parte posterior del coche, tomado desde un ángulo bajo. Por la luneta trasera espiaban dos rostros. Uno era el de un hombre: tenía el cabello cubierto por el tocado moteado tan en boga entre los *fedayeen* de la OLP. El otro correspondía a una mujer con pelo negro y rizado.

Misha colocó la cuarta copia directamente bajo la mirada de Walter. Era la ampliación de un sector de la tercera foto y mostraba la cara de la mujer, casi de tamaño natural, y claramente distinguible a pesar de lo grueso del grano de la película. Walter se quedó mirándola un largo rato, mientras los otros dos hombres lo contemplaban con curiosidad. Luego Shapiro dijo:

—Hemos verificado esta fotografía con todas las que tenemos en nuestro archivo de mujeres que operan en la OLP. Pero el resultado ha sido negativo.

Walter sacudió la cabeza, se inclinó hacia adelante y dio la vuelta a las otras tres fotografías para que quedaran hacia arriba los dorsos blancos de cartulina. Entonces las dispuso alrededor del rostro ampliado, tapando el cabello oscuro.

—No es ninguna palestina —afirmó—. Eso es una peluca. En realidad tiene el pelo rubio y muy largo —dijo y su voz se convirtió en un gruñido—. Y le gusta peinárselo recogido en un rodete, sostenido por una aguja. Cuando se lo quita, le cae como una cascada. Es su marca distintiva.

Shapiro se sorprendió al advertir la furia apenas contenida de Walter. Siempre había oído a su jefe hablar con un tono sardónico o burlón.

—¿Quién es?

—Janine Lesage. Trabaja para *L'Universe* y el SDECE.

—¿Qué hace entonces con la OLP y qué papel desempeñó en esa masacre?

Walter suspiró.

—En cuanto a la primera pregunta, considero que es prioridad uno que lo averigüemos. Respondiendo a la segunda, diría que el infierno no conoce furia semejante a la de una mujer que ha sido vencida en una subasta.

Se agachó, cogió la fotografía y abandonó la habitación. Shapiro y Wigoda se miraron, desconcertados. Entonces Wigoda preguntó:

—¿Lo que dijo era una cita de Shakespeare?

Shapiro asintió.

—Así es, con una pequeña adaptación de Walter Blum.

Walter estaba instalado en el asiento posterior de un Mercedes 600 con aire acondicionado, mientras el vehículo ascendía en espiral por la montaña, camino a Platres. Por lo general en un viaje así habría conversado con Spiro, su chófer chipriota, sobre política y fútbol local, el tiempo o su familia. Spiro tenía cinco hijos y cuatro hijas y constituían una prole variada y fascinante. Trabajaba con Walter desde hacía dos años y durante los primeros meses le habló mucho de las actividades de sus hijos. Dos de los varones se habían dedicado a la política, el tercero tenía una gran vinatería en las afueras de Limasol, el cuarto era periodista y el quinto, y más joven, era una estrella de fútbol. De las mujeres, las dos mayores eran felices amas de casa, la tercera era una tempestuosa cantante *bouzouki*, cuya vida amorosa era el escándalo de la isla, y la menor era miembro del Partido Comunista Chipriota y reñía constantemente con sus dos hermanos, quienes se encontraban en el extremo opuesto del espectro político. Ella era, precisamente, la preferida del padre. En un primer momento, Walter dio por sentado que Spiro fantaseaba o que, en el mejor de los casos, lo que decía eran puras exageraciones. Sin embargo, al cabo de algunos meses, fue invitado a la boda de la hija menor y la curiosidad lo hizo asistir a la ceremonia. Eran exactamente como Spiro los había descrito: una familia numerosa, cordial, ruidosa, cuyos integrantes eran muy distintos entre sí y tenían una variedad de talentos. Walter quedó atónito, sobre todo al descubrir que varios de los hijos de Spiro eran, a todas luces, muy ricos y él le pagaba a su padre sólo cincuenta libras chipriotas a la semana. Al día siguiente sacó a relucir el tema y Spiro sonrió y le explicó que le gustaba mucho conducir, sobre todo un coche como el de Walter. Además, no estaba dispuesto a tolerar que ninguno de sus hijos tuviera que mantenerlo económicamente. Si algo atesoraba era su habilidad para seguir siendo un padre severo e imparcial.

Por eso, Walter le tenía mucho afecto y disfrutaba conversando con él y sonsacándole su opinión acerca de la política y las costumbres de la isla.

Sin embargo, ese día en particular necesitaba pensar, así que oprimió el botón que hacía subir el cristal que lo separaba del conductor y se echó hacia atrás, ni siquiera prestó atención al paisaje espectacular y se enfrascó en sus problemas.

Se preparaba para dos entrevistas que intuía serían trascendentales: una con Ruth y la otra con Munger. No tenía la menor idea de cómo tomaba Ruth la muerte de Duff. La consideraba una mujer fuerte, pero adivinó que la visita del hombre de la CIA de Nicosia podría haber afectado profundamente su equilibrio. Decidió que con ella utilizaría un acercamiento frontal, pues lo último que ella querría serían más mentiras o verdades a medias. Su única duda era si le contaría o no lo de Janine Lesage. Por un lado, tal vez fuera un factor de motivación para sus planes; pero, por otro lado, quizá sería más prudente reservarlo para una fecha futura.

No tenía escrúpulos de ningún tipo por el hecho de manipular a sus amigos. Le gustaba pensar en sí mismo como la persona que hace el primer movimiento en el «gran juego»; por definición, sus amigos estaban allí para ser utilizados en ese «juego» en bien de lo que él consideraba era una causa justa, pues de lo contrario no eran en realidad sus amigos. Y, en ese caso —se decía—, no tenía por qué sentir remordimientos de conciencia. La suya era una filosofía muy fructífera que lo libraba de muchas noches de insomnio.

No obstante, no cabía duda de que se sentía nervioso como les pasa a todos los agentes que se ven obligados a mostrarse como tales. En su jerga, a eso se llamaba «bajarse los pantalones», y no existía ningún otro modo de reclutar otro agente, sobre todo si el candidato no estaba motivado por la codicia. En el caso de Ruth, el instinto de Walter le decía que sólo si se mostraba totalmente franco con ella tendría alguna posibilidad de reclutarla. Por otra parte, ella era judía y le preocupaba profundamente el futuro de Israel. En cambio Munger era un caso muy distinto.

Bajó los ojos y miró el maletín apoyado en el asiento, que contenía el grueso historial y el informe del profesor Chaim Nardi. Se preguntó si Ruth coincidiría con sus propias interpretaciones y si aprobaría las tácticas que pensaba emplear. Sintió una extraña oleada de miedo ante la perspectiva de entrevistarse con Munger. Existían muchos imponderables y el individuo mismo era impredecible. Y Walter se mostraba circunspecto frente a todo lo impredecible. Por lo general su fortuna, su intelecto y su posición le brindaban una protección más que adecuada, pero en ese caso en concreto se vería realmente expuesto. Pero no había otra salida. Necesitaba a Munger, aunque el hecho de reclutarlo implicara cierta dosis de riesgo. Desde aquel primer encuentro con él, Walter dispuso que la granja de Munger fuera vigilada de manera constante. Sus agentes le informaron que seguía viviendo virtualmente como un recluso. Una vez por semana se dirigía a Phini para comprar provisiones y en esa ocasión entraba en la taberna y tomaba un trago y un café con los residentes del lugar. De vez en cuando, iba a cenar con sus vecinos más cercanos. Un interrogatorio discreto en la aldea confirmó que era un hombre respetado e incluso popular. Pero fue muy difícil obtener información, ya que los aldeanos exhibían una curiosa actitud protectora para con él.

Walter recordó las palabras del profesor con respecto a los peligros de la psicología aplicada por personas inexpertas. Bueno, al menos después de que Ruth leyera los antecedentes de Munger, tendría una segunda opinión. No tan eminente, desde luego, pero quizá más práctica.

En ese momento el automóvil pasó por Mandria y, para olvidar un poco el problema, Walter se agachó y abrió la pequeña nevera. En su interior había un plato con salmón ahumado, pechuga de pollo y paté. Y también una botella de Montrachet. Se incorporó, colocó la bandeja sobre el asiento y se dedicó a comer. Probablemente sería tarde cuando terminara de hablar con Ruth y era imprescindible que tuviera el estómago bien lleno para llevar a cabo su misión.

Cuando Walter llegó, encontró a Ruth en el jardín, podando los rosales. La noche anterior había llovido un poco y Ruth llevaba sobre los vaqueros unas botas de goma de color amarillo. Tenía el pelo recogido en una cola de caballo y, mientras la contemplaba desde el patio, Walter decidió que, por grande que hubiese sido el impacto emocional sufrido, no por eso estaba menos hermosa.

—Sírvete un trago —le dijo ella—. En seguida estaré contigo.

—He estado tomando Montrachet —respondió—. Y sería un crimen quitarme el gusto.

Ruth sonrió y Walter sintió un enorme alivio, pues esa sonrisa encendió el rostro de la muchacha y disipó cualquier duda sobre su estado mental.

—Hay una botella en la nevera, del último lote que trajiste. Pero no te la tomes toda, espérame un minuto y te acompañaré.

Walter fue directamente a la cocina, descorchó la botella, tomó dos copas y las llevó al living. Ruth estaba ya en el patio quitándose las botas.

—Bebámoslo aquí —dijo ella—, mientras contemplamos la puesta de sol.

Walter salió, colocó la botella y las copas en una pequeña mesa y se desplomó en un sillón de mimbre, que crujió y emitió unos sonidos de protesta. Ruth se colocó un par de sandalias de cuero y se sentó frente a él. Walter sirvió el vino, bebieron un sorbo y se miraron.

—Lo lamento, Ruth.

—Ya lo sé. Vosotros dos os teníais mucho afecto.

Se hizo un silencio enigmático y Walter tuvo la sensación de que a Ruth le costaba controlarse.

—¿Estás bien? ¿No necesitas nada?

La carcajada de Ruth fue demasiado aguda. Amarga.

—No, Walter. Mis necesidades materiales están bien cubiertas. Está el seguro, los derechos de su libro... y, además, la pensión del Gobierno de los Estados Unidos.

Walter levantó una ceja y ella volvió a reír. No era un sonido agradable. Ruth bebió un trago de vino y dijo:

—¡Era un espía, Walter! Lo fue desde antes de que nos casáramos.

Levantó la mirada para ver la reacción de Walter y, al no advertir ninguna, siguió adelante.

—Vino a verme un hombrecito agradable de la Embajada, que se mostró cortésmente sorprendido de que Duff no me lo hubiera dicho. Al principio no le creí. Era monstruoso. ¿Cómo es posible estar casada durante casi diez años con un hombre y no saber una cosa como ésa? Es obsceno.

Una vez más aguardó su reacción, pero Walter siguió bebiendo el vino y mirándola fijamente.

—¡Es obsceno! —insistió—. En un primer momento pensé que eso formaba parte de las estipulaciones, que las esposas no debían estar enteradas de este tipo de cosas. Pero el hombre dijo que eso quedaba a criterio personal. Así que Duff decidió no decírmelo.

Ruth desvió la mirada hacia el interminable paisaje.

—No sabes cuánto me dolió la muerte de Duff, Walter. Olvidé todas sus debilidades, sus mentiras, sus infidelidades. Sólo recordé sus cosas buenas. Hasta llegué a creer que en realidad sólo me había amado a mí, sólo a mí. Mentalmente lo vi tendido y agonizando en esa calle sucia. Asesinado por hacer lo que le pagaban por hacer. Aquello en lo que se había destacado tanto. Entonces vino ese hombre y, en su lenguaje preciso y burocrático, me informó que Duff era un espía. Un agente muy importante y bien considerado. Me dio algunos papeles para firmar. Me dijo que recibiría una carta del Director de la CIA. Que Duff había muerto en cumplimiento de su deber. Que era un héroe, un patriota ilustre.

Giró la cabeza y se enfrentó a Walter.

—Han enviado su cuerpo por avión a los Estados Unidos. Tienen planeado celebrar un funeral importante. Con colegas y amigos e incluso el Director en persona. Yo no pienso ir, Walter. Su persona les pertenecía cuando estaba vivo. Pues que se queden con él ahora que está muerto.

Walter tomó la copa de Ruth y se la llenó.

—¿Qué piensas hacer ahora? —le preguntó.

Ella lo miró con curiosidad.

—No estás sorprendido —dijo—. La noticia no te ha impresionado nada.

Walter sacudió la cabeza.

—No, Ruth. Hace varios años que sé que Duff era un espía.

Ruth se enderezó en la silla y entreabrió los labios con sorpresa.

—¿Te lo dijo? Duff te lo dijo... ¡y a mí no!

—Jamás me dijo nada.

—¿Y entonces cómo...?

—Porque también yo soy un espía. Lo soy desde hace más de veinte años.

Ahora la expresión de Ruth era casi cómica. Sacudió la cabeza con incredulidad.

—¿Tú, Walter? ¿También tú trabajas para la CIA?

Él sonrió.

—No. Trabajo para los israelíes, para el Mossad.

Ruth dejó la copa en la mesa con un golpe y se derramó un poco de vino. Entonces empujó la silla hacia atrás, se puso de pie y caminó hasta el extremo del patio. Allí permaneció varios minutos, dándole la espalda a Walter. Luego giró lentamente y le sonrió. Fue una sonrisa hermosa, apacible, sin rencor ni ironía.

—Tú al menos me lo confiesas, cosa que él no hizo. Debe de haber algún tipo de moraleja.

—La moraleja, Ruth, es que yo te valoro más que Duff.

Ella ladeó la cabeza y lo miró con aire burlón.

—¿Me estás diciendo que me amas?

Walter soltó una risotada corta y asintió.

—Por supuesto que te amo. Pero es absurdo y no seguiremos hablando del asunto. Yo no te pondré incómoda con el tema y espero que tú no te burles por eso de mí. Pero no fue por ese motivo que te confesé que era un espía. Ahora contesta a mi pregunta. ¿Qué planes tienes?

Regresó junto a la mesa, se sentó y de pronto se echó a reír con una risa aguda y burbujeante.

—¡Oh, Walter! ¡Tú, un espía! Por supuesto que sé que me amas. Una mujer siempre sabe esas cosas. Jamás me burlaré de ti. Pero que seas un espía... me parece increíble. De pronto me parece coherente en Duff. Era un trabajo hecho a medida para él, algo que se adaptaba a la perfección a su temperamento. Oh, Dios, incluso a su apariencia física. Pero tú, Walter... quiero decir... tú eres la última persona...

Él sonrió, complacido.

—Me alegro de que así sea. A fin de cuentas, a ningún espía le gusta parecerlo. Además, yo no me arrastro en mitad de la noche. Ni corro de un lado a otro siguiendo a otras personas o robando documentos secretos o colocando bombas. Dirijo una red de espionaje.

Volvió a sonreír frente a la imagen mental de Walter desplazándose sigilosamente, envuelto en una capa oscura y con una bomba esférica y humeante en la mano. Pero después agregó con tono muy serio.

—Entonces cuéntamelo todo, Walter. Dime qué cargo ocupas y qué haces. Si te propones confiar en mí, hazlo con lujo de detalles. Estoy cansada de que me cuenten sólo fragmentos dispersos o nada.

Walter se lo contó todo, desde el principio. Le habló del general Dayan, Isser Harel y el general Hofti. Le habló de su red de espionaje y de las tareas realizadas por ella. Habló sin parar durante más de una hora y ella lo escuchó tan concentrada que ni se dio cuenta de que el sol se ponía y el cielo iba del azul al rojo y por fin al negro. Sólo cuando ya casi estaban a oscuras, Ruth se puso de pie, encendió las luces y buscó otra botella de vino. Walter terminó su relato y ella le dijo, mientras le llenaba la copa:

—Es fascinante y, de alguna manera, completa el cuadro que me había formado de ti. No sé, te confiere otra dimensión. Lo que quiero decir es que siempre te consideré un tipo rico y extravagante. Oh, sí, por supuesto, un amigo verdadero y generoso, pero alguien a quien sólo le interesaba amasar más dinero. Pero ahora te veo bajo una luz muy distinta. Lo que haces es maravilloso, le da sentido a tu vida. —De pronto la asaltó una duda—. Si estuvieras casado, ¿se lo habrías dicho a tu mujer?

—Desde luego, ella tendría que ser parte de mi trabajo. Compartir mis esperanzas y decepciones. Creer en mi trabajo tanto como yo.

Ruth asintió, sin quitarle los ojos de encima.

—Exactamente. Yo podría haber sido así con Duff. Oh, las cosas hubieran sido muy distintas. Podríamos habernos acercado y sentido más unidos.

Walter trató de tranquilizarla.

—Tal vez a él le preocupaba la posibilidad de que tú no lo aprobaras.

Sacudió la cabeza.

—No. Quizá sólo en un primer momento. Puedo imaginar su reticencia inicial. Lo que yo buscaba era una vida estable: una familia, seguridad. Pero después acepté compartir con él una existencia sin todo eso. A fin de cuentas, el trabajo que hacía como pantalla era muy peligroso y yo lo acepté. No, Walter. Él disfrutaba del mismo hecho de tener que ocultarme algo; era algo inherente a su naturaleza.

Se hizo un silencio y luego Ruth preguntó:

—¿Qué quieres exactamente de mí?

—Primero responde a mi pregunta. ¿Qué planes tienes? ¿Qué hay de Gideon?

—Me llamó por teléfono y me dijo que quería venir en seguida. Que pensaba pedir permiso por duelo —dijo y le lanzó una mirada irónica—. ¡Permiso por duelo por la muerte de Duff! Le dije que esperara. De todos modos, yo había planeado ir a los Estados Unidos para el sepelio. Así que le dije que necesitaba tiempo para reflexionar.

—¿Te casarás con él?

Ella se encogió de hombros.

—Eso quiere él. Tal vez sea también lo que yo quiero... y necesito. Pero me propongo esperar por lo menos un año. En ese sentido soy bastante anticuada.

Walter mantuvo su rostro impasible, pero en el fondo sintió un inmenso alivio.

—Y, mientras tanto, ¿qué harás?

—Me quedaré aquí. Tengo amigos, tengo mi trabajo en el orfanato y —esbozó una leve sonrisa—, económicamente, soy independiente.

—Espléndido.

Walter se puso de pie, fue al living y reapareció con su maletín. Lo colocó sobre la mesa, lo abrió, sacó las dos carpetas amarillas y las puso delante de Ruth.

—Necesito tu opinión: quiero que leas el contenido de estas dos carpetas. La más gruesa, primero. Yo regresaré al Forest Park y enviaré el coche a buscarte a las ocho y media. Me gustaría que cenaras conmigo y que aprovecháramos entonces para hablar sobre esto.

Ruth ya había abierto la carpeta colocada encima de la otra y estaba contemplando el único nombre escrito a máquina en esa hoja en blanco.

—David Munger —dijo en voz baja—. ¿También él es un espía?

—No. Pero con un poco de ayuda lo será.

Esa noche compartieron un enorme Chateaubriand. Walter comió las tres cuartas partes y Ruth el trozo restante. Ocuparon una mesa en un rincón del restaurante medio vacío y Walter no habló demasiado hasta que les retiraron los platos. Llevaba una chaqueta deportiva verde, corbata del mismo color y camisa amarilla, en la que se había sujetado una servilleta verde. Ruth llevaba un vestido negro y sencillo con escote cuadrado, el cabello recogido y lucía una cadena muy fina de oro con una pequeña estrella de David. Dos conocidas de ella, un par de imponentes jubiladas inglesas, ocupaban una mesa en el otro extremo del salón y la miraban con desaprobación. No sólo se rumoreaba que Ruth no pensaba asistir al funeral de su marido, sino que allí estaba, cenando fuera, antes de que el cadáver de Paget hubiera tenido siquiera tiempo de enfriarse. Peor aún, estaba en compañía de un hombre que tenía fama de codearse con mujeres ligeras de cascos, un individuo disoluto con una vida escandalosa. Las dos mujeres cloquearon y se sumergieron en una orgía de cuchicheos hipócritas.

—¿Algún postre? —preguntó Walter cuando hubo tragado el último trozo de su bistec.

Ruth sonrió.

—No, gracias. Cómelo tú mientras yo te doy la opinión que me pediste.

Walter levantó un dedo y un camarero acercó en seguida el carrito con los postres y, sin esperar instrucciones, le sirvió un enorme trozo de pastel de limón. Sólo cuando el camarero se alejó, Ruth comenzó a hablar.

Afirmó estar de acuerdo con el análisis realizado por el profesor Nardi. Lo dijo con cierto apocamiento pues, como ella misma señaló, él era uno de los expertos más famosos del mundo. Por otra parte, ella tenía la ventaja de conocer a Munger personalmente y de haberlo observado a fondo. Ahora, con la posibilidad de examinarlo retrospectivamente, muchos de los rasgos de carácter de Munger encajaban en su sitio. Coincidió con que la madre de Munger y el hecho de que hubiera abandonado a su hijo pequeño habían tenido una enorme influencia en su vida. En cuanto a los motivos que lo habían llevado a retirarse por completo del mundo, eso sólo podía entenderse a la luz de lo ocurrido en aquella última misión. Entonces Ruth le preguntó a Walter qué estaba pensando.

Él terminó su pastel de limón, dirigió su mirada al carrito de los postres, lanzó un suspiro y le hizo un gesto negativo con la cabeza al camarero que lo estaba observando. Entonces procedió a relatarle a Ruth la naturaleza de la misión que estaba llevando a cabo y las dificultades con que tropezaba para introducir agentes en Iraq. Ella lo escuchó con mucha atención e hizo un par de comentarios agudos sobre los peligros de la proliferación nuclear en general, en especial para Israel. Era una mujer inteligente, observadora y que había viajado mucho. Walter se descubrió volcando en ella sus innumerables dudas y ansiedades. En más de una ocasión, Ruth pensó con mucha pena que si Duff hubiera hecho lo mismo, las cosas habrían sido muy distintas.

Por último, Walter se refirió a Munger y a su convencimiento de que ese hombre tendría una importancia crucial para sus planes. No era casual que Duff hubiera sido reclutado por la CIA, ya que el hecho de ser fotógrafo de guerra constituía una pantalla perfecta. Aunque Munger no trabajaba desde hacía varios años, gozaba de una sólida reputación. Tenía fama de hombre apolítico y sin duda una infinidad de contactos.

—¿Cómo intentarás convencerlo? —le preguntó Ruth.

—Por medio de su madre muerta. Ella era judía. Eso significa que Munger también lo es, aunque se niegue a reconocerlo.

Se puso a describir la táctica que emplearía cuando visitara a Munger al día siguiente y las palabras y expresiones que usaría. Ruth lo escuchó con interés y luego sacudió la cabeza.

—Me parece demasiado arriesgado, Walter. Lo que te propones usar es un tratamiento de choque, que bien puede tener un efecto adverso. Es posible que sólo consigas hundirlo más en el hoyo que se ha cavado él mismo.

Walter extendió las manos.

—¿Qué otra cosa puedo hacer? Tiene piel de rinoceronte. Después de su madre, nadie logró jamás estar muy cerca de él ni despertarle un sentimiento profundo. Nunca bajó la guardia, nunca entabló una amistad como no fuera para obtener ayuda para su trabajo.

Ruth levantó una mano y buscó su bolso.

—Eso no es estrictamente cierto. No lo entiendo bien, pero ayer encontré algo muy curioso —dijo y extrajo un pequeño trozo de papel de su cartera.

Era viejo y unas líneas oscuras indicaban el lugar de los dobleces.

—Estaba revisando las cosas de Duff. Él tenía un maletín con sus papeles privados. Entre nosotros existía el acuerdo de que yo no debía revisarlo jamás. El mismo acuerdo regía para algunas de mis pertenencias. Pero, como es obvio, tenía que abrirlo. Al principio pensé que me vería obligada a romperlo, pues tenía una cerradura de combinación. Entonces se me ocurrió intentarlo con las cifras de su cumpleaños y se abrió —dijo Ruth, con una débil sonrisa—. Supongo que no fue una idea demasiado profesional para un espía. Lo cierto es que encontré varias cartas de amigas, pasadas y presentes; la copia de un viejo testamento; otros documentos que le entregué al individuo de la Embajada... y esto.

Le pasó el papel a Walter y tuvo que disimular una sonrisa cuando vio que lo tomaba con delicadeza con los dedos de una mano, mientras que con la otra se colocaba el monóculo en el ojo izquierdo. Era la primera vez que se lo veía puesto y le pareció un espectáculo extravagante. Walter leyó la nota.

> *No sé cómo te fue hoy, pero lo cierto es que conseguí más fotos de las que necesito. Si éstas te sirven para algo, úsalas. Todo quedará entre tú y yo.*
>
> *Si te estás preguntando por qué lo hago, el hecho de que la hayas emprendido contra el espejo y no contra mí me parece una razón más que suficiente.*
>
> D. M.

Walter depositó el papel sobre la mesa con infinito cuidado, contrajo el rostro y el monóculo cayó y quedó colgando de su cordón de seda negra.

—¿Qué sacas en limpio de esto? —preguntó él.

Ruth extendió un brazo, tomó el papel y volvió a leer el mensaje.

—Creo recordar el incidente del espejo. Me lo contó la esposa de un periodista que lo presenció. Parece que Duff estaba sometido a una gran presión; ya hacía un par de meses que estaba en Vietnam y todavía no había logrado ninguna fotografía espectacular. Yo sabía que ésa era una gran carga para él. La cuestión es que estaba en un bar de Saigón y perdió el control y arrojó un vaso contra el espejo. Eso es todo lo que sé. Le pregunté más tarde sobre lo ocurrido, pero él se limitó a encogerse de hombros y a atribuir el incidente a su borrachera.

Ruth miró a Walter a los ojos y dijo con tono solemne:

—Pero yo estuve haciendo cálculos y podría afirmar que eso pasó apenas unos días antes de que Duff entregara la primera de las grandes fotografías que tomó en Vietnam.

Walter asentía como si entendiera lo que eso implicaba.

—¿O sea que te parece que en realidad era una fotografía de Munger?

Como respuesta, señaló la nota.

—¿Duff habría sido capaz de hacer una cosa así? —preguntó Walter con incredulidad.

Ruth permaneció un momento en silencio y luego dijo:

—En aquel momento me habría resultado inconcebible, pero después de todos estos años, estoy segura de que sí. De que no sólo lo hizo sino que justificó el hecho hasta convencerse a sí mismo de sus motivos. Oh, supongo que fue nada más que esa única vez. Yo conozco cada una de las fotografías que hizo en esa guerra y puedo asegurar que eran suyas. Pero supongo que necesitó una especie de «empujoncito» para empezar. —Ruth hizo una pausa para darle más peso a sus siguientes palabras—. Lo cierto es que Munger lo ayudó. Y eso no es lo que haría un individuo totalmente egoísta o indiferente.

Walter volvió a observar el trozo de papel y luego le pasó por su superficie sus dedos regordetes como para eliminarle los dobleces oscuros y así inducirlo a proporcionar más información.

—Eso explicaría —dijo— la obsesión de Duff con la cámara y por qué intervino en la subasta.

—Así es —dijo Ruth y sonrió ante el recuerdo—. Yo solía odiar esa maldita cámara. Me costó una pulsera de oro y jade. En un momento dado estuve a punto de tirarla, pero algo me lo impidió. Ayer, después de encontrar esa nota, hasta la saqué del pedestal y la limpié. No me preguntes el motivo.

Walter dejó de acariciar el papel. Lo tomó y, con gran cuidado, lo plegó por sus dobleces originales.

—¿Puedes prestármelo? —preguntó—. Te lo devolveré.

—Por supuesto. Quédate con él. ¿Se lo mostrarás a Munger?

—Es posible. Depende de cómo vayan las cosas. Ahora tomemos café y un licor. Quiero decirte cómo podrás ayudarnos... si es que tengo éxito mañana.

Se trasladaron al salón, seguidos por la mirada desaprobadora de las dos mujeres de edad. Durante la hora siguiente Walter le explicó lo que quería que hiciera. Ella lo escuchó, al principio pensativa, luego indignada y por último furiosa. Era obvio que Walter se proponía manipularla. ¿Cómo podía profesarle amor y, pocas horas más tarde, usarla con tanto descaro?

Walter, en cambio, no sentía remordimiento alguno. Tenía un deber que cumplir. Lo que estaba en juego era el futuro de Israel y ese hecho trascendía todas las consideraciones de carácter personal. Ella era judía y, casualmente, en ese momento estaba libre para ayudarlo en su tarea. Así que debía convertirse en una de sus agentes.

Fue un diálogo increíble. La mitad del tiempo a Ruth le pareció estar proyectada en un sueño. Los acontecimientos de los últimos días la habían dejado aturdida y, de pronto, se encontraba frente a esa mole de grasa de ballena, con atuendo chillón, que sin la menor turbación se proponía reclutarla como espía y le describía los detalles de una misión absurda. Y, sin embargo, todo tenía un aspecto tan prosaico y natural que hasta parecía tranquilizador. Como si esas cosas y lo que se le pedía que hiciera fueran algo común y corriente. La furia de Ruth se desvaneció, pero no pudo darle a Walter una respuesta coherente. Tenía demasiadas cosas en la cabeza: en primer lugar, estaba Gideon Galili. Era bastante posible que lo amara y quisiera compartir su futuro con él.

Walter era obstinado. ¿Qué problema había? Ella misma había decidido esperar por lo menos un año antes de comprometerse. Y en ese año podía rendirle un gran servicio a Israel. No tenía nada que perder. Galili esperaría. De eso no cabía duda.

Ruth aceptó que era posible que así fuera, pero que lo que Walter le pedía que hiciera era deshonesto y perverso. Tendría que pensarlo mucho. De todos modos, era prematuro hablar de esa posibilidad. Antes tenía que entrevistarse con Munger.

Capítulo 7

La casa de campo vibró cuando el enorme corpachón de Walter Blum golpeó el suelo. No había quedado inconsciente, aunque simulaba estarlo. Sentía un dolor agudo en la nalga derecha, que fue la primera parte de su cuerpo que entró en contacto con el suelo, y tenía la mandíbula y el estómago entumecidos por los dos fuertes golpes. Permaneció muy quieto con los ojos cerrados, mientras su mente era como un caleidoscopio de impresiones y de dolor. Alcanzaba a oír la respiración de Munger: jadeos cortos, no de esfuerzo sino de furia. Era la primera vez en la vida que alguien lo golpeaba y la sensación no le gustó. Pero, básicamente, el sentimiento que predominaba en él era el miedo. En el instante fugaz antes de que Munger lo golpeara, Walter vio sed de sangre en los ojos de su interlocutor; literalmente se le cubrieron como de una película roja.

Comenzó a despejársele la cabeza. Walter sabía que se encontraba al borde mismo de la muerte. En su mente reaparecía una y otra vez un hombrecillo con aspecto de pájaro, que lo prevenía de los peligros de la psicología en manos inexpertas.

Permaneció tendido un buen rato, obligando a su cuerpo a la inmovilidad. Oyó que la respiración de Munger se normalizaba, luego el crujir de sus zapatos cuando se alejó. Un segundo después, Walter abrió los ojos sobresaltado y levantó la cabeza violentamente. Munger se encontraba de pie junto a la mesa con una jarra en la mano, cuyo contenido había vaciado sobre Walter.

—Levántese.

Pero Walter no tenía intenciones de hacerlo y retrocedió hasta un rincón, gimiendo de dolor.

—Levántese y salga de aquí o lo mataré.

La voz de Munger era neutra y carente de emoción, lo cual la hacía todavía más siniestra.

Walter se apoyó en la pared y consiguió incorporarse, aunque estuvo a punto de caer una vez más cuando su pierna derecha recibió el peso de su cuerpo. Con un esfuerzo sobrehumano logró permanecer en pie. Entonces se tambaleó hacia adelante y apoyó ambas manos sobre la mesa de madera. Munger se mantuvo apartado y se quedó observándolo con los ojos entornados. Walter calculó la distancia que lo separaba de la puerta abierta y luego, con un gruñido, se tambaleó hacia ella y salió a la luz. Spiro lo aguardaba en el camino, junto al automóvil. Al ver que Walter avanzaba a tumbos por el sendero, corrió hacia él. Aunque tuviera sus años, era un hombre fuerte, así que le pasó un brazo por la cintura, lo ayudó a llegar hasta el coche y se las ingenió para tenderlo sobre el asiento trasero. Expresó el deseo de ir inmediatamente a Limasol para buscar a algunos «amigos» y regresar luego a vengarse, pero Walter le ordenó que lo llevara a casa de la señora Paget.

Dos horas después, Walter se encontraba recostado en un sillón de la sala de Ruth, bebiendo pequeños sorbos de una gran copa de coñac. El médico que habían llamado diagnosticó contusiones múltiples pero ningún hueso roto. Hizo notar que era una suerte que la gordura hubiese amortiguado los impactos, comentario que le valió una mirada fulminante de Walter. Cuando salió el médico, el aire preocupado de Ruth se vio reemplazado por una expresión divertida apenas disimulada. Ruth acercó una silla, se sentó y se quedó contemplando a su huésped inesperado.

Con una mueca, Walter colocó su copa sobre la mesa baja y dijo:

—Eres demasiado inteligente y generosa como para decir sandeces tales como «Te lo advertí».

Ruth sonrió.

—Entonces cuéntame qué ocurrió.

Walter así lo hizo. Al principio la entrevista marchó sobre ruedas. Munger se mostró sorprendido y no demasiado feliz de verlo; pero, sin mucho entusiasmo, lo invitó a entrar. Walter le explicó que había estado en Platres, se había enterado de la muerte de Duff y se le ocurrió pasar por su casa para darle la noticia. Munger asintió y masculló algo acerca de que era una verdadera pena, que Duff era un buen fotógrafo. Entonces se puso de pie e indicó que la visita había terminado. Walter siguió sentado y le preguntó si no pensaba volver a trabajar. Munger se encogió de hombros y respondió que eso era asunto suyo. En un arranque de temeridad, Walter confesó ser un agente israelí y le pidió a Munger que considerara la posibilidad de trabajar para él, usando su profesión de fotógrafo como pantalla.

Munger quedó anonadado y se sumió en el silencio durante diez minutos. Walter aprovechó ese silencio y le explicó la situación existente con respecto a Iraq y a su programa nuclear. Señaló lo difícil que le resultaba introducir agentes en ese país: le habló de Duff, de cómo había muerto y por qué. Distraídamente había extraído el trozo de papel y entonces lo colocó frente a Munger y se quedó observando su reacción al leer esas palabras escritas por él hacía tantos años en Saigón. En sus ojos apareció un destello de reconocimiento. Walter habló entonces un poco sobre Ruth y el hecho de que ella conservara la cámara de Munger. Le dijo que podía pasar a buscarla cuando quisiera.

Entonces Munger, lentamente, levantó la cabeza, miró a Walter y le preguntó qué tenía que ver él con todo eso. Walter hizo una pausa y afirmó:

—Usted puede prestarnos su colaboración. La suerte de Israel está en juego. La suerte de todos los judíos.

—¡A la mierda con los judíos! —dijo Munger lisa y llanamente.

Walter se inclinó hacia adelante y preguntó:

—¿Eso incluye también a su madre?

—Y fue entonces cuando me golpeó —le dijo a Ruth.

—No me sorprende.

—No tuve mi siquiera tiempo de exponer mis argumentos. Me amenazó con matarme si no me marchaba. Y lo dijo en serio.

Walter se incorporó, levantó la copa y la vació.

—Ah, Walter, a propósito —dijo Ruth—. Te comunico que anoche casi no dormí. Estuve pensando acerca de lo que me dijiste y lo que querías que yo hiciera. La reacción de Munger me sacó de apuros. Pero quiero que sepas que decidí no hacerlo. Detesto las mentiras, Walter. Es algo completamente ajeno a mi temperamento. A veces lo lamento, créeme, porque me dificulta mucho la vida...

Walter la miró y suspiró.

—Creo que he hecho un viaje sumamente improductivo. En lugar de reclutar dos agentes, no he conseguido ninguno.

Ella le dedicó una sonrisa comprensiva.

—¿Qué harás ahora?

Walter volvió a suspirar y Ruth le tuvo lástima. Lo observó con atención: tenía la vista fija en la alfombra y su cara de luna llena parecía haberse hundido, dejando sus carnosas mejillas colgando. Tenía los gruesos labios fruncidos. Permaneció en esa posición durante más de un minuto y, de pronto, su expresión cambió. Levantó la cabeza y apretó los labios con expresión decidida.

—Regresaré al hotel —dijo— y trataré de descansar toda la noche. Y por la mañana volveré a ver a Munger.

—¿Cómo dices?

—Sí —dijo mientras se ponía de pie—. Me matará o escuchará lo que tengo que decirle —afirmó, y en su rostro asomó la furia que sentía—. Munger dijo «a la mierda con los judíos». Pues bien, yo soy un judío de mierda. Pero también él lo es.

Giró alrededor de la mesita baja y echó a andar hacia la puerta, gritando por encima del hombro:

—¡Y también lo eres tú!

Mucho después de su partida, Ruth seguía sentada muy erguida en la silla, hasta que de pronto se inclinó hacia atrás y se echó a reír. Por una vez Walter no había necesitado de la ayuda de Shakespeare para expresar sus sentimientos.

Como brasas cubiertas con cenizas durante toda la noche, la furia de Walter ardía y se encendía. Con la llegada del nuevo día había llegado al máximo y eso lo llevó a hacer algo totalmente insólito: pasó por alto el desayuno.

En cambio, mandó llamar a Spiro y ambos partieron rumbo a Phini. Instalado en el asiento trasero del Mercedes, se pasó los veinte minutos de viaje tratando de controlar su creciente furia. Le indicó a Spiro que detuviera el coche a cierta distancia de la granja y echó a andar hacia la casa, mientras su chófer le suplicaba que le permitiera acompañarlo. Pero Walter le ordenó que lo esperara en el coche.

A pesar de la mole imponente de su cuerpo, Walter tenía un andar ágil y sigiloso, y prácticamente no hizo ningún ruido al avanzar hacia la puerta, con el maletín en la mano.

A pesar de todos sus esfuerzos, la furia que sentía estaba ya descontrolada y, mientras con su cuerpo llenaba el marco de la puerta y su mirada se centraba en la forma sentada de Munger, las palabras le brotaron a borbotones:

—¡Usted! ¡Es un maldito judío de mierda! ¡Lo mismo que su madre! ¡Y ahora máteme, si puede!

Lo que siguió fue un verdadero pandemónium. Un perro ladraba y mostraba los dientes. Una chiquilla lo sostenía por el collar, con el rostro convertido en una máscara de miedo al contemplar a ese coloso que se erguía en el umbral de la puerta. Walter, con su mirada centrada en Munger, no los había visto. Una cafetera se volcó cuando Munger se puso de pie de un salto. Instintivamente trató de asirla, pero sólo consiguió tirarla al suelo. El café caliente le salpicó las piernas a la pequeña, que lanzó un gemido de dolor y soltó al perro. De un salto, el animal atravesó la habitación y clavó los dientes en la pantorrilla de Walter, quien gritó, dejó caer su maletín, levantó en vilo al perro por el cogote y lo arrojó hacia afuera. El animal se balanceó hacia un costado, consiguió ponerse de pie, giró y estaba a punto de reiniciar el ataque cuando se oyó un disparo. Un remolino de tierra se levantó frente al perro, quien primero cambió de rumbo y luego emprendió la fuga a toda velocidad. Spiro permaneció de pie en el sendero y colocó otro cartucho en un rifle antiguo de cañón largo.

La desesperada preocupación de la chiquilla por su perro fue lo que reinstauró la calma. La pequeña se apartó de Munger con un sollozo y corrió hacia la puerta. Walter la atrapó y la amparó con su brazo, mientras le gritaba a Spiro que bajara el arma. El viejo no se movió de su sitio pero tembló, indeciso. Por encima del hombro de Walter asomó la cabeza de Munger.

—¿Quién es?

—Mi chófer. Cree que usted está a punto de matarme.

—Es posible... pero eso puede esperar. Dígale que baje el arma.

Walter le entregó la angustiada criatura.

—El perro está bien. Falló el tiro.

Una vez más, Walter le gritó a Spiro que bajara el arma y regresara al automóvil, asegurándole que no corría ningún peligro. Se lo dijo con voz autoritaria y, lentamente, el viejo bajó el rifle. Spiro le gritó que lo esperaría en el portón y que si lo necesitaba no tenía más que gritar.

El orden volvió a imperar en la casa. Munger tranquilizó a Androulla y la envió de vuelta a su casa. Walter se fue renqueando hasta un sillón, se desplomó en él y se examinó la pantorrilla. Tenía los pantalones desgarrados y empapados de sangre. Miró a Munger, que estaba de pie junto a la puerta.

—En estas últimas veinticuatro horas, he sido objeto de la agresión más violenta de toda mi vida. ¿Está rabioso ese perro?

—Por desgracia, no.

Munger se agachó y recogió la cafetera. Giró, miró un momento a Walter y luego llevó el recipiente al fregadero, lo llenó de agua y lo puso sobre un hornillo encendido.

—Quítese los pantalones —dijo.

Veinte minutos más tarde, Walter estaba sentado, sin pantalones, con la pantorrilla derecha vendada y una taza de café frente a él. Munger ocupaba una silla justo enfrente.

—Le doy diez minutos —dijo—. Cumplido ese plazo, quiero que desaparezca de mi vida y no vuelva a asomar la nariz.

Fue lo último que dijo.

Walter reflexionó durante un minuto. Entonces abrió su maletín, extrajo dos carpetas y una fotografía que colocó boca abajo sobre la mesa. Puso una de las carpetas frente a Munger y dijo:

—Ya le hablé del programa nuclear de Iraq. Esa carpeta contiene todas las pruebas necesarias para demostrar que están planeando construir armas nucleares que usarán contra Israel. Es responsabilidad mía procurar que esos planes fracasen.

Cogió entonces la fotografía, la dio la vuelta y la empujó en dirección a Munger.

—Duff Paget tomó esta fotografía segundos antes de morir. Es la ampliación de un rostro que mira desde la ventanilla trasera de un automóvil. Del mismo automóvil desde el cual le dispararon.

Hizo una pausa mientras Munger examinaba la fotografía y vio que con sus manos tapaba el cabello negro que rodeaba la cara de la mujer.

—Sí —dijo Walter—. Janine Lesage. Su ex amante. Ella trabaja para el SDECE. Es probable que en este momento esté cooperando con el Mukhabarat iraquí contra nosotros. Odiaba a Duff desde la noche en que él hizo una oferta mayor en aquella subasta y se quedó finalmente con su cámara. En el momento en que lo asesinaron, Duff estaba operando contra la OLP. Es casi seguro que fue ella quien ordenó que lo mataran.

Walter esperó la reacción de Munger, pero su anfitrión se quedó contemplando la fotografía.

Walter cogió la segunda carpeta, la puso frente a Munger y la abrió. En el interior había una fotografía grande de una mujer de poco más de treinta años. Su rostro era atractivo pero severo, a lo cual contribuía aún más la tonalidad sepia de la copia. Walter habló en voz baja, pero en su voz se advertía una gran tensión.

—Rita Helan Munger, cuyo apellido de soltera era Rothstein. Nacida el 20 de julio de 1914. Hija de Benjamín y Rachel Rothstein. Esposa de William Munger. Muerta el 14 de junio de 1948 en Jerusalén.

En la habitación reinaba un silencio pesado. Walter tenía la garganta seca y deseaba desesperadamente tomar su taza y beber un sorbo de café, pero permaneció inmóvil. Munger seguía mirando la vieja fotografía y a Walter le fue imposible descubrir algún rastro de emoción en su cara. Respiró hondo y prosiguió:

—En esa carpeta están todos los detalles del trabajo realizado por su madre para Israel: las vidas que salvó, las penurias que pasó. Me parece que usted ignora cómo murió. Es hora de que lo sepa. Fue apresada por elementos de la legión árabe-jordana. Le abrieron la garganta pero, antes de hacerlo, la violaron... y eran más de veinte.

Munger levantó la cabeza. Hizo una inspiración profunda, pareció a punto de decir algo, pero su boca se cerró. Walter advirtió el riguroso control que Munger se imponía. Con un creciente temor de haber fracasado, siguió adelante:

—De acuerdo, su madre lo abandonó. Pero lo hizo movida por una creencia: la certeza de que se necesitaba su cooperación para crear un estado judío y, así, salvar al pueblo judío después de las depredaciones del holocausto. Tal vez usted jamás llegue a comprenderlo, pero le aseguro que a millones de judíos les resulta muy claro. A mí también.

Otro silencio, durante el cual la vista de Munger no se apartó ni un minuto de la cara de Walter.

—Hay cosas que no figuran en esa carpeta —siguió diciendo Walter—. Nadie puede juzgar cuánto le costó dejar a su único hijo. Estoy convencido de que lo hizo para asumir un compromiso: reconocer lo que era. Sin duda, su trabajo con los reclusos de los campos de concentración alemanes condicionó su conducta. Pero es evidente que se le planteó un terrible problema de conciencia, que se enfrentó a una decisión muy difícil: su hijo o el futuro del pueblo de Israel. Finalmente eligió y dio su vida por esa causa.

A Walter ya no le importaba nada. Tomó su taza y bebió un gran sorbo de café. Sintió una profunda desesperación: sus esfuerzos no parecían tener éxito. Volvió a abrir el maletín, tomó una tarjeta suya y con un golpecito la empujó hacia Munger.

—Es posible que haya perdido la anterior... o la haya roto. Si decide ayudarnos, puede encontrarme en ese número. Pida que lo pongan en comunicación con «Naranja uno». Dondequiera que esté, ellos me localizarán.

Cerró el maletín, tomó sus pantalones de la silla que estaba junto a él y se puso de pie. Sabía que su aspecto debía de ser ridículo, pero no le importaba. Por una vez en la vida, estaba convencido de que la dignidad que lo inundaba debía reflejarse en su aspecto personal. Se fue renqueando hacia la puerta y se volvió.

—Desde 1948 —dijo—, cada *Sabbath*, gran cantidad de niños van al lugar donde su madre, Munger, está enterrada. Colocan flores sobre su tumba y rezan por su alma. Eso seguirá ocurriendo siempre... o al menos mientras exista el Estado de Israel.

Giró sobre sus talones y traspasó el umbral.

Capítulo 8

El verano se transformó en otoño y, en los montes Troödos, los pinos dejaron caer sus piñas. El jardín de la casa de Ruth estaba cubierto de ellas. Cierto domingo, algunos niños del orfanato fueron a ayudarla a limpiar el jardín y a formar un montón con todas las piñas. El ambiente era de franca alegría e hilaridad. Ruth había preparado zumo de frutas y algunos bocadillos e intentó sin mucho éxito que las piñas quedaran apiladas y no terminaran siendo redistribuidas por el jardín. Como último recurso, decidió dividir a los chicos en dos equipos y organizar una especie de concurso. Esto representaba terminar con dos montones de piñas en vez de uno, pero era mejor eso que nada. Puso a Miriam, una chiquilla de diez años y actitud sensata, al frente de uno de los equipos. Para el otro eligió a Stavros, su querido muchachito con problemas. Lo hizo en un intento por tratar de que se concentrara en alguna tarea, para darle una sensación de importancia y un sentido a sus acciones. El certamen apenas se había iniciado cuando la criada la llamó desde el patio. Alguien había llegado de visita.

Alentó en voz bien alta a Miriam y a Stavros y se fue hacia la casa con paso rápido. Llevaba puestos un par de vaqueros, un suéter celeste y un pañuelo en la cabeza. No era frecuente que alguien se presentara intempestivamente, y se preguntó quién podía ser.

Después de haber estado expuesta a la fuerte claridad del sol, tardó un momento en adaptar su visión a la semipenumbra de la casa. Entonces lo vio de pie, junto a la mesa alta del rincón. La campana de cristal no estaba en su sitio y el individuo tenía la cámara en las manos. Presa de una furia súbita, le gritó:

—¡Suelte eso! ¡No debe tocar la cámara!

Él se volvió y ella avanzó hacia él.

—¿Quién es usted?

Sólo en ese momento comenzó a ver con claridad y contempló a un hombre con pantalones de pana beige y chaqueta azul. Llevaba barba y el cabello largo y tenía los ojos muy azules. Sostenía la cámara con soltura. Tenía la mano derecha metida dentro de la abrazadera metálica del costado y los dedos apoyados sobre el objetivo.

Ruth se paró en seco y respiró hondo. Ambos se miraron durante un rato. La risa de los niños llegaba a través de la ventana abierta. En voz muy baja, preguntó:

—¿Todavía recuerda cómo usarla?

Él se volvió hacia el estante que tenía a su lado, donde había media docena de rollos de película que Ruth había dejado allí desde la muerte de Duff, apenas unos meses antes. Tomó uno, lo sopesó y leyó las instrucciones. Cuando volvió a moverse, lo hizo de manera súbita y vertiginosa, en una serie de acciones que se fundían armoniosamente una en la otra en una secuencia rítmica. La caja, vacía, cayó sobre la alfombra. Se oyó un chasquido al abrirse el dorso de la cámara y luego otro, unos segundos después, cuando se cerró. El individuo se movió hacia un lado y levantó la cámara al nivel de los ojos. Entonces Ruth oyó el clic del obturador y el ruido de cremallera del avance de la película. Ruth permaneció absolutamente inmóvil mientras el hombre se movía frente a ella. El sol otoñal entraba por la ventana, delineando el contorno del rostro de Ruth e iluminando las lágrimas que, inexplicablemente, le caían por las mejillas.

Capítulo 9

Walter presidió la reunión, aunque el general Hofti había realizado una escapada clandestina a Chipre para asistir a ella. Ambos ocuparon las dos cabeceras de la mesa oval. A la izquierda de Walter estaban Isaac Shapiro y Misha Wigoda quien, mientras tanto, había sido ascendido para ocupar el cargo de director de la sección de Beirut de la red Naranja y llevaba en la actualidad el número Naranja 14.

A la derecha de Walter estaba Efim Zimmerman, Naranja 4 de París. Un ventilador de pie había sido colocado exactamente de modo que lanzara una corriente de aire sobre la cara del general Hofti, desviando así el humo del cigarro de Walter de la nariz del militar de alto rango. El general le agradeció a Walter su cortesía parafraseando una cita de *Hamlet*:

—«Por este alivio os estoy muy agradecido» —dijo.

Walter sonrió.

—Deseaba librarlo de «una desagradable y pestilente conjunción de vapores».

Así pues, la reunión se inició con ánimo alegre, pero pronto tomó un cariz serio. Se habían reunido para examinar los progresos alcanzados contra el reactor Tammuz I y planear la estrategia futura. El primero en hablar fue Efim Zimmerman.

Era un hombre corpulento de cabello blanco como la nieve, un ruso blanco que había trabajado para el padre de Walter en Shanghai desde antes de la guerra. Aunque tenía ya más de sesenta años, se negaba a jubilarse. Le aseguró a Walter que si sólo se hubiera tratado de ganar más dinero para él y para Walen Trading, se habría retirado hacía años. Pero desde la creación de la red Naranja, se convirtió en uno de sus agentes más eficaces. Le encantaba su trabajo y su desempeño era brillante. Su sección se había infiltrado en lo más profundo del Servicio Civil Francés, la policía, los distintos sectores de la inteligencia y la industria. Cuando comenzó a hablar, los demás le escucharon con actitud respetuosa.

Hizo tres sugerencias. La primera tenía que ver con el reactor mismo. Se suponía que estaría listo en junio de 1979, es decir, ocho meses más tarde. Afirmó haber logrado infiltrar dos agentes entre los obreros de la fábrica en La Seine-sur-Mer. Uno era un judío integrante de su propia red. Zimmerman se proponía colocar una bomba en la fábrica antes de que el reactor estuviera listo para ser embarcado. Sería imposible destruirlo, evidentemente, pero se le podría dañar seriamente, con la consiguiente demora de varios meses o incluso años en su entrega.

En segundo lugar, propuso llevar a cabo una campaña terrorista entre los científicos franceses que trabajaban en el proyecto.

En tercer lugar, dijo haber descubierto que el hombre a cargo del programa nuclear iraquí era un científico llamado Yahia el Mashad, que solía viajar muy a menudo a París para hacer consultas con funcionarios franceses. Zimmerman propuso asesinar al egipcio en uno de esos viajes.

Durante la siguiente hora, los presentes analizaron las tres propuestas. No tardaron en decidir que Zimmerman debía seguir adelante con sus planes de sabotear el reactor. El general Hofti vetó la campaña terrorista contra los científicos franceses, alegando que sólo serviría para aislar aun más a Israel. Además, existía otro factor: acababa de enterarse hacía poco de que el presidente Sadat, de Egipto, estaba considerando seriamente la posibilidad de ofrecerle a Israel un tratado de paz por separado. En cualquier momento se esperaban novedades en tal sentido. Por consiguiente, era importante no hacer nada que pudiera dañar la reputación internacional de Israel.

En cuanto a la tercera sugerencia de Zimmerman, Hofti estuvo a favor. A fin de cuentas, Yahia el Mashad estaba actuando contra los deseos de su propio gobierno. Lo último que deseaba Sadat era que Saddam Hussein, de Iraq, obtuviera armas nucleares y fortaleciera así sus aspiraciones como adalid del mundo árabe.

En ese momento intervino Misha Wigoda, diciendo que un científico libanés a quien se le pagaron sus servicios, le había informado hacía un mes del arresto, por parte del Mukhabarat, de dos de los científicos iraquíes más importantes que trabajaban en el proyecto Tammuz. Sus nombres eran Jabar Mohammed y Saddam Azzawi y todo parecía indicar que, en las explosivas maquinaciones del partido Ba'ath iraquí, estaban bajo sospecha de traición.

Isaac Shapiro tomó entonces la palabra. Su agente en el Mukhabarat iraquí, Hammad Shihab, había informado apenas unos días antes que ambos científicos fueron interrogados en el «Palacio del fin» de Bagdad. Shihab no participó personalmente en la operación, pero había oído comentarios al respecto. Luego los científicos fueron trasladados a un destino desconocido. El agente pensaba que era posible que hubieran sido eliminados.

—Sería curioso —comentó Walter— que los iraquíes hubieran

decidido eliminar a dos de sus científicos nucleares más prominentes justo antes de la entrega del reactor Tammuz I. Cualquiera diría que tales individuos serían inmunes a las purgas. Para los iraquíes valen su peso en oro o, por lo menos, en uranio enriquecido.

Hofti sonrió, pero se mostró en desacuerdo.

—Ya sabes lo paranoicos que son. Cuanto más valor tiene un hombre para el régimen, más importante es que proclame a los cuatro vientos su lealtad. En ese país, nadie está a salvo de una purga.

—Y los dos son musulmanes chiítas —agregó Misha, aludiendo al hecho de que Saddam Hussein y la gran mayoría de los integrantes de la jerarquía de Iraq pertenecían a la secta minoritaria sunnita.

Walter no estaba del todo convencido, pero no dijo nada. Mientras tanto, Hofti señaló que la información no hacía sino conferirle más importancia al científico egipcio Yahia el Mashad.

A continuación Misha Wigoda presentó su informe. Afirmó que, desde el asesinato de Duff Paget, habían ejercido una estrecha vigilancia sobre Janine Lesage, gracias a lo cual se supo que estaba viendo mucho a Sami Asaf, quien, en realidad, era su amante. Por consiguiente, era razonable llegar a la conclusión de que el SDECE y el Mukhabarat trabajaban en estrecha colaboración para proteger el Tammuz I del Mossad y que tal cooperación estaba encarnada en la relación Lesage-Asaf. Preguntó entonces qué debía hacerse al respecto.

Misha Wigoda confiaba en que la anarquía reinante en Beirut facilitaría las cosas para que ambos amantes pasaran a mejor vida en un momento oportuno.

Pero tanto Walter como Hofti se mostraron contrarios a esa medida, aduciendo que los franceses y los iraquíes no tardarían en reemplazarlos. Era mejor lo malo conocido que lo bueno por conocer. Mientras tanto, Misha debía hacer todo lo posible para colocar micrófonos ocultos en el apartamento y el automóvil de Janine Lesage.

—No te preocupes —le dijo Walter a Misha—. Con el tiempo, yo mismo me ocuparé de esa dama.

Finalmente comenzaron a examinar la situación interna de Iraq. Walter se sintió mortificado. Durante varias semanas se había resistido a las sugerencias que le hicieron en el sentido de crear una nueva red de espionaje en Bagdad. No quiso explicar el porqué de su negativa sino que se limitó a esperar. Su incomodidad actual derivaba del hecho de tomar conciencia de que había cometido un error. Su criterio era erróneo. A pesar de las sugerencias de las personas competentes, había seguido una intuición personal. Lo que más le molestaba era ver cómo la mayoría de los hombres sentados alrededor de esa mesa trataban de disimular su error. Sabían que se había demorado, pero ignoraban los motivos. Mientras intercambiaban ideas, sólo Efim Zimmerman se permitió un leve tono de crítica en su voz. Señaló que una operación de semejante naturaleza debería haberse planeado cuidadosamente con varios meses de anticipación. Todas las medidas tomadas en Francia sólo lograrían retardar la entrega del reactor, así que, con el tiempo, se verían obligados a actuar dentro de las fronteras de Iraq. Walter aceptó la crítica implícita. Efim Zimmerman lo había hecho jugar sobre sus rodillas cuando era chico y había hecho de testigo en su *Bar Mitzvah*. Era uno de los pocos hombres que podía darse el lujo de hablarle en el tono que se le antojase. Walter permaneció con la vista baja y escuchó en silencio mientras los demás proyectaban la estrategia futura y barajaban nombres de posibles agentes dentro del Mossad, a los que tal vez les fuera posible establecerse en Bagdad. Walter no se sentía excesivamente arrepentido; en el pasado, fueron muchas las veces que tuvo éxito siguiendo una corazonada. A fin de cuentas, el espionaje no era un asunto estereotipado sino una actividad en la que la gente constituía su elemento más vital.

Walter prefería mil veces contar con la cooperación de un solo hombre en quien pudiera confiar por completo y no con una serie de experimentados agentes que, en su opinión, carecían de esa chispa especial denominada carisma.

Mientras escuchaba la conversación, supo sin lugar a dudas que ninguna de las tácticas propuestas tenía una verdadera posibilidad de éxito. No hacían más que seguir una rutina. Pero eso no lo hizo ponerse de mejor humor ni le sirvió para justificar su error. Tenía la desagradable sensación de que el vacío en Iraq sería de importancia crucial.

Era responsabilidad suya.

El general Hofti, intuyendo sin duda la incomodidad de Walter, acababa de sugerir que hicieran un descanso de media hora, cuando de pronto sonó el teléfono amarillo situado frente a Isaac Shapiro.

Cinco pares de ojos lo miraron. Después de un nervioso vistazo en dirección a Walter y luego a Hofti, Isaac levantó el auricular.

—Shapiro.

Se quedó escuchando por un momento y luego dijo:

—Se lo comunicaré.

Con una expresión intrigada, colgó el auricular en su sitio y le dijo a Walter:

—En la recepción de la Walen hay un hombre que pregunta por ti. Dio tu número de código Naranja 1. Dice que se llama Munger.

Los demás miraron a Walter y vieron que en su rostro aparecía una sonrisa beatífica.

LIBRO TERCERO

Capítulo 10

REUTERS: BEIRUT, 10 DE ENERO DE 1978. 19:33. URGENTE... David Munger, renombrado fotógrafo de guerra que desapareció de Hong Kong en 1969 después de subastar la totalidad de su equipo, reapareció hoy en Beirut. Munger, que realizó la cobertura periodística de las guerras de Biafra, Angola, Chipre y Vietnam, anunció su intención de abarcar la zona de Medio Oriente como fotógrafo independiente. Rehusó hacer comentario alguno sobre su paradero o sus actividades durante los últimos nueve años. Stop.

Gordon Frazer, jefe de la Oficina de Reuters en Beirut, espió por encima del hombro de la muchacha mientras ésta mecanografiaba las últimas noticias. Lanzó un suspiro cuando llegó a su fin, pues nada le hubiera gustado más que agregar mayor cantidad de datos.

La muchacha giró la cabeza y lo miró con una sonrisa intrigada en los labios. Era una árabe maronita, educada en una universidad norteamericana, y sus facciones eran misteriosamente hermosas. Hacía sólo tres meses que trabajaba en la oficina de Reuters y, en todo ese tiempo, las energías de Gordon Frazer estuvieron divididas entre obtener noticias y correr tras ella. Hasta ese momento sus deseos no habían sido correspondidos, pero Frazer era un hombre optimista.

—¿Por qué —preguntó ella— la reaparición de un fotógrafo justifica una información especial?

Él la miró, admirando la belleza de la nuca y la curva de los pechos, que le produjeron un hormigueo en los dedos de las manos.

—Porque es un fotógrafo muy especial —respondió y levantó la mirada cuando uno de los teletipos del otro extremo de la oficina comenzó a funcionar.

—Supongo que es la UPI que lanza la misma noticia. ¡Ed Makin debe de haberse movido como un gato escaldado! —dijo.

Sonrió ante la mera idea de ganarle por la mano a uno de sus principales rivales, aunque sólo fuera por algunos segundos. Señaló luego los demás teletipos.

—Muy pronto las demás agencias recogerán la información y a lo largo de toda Europa y los Estados Unidos, los editores fotográficos tomarán sus teléfonos e intentarán contratar a Munger.

—¿Es realmente tan bueno? —preguntó la muchacha.

—El mejor... o por lo menos solía serlo.

Apartó la mirada de los pechos de la muchacha y fue al lugar donde estaba la hilera de máquinas. UPI había lanzado la noticia más o menos en los mismos términos, con el añadido de que en la actualidad Munger tenía treinta y nueve años y parecía gozar de buena salud.

Entonces comenzó a funcionar el teletipo de la AFP. Frazer no sabía francés, pero vio el apellido «Munger» y llamó a la muchacha para que le tradujera la noticia, mientras él aprovechaba para espiar por encima del hombro de la muchacha y se apretaba contra su trasero. Ella permaneció muy quieta y eso lo hizo estremecerse anticipadamente; una semana antes ella se habría apresurado a escapar de ese tipo de presión.

Se prometió que en pocos días más las cosas progresarían y su relación con la muchacha pasaría del trato meramente social de dos personas que trabajaban en la misma oficina a ser decididamente sexual.

El informe de la AFP era un refrito de la noticia redactada por él. Frazer hubiera deseado que fuera un poco más larga, porque ya la muchacha se dirigía de vuelta a su silla. Seguía mostrándose curiosa, pues en esos tres meses, las agencias jamás habían enviado noticias sobre alguna persona del medio en que se movían.

—¿Qué aspecto tiene? —preguntó—. Y, ¿dónde estuvo metido todos estos años?

Frazer se encogió de hombros.

—Rehúsa decir nada al respecto.

Echó una ojeada a su reloj. El relevo de la muchacha llegaría dentro de pocos minutos. Estuvo a punto de invitarla a tomar un trago en el Hotel Commodore. Munger sin duda todavía estaría allí y se organizaría una especie de celebración. Pero de pronto se detuvo al recordar el éxito de Munger con las mujeres y decidió mantener a ésta bien custodiada.

Como ella seguía mirándolo con curiosidad, le contó algo del pasado de Munger y luego sugirió que podrían cenar juntos alguna noche para completar su relato. La muchacha aceptó encantada y Frazer sintió otro hormigueo en todo el cuerpo, levemente atenuado por la posibilidad de que su entusiasta aceptación se debiera más a la curiosidad de ella que a los encantos de él.

Durante la corta caminata hasta el Commodore, pensó una vez

más en Munger y en la sacudida que experimentó cuando tropezó con él en el bar. Frazer y Makin estaban solos bebiendo Martinis. Como de costumbre, Makin se quejaba con su acento nasal del Bronx; acababa de regresar de una visita, tanto a las oficinas centrales de su periódico como a la casa de su esposa en Nueva York.

—Mis problemas siempre vienen por triplicado —le dijo—. Mi jefe me reprendió con respecto a mi cuenta de gastos. Mi dentista me informó que el nuevo puente me costará tres mil dólares... y mi esposa gimoteó diciéndome que con estas largas separaciones no tiene suficiente vida sexual.

Makin había suspirado, tomando un sorbo de su copa y mirando con malhumor al escocés pelirrojo y alto que tenía delante.

—¿Tú qué harías en mi lugar, Gordon?

Frazer se había encogido de hombros. Le tenía afecto a ese norteamericano pequeño, calvo y grueso y respetaba su habilidad profesional, pero su perpetuo pesimismo le resultaba insoportable.

—Es muy sencillo —le respondió—. Múdate de tu suite y ocupa una habitación normal como el resto de los mortales. Pídele a tu dentista que te arranque todos tus malditos dientes, cómprate un buen juego de dentaduras postizas y regálale a tu mujer pilas nuevas para su vibrador. Deja de quejarte... y pide otra ronda más de tragos. Esta vez te toca a ti.

Makin gruñó con exasperación, pero levantó la mirada para localizar al barman. De pronto vio algo en el espejo detrás del mostrador y su expresión malhumorada se transformó en azoramiento. Lentamente giró sobre el taburete del bar, Frazer hizo lo mismo movido por la curiosidad y ambos se quedaron de una pieza al contemplar a Dave Munger de pie en el umbral de la puerta, con una leve sonrisa en los labios.

—Por lo visto, nada ha cambiado —dijo y entró al recinto—. Fuera se libra una guerra y Makin y Frazer calientan los taburetes del bar.

Estrechó las manos de ambos, pero los dos periodistas se quedaron sin habla. Munger miró sus copas vacías.

—Dejadme adivinar lo que transmitirán los cables esta noche: «Beirut. Urgente. La temperatura media de los Martini secos en el bar del Hotel Commodore subió tres grados. Esto ha provocado disturbios considerables en las puertas del Ministerio de Comunicaciones. En cualquier momento se esperan cambios en la constitución del Gabinete».

Sonrió, le mostró tres dedos al camarero y le señaló las copas vacías. Makin fue el primero en recuperar el habla.

—¿Dónde diablos estuviste metido? Te habíamos dado por muerto.

—Aquí y allá —respondió Munger, sentándose en uno de los taburetes del bar.

—¿Dónde? ¿Qué ocurrió? —preguntó Frazer—. ¿Qué estás haciendo aquí?

Munger levantó una mano para protegerse de la andanada de preguntas. Contempló al barman que mezclaba las bebidas y colocaba las copas frente a los tres hombres. Munger tomó la suya, bebió un sordo y asintió satisfecho.

—La temperatura es perfecta. Eso me hace pensar que no habrá motín. —Volvió la cabeza en dirección a Makin y a Frazer y los examinó con expresión crítica—. Ed, estás más gordo y más calvo. Gordon, aparte de tener algunas pecas más, estás casi idéntico que la última vez que te vi en Saigón. Eso es malo, porque en aquella época eras un individuo cínico y disoluto. Deberías haberte ablandado con los años.

Los dos hombres no hicieron caso de la broma y se dedicaron a estudiar a fondo a Munger. Iba bien afeitado, pero el contraste entre la palidez de su barbilla y el bronceado de su frente y sus brazos indicaba que hasta hacía poco había llevado barba. Frazer observó que tenía las manos encallecidas, como alguien que se dedicara a las tareas manuales. De modo que no había seguido trabajando como fotógrafo. No se lo veía demasiado envejecido, considerando que ya nueve años antes parecía mayor de lo que era.

Las pequeñas arrugas en la frente, alrededor de los ojos intensamente azules y en las comisuras de la boca se habían profundizado un poco. Era el tipo de cara que parecía mantenerse eternamente suspendida en el límite de la juventud sin jamás deslizarse por la pendiente de los años.

A pesar de su sonrisa burlona, había en sus ojos una extraña depresión. Aunque jamás fue un individuo demasiado expresivo, los dos hombres lo conocían bien y recordaban que, si algo delataba su estado de ánimo, eran los ojos. Cuando estaba tranquilo, parecían más grandes y el azul del iris más claro. Cuando estaba tenso o enojado los entornaba y su tonalidad se oscurecía. Eran, sin lugar a dudas, como el diafragma de apertura de un objetivo, que se adaptaba a los controles de su talante. En ese momento se veían opacos y brumosos, como si estuvieran protegidos por un filtro.

—¡Vamos, cuéntanos! —lo apremió Makin—. ¿En qué has andado metido?

Munger sacudió la cabeza.

—Lo pasado, pasado, Ed. No quiero hablar de eso.

Lo dijo con voz monocorde y decidida y Makin no tuvo más remedio que resignarse.

—¿Piensas volver a trabajar? —preguntó Frazer y cuando Munger asintió, Makin le preguntó de improviso:

—¿Para quién?

—Por un tiempo lo haré por mi cuenta. Veremos qué ofertas me hacen. Cubriré la zona desde aquí.

En ese momento, Frazer se puso de pie con aire inocente y se dirigió hacia la puerta, diciendo por encima del hombro que en seguida regresaba. Munger le había preguntado a Makin cómo estaban las cosas y el norteamericano le estaba esbozando los problemas con que se enfrentaban los medios informativos en Beirut, cuando de pronto se detuvo bruscamente y se puso en pie de un salto.

—¡El muy hijo de puta! Por supuesto, tu aparición es una noticia bomba, así que se fue corriendo a transmitirla. —Avanzó a toda velocidad hacia la puerta con sus cortas piernas, mientras gritaba—: ¡No te vayas, Dave!

Makin tenía instaladas sus oficinas en ese mismo hotel, pero eso no le impidió a Frazer ganarle por la mano por algunos segundos.

Apenas veinte minutos después de su salida, la noticia comenzaba a propagarse. En el bar, no menos de media docena de individuos rodeaban a Munger. No era un hecho insólito, pues la gran falange de fotógrafos y corresponsales que habían cubierto Vietnam y el Lejano Oriente en la década de los sesenta y comienzos de los setenta se trasladó luego al Medio Oriente, una zona en perpetua ebullición que les permitía ganarse la vida a varios cientos de los hombres y mujeres más destacados de los medios informativos.

Frazer se abrió paso entre el grupo de gente que rodeaba a Munger y le reclamó su taburete a George Blake, un fotógrafo del *Toronto Star*. También Ed Makin estaba de regreso, con una copa en la mano y, al ver a Frazer, lo fulminó con la mirada y murmuró: «¡Hijo de puta!»

Munger estaba de pie, de espaldas al bar. Ya no bebía Martini sino su habitual vodka con soda. Mientras Frazer se instalaba y pedía un trago, oyó que Munger eludía hábilmente las preguntas de los recién llegados y formulaba algunas de su propia cosecha. Estaba relajado y sonriente, pero sus ojos seguían siendo espejos en blanco.

Muy pronto, el bar se llenó y el ruido se volvió ensordecedor. Muchos de los presentes conocían a Munger desde hacía años. Otros, los más jóvenes, se acercaron llenos de curiosidad a conocer a esa leyenda rediviva. Los corresponsales de guerra tienen una notable tendencia a las fiestas improvisadas, casi tanto como las abejas a reunirse en enjambres. Cuanto más peligroso es el lugar, más festivo es el clima reinante.

Durante un silencio en la conversación, Frazer le dijo a Munger:

—Esta misma noche recibirás una avalancha de llamadas ofreciéndote trabajo.

—Ya empezaron a llegar —le respondió Munger—. Le pedí al operador telefónico que tomara los mensajes. —Tomó un sorbo de su copa y miró burlonamente a Frazer—. ¿Cómo está la competencia en la actualidad?

Frazer reflexionó un momento y luego levantó la mano izquierda con los dedos extendidos.

—Los capos son sólo cuatro —dijo y señaló al canadiense—. George y Ray Morris, a quienes ya conoces. Don McCullin viene por aquí de vez en cuando y también un jovencito francés de apellido Latière, que trabaja como *freelance* y es muy bueno. —Frazer se encogió de hombros—. Duff Paget dejó un vacío muy grande. ¿Te enteraste de que lo mataron? —preguntó y esperó a que Munger asintiera con la cabeza—. ¿Sabías que compró tu cámara en aquella subasta?

Una vez más Munger asintió y, por primera vez, Frazer advirtió en el fondo de sus ojos un atisbo de expresión.

—Sí, fui a recogerla a casa de su viuda hace algunos meses, en Chipre.

Eso despertó la curiosidad de Frazer.

—¿Cómo reaccionó por la muerte de Duff?

—Bien —respondió Munger y cambió abruptamente de tema—. ¿Sabes si Janine Lesage está por aquí? —dijo, con aire casual.

Ahora Frazer se sentía francamente intrigado. Por el rabillo del ojo podía observar a Ed Makin, quien escuchaba a George Blake con una oreja mientras que con la otra estaba atento a lo que decía Munger.

—Sí, está por aquí —respondió Frazer—. Y no me cabe duda de que aparecerá de un momento a otro, en cuanto se entere de la noticia —dijo e hizo una pausa—. Está en plena aventura con Sami Asaf. ¿Te acuerdas de él?

—Por supuesto.

Ahora la expresión de los ojos de Munger era otra. Los tenía entornados y parecían más oscuros.

—Sigue siendo una mujer terriblemente atractiva —comentó Frazer, sin quitarle los ojos de encima.

En las comisuras de la boca de Munger se dibujó una leve sonrisa.

—Gordon, creo que habría sido más apropiado que dijeras tan sólo que es una mujer terrible.

Frazer soltó una carcajada y miró de reojo a Ed Makin, quien ahora ya no le prestaba atención a Blake. Comenzó a decir algo pero fue interrumpido por una serie de personas que acababan de llegar y pugnaban por estrechar la mano de Munger y hacerle una serie de preguntas que invariablemente empezaban con «¿Dónde diablos...?» Munger las eludió con habilidad pero también con firmeza. Los decibelios siguieron en aumento. El administrador había incorporado a dos camareros más; reconocía las señales y se sentía más que satisfecho. La hostelería de Beirut no era un negocio excesivamente próspero y los hombres y mujeres pertenecientes a los medios de información representaban sus mejores clientes. De nacionalidad libanesa y cercano ya a los cincuenta, era un individuo pequeño y apuesto que permanecía de pie en un extremo del bar. Durante la guerra de Vietnam había trabajado en varios hoteles del Lejano Oriente y conocía bien a Munger. También él quedó atónito cuando, un par de horas antes, lo vio aparecer con cuatro enormes maletas y pidió la suite más grande para una permanencia prolongada. Tal vez por esa razón llamó a uno de los camareros y le susurró algo al oído. Pocos minutos después el parloteo fue interrumpido por el ruido seco de botellas de champaña descorchadas. Alguien gritó «Aleluya» y el *tempo* del salón se incrementó. Ahora había un verdadero gentío y, en un primer momento, nadie le prestó atención a la mujer que acababa de aparecer por la puerta. Entonces, poco a poco, se silenciaron las voces y todos los presentes se volvieron para mirarla. Era Janine Lesage, con un *jumper* negro y dorado de Pucci, un bolso de lentejuelas en una mano y un cigarrillo con una larga boquilla de marfil en la otra. Su cabello dorado estaba peinado con un rodete alto y cuando miró a Munger, apoyado en el mostrador, por encima del mar de cabezas, en los labios de la mujer apareció una sonrisa tierna.

Se oyó un ruido de pies que se desplazaban y frente a ella se abrió una brecha entre la gente, proporcionándole una visión clara de Munger. Muchos de los asistentes estaban al corriente de las relaciones previas entre ambos, y habían oído los comentarios de Janine Lesage después de la desaparición de Munger. Varios de ellos habían asistido a aquella famosa subasta.

Muy lentamente, con su andar elástico y cimbreante, Janine avanzó hacia él. Munger la esperó con rostro inexpresivo.

Al cabo de unos pocos metros la mujer se detuvo, se colocó la boquilla entre los dientes y levantó el brazo derecho en dirección a la nuca. Instantes después, al extraer la única aguja que la sostenía, su larga cabellera cayó como una cascada.

Podría haber sido un gesto melodramático o incluso cómico, pero realizado por esa mujer en particular, provocó un suspiro general. Volvió a avanzar por entre el gentío silencioso hasta quedar justo frente a Munger. Tenían la misma estatura y, por un momento, se miraron a los ojos. Luego ella dijo con voz ronca:

—¿*Ça va,* Dave?

Se acercó y lo besó en la boca. Entonces inclinó la cabeza y, al igual que el resto de los presentes, esperó la reacción de Munger. Durante varios segundos esos ojos azules la observaron, luego se ensombrecieron y entornaron.

—*Ça va,* Janine. Deberías cortarte el pelo. Ese peinado te quedaba bien cuando eras joven.

Retrocedió como si la hubiera abofeteado. Un leve murmullo resonó en la habitación... algo así como una aprobación colectiva. Ninguno de los presentes había visto antes a Janine descompuesta. Muchos, incluso, habían sido el blanco de su lengua viperina y de su humor cáustico. Pero siempre su belleza y su habilidad para usarla como arma la habían protegido de las represalias. Era por eso que, frente a esa humillación, no contaba con un solo aliado y lo sabía. Trastabilló hacia atrás y el pasillo de gente formado a sus espaldas se ensanchó. La furia y la frustración que aparecieron en su rostro borraron todo vestigio de belleza y los ojos con que fulminó a Munger parecían los de una cobra. Pero era una cobra que se batía en retirada frente a una mangosta. Por último, giró sobre sus talones y trató de caminar airosamente y abandonar el recinto con aire digno. Pero no lo consiguió. Por una vez, su larga cabellera no era una capa agraciada sino el foco de su indignidad. Tuvo al menos el buen tino de no hacerla flamear como solía hacerlo en sus salidas triunfales.

Cuando partió, un silencio se abatió sobre los presentes, hasta que la misma voz volvió a gritar: «¡Aleluya!» y la fiesta se reinició con una algarabía aun mayor.

Era más de medianoche cuando Munger logró huir hacia la tranquilidad de su suite. Era una de las más amplias del hotel y tenía dos cuartos de baño, razón por la cual Munger la eligió. A diferencia de Ed Makin, a él no le preocupaban sus gastos. Walter le había asegurado que los fondos disponibles eran virtualmente ilimitados. Y, como prueba palpable de ello, le regaló un cinturón de gamuza para usar sobre el cuerpo, que contenía cincuenta mil dólares norteamericanos en billetes de mil y quince diamantes azules impecables de tono D, cada uno de los cuales pesaba un quilate. De modo que el cinturón tenía un valor total de aproximadamente medio millón de dólares norteamericanos, sin contar el cuero.

Incluso sin el apoyo financiero de Walter, Munger no habría tenido ningún problema en pagar esa suite. Antes de coger el ascensor, pasó por recepción, donde le entregaron doce mensajes telefónicos recibidos. Eran de agencias de noticias y revistas de los Estados Unidos, Europa y Japón. Todas le suplicaban que se pusiera en contacto con ellas a la mayor brevedad posible. Por la mañana se sentaría frente al teléfono y, al mediodía, ya tendría todos los encargos que necesitaba.

Al entrar en la suite se dirigió en primer lugar al más amplio de los dos cuartos de baño, que pensaba utilizar como cuarto oscuro. Asintió con satisfacción al ver las dos mesas angostas que había solicitado y también las extensiones eléctricas con sus correspondientes enchufes. A continuación, entró en el dormitorio, se quitó la ropa y colgó el cinturón con el dinero de una percha en la parte posterior de la puerta. En ningún momento pensó en ocultarlo; hacía mucho que había decidido que la mayor garantía de un artículo semejante residía en su aspecto inocuo.

Antes de abandonar la habitación conectó la radio, sintonizó una música suave y la puso a todo volumen para poder oírla por toda la suite, incluso con las puertas interiores cerradas.

El cuarto de baño más pequeño, que era en sí mismo tan grande como la mayoría de los cuartos de baño de los demás hoteles, tenía bañera y ducha. Desde su estancia en Japón había desarrollado cierta aversión a los baños de inmersión. «Uno no hace más que remojarse en su propia mugre», le señaló un amigo japonés. Así que se colocó debajo de la ducha, se enjabonó bien, y durante quince minutos dejó que esa lluvia de agua caliente eliminara de su cuerpo el olor, el sabor y la pegajosidad del viaje y de la estancia en aquel bar atestado. Durante esos minutos planeó mentalmente la disposición del cuarto oscuro. Había llevado mucho equipo fotográfico, gran parte del cual era nuevo para él, pues durante los años en que estuvo alejado de esa actividad se habían producido notables adelantos técnicos en cuanto al proceso de revelado y copiado. Por otra parte, nunca le había preocupado demasiado ese aspecto de la fotografía, limitándose más bien a las tomas y dejando que otras personas hicieran el trabajo de ampliación. El impacto de sus fotografías residía más en el tema y el enfoque que en las técnicas de revelado. Pero tal vez en la actualidad las cosas fueran diferentes.

Cerró el grifo de la ducha, se secó, se envolvió en un albornoz blanco, se acercó al lavabo y se cepilló vigorosamente los dientes. Finalmente logró librarse del sabor acre del viaje en avión.

Vio que el espejo situado sobre el lavabo estaba empañado. Con una toalla secó una zona circular y, por un momento, se quedó contemplando el rostro que en él se reflejaba. Si Gordon Frazer hubiera visto esa imagen habría advertido el cambio operado en él. En el bar, mientras hablaba y escuchaba, en el rostro de Munger había aparecido cierta animación. En ese momento, ese mismo rostro carecía de expresión y no traslucía el menor sentimiento.

Dio la espalda a su propia imagen y se dirigió a la sala de estar. Junto a la puerta había dos grandes maletas metálicas. Se agachó, hizo girar las cerraduras de combinación y las abrió. Una contenía su famosa cámara, una segunda cámara —una Hasselblad—, una enorme cantidad de lentes, trípodes, cajas de película y varios accesorios pequeños para el cuarto oscuro. En la otra maleta estaban los elementos de mayor tamaño: una ampliadora, una secadora de papel, una guillotina, cubetas de revelado, una luz de seguridad y recipientes plásticos con fuelle que contenían productos químicos y fijadores.

Arrastró las maletas sobre la alfombra hasta dejarlas junto a la puerta del cuarto de baño más grande y luego sacó el equipo y lo colocó en el lugar que le correspondía. Sólo tardó media hora en hacerlo, porque ya lo tenía bien planeado mentalmente. Lo revisó todo y regresó a la sala de estar. Dispuso la Nikon, los trípodes, los objetivos y las cajas de película sobre la mesa, pero dejó la Hasselblad en su estuche. Se dirigió entonces a otra mesa donde le habían instalado una especie de bar. Se llenó un vaso con cubitos de hielo y vertió encima vodka Stolichnaya. Automáticamente extendió la mano en busca de la soda, pero se detuvo y tomó un sorbo de vodka. Tenía un gusto puro y fuerte que muy pronto el hielo diluiría. Permaneció allí, de pie, durante algunos minutos, meciendo con suavidad el vaso y llevándoselo de vez en cuando a los labios. Vagamente oía la música proveniente del dormitorio: los Commodores cantaban *Tres veces una dama.* Pensó de pronto en Janine Lesage y en el incidente del bar. Su reacción fue una consecuencia directa del recuerdo de la última fotografía lograda por Duff Paget. Durante todos esos años no supo nada acerca de los comentarios hechos por la mujer en Hong Kong; se acababa de enterar en el bar, de labios de Gordon Frazer, en cuanto Janine Lesage salió de escena. A pesar de la furia que sentía contra ella, decidió que lo que le dijo sobre su pelo era cierto. Ese peinado ya no le sentaba bien; sólo servía para acentuar los huesos de su cara que, con el correr de los años, se habían vuelto más afilados, confiriéndole el aspecto de un ave de presa. Quizá los demás no la veían de esa manera. A lo mejor opinaban que en ese momento poseía una belleza más refinada.

Sus pensamientos se vieron interrumpidos por un zumbido agudo. Le echó una mirada a su nuevo Seiko de pulsera con despertador. Marcaba la una menos cinco. Oprimió el pulsador para desconectar la alarma, terminó de beber vodka, atravesó la habitación hasta donde se encontraba la maleta metálica abierta y extrajo la Hasselblad. De un bolsillo lateral sacó un rollo de cable muy fino, en uno de cuyos extremos tenía una conexión para flash y, en el otro, una ventosa de goma. Conectó la terminal para flash en la Hasselblad, apagó la radio y colocó la cámara sobre la cama. Luego, mientras soltaba el rollo de cable, fue hasta la ventana y la abrió. Levantó la ventosa de goma a la altura de la boca, la mojó con la lengua, se inclinó fuera de la ventana y la adhirió en la parte exterior del marco de aluminio. Regresó a la cama, se sentó, tomó la cámara y giró el anillo de diafragmas hasta la posición 1.7. Se oyó un leve *clic* que no habría sonado en una Hasselblad común. Sostuvo la cámara con la mano izquierda y volvió a consultar su reloj. Mantuvo la vista fija en el cuadrante durante cuarenta segundos hasta que en la pantalla digital los cristales líquidos formaron los números 01:00. Entonces, con la mano derecha, accionó tres veces la palanca de avance de la película. Dos minutos más tarde repitió la operación.

A más de ciento cincuenta kilómetros de distancia, en un refugio de las Alturas del Golán, un operador de radio del Mossad se quitó los auriculares y descolgó el teléfono que lo conectaba con las oficinas centrales del Mossad.

A pesar de lo intempestivo de la hora, diez minutos más tarde, el timbre de un voluminoso teléfono verde, situado sobre la mesita de noche, despertó en su casa de campo de Limasol a un obeso y aletargado Naranja 1. Extendió el brazo, encendió la luz y se sentó en la cama. Siempre dormía desnudo, y de haberlo observado alguien, se habría reído de sus rosados y gruesos rollos de grasa. Después de mirar el ornamentado reloj de oro de pared y de lanzar un gruñido de irritación, levantó el auricular. Su expresión malhumorada muy pronto se convirtió en una sonrisa al oír que el oficial de servicio en las oficinas centrales de Naranja le informaba que Naranja Azul había establecido su primer contacto por radio.

Walter colgó el auricular, apagó la luz, volvió a meterse en la cama y trató de reconstruir el sueño interrumpido en el cual aparecía una montaña de manjares apetitosos rodeada por un ejército de mujeres voluptuosas.

Casi en el mismo momento, en Beirut, Munger tenía una pesadilla: la misma pesadilla que lo atormentaba desde hacía nueve años.

Sólo había tardado un minuto en volver a enrollar su antena aérea y guardar su cámara/radio. El viaje, la celebración y la instalación del cuarto oscuro le habían producido un verdadero agotamiento físico, así que diez minutos más tarde se encontraba profundamente dormido. Las cortinas de la ventana estaban descorridas y la luna casi llena bañaba la habitación en un suave resplandor. Al igual que Walter, también Munger dormía desnudo, con las sábanas hasta la cintura. Su cuerpo delgado y musculoso estaba bronceado por el sol. En el hombro izquierdo tenía una ancha cicatriz de color más claro; era una herida mal suturada que le había dejado como recuerdo un vietcong con su Kalashnikov.

Al principio se durmió tendido de espaldas, completamente inmóvil, con la cabeza apoyada sobre un par de almohadas. Al cabo de algunos minutos, empezó a tener sacudidas en las piernas y se le crisparon las manos. Comenzó a respirar pesadamente y la frente se le llenó de gotas de sudor.

Duró apenas diez segundos. Entonces abrió los ojos de par en par, lanzó un gemido profundo y se incorporó en la cama. Con las manos se secó el sudor de la cara y luego las mantuvo apretadas contra los ojos mientras su cuerpo se estremecía con una serie de espasmos y el pecho se le arqueaba.

Gradualmente los temblores disminuyeron y su respiración se acompasó. Dejó caer las manos y contempló el recuadro de la ventana sin cortinas. Por lo menos en ese momento, sus facciones expresaban algo: una desesperación total.

Hacía cuatro meses que no tenía esa pesadilla. Durante ese lapso no hizo más que rogar al cielo y a cuanta deidad existiera, que ese horror no se repitiera. A medida que las semanas fueron pasando, se ilusionó con la idea de que tal vez el demonio que llevaba oculto en su subconsciente hubiera sido exorcizado. Pero en ese momento, en su rostro se advertía la muerte de esa esperanza.

Se levantó de la cama, se fue tambaleando hasta la ventana y la abrió. Una oleada de calor y el leve murmullo de los ruidos de la ciudad inundaron la habitación. Se asomó y miró hacia la calle, doce pisos más abajo. Sólo vio un vehículo en movimiento —un jeep del Ejército libanés— que patrullaba para comprobar el cumplimiento del recientemente impuesto toque de queda nocturno.

Durante cinco espantosos segundos, Munger contempló la posibilidad de buscar alivio a su tormento por medio del suicidio. Fue como si se observara desde fuera de sí mismo y contemplara su cuerpo despatarrado y estrellado sobre la calle, allá abajo. Entonces dio un respingo, levantó la cabeza y, con un gemido, se apartó de la ventana, fue al baño, abrió el grifo de agua fría de la ducha y metió la cabeza debajo.

La pesadilla era siempre la misma. Comenzaba con un rostro:

un rostro oriental ancho y de pómulos salientes. El rostro de una muchacha. Podría haber sido hermoso y, por sus facciones, en efecto lo era. Pero la expresión de los ojos era la antítesis de la belleza. También la forma de esos ojos rasgados y curvos podría haber sido la imagen misma de la armonía, pero lo que denotaban constituía la esencia de la pesadilla: una mezcla de dolor, desesperación y desprecio. El dolor y la desesperación se referían a sí misma. El desprecio estaba dirigido, como un reflector, hacia Munger.

Hacia donde se volviera veía esos ojos. No podía librarse de ellos ni podía tampoco cerrar los suyos. En la pesadilla Munger salía corriendo, intentaba huir, pero los ojos permanecían fijos en los suyos hasta que penetraban en las cuencas de sus ojos y lo contemplaban hacia adentro. El dolor y la desesperación se le incrustaban en la cabeza; el desprecio se convertía en una puñalada en pleno corazón.

Cerró el grifo de la ducha, se enrolló una toalla alrededor de la cabeza y fue a la sala de estar. Sabía que ya no le sería posible volver a conciliar el sueño: esos ojos seguían acechándolo desde las sombras de su cerebro. Llenó un vaso con hielo y Stolichnaya, se sentó y trató de enfocar la realidad. Para Munger, la realidad eran los hechos concretos; las cosas que ya se habían producido y no lo que podría ocurrir o podría haber ocurrido. Walter Blum era una realidad. Los pensamientos de Munger retrocedieron cuatro meses hasta aquel día en que llegó a las oficinas de la Walen Trading. Fue precisamente la pesadilla lo que lo impulsó a dirigirse a esa oficina. La pesadilla combinada con el recuerdo lejano de una mujer de mirada serena; una mujer que había aparecido y desaparecido de su joven vida, iluminándola con su presencia y sumiéndola en las tinieblas con su ausencia. Fue cruel que Walter Blum apelara a la memoria de su madre, pero fue algo así como una palanca que logró abrir en él un resquicio de emoción. Día tras día, Munger luchó por cerrar esa herida, y podría haber tenido éxito si la pesadilla no lo hubiera acosado sin tregua y minado su fortaleza mental hasta el punto de que sólo la perspectiva de una actividad física le ofrecía cierto alivio.

Por eso fue en busca de su cámara y, en el momento mismo en que la tomó y se la calzó en la mano como un guante, tuvo la certeza de que representaba su única posibilidad.

Las semanas que siguieron reforzaron esa creencia. Prácticamente no tuvo tiempo de tener pensamientos sombríos. A los pocos días se encontraba en un centro de adiestramiento del Mossad en los suburbios de Tel Aviv y, en el curso de los dos meses siguientes se convirtió en una esponja que absorbía con avidez nuevos conocimientos y técnicas. Quedó anonadado por los adelantos alcanzados durante sus años de aislamiento. Uno de los instructores le señaló que, precisamente durante ese tiempo, la tecnología espacial había comenzado a aplicarse también en la Tierra. Le enseñaron a usar radiotransmisores tan pequeños que cabían dentro de una cámara fotográfica, bombas que podían colocarse dentro de un rollo de película, micrófonos más pequeños incluso que el botón de una camisa. Eran muy listos. Desarrollaron esa tecnología y la instalaron en equipos con los que él estaba familiarizado y que podía alegar que constituían sus herramientas de trabajo.

Misha Wigoda le enseñó las técnicas más avanzadas de tomas y de revelado y le mostró los nuevos telcobjetivos merced a los cuales se podía leer el número de matrícula de un automóvil que se encontraba a un kilómetro y medio de distancia. Gran parte de esos elementos y accesorios todavía no se encontraban disponibles en el mercado, pero los técnicos del Mossad tuvieron la astucia de colocarles marcas bien conocidas. Eso permitiría que los objetivos de la Nikon de Munger pasaran cualquier inspección.

Durante esas semanas aprendió el oficio de espía con los maestros más renombrados. Munger, a su vez, les tenía reservadas algunas sorpresas. El instructor de combate sin armas no tardó en confesar que era bien poco lo que podía enseñarle. A fin de cuentas, esas habilidades no habían cambiado demasiado en nueve años.

Del mismo modo, Munger demostró poseer una capacidad innata para seguir a un individuo sin que éste lo detectara o, en el caso inverso, para «sentir» que alguien le seguía la pista.

En su informe final, el jefe de instructores afirmó: «David Munger representa un material perfecto, tanto mental como físicamente, para ser un agente de campo».

Walter Blum leyó esas palabras por encima del hombro del general Hofti y sonrió complacido.

La misión inicial de Munger era simple y concreta: reestablecerse como uno de los mejores fotógrafos que trabajaban en el Medio Oriente. Debía renovar antiguos vínculos, establecer de nuevos y, merced al éxito de su trabajo y a su reputación como fotógrafo, afianzar sus movimientos en la totalidad del área en cuestión. Durante un año o quizá más, no se le exigiría otra cosa, pues la red del Mossad se encontraría abocada a lanzar sus ataques sobre el reactor y la gente conectada con él en Francia. Sólo si el reactor llegaba a ser embarcado con destino a Iraq, entonces se le pediría a Munger que desempeñara su papel. En esa época él debía estar en condiciones de entrar y salir de Iraq con facilidad.

El período de adiestramiento también le había conferido una

sensación de pertenencia. En realidad, Munger jamás se había considerado un verdadero judío. Sabía que se suponía que la fe judía se transmitía por línea materna, pero hasta su repentina conversión mental, su madre jamás había practicado esa fe. Por esa razón, Munger nunca la había estudiado ni participado en ningún tipo de ritos o ceremonias. De hecho, ni siquiera conocía una sinagoga por dentro.

Durante esos meses en Israel fue tratado simplemente como un judío. A los instructores no les llamó la atención su falta de conocimientos religiosos; no tenía importancia para ellos. Era judío y eso bastaba. En un primer momento, Munger pensó que tal vez estuvieran haciéndole un trabajo de rastreo, algo así como un sutil lavado de cerebro, pero muy pronto descartó esa idea.

Eran personas que actuaban con él con total naturalidad, dando por sentado que la tarea para la cual se adiestraba, los riesgos que afrontaría, sólo podían ser aceptados por un judío, por un hombre movido por su amor a Israel y al pueblo judío. Así que trató de incorporar sus actitudes y motivaciones y comenzó a sentirse judío. Jamás pudo aceptar el aspecto religioso, pero tampoco lo hacían muchos de sus compañeros de adiestramiento. Sólo veía a una raza de hombres con la cual podía finalmente identificarse.

Durante su último día en Israel fue a visitar la tumba de su madre. Era muy temprano por la mañana y el cementerio estaba desierto. Era sólo una tumba entre miles, pero sobre ella se veían flores. El hecho de que también hubiera flores sobre muchas otras, no sólo no amortiguó el impacto experimentado por Munger sino que lo reforzó. Permaneció alrededor de una hora de pie frente a la tumba, expuesto a una fina llovizna. Cuando llegó allí sus pensamientos eran una verdadero torbellino pero, al alejarse, supo que, como su madre, acababa de consagrar su vida a una causa.

Sentado en esa suite de lujo, con un vaso de bebida fría en la mano, pensó que era una ironía que ese compromiso se viera amenazado por un par de ojos incorpóreos pero capaces de destruir su mente.

Conocía bien los peligros. Conocía también el grosor de la línea divisoria entre la cordura y la locura. Durante esos cinco segundos en que miró hacia la calle, esa línea se había convertido en una membrana transparente. El hecho de tomar conciencia de ello hizo que el frío del vaso le congelara el corazón.

Para distraerse un poco, se puso en pie y comenzó a ordenar el equipo desparramado sobre la mesa próxima. Examinó la cámara y luego clasificó las cajas de películas, separándolas en grupos según su sensibilidad.

En ese momento lo vio y sintió un repentino desconcierto. Entre las cajas había un rollo expuesto. Eso era imposible: todavía no había comenzado a tomar fotografías. Entonces lo recordó: era el rollo que contenía las tomas obtenidas cuatro meses antes en casa de Ruth Paget. Evocó aquella mañana y la emoción que experimentó al tener su cámara nuevamente en las manos después de tantos años. Recordó que había permanecido en la casa alrededor de media hora y tomado fotografías a Ruth y a los chicos que jugaban en el patio. Ella le había pedido que le enviara copias, pero desde el momento en que entró en el despacho de Walter Blum, su mente estuvo sobrecargada de cosas. Observó el cilindro negro y recordó las lágrimas que aparecieron en los ojos de Ruth cuando lo vio con la cámara en la mano. Qué hermosa estaba en ese momento... y qué vulnerable. Descubrió en sus ojos algo más que no pudo definir.

Movido por un impulso, decidió revelar el rollo y se metió en el cuarto oscuro. Por lo menos eso lo ayudaría a pasar la noche.

Al principio trabajó de manera automática y sus dedos recordaron en seguida esa multitud de pequeños movimientos similares. Cortó la película y la cargó en la espiral, con la mente concentrada en las acciones de rutina. Encendió la luz blanca, mezcló el revelador y lo vertió en el depósito. A continuación comenzó a hacer girar el depósito que tenía en la mano. Casi no necesitó controlar el tiempo, ya que estaba acostumbrado a calcular mentalmente el paso de los segundos. Sacó el revelador del depósito, vertió el interruptor, lo sacudió, vació el depósito y colocó el fijador. Pensó en los cientos de cuartos de hotel en los que había realizado esa misma operación. Era un momento que siempre ejercía una extraña fascinación sobre él: esa suspensión mientras aguardaba la confirmación de si la imagen vista por sus ojos y la captada por la cámara eran la misma. Pero en ese caso no recordaba con claridad lo registrado por sus ojos. Lavó la película revelada, la metió en una secadora plegable y fue a la salita mientras se secaba.

Quince minutos más tarde se encontraba de vuelta en el cuarto de baño examinando los negativos. Era un rollo de sólo doce tomas: tres de Ruth a solas, tres de ella con uno de los chicos y seis de los demás pequeños. Constató que tanto la exposición como el tiempo de revelado habían sido correctos. Colocó los negativos en un separador para copias de contacto y los expuso, usando la ampliadora como fuente de luz. Diez minutos más tarde inspeccionaba los contactos. Había algo en las fotografías que no lograba desentrañar y que lo llevó a repasar mentalmente la sesión de tomas. Pero no encontró fallo alguno y, por otra parte, las imágenes eran técnicamente excelentes, con muy buena definición y contraste. Pero en esas diminutas copias vio algo más, algo diferente de lo habitual. Pensó que tal vez su agotamiento y estado mental le habían embotado la mente o la visión. Tomó una lupa y examinó cuidadosamente cada fotograma durante varios minutos. Entonces se incorporó y se miró al espejo, como si necesitara que su imagen reflejada le diera la respuesta. Regresó a la sala de estar y, de pie frente a la ventana que miraba a esa ciudad iluminada a medias, se bebió otro vodka. Al cabo de diez minutos, repentinamente tomó una decisión, vació el vaso, entró en el cuarto oscuro y comenzó a trabajar con la ampliadora.

A las cinco tenía delante de los ojos una hilera de copias de dieciocho por veinticuatro, sujetas con pinzas a un cordel extendido sobre la bañera. Las primeras seis mostraban chicos jugando; eran naturales y no afectadas. Recordó haber permanecido de pie en el patio mientras con gran alboroto los niños amontonaban las piñas. Al cabo de algunos minutos se olvidaron por completo de él y de su cámara. Lo que le llamaba la atención a Munger no era que se tratara de instantáneas excepcionales sino que, en cada caso, los chicos hubieran sido captados en un momento de felicidad y que su gozo y alegría quedaran plasmados en el papel. Eran fotografías totalmente distintas de las que había tomado toda su vida. Las tres siguientes mostraban a Ruth agachada, hablando con un chiquillo. Munger incluso recordaba su nombre: Stavros. Ruth le dijo que era su «niño problema». Ella le rodeaba las manos con las suyas. En la primera, los ojos del pequeño estaban bajos, la expresión de su cara triste. En la segunda, en los labios comenzaba a dibujarse el atisbo de una sonrisa. En la tercera, exhibía una sonrisa de oreja a oreja. Había pasado del abatimiento a la felicidad. Era la primera vez que Munger fotografiaba una secuencia de esa naturaleza.

Finalmente examinó las tres últimas. Eran todas de Ruth. Había enmascarado los negativos para ampliar solamente su rostro. Eran retratos extraordinarios de una mujer hermosa, pero, al mismo tiempo, eran mucho más que eso. Munger recordó de pronto cómo la luz que entraba a raudales por la ventana abierta le había destacado el contorno de la mejilla, rozado apenas la frente y el mentón, y enmarcado su cabellera oscura. La composición, la luz y los ángulos de toma eran perfectos. Pero lo que les confería una auténtica belleza era la expresión. Una expresión que emanaba de los ojos de Ruth, la imagen misma de la compasión. En dos de los retratos, la luz centelleaba sobre las lágrimas, pero sin dar una sensación de tristeza sino otorgándole una nueva dimensión y profundidad a esa compasión.

Munger se quedó un buen rato mirando esas tres fotografías, en particular la última. Luego la descolgó y volvió a trabajar con la ampliadora.

Cuando salió del cuarto oscuro, la luz del sol naciente iluminaba la sala de estar. Munger tenía en la mano una copia de gran tamaño. Acercó una silla junto a la ventana, se sentó y expuso la ampliación a la luz matinal. Sólo mostraba los ojos de Ruth Paget. Justo debajo de uno de ellos se observaba una lágrima. La copia ostentaba un grano bastante grueso debido a lo mucho que se había ampliado el negativo, pero eso parecía destacarla aún más, conferirle una cualidad etérea.

Munger sostuvo la fotografía con el brazo extendido, contempló fijamente esos ojos y volvió a descubrir en ellos compasión. Entonces cerró los suyos y los apretó fuerte para quedar en una oscuridad total. En esa oscuridad, evocó una imagen. No le resultó difícil, ya que era una imagen que estaba siempre latente en el fondo de su mente: la imagen de aquellos ojos orientales. Vio en ellos el dolor, la desesperación y, sobre todo, el desprecio. Mantuvo los ojos cerrados, dejando que la pena y el terror lo invadieran y, cuando su corazón comenzó a latir más de prisa por el sufrimiento, abrió los ojos y dejó que por ellos penetrara la luz junto con los ojos compasivos de Ruth Paget.

Lo repitió por lo menos media docena de veces y en cada oportunidad la compasión salió vencedora. Entonces llevó la fotografía al dormitorio y la colocó sobre la mesita de noche. Tomó el auricular del teléfono y dio órdenes al telefonista de que no deseaba ser molestado. Fue hasta la ventana, cerró las cortinas y se metió en la cama. Antes de apagar la luz se quedó mirando la fotografía durante un largo rato, luego oprimió el interruptor y se dejó caer sobre la almohada.

Durmió veinticuatro horas seguidas y no tuvo pesadillas.

Capítulo 11

Comenzaba el verano cuando Walter Blum se dirigió en su automóvil a Platres. Su estado de ánimo era más optimista que en la última ocasión, así que se sentó junto a Spiro en el asiento delantero del Mercedes y conversó con él acerca de su familia, las novedades de la política local y el fracaso de las Naciones Unidas en resolver el problema de Chipre.

Cuando llegaron a la falda de los montes Troödos, Spiro permaneció en silencio y se concentró en conducir el automóvil por esos caminos estrechos mientras Walter pensaba en su reciente viaje a París. Allí, estuvo planeando con Efim Zimmerman los últimos e intrincados pasos que se darían para impedir que los franceses realizaran el embarque del reactor nuclear Tammuz I.

El científico egipcio Yahia el Mashad debía ser asesinado en su próxima visita a Francia. Un equipo perteneciente al Mossad ya se encontraba reunido y esperándolo en París. Otro equipo se preparaba para colocar bombas en la fábrica de La Seine-sur-Mer. Los dos agentes infiltrados del Mossad en ese establecimiento informaron que la construcción del reactor se encontraba levemente adelantada con respecto a la fecha de entrega prevista. El momento óptimo para el ataque sería, por consiguiente, pocos meses más tarde.

Walter tenía la certeza de que, bajo la dirección de Efim Zimmerman, las actividades planeadas en Francia serían un éxito. También sabía que dicho éxito sólo tendría un efecto marginal y que, en el mejor de los casos, no haría más que retrasar el proyecto un par de meses o, a lo sumo, un año. Recordó lo conversado con Zimmerman durante la cena, en la que él comía y escuchaba respetuosamente, mientras Zimmerman hablaba con conocimiento de causa sobre Francia y el mundo en general.

Básicamente, Zimmerman estaba convencido de que, para poder desbaratar por completo el proyecto, Israel debía emprender una acción militar «defensiva» contra el reactor, es decir, una incursión de comandos o bien un bombardeo aéreo. Como era obvio, eso no podía llevarse a cabo en territorio francés sino solamente después de que el reactor se encontrara instalado en Iraq. Walter sabía que el criterio de Zimmerman era compartido por el general Hofti y la plana mayor del ejército israelí.

Zimmerman pasó luego a referirse a la necesidad vital de contar con un servicio de inteligencia de primera clase dentro de Iraq. Ya se optara por una incursión comando o por un bombardeo, quienes planearan la operación deberían poseer información precisa y actualizada del emplazamiento del reactor y, más importante aún, de la época en que se suponía entraría en funcionamiento. Desde luego, debía ser destruido antes de ese momento. El-Tuwaitha se encontraba a sólo veinte kilómetros del centro de Bagdad y, si esa ciudad de tres millones y medio de habitantes llegaba a sufrir una contaminación radiactiva, entonces Israel sería objeto de un repudio universal.

Durante los meses que corrían, las actividades de la red Naranja se habían vuelto vitales. La visita de Sadat a Jerusalén hacia fines de 1977 marcó el inicio de una nueva era, en la cual era posible e imperativo llegar a una paz con Egipto. Pero esa paz intensificaría la oposición de otros estados árabes. Saddam Hussein, la autoridad máxima de Iraq, la consideraría una oportunidad única para ponerse a la cabeza del mundo árabe y la usaría como justificación para tomar medidas extremas contra Israel. El hecho de poseer armas nucleares lo afirmaría mucho en su posición e incrementaría aún más sus ambiciones. Eso era inaceptable y debía evitarse a toda costa.

Walter lo había escuchado con atención y, cuando terminó de comer, le habló a Zimmerman de Munger. Hacía sólo tres meses que estaba nuevamente en circulación, pero ya había logrado restablecer su fama. El hecho de zambullirse de cabeza en su trabajo hizo resucitar con éxito su capacidad. El número de esa semana del *Paris Match* ofrecía un informe en profundidad de la lucha en el sur del Líbano, ilustrado con doce fotografías, ocho de las cuales pertenecían a Munger. Tres semanas antes, tanto el *Time* como el *Newsweek* emplearon sus fotografías para ilustrar artículos sobre Yemen del Sur. Munger fue el único fotógrafo occidental que había logrado infiltrarse en ese país en el curso de un año. Walter no tenía la menor idea de cómo lo había hecho y le constaba que incluso Misha Wigoda, que era el encargado de supervisar a Munger desde su base de Beirut, ignoraba los métodos del fotógrafo. En el último informe que envió a Walter se refería, con incredulidad, a la manera en que Munger se las ingeniaba para cruzar una frontera cerrada como quien atravesaba la calle. En pocos días planeaba viajar a Kurdistán y tenía intenciones de cruzar por el noroeste de Irán y establecer contacto con los iraquíes de esa región. Contactos que le serían de suma utilidad en el futuro.

Mientras Walter hablaba sobre su nuevo agente, Efim Zimmerman se contagió de su entusiasmo. Recordó las muchas ocasiones en que la «intuición» de Walter acerca de los talentos de un hombre estuvo más que justificada. Sin embargo, se vio en la necesidad de formular algunas preguntas: por ejemplo, qué clase de red se proponía formar Munger.

Walter no tuvo más remedio que reconocer que Munger insistía en trabajar solo. Era algo innato en él y así debía ser. Hasta se mostraba reacio a tener a Wigoda como supervisor. Personalmente le tenía mucha simpatía, pero hubiera preferido informar directamente a Walter durante sus visitas a Chipre.

En ese punto, Walter se mostró inflexible: Wigoda era un agente experimentado y podían surgir circunstancias en que su respaldo le resultara inestimable.

A Zimmerman le preocupaba que toda la operación Naranja en Iraq estuviera concentrada en un solo hombre, por bueno que éste fuera. Como respuesta, Walter se encogió de hombros con resignación, afirmando que no tenía otra salida. Mientras tanto, las oficinas centrales del Mossad intentarían infiltrar un equipo de apoyo que se instalaría en Bagdad. En el mejor de los casos sería una unidad móvil, compuesta posiblemente por agentes que se harían pasar por hombres en viaje de negocios. Tratarían de tener por lo menos dos o tres personas en la ciudad.

Mientras Walter contemplaba por la ventanilla del automóvil cómo los campos se volvían más verdes a medida que ascendían, tuvo que admitir mentalmente que la situación distaba mucho de ser perfecta. No tendría más remedio que confiar en un hombre que, a pesar de tener talentos extraordinarios, también tenía un punto débil. A Walter le fastidiaba no haber podido descubrir los motivos que llevaron a Munger a marginarse de la sociedad durante nueve años. Ésa era una zona en sombras, y hasta que no consiguiera esclarecerla, no se libraría de ese asomo de duda que lo acosaba.

Como era natural, sus pensamientos se centraron luego en Ruth. Ella podía haberlo ayudado a disipar esa duda. Para Walter resultaba inconcebible que el sentido de integridad de alguien fuese tan envolvente como para impedirle realizar algunos actos que, si bien eran algo equívocos, se verían más que justificados por los fines. Pero Ruth dejó bien claro que no participaría en sus maquinaciones. Walter decidió que, de todos modos, aunque hubiera aceptado, casi con seguridad habría fracasado. En el asiento posterior había una gran caja que contenía un vestido de noche adornado con lentejuelas que le había comprado en París y que, esperaba, Ruth usaría esa noche para la cena. También experimentó una oleada de ansiedad, pues estaba enterado de que, una semana antes, Gideon Galili había viajado desde Israel para visitarla. Aunque Walter no se hiciera ilusiones con respecto a hacerse acreedor de otra cosa que no fuera el afecto de Ruth, la idea de que otro hombre pudiera poseer más que eso lo perturbaba.

Su humor sombrío se desvaneció al traspasar el umbral con la caja en las manos. Ella oyó llegar el coche y entró corriendo en la casa desde el jardín. Walter la vio aparecer enmarcada en la puerta que daba al patio: llevaba un vestido corto de algodón y las curvas suaves y armoniosas de su cuerpo se destacaban a contraluz. El rostro de Ruth se encendió al verlo. Fue una expresión tan genuina de alegría que Walter sintió un nudo en la garganta. Ruth atravesó de prisa la habitación, se apoyó en la caja y en el voluminoso abdomen de Walter y lo besó afectuosamente en ambas mejillas.

—¿Es un regalo para mí? —preguntó.

Walter asintió y extendió la caja, sintiendo de pronto una espantosa timidez.

Ruth llevó la caja a la mesa, deshizo los lazos de la cinta y levantó la tapa. Quedó sin habla al contemplar esa deslumbrante creación de seda y centelleantes lentejuelas. Muy lentamente levantó el vestido, lo sostuvo en alto y lo miró. Entonces se lo colocó contra el cuerpo y giró hasta ponerse frente a Walter.

—Es precioso —dijo, emocionada—. No deberías habérmelo comprado, Walter.

Antes de que atinara a decir nada, ella le sonrió y agregó:

—Lo que acabo de decirte son puras palabras. ¡Por supuesto que hiciste bien en regalármelo! Me fascina. Hace años que no uso nada parecido. ¿Iremos a comer al Forest Park?

Él asintió y se sintió como un colegial. Ruth se dirigió al dormitorio.

—Iré a colgar esto —dijo— y luego te prepararé un trago. Mientras tanto, ponte cómodo.

Walter bajó los dos escalones que conducían a la sala de estar sintiéndose contento consigo mismo.

Estaba a punto de tomar asiento cuando las vio: tres grandes fotografías en blanco y negro, enmarcadas y colocadas una al lado de la otra sobre una mesita baja. Se incorporó y, sin quitarles los ojos de encima, se acercó para observarlas más de cerca. Dos eran retratos de Ruth y el grano grueso del papel indicaba que habían sido muy ampliadas. En la tercera se veía a Ruth y a un chiquillo. Los ojos del pequeño la contemplaban y su rostro reflejaba felicidad y confianza. Walter quedó hipnotizado, su enorme corpachón estaba todavía agachado y sus ojos saltaban de una a otra, cuando a sus espaldas oyó la voz suave de Ruth.

—Munger las tomó. El día que vino a buscar su cámara.

Lentamente Walter se enderezó y la miró con perplejidad.

—¿Munger...?

Ruth tenía en las manos un cubo para hielo, del cual sobresalía el cuello de una botella de vino abierta. Ella asintió, colocó el cubo sobre una mesa y tomó dos copas de un aparador. Walter se había enfrascado de nuevo en la contemplación de las fotografías.

—Es increíble... Munger... Estabas llorando.

—Sí. No sé por qué.

Le alcanzó una copa y se quedó de pie junto a él, mirando la fotografía del extremo, la que exhibía esa lágrima luminosa.

—Nunca ha hecho nada igual —murmuró Walter—. Si no te conociera, diría que estás mintiendo... Es la antítesis de las obras de Munger.

Ruth fue hasta la biblioteca, tomó una caja y la abrió. Le mostró entonces a Walter el resto de las fotografías de los niños.

Walter las esparció sobre la mesa y movió la cabeza, maravillado.

—Son hermosas. Parece haber captado el alma de las personas retratadas.

Ruth lo miró con sorpresa.

—Eso es lo que Gideon dijo.

—¿Gideon?

—Sí. Estuvo aquí la semana pasada —dijo e hizo una pausa—. Pensamos casarnos, Walter.

—¿Cuándo?

—A principios del próximo año.

Aunque no le fue posible detectar ningún cambio en la expresión de Walter, percibió su desencanto.

—De modo que has decidido amarlo.

Ella se encogió de hombros.

—Lo que he decidido es que no sé lo que es el amor. Pero sí sé que lo que él siente por mí es algo muy profundo. Que jamás me lastimará ni me mentirá.

—¿Y eso te basta?

Ella le volvió la espalda, fue hacia la ventana y se quedó un momento mirando hacia afuera. A Walter le hubiera gustado decir algo, argumentar, aunque fuera suplicarle. Pero no encontró las palabras y, por una vez, ni siquiera Shakespeare pudo ayudarlo.

Así que volvió la cabeza, miró las fotografías y luego preguntó:

—¿Podrías prestarme algunas de éstas? Sólo por unos días.

Ella se volvió.

—Por supuesto. Me envió varias copias, así que quédate con un juego.

Walter eligió cuatro de las fotografías.

—¿Cuándo vuelve? —preguntó y Walter la miró desconcertado.

—Me refiero a Munger —aclaró Ruth—. Me mandó una carta con las fotografías y se excusó por haber tardado tanto. Escribió que le gustaría verme cuando regrese.

Walter reflexionó un momento.

—En estos momentos debe de estar en el norte de Irán con los kurdos. Después, tendrá un pequeño respiro. Así que supongo que aparecerá por aquí hacia fin de mes.

—¿Cómo le va?

Por fin Walter pudo sonreír.

—Muy bien. De nuevo es el número uno, el mejor de todos.

Ruth se sintió aliviada al oír el tono de Walter y su cambio de humor.

Fue una cena alegre. Walter olvidó su decepción y, además, se dijo que en ocho meses podían pasar muchas cosas. Ruth estaba radiante con su vestido nuevo y él floreció bajo ese resplandor.

Esa noche, antes de acostarse, Walter puso las cuatro fotografías en un sobre, junto con una breve nota dirigida al profesor Chaim Nardi.

Diez días más tarde le fueron devueltas, acompañadas también por una breve esquela que llenó de satisfacción a Walter. Decía:

Sorprendente. Le he recomendado al Decano que la próxima vez que usted nos visite le confiera el título académico de psicólogo. N.B.: ¡No precisamente honorario!

Misha Wigoda se obsequió con una cena en The Smugglers Inn en Ras Beirut. Lo hizo literalmente, pues no era la clase de persona acostumbrada a hacer trampas con su cuenta de gastos.

Le dieron una mesa en un rincón y cenó solo, ofreciendo un aspecto algo desolado: bajo y rechoncho, con la cabeza redonda y la cabellera oscura que recordaba la coronilla tonsurada de un monje. Por lo general, el tener que comer solo es el destino de un espía y, en el caso de Misha, ello se agravaba por su profunda timidez. Si bien era un agente muy competente, esa timidez siempre había limitado su carrera, ya que un espía de éxito debía ser un individuo gregario y socialmente apto. Por consiguiente, a Misha solían encomendársele puestos que requerían observación o informes.

Esa noche en particular se estaba regalando una cena costosa porque se sentía expansivo e importante. El hecho de haber sido nombrado supervisor de Naranja Azul representaba un decidido ascenso y las cosas marchaban bien. Esa misma tarde había recibido el informe de Munger después del viaje de éste a Kurdistán. La reunión tuvo lugar en un apartamento del distrito de Nabaa.

Como pantalla, Misha dirigía una compañía de importación y exportación y sus oficinas se encontraban justo al lado del edificio donde vivía. Al igual que las oficinas centrales de la red Naranja en Limasol, existía una puerta secreta entre la oficina y el apartamento. Él y Munger permanecieron sentados allí más de tres horas mientras Munger presentaba su informe. Misha no necesitó tomar notas, pues tenía una memoria prodigiosa. Permaneció sentado e inmóvil con los ojos entornados, haciendo listados y clasificaciones mentales mientras la voz de Munger ronroneaba monótonamente. Sin duda había sido un viaje provechoso, pues Munger conoció a muchos de los líderes kurdos, tanto en Iraq como en Irán, y logró descubrir cuál de ellos le sería de utilidad. Presentó un plan mediante el cual el Mossad podría enviar armas y municiones que serían almacenadas en Kurdistán hasta el momento en que estallara la siguiente rebelión. Como retribución, los kurdos de Iraq proporcionarían a Munger apoyo e información. Poseían muchos escondrijos en Bagdad y en otras importantes ciudades iraquíes. Munger describió con precisión qué armas deseaban los kurdos, de qué manera se las podía hacer pasar de contrabando por intermedio de la red kurda de Turquía y dónde estarían almacenadas.

Era un plan excelente y Misha lo felicitó y le deseó felices vacaciones, pues partía para Chipre por la mañana.

Misha levantó la mirada cuando George, el dueño del restaurante, se acercó a la mesa y le entregó el menú con su habitual sonrisa. Misha sólo comía allí una vez al mes y disfrutaba muchísimo, porque George siempre lo hacía sentir un cliente importante.

—¿Cómo estás, Melim? —lo saludó George, dirigiéndose a él con su nombre pantalla, convencido de que se trataba de un árabe de pura cepa—. No, no te fijes en el menú. Esta noche he preparado carne de Chawarma asada y me ofenderé si no la pruebas.

Misha asintió con la cabeza y George permaneció algunos minutos conversando con él sobre política y el próximo festival que él y otros comerciantes de la zona organizaban todos los años. Lo llamaba «Makhoul» por el nombre de la calle y era la manera que tenía George de ignorar la guerra civil y demostrar que la vida continuaba.

Cuando George partió, Misha se acomodó en su silla contagiado de la calidez del ambiente y encantado de estar allí. El restaurante y las mesas estaban decoradas con plantas y obras de arte, pues gran parte de la clientela estaba constituida por artistas y artesanos, y a George le gustaba tener obras suyas en el local.

Entre los comensales había varios periodistas locales y corresponsales extranjeros, pues el «bar de George», como se lo conocía, era uno de los mejores restaurantes con excepción de los de los grandes hoteles.

Misha no los conocía personalmente pero sabía mucho acerca de ellos pues, de hecho, el Mossad tenía ficheros muy completos sobre los integrantes de los medios periodísticos. Dos mesas le interesaban de manera particular. En una estaba Gordon Frazer con una hermosa muchacha árabe. Frazer cubría con sus manos las de la muchacha sobre el mantel de encaje y se inclinaba hacia adelante y le hablaba con intensidad y expresión persuasiva. Misha sintió una oleada de envidia. A fin de cuentas, tenía por lo menos cincuenta años y no era nada atractivo, cosa que no le impedía tener mucho éxito con las mujeres. Misha, en cambio, nunca tenía pareja. Trató de recordar cuál fue la última vez que había salido a comer con una mujer hermosa... ¡Dios! De eso hacía varios meses, cuando estaba de vacaciones en Jerusalén, y ella en realidad no era bonita y tampoco muy complaciente.

La otra mesa que atraía el interés de Misha se encontraba en el rincón del otro extremo del recinto y estaba ocupada por Sami Asaf y Janine Lesage. Dos personas cuyas actividades ocupaban muchas horas de vigilia de Misha. Además de ser supervisor de Munger, Misha seguía al frente de la red Naranja de Beirut y tenía a su cargo a los otros tres agentes residentes. Había intentado sin éxito colocar micrófonos ocultos en el apartamento y las oficinas de Janine Lesage.

Era una mujer que lo fascinaba, tanto por su físico y personalidad como por sus dos profesiones. Hermosa, aplomada y segura de sí, era la antítesis caracterológica de Misha. Tal vez debido a la ausencia de una vida sexual completa y satisfactoria, Misha tenía propensión a entregarse a frecuentes fantasías sexuales y, últimamente, Janine Lesage participaba activamente en ellas. Justamente la noche anterior, mientras estaba en la cama tratando de conciliar el sueño, se había masturbado pensando en ella: imaginó su larga cabellera desplegada sobre su propio pecho y rostro y las largas y torneadas piernas entrelazadas con las suyas.

El recuerdo hizo que le faltara el aire y se sintió aliviado cuando el camarero lo distrajo sirviéndole el primer plato: una ensalada mixta. Durante un rato se concentró en la comida. La prolongada entrevista con Munger lo había obligado a saltarse el almuerzo y tenía un apetito feroz. Pasaron quince minutos antes de que volviera a levantar los ojos. Automáticamente su mirada se dirigió a aquella otra mesa del rincón y quedó desconcertado al descubrir que la francesa lo estaba mirando. Ella apartó la vista en seguida, pero Misha tuvo la clara sensación de que lo había estado observando. Se habría sentido aún más desconcertado si hubiera tenido oportunidad de oír lo que le dijo a continuación a Sami Asaf.

—¿Estás seguro, Sami? Parece un ratón sobrealimentado.

—No, no estamos seguros —fue la respuesta de Sami—. La OLP nos ha pedido que rastreemos sus antecedentes. Al parecer alega tener una madre iraquí.

—¿Y su padre?

—Un libanés de Batrum. Eso lo dejaría fuera de toda sospecha. Pero murió hace mucho y en la actualidad resulta difícil conseguir datos fidedignos en este país.

Ella se volvió nuevamente y le echó un vistazo. El hombre la observaba una vez más, pero eso no era un hecho insólito.

Eran muchos los hombres que no le quitaban los ojos de encima.

—Lo han visto con demasiada frecuencia cerca de instalaciones importantes de la OLP —añadió Sami—, y aunque él dirige un negocio genuino y próspero, eso no representa una coartada concluyente. Muchos agentes del Mossad hacen lo mismo. En el Mossad suelen asegurarse de que tengan éxito.

—¿Y si fuera un espía?

Sami se encogió de hombros.

—Intentaré persuadir a la OLP de que lo dejen en paz por el momento. Lo pondremos bajo vigilancia permanente y veremos a dónde nos lleva. De una cosa no me cabe duda: los ataques del Mossad contra nosotros vendrán de aquí, y hasta el momento estamos completamente a oscuras. Tu pequeño ratoncito podría proporcionarnos un rayito de sol.

Ella sontió, extendió el brazo y con las uñas de la mano izquierda le arañó el antebrazo.

—Me mantendrás informada, ¿me lo prometes?

Sami bajó la mirada y contempló las cuatro líneas paralelas claras que contrastaban con su piel morena.

—Por supuesto, Janine —dijo con voz ronca.

En el otro extremo del comedor, Misha terminó el último bocado de carne asada y soltó un discreto eructo de satisfacción.

Capítulo 12

Ruth Paget había pasado un día sumamente agradable. A primera hora de la mañana recibió una llamada telefónica de Gideon desde Tel Aviv. La conversación en sí no tuvo nada de espectacular: le dijo que tenía el fin de semana libre, estaba en la casa de sus padres y la echaba de menos. La llamaba para decirle que la amaba y que estaba contando los días que faltaban para la boda. Su madre se estaba ocupando de todos los detalles, aunque todavía faltaran varios meses.

Ruth permaneció acostada en la cama, con el auricular del teléfono colocado entre su oreja y la almohada, mientras escuchaba la voz profunda de Gideon y muy lentamente se iba despojando de las últimas sombras del sueño. Le pareció extraordinario oír hablar en ese momento de los detalles de una fiesta de casamiento. Evocó la recepción ofrecida el día de su matrimonio con Duff: tantas esperanzas, tanto amor... Una hermosa pareja cuyo futuro parecía marcado por la felicidad. Pero Ruth no permitió que sus pensamientos la entristecieran. La voz grave y vibrante de Gideon en su oído le impidió perder la alegría.

Él le habló durante veinte minutos y luego Ruth oyó la voz de la madre de Gideon en segundo plano, regañándolo como a un chico por la cuenta de teléfono. Pero luego ella tomó el auricular para saludar a Ruth y terminó charlando durante otros quince minutos. La madre de Ruth había muerto varios años antes y al escuchar que la madre de Gideon le recomendaba que comiera bien, cuidara su salud y no dejara de ponerse un suéter en las frescas tardes invernales, Ruth sonrió y sintió la tibieza de ese contacto maternal. Era bonito poder hacer planes de nuevo, pensar en el futuro como algo concreto, contemplar finalmente la perspectiva de tener una familia propia. Durante los últimos diez años ésa fue, sin duda, la frustración más grande de su vida. En un repliegue de su conciencia comprendió que lo que más había pesado en su decisión de casarse con Gideon era su deseo de tener un hijo. Desde luego, lo amaba. Era un hombre recto, sincero y bien parecido. Y, más importante aún, tenía talento, y para Ruth eso le confería a un hombre una estatura mental, incluso un aire de autoridad. Sabía que Gideon era un estupendo piloto de la fuerza aérea más entrenada y destacada del mundo. Sin duda estaba destinado a ser algún día general, tanto por su capacidad como por sus ambiciones. Por supuesto que lo amaba. Sería un padre excelente. Sus propios padres eran personas cariñosas y que inspiraban seguridad y confianza. La seguridad de Gideon y su decisión así lo testimoniaban. Por supuesto que lo amaba.

Ruth pasó el resto del día en el orfanato. Por fin Stavros había logrado salir de su aislamiento mental y sus nuevos padres adoptivos estaban a punto de llevárselo. Era una pareja de Nicosia, sin hijos y de mediana edad. Ruth los había elegido entre una serie de parejas que deseaban adoptar un huérfano de guerra. Se mostró muy cuidadosa en la selección, pues sabía que el muchachito necesitaba una dosis justa de autoridad y de amor para poder tener un desarrollo normal. Por lo tanto, insistió en que la pareja lo visitara primero en el asilo durante varios meses, a fin de establecer con el chiquillo una relación de confianza. Todo salió bien y, al ver a Stavros llevar su pequeña maleta al automóvil de sus nuevos padres y volverse para saludarla con la mano, Ruth sintió orgullo y satisfacción. En el fondo de su ser tenía plena conciencia de que con su tarea paciente había evitado que el pequeño se pasara la vida atrapado en un laberinto mental

En cierto sentido, él era la última preocupación que tenía y, cuando esa tarde llegó a su casa, se sirvió un trago y se sentó en el patio para contemplar la puesta de sol, se sintió totalmente en paz consigo misma. Algunos amigos la habían invitado a salir a comer, pero ella les telefoneó luego para excusarse. Prefería estar sola, disfrutar a solas de su alegría y de las perspectivas que se agitaban en su mente.

Por esa razón, le fastidió oír el ruido de un automóvil en el sendero que conducía a la casa y luego un suave golpe en la puerta. Podía tratarse de cualquiera de sus amigos, que pasaba por allí y decidía saludarla. Otro día lo hubiera invitado a entrar y a tomar un trago, pero al dirigirse hacia la puerta decidió que en esa ocasión se mostraría inflexible y, con tono cortés pero tajante, se desharía de él.

Una expresión decidida asomaba ya a su rostro cuando abrió la puesta: Munger, al verla, vaciló. Ambos permanecieron un momento mirándose azorados y luego él dijo:

—Lo siento, pero en mi granja no tengo teléfono. ¿Estaba ocupada?

—No, desde luego que no —dijo Ruth, cambiando de expresión. Entonces vio que él tenía en la mano un ramo de flores envuelto en papel. Munger lo levantó y le mostró el tono rojo subido de las rosas. Ella sonrió—. Hace muchísimo tiempo que nadie me compra rosas.

Él le devolvió la sonrisa.

—Pues es la primera vez que yo compro un ramo de rosas. Son para darle las gracias.

Las cogió, se las acercó a la cara y aspiró la fragancia.

—¿Gracias por que?

—Bueno, he venido para contárselo.

Comprendió que seguían de pie junto a la puerta. Entró y le hizo un gesto de bienvenida.

—Entre, por favor. Pase al patio. Yo iré a poner estas flores en agua y le traeré algo de beber.

Primero buscó una copa y luego, mientras arreglaba las flores en la sala de estar, lo observó de vez en cuando por las puertas-ventana. Munger estaba sentado muy erguido en un sillón de mimbre, contemplando el panorama. Estaba de perfil y Ruth recordó el día en que lo vio por primera vez en aquella fiesta en Hong Kong. Recordó que en un primer momento sus facciones y su porte no le habían causado ninguna impresión pero que, más tarde, alcanzó a ver un resplandor especial en esos ojos de un azul intenso.

Decidió que no había cambiado mucho. Su cara angulosa estaba un poco más delgada, pero tenía la piel bronceada y muy buen aspecto.

Lo primero que le dijo cuando salió al patio fue:

—Ante todo quiero agradecerle las fotografías. Son preciosas. A los chicos les encantaron.

Munger le restó importancia al hecho. Parecía tenso, incluso nervioso. Ruth tomó su copa, bebió un sorbo y luego, para romper el silencio, le habló de Stavros y sus nuevos padres adoptivos y lo contenta que se sentía de que todo hubiera salido tan bien.

Munger le hizo varias preguntas sobre el muchacho y ella le contó su historia y lo mucho que le había costado readaptarse. Mientras Ruth hablaba, él tenía la mirada perdida en el paisaje. Era la hora del crepúsculo y, en el horizonte, los colores se fusionaban y se hacían más intensos. De vez en cuando él se volvía hacia ella y la miraba —siempre a los ojos— fugazmente, pero con acuciante intensidad.

Cuando terminó su relato se hizo otro silencio. Estaba ya bastante oscuro y Ruth apenas podía distinguir el contorno de su perfil, pero percibió en Munger una carga de emoción que la sorprendió. Todo lo que sabía sobre él excluía la posibilidad de que demostrara o incluso experimentara algún tipo de emoción.

—¿Por qué quería darme las gracias? —preguntó.

Cuando Munger habló, lo hizo en voz muy baja y emocionada.

—Por salvarme la vida.

No supo qué decir. Se quedó allí sentada, con la cabeza hecha un caos.

—Es más o menos como con ese chiquillo, Stavros. No sé cómo ni por qué, pero lo cierto es que usted preservó mi salud mental y, en mi caso, eso equivalió a salvarme la vida.

Finalmente Ruth logró recuperar su compostura y su voz.

—¿No es usted un poco melodramático?

—No.

Y esa sencilla y tajante negativa destruyó el enfoque práctico que Ruth intentaba adoptar.

Ruth se sumergió de nuevo en un estado de confusión.

—¿Cómo? ¿De qué está usted hablando?

Munger se puso en pie y fue hasta el otro extremo del patio. Respiraba con dificultad. Por encima del hombro dijo:

—Hablo de suicidio.

Por fin una palabra que ella podía entender y de la que le era posible asirse. De pronto Ruth se puso en pie, fue a la sala de estar y encendió las luces. Consultó su reloj y, mientras volvía a salir al patio, dijo:

—Quédese a cenar. Tengo un par de bistecs en la nevera —afirmó y señaló la parrilla situada en el extremo del patio—. Tiene carbón de coque. ¿Por qué no enciende el fuego mientras yo preparo una ensalada?

Munger la miró con vacilación, pero antes de que atinara a decir algo, Ruth ya había girado sobre sus talones y entrado en la casa.

Él se ocupó de cocinar la carne: el bistec de él, muy cocido; el de ella, bien jugoso. Munger le explicó que después de pasarse la mitad de la vida comiendo una carne espantosa, ya era un hábito en él cocinarla hasta dejarla casi carbonizada. La actividad lo hizo relajarse. Cuando se sentaron para comer, ella dijo:

—Dejaremos la conversación seria para después de comer. ¿De acuerdo?

Comieron casi en silencio, pero entre ambos se estableció una positiva comunicación mental. Fue creciendo y desarrollándose lentamente, como una vieja locomotora que se pone en marcha, se va alejando de los andenes y comienza a cobrar velocidad. Ruth tenía plena conciencia del cuerpo pequeño de Munger, de su cara afilada y su cabello rubio y lacio. Se sentía inmersa en un campo magnético mental en el que nada lograba distraerla. Ni el sonido de un búho en el pinar cercano, ni el remoto crepitar de fuegos artificiales de una fiesta en la aldea, ni el traqueteo ocasional de un automóvil que pasaba por el camino de detrás de la casa. En su interior se fue creando una suspensión, una sensación de expectativa. Sabía que lo que Munger le dijera cuando terminaran de comer tendría un efecto profundo: sin duda en él, por el hecho de poder contarlo, y tal vez también en ella. Así que la expectativa estaba teñida de ansiedad. El estado de ánimo esperanzado y optimista de una hora antes ya se había quebrado. Ruth se preguntó si estaría a punto de caer hecho añicos.

Ruth detectó otra sensación dentro de ella, una sensación que también iba en aumento: una sencilla atracción física. Por lo visto el imán no era puramente mental. La sorprendió y, al mismo tiempo, la llenó de desazón, pues estaba relacionada con Walter Blum y la misión encomendada por él que se negó a cumplir. Su desasosiego llegó a un punto culminante, y en cuanto terminaron de cenar ella le dijo:

—Primero, hay algo que quiero que sepas.

Y le relató en detalle cómo, la noche antes de que Walter intentara reclutarlo, había tratado de hacer lo mismo con ella. Cómo le había mostrado el informe del profesor Nardi y luego, durante la cena en el Forest Park, le había explicado que el gran enigma para él era el aspecto sexual del trauma de Munger. Quería que tratara de resolver ese enigma, aunque eso significara seducirlo. Walter no se quedaría tranquilo hasta que supiera exactamente cómo funcionaba Munger y estuviera en condiciones de regular ese delicado mecanismo.

A Munger no le sorprendió esa revelación; a esas alturas sabía que Walter echaría mano de cualquier recurso para lograr sus fines. Dijo:

—Es una ironía... y tú eres muy sincera.

Ella sonrió lánguidamente.

—Ése es precisamente uno de mis problemas. Mi vida habría sido mucho más sencilla si hubiera aprendido a mentir un poco.

Munger siguió observándola y sacudiendo la cabeza con incredulidad. Ruth volvió a sentir el aguijón de la atracción física. Para tratar de sofocarlo, preguntó:

—Ahora dime. ¿Qué era eso acerca del suicidio?

Munger extrajo un cigarro oscuro y delgado del bolsillo de su camisa.

—¿Te importa que fume?

Ella negó con la cabeza y observó cómo encendía el cigarro, saboreaba el humo y se arrellanaba en el sillón.

—Tú eres psicóloga. Tal vez lo entiendas, por lo menos más que yo. Quiero hablarte de una pesadilla.

Munger fumó su cigarro y habló, mientras Ruth le escuchaba. Tardó mucho tiempo, se lo contó en detalle, desde la primera vez que tuvo la pesadilla, casi diez años antes, hasta que finalmente dejó de tenerla en el hotel de Beirut. Le refirió cómo había mirado hacia abajo, en dirección a la calle, cómo se formó en su mente la imagen de su cuerpo estrellado, y lo cerca que había estado de convertir esa imagen en realidad. Cómo había revelado la película y visto algo en las fotografías y luego trabajado en ellas hasta que, casi al amanecer, logró finalmente tener en sus manos una copia que exorcizó la pesadilla.

Lo escuchó con suma atención y, cuando Munger permaneció en silencio, era como si se hubiese despojado de una capa de piel y mostrara ahora un rostro diferente: el de un ser humano, y no tan sólo un conglomerado de facciones sueltas.

A pesar de haber terminado el vino hacía mucho, Ruth todavía sostenía en la mano la copa vacía y la hacía girar con aire ausente. Se echó hacia adelante y la colocó sobre la mesa con gran delicadeza, como si no deseara hacer ningún ruido que rompiera el hechizo. Trató de imaginarse a Munger en esa habitación de hotel, sentado junto a la ventana, intentando disipar el par de ojos que moraban en su mente con un par de ojos impresos sobre un trozo de cartulina. Ruth trató de formar una frase, de decir algo que sonara remotamente sensato. Pero le fue imposible. Tal vez Munger intuyera su dificultad, porque buscó en un bolsillo interior de la chaqueta, extrajo algo y lo colocó delante de ella. Era la fotografía. Ruth bajó la vista, la miró y sus propios ojos le devolvieron la mirada. Munger dijo que había visto en ellos compasión. También ella la vio, pero no sólo eso. Lentamente levantó la mirada. La estaba observando. Finalmente recuperó la voz.

—¿Así que todo ha terminado? ¿Ya no tienes pesadillas?

Munger sacudió la cabeza.

—No, no ha terminado, Ruth —dijo y señaló la fotografía—. Eso... bueno, tú, me ayudaste a superarla. No sé bien cómo. Pero la sigo teniendo en la cabeza. Siento que está allí como un cáncer. Es como si hubiera conseguido cerrar la tapa, pero no sé por cuánto tiempo. Por eso estoy aquí.

Ella asintió. Ahora las vibraciones tenían forma.

—Tienes que remontarte más atrás, David. Hasta encontrar las raíces. Necesitas ayuda. Más de la que yo puedo proporcionarte. Y lo sabes.

Munger se inclinó hacia adelante. En sus ojos había una súplica que también apareció en su voz.

—Sí, necesito ayuda. Lo sé y tengo la certeza de que sólo tú puedes dármela. Te estoy pidiendo más de lo que tengo derecho a pedirte.

—¿Me lo contarás?

—Sí. Te diré qué fue lo que provocó esa pesadilla y luego te pediré que me ayudes. La historia es nauseabunda y tal vez la ayuda que necesito sea imposible.

Se echó hacia atrás en el asiento, extrajo otro cigarro y lo encendió. Ruth sabía que ella caminaba en línea recta hacia un campo minado. Parte de su ser le gritaba que se volviera y huyera a toda velocidad. La otra parte, estimulada por la curiosidad, la mantuvo aferrada a su silla y la obligó a decir:

—Cuéntamelo.

El relato duró una hora. Munger hablaba en voz baja y monocorde. En algunos momentos se mostraba lúcido y narraba los hechos con fluidez. En otros, se detenía para buscar la palabra adecuada, y finalmente la encontraba con dificultad. Durante esa hora Ruth se sintió bombardeada por toda una gama de sensaciones que le dejaron el cuerpo y la mente agotados. En un momento dado lloró, un desahogo sin el cual no podría haber soportado el resto.

Munger le contó lo ocurrido en la última patrulla.

Era un tipo de patrulla de la que decididamente quedaban excluidos los corresponsales y fotógrafos.

En Vietnam, los norteamericanos empleaban desde hacía mucho tiempo fuerzas especiales e incluso mercenarios para determinadas misiones, las cuales incluían ataques sorpresa en Vietnam del Norte, Laos y Camboya, patrullas de reconocimiento en territorio Vietcong y, ocasionalmente, incursiones de castigo contra aldeas de montañeses partidarios del Vietcong. Después de la ofensiva Tet de 1967 y la creciente desintegración del ejército survietnamita, ese tipo de patrullas se hizo cada vez más frecuente. Para la inteligencia de campo norteamericana en Saigón, se convirtieron en una valiosa fuente de información dentro de un panorama cada vez más caótico.

Los individuos que integraban tales patrullas pertenecían, por diversas razones, a los grupos marginales de la humanidad. También formaban parte de ellas Fuerzas Especiales de los Estados Unidos, buenas unidades y buenos hombres. Buenos en todo sentido: moral y profesional. Participaban en una lucha dura y lo hacían con rudeza, pero también dentro de los límites de una flexibilidad natural. Dichos hombres constituían una minoría y, a medida que fue pasando el tiempo, esa minoría se hizo cada vez más escasa. Cuando Munger participó en aquella patrulla, muchas de las unidades originales contaban con mercenarios de distintos países. Había franceses y belgas, sudafricanos y sudamericanos, coreanos y camboyanos. Con frecuencia se les unían miembros de la tribu meo, que odiaban a todos los vietnamitas por igual, procedieran del norte o del sur. Un capitán de las Fuerzas Especiales de los Estados Unidos mandaba la patrulla de Munger. Había estado en Vietnam durante siete años y, como cierta vez le explicó a Munger, se había vuelto adicto a matar, tal como a un drogadicto le ocurre con la heroína. Pero no siempre había sido así. Munger lo conocía desde principios de 1962, época en que era novato y entusiasta, patriota e idealista. Había llegado con uno de los primeros equipos de Ayuda Militar de los Estados Unidos y durante los seis primeros meses adiestró a unidades del ejército survietnamita, el ARVN. Luego salió con ellos de maniobras como asesor. Al cabo de una gira dilatada, regresó a Fort Bragg, en los Estados Unidos. Le resultó difícil readaptarse a la vida militar en tiempo de paz y se ofreció como voluntario para otro turno de servicio en Vietnam y luego otro y otro. Munger conocía a varios individuos como él. La guerra les invadía el cerebro y expulsaba de allí todo lo demás, hasta que finalmente se transformaban en máquinas de matar. Sus superiores se sentían incómodos en su presencia, aunque en realidad los vieran en contadas ocasiones y sólo para darles órdenes o colgar medallas sobre sus pechos. Este capitán tenía veintiocho años y una cara que había vivido un siglo.

En la patrulla había otros tres hombres pertenecientes a las Fuerzas Especiales de los Estados Unidos. Uno era un homosexual delgado y taciturno proveniente de una barriada pobre del Bronx. Hablaba poco y sólo de obscenidades. Los otros dos eran del sur de los Estados Unidos: uno era blanco y el otro negro. Ambos eran corpulentos y estaban indisolublemente unidos, como hermanos siameses, por un vínculo de odio. El resto de la patrulla estaba formado por dos belgas bien parecidos, que usaban gafas oscuras y hablaban sin cesar de sus hazañas en una serie de guerras; un australiano con la cara cubierta de cicatrices, que llevaba un Colt de 1911 en cada cadera y trataba de caminar como un tejano; un francés cuyos padres habían poseído una plantación cerca de Hue y fueron cruelmente asesinados por los Vietcong y, finalmente, dos miembros de la tribu meo, que actuarían como guías e interrogadores en el caso de que se llegaran a tomar prisioneros.

Munger oyó hablar por primera vez de esa patrulla mientras tomaba una copa en un miserable bar de la calle Tu Do. Un grupo de infantes de marina se había referido a una reciente acción en el Delta y lo dura que había sido la lucha y la cantidad de bajas que produjo. El capitán de las Fuerzas Especiales y uno de los belgas estaban sentados a una mesa cercana. El belga estaba borracho y se dedicó a mofarse ruidosamente de los infantes de marina y a decir que no sabían nada de lo que era la auténtica guerra. Todo habría terminado en una trifulca infernal a no ser porque los infantes de marina conocían de sobra al capitán y de lo que éste era capaz, así que terminaron sus copas y abandonaron el local. Munger estaba sentado en el otro extremo del bar y el capitán le sonrió y lo invitó a beber con ellos. Le contó que debía conducir una patrulla dos días más tarde a una zona al noroeste de Vinh Long. Durante muchos meses los Vietcong habían dominado el área y el Alto Mando tenía la sensación de que era posible que se estuvieran preparando para llevar a cabo una acción de mayores proporciones. Así que necesitaban contar con información fidedigna.

Esa noche bebieron hasta que el belga perdió el conocimiento. De madrugada, mucho después de que las chicas de alterne partieran rumbo a sus hogares y el cantinero se dejara vencer por el aburrimiento, Munger finalmente logró convencer al capitán de que lo llevara en la patrulla. Sería difícil, pero no imposible. Tanto el capitán como Munger tenían gran habilidad para burlar a la autoridad. Munger debía llegar a Vinh Long por sus propios medios y luego el capitán se las ingeniaría para infiltrarlo en la patrulla como si fuera uno de sus integrantes. Munger tendría que llevar la indumentaria adecuada y ocultar su cámara. El capitán sólo le puso una condición: podría vetar cualquier fotografía obtenida por Munger. Por muy borracho que estuviera, en ese momento afloró en los ojos del capitán una mirada glacial. Munger accedió en seguida, diciendo para sí que ya se preocuparía de cómo cruzar ese puente cuando llegara a él.

Así fue como partió a reunirse con la patrulla y, desde el primer día, fue como viajar en una montaña rusa hasta el corazón mismo del infierno.

Comenzó con una lucha entre ellos mismos. Habían estado marchando durante siete horas, en lo más profundo de las colinas boscosas, e hicieron la primera acampada sobre un saliente largo y estrecho. Los meo efectuaron la primera guardia y, mientras el resto calentaba sus raciones, uno de los belgas se quitó una bota, se examinó una enorme ampolla que tenía en el talón y lanzó una imprecación. El negro del sur hizo un comentario sobre los muchachitos lindos y suaves. El belga dijo algo en francés que incluía *«cochon noir»*. Ésas eran dos palabras francesas que el negro reconoció, y sus enormes manazas rodearon el cuello del belga. El otro belga levantó su metralleta, pero en el momento en que la amartillaba, el capitán le apoyó el cañón del revólver en la cara. El belga bajó el arma y el capitán se acercó y, con perfecta precisión, le propinó un golpe seco al negro detrás de la oreja con el borde de la culata. Así se restableció el orden. El negro permaneció diez minutos inconsciente, y su supuesta víctima quedó con una serie de cardenales en el cuello durante el resto de la patrulla.

Esa noche, Munger vio cómo el capitán y el francés se inyectaban heroína. El sureño blanco aspiraba cocaína y el resto fumaba cigarrillos de marihuana. Munger comenzó a preguntarse si saldría de ésa con vida.

Al día siguiente se internaron más en la plaza fuerte Vietcong. Los meo se adelantaron para hacer un reconocimiento del terreno; el resto de la patrulla avanzó en formación de abanico, cada hombre a unos cincuenta metros del otro. Todos eran soldados experimentados y, a pesar de la ingestión nocturna de drogas, se movían con sigilo, habilidad y seguridad. Munger se sintió un poco más tranquilo.

La tarde del segundo día, el sureño blanco se sentó junto a Munger mientras comían. Le interesaba la fotografía y conocía la reputación de Munger. Hablaba con lentitud, incluso para un sureño; formaba primero cada palabra con sus labios gruesos y luego la murmuraba como arrastrándola.

Afirmó que también él hacía fotografías y le preguntó a Munger si no le gustaría verlas. Munger advirtió la curiosa expresión de sus ojos y adivinó lo que vendría. Le había ocurrido varias veces antes en Vietnam y en otras partes. Se encogió de hombros y sacudió la cabeza para desalentarlo, pero ya el sureño hurgaba en el bolsillo de su uniforme de combate.

Eran seis, gastadas y con las puntas dobladas. Para Munger, eran las típicas fotografías de atrocidades. Cuerpos sin vida y mutilados. Un hombre que sostenía un par de piernas sobre cada hombro y sonreía en dirección a la cámara. Una hilera de prisioneros vietcong, con los codos atados a la espalda, mirando hacia la cámara, los ojos fijos en la muerte. La siguiente fotografía los mostraba desplomados en tierra, con las extremidades plegadas. Un meo volcaba orejas humanas sobre una tela impermeable desde una bolsa de lona, mientras un sargento de las Fuerzas Especiales las contaba para calcular el botín. La última mostraba un vietcong amarrado a un árbol, con una bayoneta sobresaliéndole de la garganta. El sureño observó a Munger con mucha atención para ver su reacción, tratando de descubrir el menor indicio de desagrado, casi deseándolo.

—¿Qué tal? —preguntó.

Munger se encogió de hombros.

—La próxima vez que realices fotografías en la sombra —le dijo—, trata de usar una apertura de diafragma f4. Conseguirás una mayor profundidad de foco.

El capitán, que había estado mirándolos y escuchándolos,

lanzó una carcajada. Después de una pausa de desconcierto, el sureño hizo lo mismo.

Después de esa ocasión, nadie molestó a Munger con sus historias ni sus fotografías.

Al cuarto día ya habían recorrido más de ciento sesenta kilómetros y, poco después del mediodía, tendieron una emboscada a una columna de seis vietcong que transportaban arroz y verduras.

Una vez más, Munger se sorprendió ante su precisión militar. Los exploradores meo habían pasado la voz de alarma. Los vietcong avanzaban por una senda que bordeaba una colina baja. Estaban en lo que suponían era territorio seguro y tomaron pocas precauciones. El capitán colocó a los dos sureños por encima de la senda y les dio instrucciones específicas. El resto de la patrulla, incluyendo a Munger, debía desplegarse en arco debajo de la senda. Los vietcong avanzaban en fila india. Cuando pasaron debajo de los sureños, una breve ráfaga de metralleta abatió a los cuatro primeros. Los dos de la retaguardia soltaron sus bultos y corrieron hacia donde se encontraban esperándolos los hombres del resto de la patrulla. Ni siquiera tuvieron tiempo de amartillar sus kalashnikovs antes de ser golpeados y despojados de sus armas. El capitán necesitaba información y los tomó prisioneros.

Munger sólo tuvo tiempo de tomar seis cuadros de la acción, cuando ya el capitán los alejaba a empellones antes de que otros vietcong aparecieran atraídos por el ruido de las armas de fuego.

Durante las siguientes cinco horas la patrulla marchó velozmente hacia el este para alejarse de la escena. Los prisioneros los siguieron a tropezones, con lazos corredizos alrededor del cuello. Sabían que si se caían serían arrastrados hasta estrangularse. Así que no se cayeron.

Esa noche fueron interrogados por los meo. El resto de la patrulla presenció el acto, a veces soltando carcajadas y otras ofreciendo sugerencias innecesarias. Munger se sentó a cierta distancia, con los brazos apretados contra las rodillas, tratando de cerrar sus oídos. Lo que más le molestaba no eran tanto los sonidos de los prisioneros —a quienes sólo se les quitaba la mordaza a intervalos para que pudieran responder a las preguntas—, sino la algarabía de risotadas. Intentó anular ese sonido de su mente, diciéndose que los inquisidores no eran personas, no eran seres humanos.

Esa noche no pudo dormir, ni siquiera cuando todo terminó. Al amanecer tomó fotografías de los dos cuerpos mutilados. El sureño blanco lo observó con interés y le encargó algunas copias.

Esa tarde llegaron a la aldea. Durante la tortura de la noche previa, los prisioneros habían revelado que allí vivía un tal Dien Phang, un comandante de la inteligencia vietcong. Como su unidad se encontraba operando en la zona, de vez en cuando el comandante visitaba a su familia. Tenía una esposa, una hija y un hijo pequeño. Era una aldea pequeña, acurrucada en un valle estrecho y surcada por un arroyo.

El capitán y uno de los belgas hicieron un reconocimiento y calcularon que la población sería de menos de treinta almas. No había señales de hombres armados; la mayoría eran mujeres, niños y ancianos, pero también vieron a un hombre joven bañándose en el arroyo.

El capitán decidió invadirla inmediatamente. Su presencia en la zona ya era conocida por el enemigo y a esas alturas estarían montando una búsqueda de grandes proporciones. No les quedaba demasiado tiempo. Los dos meo fueron apostados en riscos en cada extremo del valle para montar guardia desde esos lugares elevados. Los dos belgas debían acercarse desde un lado y los dos sureños desde el otro. Los cuatro estaban acostumbrados a trabajar por parejas. El francés y el homosexual se acercarían arroyo abajo y el capitán y el australiano, arroyo arriba. Todos se dirigieron a un saliente que estaba sobre la aldea y el capitán señaló los puntos principales e insistió en que el hombre joven que habían visto debía ser cogido prisionero. Si era Dien Phang, el capitán deseaba llevarlo a Saigón. Eso cuando menos le significaría otra medalla y los mercenarios de la patrulla recibirían una bonificación en dinero contante.

Mientras el capitán hablaba, Munger se dedicaba a tomar fotografías de la aldea con su teleobjetivo. Era una escena pacífica, incluso idílica. Algunas de las mujeres y los niños se encontraban trabajando, agachados sobre los campos de cultivo. Otras lavaban ropa en el arroyo y la golpeaban en un árbol, hablando y fumando en pipas largas y delgadas de arcilla. Munger sintió una creciente tensión. Intuía lo que estaba a punto de abatirse sobre esa aldea.

Los de la patrulla sincronizaron sus relojes y se abrieron en abanico. Atacarían quince minutos después. El capitán se agachó con el australiano junto a Munger y recorrió la aldea con sus binoculares.

—Ah —le dijo a Munger por el costado de la boca—. Tú te quedarás aquí arriba.

Munger apartó el ojo del visor de la cámara.

—¿Por qué?

El capitán sonrió.

—No quiero que nada de esto quede registrado para la posteridad. —Bajó los binoculares, volvió la cabeza para mirar a Munger y la sonrisa fue reemplazada por una expresión severa—. ¿Has entendido?

—Desde luego.

Munger volvió a mirar por el visor. Incluso con el teleobjetivo no podría lograr muchos detalles de lo que ocurriera. Aunque aceptó las órdenes del capitán, lo cierto era que estaba allí para tomar fotografías y eso haría, aunque ardiera Troya.

Al cabo de diez minutos, el capitán y el australiano bajaron por la ladera de la colina para ocupar sus posiciones iniciales. Tres minutos más tarde, Munger los siguió sigilosamente. Una vez más, el ataque se llevó a cabo con la precisión de una máquina de relojería. Hubo tan sólo sesenta segundos de fuego cruzado con armas cortas y la patrulla penetró en la aldea.

Munger se arrastró hasta la parte posterior de una choza de bambú y observó y fotografió las secuelas del ataque. Había ocho cadáveres desperdigados por los alrededores. Los tres viejos habían sido abatidos por una ráfaga corta y yacían debajo del árbol, con las extremidades retorcidas y su sangre vertiéndose sobre la tierra lisa. Dos mujeres fueron muertas en el río, y en la suave corriente de agua se advertían franjas de un rojo oscuro. Un pequeño de unos ocho años y otro de alrededor de seis yacían como muñecos de trapo, asomando apenas por la puerta de una choza. Una mujer vieja cuyos brazos aferraban a una criatura, se encontraba tendida de espaldas, con media cabeza destrozada por un disparo. El bebé lloraba, aprisionado entre esos garfios de muerte.

El resto de los aldeanos habían sido apiñados en un grupo por los dos belgas. Algunos tenían el terror impreso en sus rostros, otros, la sorpresa, y otros, el desconcierto. Munger cambió de ángulo de mira y registró al hombre que era arrastrado de una choza por el australiano y el francés. Se resistía con violencia hasta que el australiano le estrelló la empuñadura de la metralleta contra el costado de la cara. No quedó inconsciente y un chorro de sangre brotó de un gran corte en la mejilla. Entonces el capitán salió de la misma choza. Llevaba en la mano una kalashnikov y un manojo de papeles. Sonreía de oreja a oreja. Munger oyó que les gritaba a los belgas que habían dado con el hombre que buscaban.

Mientras seguía tomando fotografías, Munger sintió una oleada de alivio. Con el éxito de la misión, quizá surgiría algún vestigio de magnanimidad por parte de los integrantes de la patrulla. Tal vez el resto de los aldeanos conservara la vida.

Pero no fue así. Justo cuando los dos sureños aparecieron en el centro de la aldea, dos mujeres del grupo que estaba siendo custodiado escaparon y corrieron hacia el vietcong atado; una era su esposa y la otra su hija. Gritaban y suplicaban y, mientras la atención de todos se centraba en ellas, otras tres mujeres y un muchachito intentaron huir. Apenas alcanzaron a cubrir diez metros cuando una ráfaga de ametralladora las hizo saltar por el aire. El chiquillo logró avanzar un poco más, pero Munger fue testigo de cómo el sureño negro apoyó una rodilla en el suelo, apuntó con mucho cuidado por la mira de su metralleta y oprimió el gatillo. El pequeño fue arrojado tres metros más allá, contra un conjunto de arbustos. Horrorizado, Munger recordó la historia de un corresponsal que en cierta ocasión le preguntó a un mercenario cómo podía matar a criaturas. El mercenario sonrió y respondió: «Lo único que hay que hacer es apuntar un poco más abajo.»

De forma automática, Munger fotografió las piernas del muchachito que, crispadas, asomaban por entre los arbustos. Luego colocó otro rollo de película y los disparos y los gritos se reiniciaron.

El pánico dominaba al resto de los aldeanos custodiados y, en los segundos siguientes, fueron muertos a tiros uno tras otro. Sólo la mujer y la chiquilla que se encontraban agachadas sobre el vietcong escaparon de esa carnicería.

Cuando todo terminó, sobre los cuerpos sin vida flotaba una nube de silencio y de humo.

A esa altura, Munger tenía el cerebro embotado, pero sus dedos trabajaban automáticamente y su cámara registraba la escena. Sus ojos la contemplaban a través del visor, pero su mente no la captaba. La había desconectado. Tal como lo había hecho tantas veces antes a lo largo de su carrera: en Angola, en Biafra, en Borneo y en ese país devastado. Era un fotógrafo que cumplía su misión. Eso era todo.

Después de eso, fotografió la violación de la esposa y la hija del vietcong. Todos los de la patrulla tomaron parte, entre carcajadas y discusiones con respecto al orden y la posición más adecuada. El vietcong atado yacía de costado, con la mejilla ensangrentada contra la tierra y los ojos bien abiertos, contemplando la escena.

La muchacha sólo tenía alrededor de quince años y era hermosa, así que la mayoría de los hombres quería poseerla. El australiano arrastró a la madre a un lado y muy pronto comenzaron los gritos de la mujer, pero la muchacha lo soportó en silencio sobre la tierra empapada de sangre del centro de la aldea. Primero el capitán, como si le correspondiera por derecho propio. Munger vio cómo la sangre virginal se le deslizaba por los muslos, pero ella no dejó escapar ni una queja. Luego los dos belgas, después el sureño negro, luego el blanco, luego el francés. El homosexual permaneció junto a los demás, contemplando la escena con frustración, mientras las piernas de la muchacha era dobladas y contorsionadas para permitirle a cada hombre la entrada que prefiriera. Cuando el francés terminaba con jadeantes arremetidas, uno de los belgas se echó a reír y le comentó al homosexual que era una pena que no hubieran dejado con vida a algún muchachito para él. El otro no le contestó. Estaba mirando a la muchacha desnuda, tirada a los pies del francés. Estaba tendida boca abajo, la cara oculta entre los brazos. Sobre la tierra se desplegaba su cabellera negra, como un abanico. Con un gruñido bestial, el homosexual corrió hacia ella, le dio un empujón al francés y se arrojó de rodillas junto a la muchacha mientras se abría la bragueta.

Los demás rieron nuevamente cuando él levantó el trasero de la muchacha, se contoneó entre sus piernas y, con una arremetida brutal, la sodomizó. Fue la primera y la única vez que ella gritó: un aullido agudo de agonía. Fue entonces cuando Munger tomó su última fotografía. Su violador la había asido del pelo y tiraba de él hacia atrás, tratando de penetrarla más profundamente. La cabeza de la muchacha se alzó, distorsionada por el dolor, y miró directamente a Munger... directamente a la lente de su cámara.

Y en sus ojos apareció la expresión que habría de llenar las pesadillas de Munger.

Ella le sostuvo la mirada y el capitán lo notó, siguió su dirección y vio a Munger junto a la choza de bambú, con la cámara apoyada contra el ojo. El capitán tenía en las manos su metralleta y en un segundo la empuñó y disparó una ráfaga de municiones por encima de la cabeza de Munger, segando las cañas de bambú y pulverizándolas sobre él mientras Munger se tiraba cuerpo a tierra.

—¡Hijo de puta! —rugió el capitán—. Te dije que no quería fotografías.

Corrió hacia Munger, quien se había volcado hacia un costado y cuyos dedos trabajaban febrilmente.

—¡Vamos! ¡Dame esa porquería!

El capitán se paró junto a él y Munger levantó la mirada y tropezó con el cañón del arma y los ojos furiosos del capitán. Muy lentamente, sabiendo que estaba a un paso de la muerte, levantó la cámara y se la ofreció. Con un gruñido, el capitán la cogió y Munger se puso en pie de un salto.

Sin dejar de empuñar su arma, el capitán trató de abrir la cámara, pero no pudo. Se la arrojó a Munger y luego le apuntó al pecho.

—Ábrela.

Munger lo hizo.

—Saca la película.

Munger extrajo la película.

—Vélala.

Munger desenrolló la película y la dejó colgando del carrete. Con una furiosa imprecación obscena, el capitán movió el cañón de la metralleta y con ella asió la película y la arrojó a tierra bien lejos. Luego fulminó a Munger con la mirada.

—La próxima vez que te pesque en una de éstas terminarás como ellos.

El cañón del arma se meció para abarcar el conjunto de cadáveres. Munger dio media vuelta y se alejó, aferrando en la axila el rollo de la película que había extraído y reemplazado segundos antes. A sus espaldas oyó otros dos disparos que marcaron la muerte y la liberación de la mujer y la muchacha.

Capítulo 13

Ruth preparó un poco de café. Cuando Munger terminó su relato, ella se puso en pie y, sin una palabra, fue a la cocina, molió algunos granos de café y llenó la cafetera de agua. Le resultó bastante difícil porque le temblaban las manos. Mientras esperaba a que el agua hirviera no pudo decidir qué le había resultado más aterrador: si la historia en sí misma o el tono neutro con que Munger la había relatado. De alguna manera, esa falta de emoción lo convirtió más en un participante que en un mero observador. Durante todo el monólogo de Munger, en la cabeza de Ruth resonó una única pregunta. Estaba preparando café precisamente para darse tiempo a formular esa pregunta, a expresarla en términos más precisos para que también él pudiera darle una respuesta precisa.

Pero cuando llevó la bandeja al patio y la colocó sobre la mesa, todavía no había encontrado la manera de preguntárselo sin dejar traslucir al mismo tiempo su repugnancia.

Sirvió el café, empujó la taza frente a Munger y de pronto descubrió que le estaba formulando la pregunta con tono glacial.

—¿Cómo pudiste, por amor de Dios, mantenerte al margen, tomar fotografías y no hacer nada al respecto?

Él se inclinó hacia adelante, se puso azúcar en la taza, revolvió el café y luego la miró.

—En aquel momento ni se me pasó por la cabeza —dijo lisa y llanamente y ella saltó como una fiera.

Durante cinco minutos no hizo más que insultarle, poner en duda su valor, su hombría y hasta su inteligencia.

—Sólo un retrasado mental —afirmó cáusticamente— podría ser tan insensible.

Munger se echó hacia atrás en la silla y aguantó el chubasco con rostro imperturbable. Cuando Ruth terminó de hablar, él sonrió. Era una sonrisa en que se mofaba de sí mismo. Por un momento Ruth sintió la imperiosa necesidad de saltar y atacarlo físicamente. Luchó por controlarse y luego se puso en pie y ceremoniosamente le sugirió que se fuera. Entonces, por primera vez, Ruth sintió todo el peso de la personalidad de Munger. También él se puso en pie y se encaró con ella desde el otro lado de la mesa.

Tenía los ojos azules entornados y sombríos y sus palabras se le clavaron como dardos.

—No eres más que una estúpida. Vine aquí y me puse a hablarte porque pensé que lo comprenderías. Que podrías mirar el problema y mirarme a mí fríamente, sin emoción. Examinarlo y analizarlo. Ofrecerme ayuda y consejo. Pero en cambio reaccionas como una sensiblera. Se supone que tienes una mente entrenada, pero en cuanto te enteras de algo horripilante pierdes la cabeza. Te conté los hechos y mis propias reacciones tal como se sucedieron. Si hubiera tratado de adornar las cosas con supuestos gestos heroicos, ¿cómo podrías comprender lo que ocurrió después?

Los dos se quedaron parados y furiosos, sosteniéndose la mirada, pero las palabras de Munger dieron en el blanco y Ruth comprendió que su primera reacción fue la de una mujer que se identifica con la tragedia de otra.

Ruth respiró hondo, le indicó la silla y los dos volvieron a sentarse. Él sirvió café para ambos y reiniciaron la conversación.

—Has leído el informe del profesor con respecto a mí. También yo lo leí. Debo decir que es bastante acertado. Yo me las había ingeniado para ocultarme tras un caparazón impenetrable. O por lo menos pensé que lo era. Pero hay otras cosas que debes saber. Cuando uno pasa diez años en esta actividad, el cerebro establece un mecanismo de defensa. De acuerdo, en aquella patrulla vi gente torturada, violada y asesinada. Sí, me horrorizó; le horrorizaría a cualquiera que no fuera un sádico, pero gracias a mi modo de ser y a mi experiencia, pude eliminarlo de mi conciencia y mantenerme neutral. No lo digo para justificarme. Por supuesto, si hubiera intentado detenerlos me habrían matado. Asimismo, podría alegar que fui algo así como un cruzado, que tomé las fotografías para ponerlos al descubierto y hacer justicia. Pero no digo nada semejante. Jamás lo pensé siquiera. Hice lo que he hecho siempre: tomar fotografías de un grupo de seres humanos que ultrajan a otros.

Ahora había en la voz de Munger un temblor de emoción, pero Ruth no supo si era fruto de la rabia o de la compasión.

—En esa patrulla murieron entre treinta y cuarenta personas. Tuvieron una muerte espantosa. Pero te digo que, para mí, no eran más que una gota de agua en un enorme océano de sangre. He visto morir de muerte violenta a multitud de personas. He visto morir de hambre a miles de niños con piernas y brazos como palillos y vientres como globos. Los he visto morir dando alaridos, con el cuerpo convertido en una antorcha por el napalm: cientos de personas, pueblos enteros. He visto cómo los arrojaban vivos de helicópteros o los mataban con una ametralladora como si fueran una hilera de flores segadas. He visto trozos de sus cuerpos diseminados en un radio de cuatro hectáreas por la acción de bombas de quinientos kilos.

Munger se inclinó hacia adelante, su cuerpo se estremecía y tenía los ojos húmedos.

—He transitado por el Valle de la Muerte. Lo he recorrido, he acampado en él, vivido en él, comido los frutos de sus campos, bebido de sus arroyos, dormido bajo sus árboles. Era mi hogar. ¡Entiéndelo!

Munger ahora tenía las mejillas empapadas y casi no podía hablar.

—Hasta que de pronto algo se quebró. Algo rompió ese caparazón. No pude soportarlo. ¿Entiendes lo que estoy tratando de decirte? —dijo a gritos—. De pronto me convertí en un ser humano y no sé cómo afrontarlo. Hace diez años que lo intento, pero no sé cómo digerirlo. No puedo, no puedo hacerlo.

Su voz se fue haciendo más débil hasta que se hundió en la silla, con todo el cuerpo estremecido por sollozos. Ruth se levantó, rodeó la mesa y se arrodilló junto a él. Lo rodeó con los brazos, atrajo la cabeza de Munger contra su pecho y sus propias lágrimas se mezclaron con las de él.

Pensó en Stavros. Hacía apenas una hora que lo había enviado a iniciar una nueva existencia. El hombre que tenía entre sus brazos era, de alguna manera, más pequeño que Stavros. Era un bebé que finalmente acababa de nacer y no se sentía capaz de enfrentarse al mundo ni al recuerdo del útero en tinieblas que acababa de abandonar.

Al cabo de algunos minutos, Munger consiguió recuperar la compostura y Ruth lo soltó y regresó a su silla. Después de su reacción, se sentía avergonzado y le costaba mirarla a los ojos.

Ruth, en cambio, lo veía como un hombre totalmente diferente. Gracias a sus conocimientos de psicología, comprendía perfectamente el inmenso esfuerzo que había realizado para abrir su mente y compartir con ella los horrores que la poblaban. Sus lágrimas fueron tanto de alivio como de pesar. Ya no estaba solo, entre ambos se había establecido un vínculo forjado al fuego. Era un vínculo que, para Ruth, implicaba también una responsabilidad. Ella se había convertido en el agente catalizador, el cirujano que hurgó en su cerebro con un bisturí. Pero estaba decidida a proseguir su tarea y llevarla a feliz término.

—Cuéntame el resto —le dijo con ternura.

Munger hizo una inspiración profunda y volvió a sumergirse en la historia. Había regresado a Saigón por la tarde y lo primero que hizo fue revelar los rollos de película y realizar ampliaciones de alrededor de una docena de las tomas. Las colgó en la pared, dirigió una lámpara hacia ellas y contempló una vez más los horrores de la patrulla. Al principio trató de decidir cuál sería el periódico o revista que haría mejor uso de ellas. Debía tener cuidado, porque una vez que fueran publicadas se enfrentaría a dos peligros: uno, por parte del capitán, y el otro, del Alto Mando Norteamericano. Querrían saber todo lo referente a esas fotografías y cómo había conseguido participar de una acción prohibida a los fotógrafos. El riesgo era que podía perder su acreditación, lo cual implicaba no poder trabajar nunca más en Vietnam. Así que era preciso que las fotografías se publicaran de tal manera que sólo se pudieran distinguir las caras de las víctimas. Estudió las tomas con cuidado y decidió cómo las encuadraría y las ampliaría. Cuando llegó a la última, descubrió que no necesitaba modificarla. Era el primer plano de la cara de la muchacha en el momento preciso en que la sometían a sodomía. En la parte superior de la copia, una mano le aferraba un mechón de cabellos y le tiraba la cara hacia arriba. Munger decidió que era una de las fotografías más dramáticas que había tomado en su vida. Entonces examinó los ojos y, como un relámpago repentino, el mensaje contenido en ellos le perforó la mente.

Dio un respingo y retrocedió un paso, confundido. A fin de cuentas, no era más que un trozo de cartulina procesada. Una fotografía en blanco y negro. El dolor, la desesperación y el desprecio que de ella emanaban solamente eran una ilusión óptica. Se acercó de nuevo, miró más de cerca y los ojos volvieron a traspasarlo.

Regresó entonces al bar, sintiéndose desconcertado. Cuando, después de medianoche, volvió medio borracho a su habitación, el reflector seguía encendido, así que en cuanto abrió la puerta, lo primero que vio fueron esos ojos que lo miraban. Él se encontraba de costado y, sin embargo, lo miraban fijamente. Cuando se desplazó por la habitación, lo siguieron. Cuando se dirigió al cuarto de baño le pareció sentir que perforaban la puerta cerrada y se le incrustaban en la nuca.

En cuanto regresó a la habitación apagó el reflector, se metió en la cama y se durmió. Entonces tuvo su primera pesadilla. Su efecto fue mucho más demoledor por ser un hombre que casi nunca soñaba. A pesar de todas las cosas que había visto en su joven vida, jamás tuvo dificultad para dormir profundamente. Ésa era otra prueba más del grosor del muro que había levantado alrededor de su mente.

Esa noche se despertó tres veces en el curso de una hora. Entonces decidió no seguir intentando conciliar el sueño. Se levantó, fue al bar que estaba abierto toda la noche y permaneció allí hasta el amanecer, con la esperanza de que tal vez a la luz del día esos ojos desaparecerían de su mente. De regreso al hotel tomó un desayuno abundante, subió a su habitación, quitó las fotos de la pared, las guardó en una caja y luego en un cajón. Mientras lo hacía, mantuvo los ojos apartados de los de la muchacha.

Trató de nuevo de dormirse pero sin éxito, así que resolvió afrontar el problema y solucionarlo. Volvió a sujetar la fotografía en la pared, sola esta vez. Acercó el proyector y una silla. Durante una hora se quedó mirándola. El mensaje le pareció claro y la acusación, rigurosa. Eran los ojos de la humanidad violada y él era la personificación de la indiferencia. Eso lo hacía sentir más culpable que los violadores. Un estilete había perforado su muralla.

Quemó esa fotografía, todas las demás y la totalidad de negativos, en un inútil esfuerzo por expulsar esa imagen de su cerebro.

Entonces, después de la experiencia vivida con Janine Lesage, partió para Hong Kong. Le dejó su equipo a Chang y partió en el primer avión que lo alejaba de Asia.

El cambio de escenario no sirvió para nada. Fue a Sudáfrica y realizó una serie de trabajos manuales. Trabajó en fábricas y como conductor de camiones. No necesitaba el dinero —tenía suficiente ahorrado y bien invertido—, sino tan sólo mantenerse ocupado y tratar de adaptarse. En ocasiones llegó a pensar que estaba teniendo éxito, pero entonces la pesadilla reaparecía y con ella la culpa. Era una culpa que crecía inexorablemente y abarcaba todos los horrores que había presenciado en su vida.

—¿Por qué no trataste de conseguir ayuda? —preguntó Ruth—. Debiste saber que sólo un psiquiatra podría darte la ayuda adecuada.

Munger sacudió la cabeza con vehemencia.

—Pensé que si alguien —cualquiera— empezaba a hurgar en mi mente, me volvería completamente loco. Sabía que me quedaba una pizca de cordura y traté de apoyarme en ella. Comencé a contemplar la posibilidad de expiar mi culpa y me puse a pensar en los hombres que componían aquella patrulla.

Ella se adelantó en la silla.

—Eso me molestaba —dijo Ruth—. Quiero decir, la idea de que hubieran hecho eso impunemente, que hubieran escapado de la justicia.

Una vez más, Munger sacudió la cabeza.

—No lo hicieron. Yo los maté.

—¡Qué!

Munger se pasó la mano por la frente. Era una noche fresca, pero el esfuerzo de relatar su historia le había llenado la cara de sudor.

—Yo los maté, Ruth. Cuanto mayor era la culpa que sentía

dentro de mí y cuanto más pensaba en ellos, más me parecía que era la única manera de borrar esos ojos de mi cabeza. Por lo menos en la pesadilla yo tendría una respuesta.

Ella se hundió en la silla, atónita por esa nueva revelación. Con un hilo de voz preguntó:

—¿Todos? ¿Los mataste a todos?

—No. Tres ya estaban muertos. Habían pasado dos años desde aquella patrulla. Dos perdieron la vida en combate y el tercero en una riña entre borrachos.

—¿Cómo? —preguntó Ruth—. ¿Cómo y dónde los mataste?

Él hizo un gesto negativo.

—Eso no tiene importancia. Tardé dos años en seguirles la pista. Habían abandonado Vietnam cuando fue evidente que ganaría el Vietcong. Tuve que viajar a Europa, a los Estados Unidos, a Panamá. Pero logré encontrarlos a todos y te aseguro que murieron sabiendo por qué. Fue algo curioso; le dio sentido a mi vida durante dos años. Me dio la esperanza de que, cuando esa cacería terminara, recuperaría mi salud mental. No sucedió así, desde luego. La pesadilla persistió. Entonces vine a Chipre y, en cierta forma, me resigné a convivir con la pesadilla. Incluso, después de mucho tiempo, traté de llevar una existencia normal. Entonces apareció Walter Blum con su maza y demolió lo que quedaba de mi muralla —dijo y sonrió frente a ese recuerdo—. En su estilo inimitable, me dio una verdadera oportunidad. Lo mismo que tú. Lo cierto es que ahora tengo las cosas un poco más bajo control. Y tengo una meta. Ya es algo.

Ruth se puso en pie, entró en la casa y preparó más café. Ya era casi medianoche, pero ni se le pasó por la cabeza dormir. Había sido testigo de cómo un hombre se abría por completo por primera vez en su vida. Era una experiencia que ella jamás olvidaría; algo a la vez aterrador y estimulante. Regresó al patio, sirvió el café y preguntó:

—¿Y ahora qué? Dijiste que yo podía ayudarte.

Él tomó su taza, bebió un sorbo de café y luego sonrió. Era la primera sonrisa auténtica y eliminó la tensión que había en su rostro y que flotaba en el aire.

—Puedes ayudarme, Ruth, haciendo lo que Walter te pidió.

Al principio se quedó mirándolo con desconcierto. Luego, cuando comenzó a comprender el significado de sus palabras, estalló en una carcajada.

—¿Me estás pidiendo que te seduzca?

Él volvió a sonreír, pero ahora con cierta vacilación.

—Bueno, yo diría que seducción no es la palabra apropiada para describirlo. Necesito recuperar mi hombría. Y algo me dice que tú eres la única mujer que puede devolvérmela.

Ella comenzó a mover la cabeza con azoramiento y Munger levantó una mano para impedir que hablara.

—Espera un momento. Lo he intentado durante los últimos meses... por lo menos media docena de veces. Pero no tuve éxito. Cada vez que estoy con una mujer, cada vez que me aproximo, vuelvo a ver esos ojos y a sentirme culpable. Es desesperante. Tú mataste mis pesadillas. Tal vez —sólo tal vez— puedas lograr este otro milagro. Ya lo sé, no me digas nada. Es pedir demasiado... Sé que no tengo ningún derecho, pero estoy convencido de que si sólo ocurre una vez bastará para solucionar mi problema. Y para mí es un problema vital. Pero tengo plena conciencia de que es algo estrictamente mental. De eso no me cabe duda. Es sólo un bloqueo mental. Una vez que lo supere las cosas volverán a la normalidad.

Ahora el tono de su voz era de súplica y Ruth se sintió al borde de la histeria. Se puso en pie y caminó hasta el extremo del patio, tratando desesperadamente de enfrentarse a la realidad.

A sus espaldas oyó el chirrido de la silla de mimbre de Munger, luego el roce de sus zapatos contra el suelo; sintió su proximidad, su aliento sobre la nuca y luego sus labios. Ese contacto fue como una corriente eléctrica que le recorrió el cuerpo. Respiró hondo.

—¡No, David, por favor!

Se volvió hacia él y, con una serie de frases directas, le habló de Gideon Galili, de su inminente matrimonio con él. Le dijo que Duff y Gideon eran los únicos dos hombres con los que había hecho el amor. Le dijo que lo sentía mucho, pero que no podía ayudarlo.

Él retrocedió, asintió y murmuró algunas palabras de disculpa. No sabía nada al respecto, no lo había imaginado siquiera.

Regresaron a la mesa, tomaron asiento y entre ellos flotó un silencio incómodo. En el rostro de Munger apareció una expresión de infinita tristeza. Y Ruth no tenía ninguna palabra de consuelo para ofrecerle, ningún alivio. Y, a pesar de todo, se sentía responsable. Era absurdo. Él había irrumpido intempestivamente en su vida, agitado sus sentimientos, hecho añicos su equilibrio... y ella se sentía responsable. Ruth comenzó a librar una batalla interior. ¿Acaso la pretensión de Munger era excesiva? Por supuesto que sí. Y, sin embargo, al mismo tiempo era algo que costaba tan poco dar y algo cuyo efecto sobre la vida de Munger podía ser decisivo. ¿Considerarlo sólo como una forma de terapia? Él era un hombre enfermo y atormentado. Ruth observó una vez más ese rostro desalentado y sintió una oleada de piedad.

Él extendió el brazo para tomar su taza y Ruth le apoyó una

mano, en un gesto de ternura y de pesar. Mungerle tomó los dedos y se los aferró con fuerza. Ella bajó la mirada y observó sus dedos bronceados entrelazados con los de ella. Los vio como si estuvieran aferrados al borde de un precipicio, a punto de caer al vacío. Oyó cómo su propia voz le decía palabras que parecían provenir de la boca de otra persona. Se dijo que lo intentaría. Sólo por esa única noche. Pero que debía tratarla con delicadeza, pues en materia de sexo también ella se encontraba rodeada por un mundo de vacilaciones.

Sin soltarle la mano, Munger se puso de pie, rodeó la mesa, la levantó y la besó en la boca. Una corriente eléctrica volvió a recorrer el cuerpo de Ruth. En silencio, entraron en la casa y se dirigieron al dormitorio. Le quitó la ropa lentamente, con suavidad, y luego se desvistió él. Munger la tendió en la cama y recorrió todo el cuerpo de Ruth con las manos y los labios. Al principio, Ruth se mostró pasiva, tanto mental como físicamente. Seguía siendo otra mujer, aquella cuyo cuerpo comenzaba a responder y a arquearse, de cuya boca salían gemidos de placer. Olvidó el problema de Munger, olvidó a Duff y a Gideon Galili, olvidó su propio nombre. Para esa otra mujer, cuando él la penetró, fue la primera vez, el primer éxtasis. Perdió toda noción del tiempo. Su primer orgasmo surgió al cabo de segundos, minutos u horas. El segundo y el tercero se produjeron en un vacío intemporal. Tal vez hubo más aún, pero su mente y su cuerpo estaban fundidos entre sí y pasaron de la conciencia a la fantasía y luego al sueño. Era el desenlace lógico de una noche de irrealidad.

Cuando despertó, estaba sola en la cama y permaneció tendida un largo rato escuchando el coro matinal de pájaros en el jardín, tratando de separar la realidad de la fantasía. Finalmente se levantó, se puso una bata y se dirigió a la sala de estar. A través de los ventanales lo vio sentado en el patio, en la misma silla, y por un momento pensó que jamás se había movido de allí, que todo había sido un sueño. Pero las quejas dulces de su cuerpo le dijeron que no era así. Salió a la luz del sol y él levantó la cabeza y le sonrió lánguidamente. En un segundo, Ruth olvidó sus propios pensamientos, al comprender que sin duda para él la noche debió de haber resultado un fracaso. Se sentó frente a Munger mientras los pájaros gorjeaban en los pinos. Habría deseado hacerlos callar. El sonido de su canto desentonaba tanto como una música de rock en un entierro.

—¿Para ti las cosas no salieron como esperabas?

Él negó con la cabeza. Ruth se sintió de pronto avergonzada frente a los recuerdos de su propio apasionamiento.

—Lo siento... yo no...

Él la interrumpió.

—Te lo ruego, Ruth. No digas nada. No funcionó, pero de todos modos fue algo hermoso. Jamás en la vida he visto nada tan hermoso como tu cara de anoche. Nunca la olvidaré.

Ella trató desesperadamente de encontrar las palabras adecuadas.

—No sé. Tal vez si yo hubiese sido una mujer más experimentada... Pero fue demasiado para mí...

Munger sonrió.

—Fue maravilloso. Y borra eso de que careces de habilidad o de experiencia. No te hace falta nada semejante —dijo y se encogió de hombros—. Supongo que tendré que aprender a convivir con mi problema. No sabes cuánto te lo agradezco por intentarlo.

Ella sacudió la cabeza, haciendo flamear su cabello largo.

—No me lo agradezcas... No te sirvió de nada —dijo Ruth, sintiéndose confusa y desesperada. ¿Cómo era posible que hubiese sido tan hermoso para ella y tan lamentable para él? Era injusto. De pronto tomó una decisión—. ¿Cuándo regresas a Beirut?

—Dentro de un par de semanas.

—Entonces lo intentaremos de nuevo.

Él se inclinó sobre la pequeña mesa y le oprimió la mano.

—Gracias, Ruth, pero ya has hecho mucho más de lo que merezco. No olvides que estás a punto de casarte.

—Ya lo he pensado. Le he sido infiel a Gideon. Eso es un hecho consumado, algo que no puedo borrar. Así que al menos podemos tratar de sacar algo en limpio de todo esto —sugirió Ruth y levantó la mirada—. Por el amor de Dios, no pienses que lo hago por lujuria, aunque te aseguro que jamás experimenté un placer como el de anoche.

Munger sonrió y meneó la cabeza.

—Eres demasiado sincera como para eso.

—De acuerdo, entonces. Unos amigos míos tienen una casa junto a la playa, cerca de Polis, en la Costa Oeste. Es un lugar muy solitario y tranquilo. ¿Qué te parece si vamos allá unos días? No apresuremos las cosas. Trata de relajarte y tal vez resulte.

—Me siento tratado como un paciente.

—Y lo eres. Imagínate que te has roto una pierna y los huesos se te han soldado mal. Has estado cojeando durante muchos años. Ahora es preciso volver a romperte la pierna y volver a colocar los huesos. Podría resultar muy doloroso.

Ella lo observó con atención y notó que en su boca afloraba una sonrisa.

—¿Usarás una bata blanca?

—No. No pienso usar nada en absoluto.

Se dirigieron a Polis recorriendo caminos de tierra serpenteantes y atravesando aldeas diminutas hasta llegar al camino de la costa. Allí doblaron hacia el oeste, donde divisaron todavía menos automóviles y casas. Era una zona desconocida para el turismo, un lugar lleno de viñedos, bosques y un litoral escarpado. Pararon a almorzar en una taberna en Stroumbi, se sentaron al aire libre, tomaron demasiado vino, hablaron y se rieron un poco. Luego siguieron viaje durante otra hora hasta llegar a Polis. En el almacén del pueblo compraron provisiones y después tomaron el camino hacia el norte, pasando por más bosques, hasta llegar al promontorio y a la bahía, donde la leyenda afirmaba que Afrodita solía tomar sus baños. La casa de la playa estaba justo detrás, en otra pequeña bahía. Munger debió conducir con mucho cuidado por un sendero muy poco transitado. La casa daba al mar y estaba oculta por un semicírculo de álamos, inmóviles y silenciosos bajo el sol ardiente.

En cuanto estacionaron el automóvil, Ruth se apeó de un salto, se quitó la ropa y corrió desnuda hacia el agua. Munger transportó las maletas hasta la espaciosa galería y no tardó en imitarla.

Media hora más tarde se encontraban acostados de espaldas sobre la reducida playa, secándose bajo el sol del atardecer. Munger pensaba que era el lugar más tranquilo del mundo. Ruth reflexionaba que debía proceder con gran cautela, pues sin duda Munger debía de sentirse tenso y nervioso, tal vez temiendo otro fracaso.

Él se volvió hasta apoyarse en un codo, la miró y con un dedo tocó una gota de agua que había sobrevivido a los embates del sol, escondida debajo del pecho izquierdo de Ruth, y vio cómo el pezón respondía a ese contacto.

—Anoche —le susurró— había muy poca luz. Ahora quiero mirarte, verte bien la cara.

Ruth comenzó a decir algo, pero le cruzó el dedo sobre los labios para impedírselo. Y antes de que atinara a nada, ya él la besaba y acariciaba. Y Ruth lo deseó con vehemencia, su cuerpo todavía estaba condicionado por el acto sexual de algunas horas antes.

Ruth libró una verdadera batalla mental: una parte suya intentaba controlar la situación, dictar sus movimientos para darle placer a Munger; y otra parte suya se sumergía en sus propias sensaciones. David estaba tendido sobre ella con todo su peso, le cubrió la boca con sus labios y penetró en su cuerpo. Ella le colocó las manos en las nalgas, lo apretó con fuerza contra su cuerpo y gimió de placer. Entonces, por entre una especie de bruma, oyó que le decía una y otra vez lo mucho que lo amaba. La bruma se aclaró, Ruth vio los ojos de David, le murmuró algo al oído y, segundos después, Munger eyaculaba dentro de ella y ambos reían y lloraban al mismo tiempo.

Se quedaron allí diez días. Nadaron, tomaron sol e hicieron el amor. Los dos cocinaron, caminaron por las colinas e hicieron el amor. Bailaron en la galería por las noches mecidos por la música de un viejo tocadiscos a pilas, rieron e hicieron el amor. Sólo la cuarta noche, mientras ella yacía en los brazos de Munger en la oscuridad, repitió aquellas palabras que le había murmurado al oído en la playa.

—David, te quiero.

—Sí. Así que tenemos un problema.

—No. Pero lamentablemente Gideon sí lo tiene.

David rodó hacia un costado, encendió la luz y se incorporó en la cama. Ella permaneció acostada de espaldas, mirándolo.

—Se supone que los terapeutas no deben enamorarse de sus pacientes —le dijo David con fingida severidad.

—Pero yo jamás pronuncié el juramento hipocrático.

—¿Y qué pasa con Gideon? ¿Ya no lo amas?

Ella frunció el entrecejo y reflexionó un momento.

—Sí, todavía lo quiero y se lo diré. Y también le diré que lo amo de la misma manera que Duff me quería a mí... y que eso no es suficiente.

—¿Entonces no te casarás con él?

—No. Me casaré contigo, y te prevengo que quiero tener hijos —dijo Ruth, observándolo con mucha atención para ver su reacción.

Pero el rostro de Munger permaneció impasible.

—¿Qué pasa? ¿No te gusta la idea?

Ahora él sonrió.

—Estaba tratando de creer a mis oídos. Para que no siga convencido de que estoy soñando... ¿cuándo?

—¿Cuándo nos casamos o cuándo tenemos hijos?

—Las dos cosas.

Ahora fue ella la que se incorporó.

—¿Qué te parece si preparo un poco de café y lo planeamos todo?

Munger le echó un vistazo a su reloj.

—Sí, ya sé —dijo ella—. Es tarde. Pero no dormiremos ni volveremos a hacer el amor hasta que lo hayamos organizado.

Se levantaron, fueron a sentarse a la galería y lo planearon. En un primer momento David quería ir derecho a Limasol y decirle a Walter que Naranja Azul se retiraba, pero ambos sabían que ese curso de acción sería contraproducente. Él había vuelto al mundo con una meta y esa meta fue el instrumento de su renacer. Ruth era la comadrona que había golpeado su trasero y lo había inducido a lanzar su primer llanto. Esa meta sería la piedra angular sobre la que descansaría la vida en común de ambos. David la previno que alcanzarla podía llegar a ocuparla dos o más años. Si los planes de Walter en Francia fracasaran, lo necesitaría a él en Iraq.

A Ruth no le importaban la espera ni el peligro. Tenía una extraña fe en su destino común. Ambos habían sufrido mucho para llegar a ese punto de partida. Se casarían cuando la misión terminara.

Por primera vez estaba profundamente segura de algo. El amor que había descubierto dentro de sí hizo que el resto de su vida cobrara perspectiva, en particular sus sentimientos para con Duff y Gideon. Comprendió que el amor era algo que se da en muchos niveles. Tal vez la mayoría de las personas jamás alcanzaba un amor tan intenso como el que ella experimentaba en ese momento. Dudaba mucho de que pudiera haberle ocurrido cuando era más joven. Sin duda el pasado de ambos sentó las bases para permitir que saliera a la luz. Ruth sintió una enorme gratitud. Por fin se había librado de todas sus dudas e incertidumbres, había descubierto el verdadero significado del amor: un sentimiento compuesto de pasión y compasión, de necesidad y gratitud. Durante un buen rato se acurrucó bajo la luz de ese descubrimiento, pero luego su mente derivó hacia otras cosas y su felicidad se ensombreció.

Cuando Munger regresara a Beirut, Ruth viajaría a Israel para ver a Gideon y darle la noticia personalmente. David vio la expresión atribulada en su rostro.

—Lo tomará muy mal —le dijo—. De eso no me cabe duda. Sé cómo me sentiría yo. Haría cualquier cosa para no perderte.

Ella se encogió de hombros.

—Sí. Pero no puedo evitarlo. De todos modos, él es fuerte. Se le pasará —dijo y trató de sonreír—. No quiero estar triste esta noche. No mientras tú estés conmigo. Esperemos la salida del sol y luego vayamos a nadar un rato. Después quiero que hagamos el amor exactamente en el mismo lugar que aquella primera vez. A fin de cuentas, no veo por qué debemos esperar para engendrar a nuestro hijo. No me importa en absoluto ser una madre soltera.

LIBRO CUARTO

Capítulo 14

Era una de esas raras ocasiones en que Walter Blum experimentaba un atisbo de humildad. Estaba sentado en una antesala junto al despacho del Primer Ministro, en Jerusalén, y sentía un nudo en el estómago. En pocos minutos conocería al Primer Ministro de Israel, un hombre al que admiraba y que ejercía sobre él una enorme fascinación. El general Hofti había entrado en su despacho algunos minutos antes y Walter esperaba que lo llamaran en cualquier momento.

Para reprimir su nerviosismo, abrió la carpeta que tenía sobre las rodillas y leyó el informe que él y el general Hofti habían preparado la noche anterior; el informe que en ese mismo momento estaría leyendo el Primer Ministro.

1

PROGRAMA NUCLEAR IRAQUÍ
Informe n.º 43 A (P.M.): 3 de mayo de 1981

A: Primer Ministro
De: general Yitzhak Hofti
Procedencia: Mossad
Circulación: Nil.

SITUACIÓN EN LA ACTUALIDAD:
A pesar de todos los esfuerzos, tanto de índole diplomática (por parte del ministro de Asuntos Exteriores) como encubiertos (a cargo del Mossad), los dos reactores nucleares de investigación encargados por Iraq a Francia fueron embarcados y en este momento están siendo instalados en el establecimiento de investigación nuclear de El-Tuwaitha, en las afueras de Bagdad.
(El informe 28A [P.M.], del 18 de julio de 1980 y el 31A [P.M.] del 12 de setiembre de 1980 detallaban las medidas tomadas por el Mossad, en particular por su red Naranja, para sabotear tanto el equipo como el programa. Como re-

sultado de tales actividades, el programa sufrió un retraso de entre doce y catorce meses.)
Sin embargo, los reactores se encuentran en la actualidad *in situ*, junto con doscientos sesenta y cinco científicos y técnicos franceses.

2

Se estima que el principal reactor de 70 MW entrará en servicio, esto es, se volverá «caliente», entre junio y setiembre del presente año.
En el informe 41A de fecha 11 de febrero de 1981, se presentaron varias opciones. En aquella oportunidad, su oficina ordenó una nueva revisión del potencial iraquí para la fabricación de armas nucleares gracias al material que sería obtenido de sus nuevos reactores.
El informe 42A, de fecha 2 de marzo de 1981, señaló que ese potencial no sólo existía sino que la intención de cumplir ese objetivo era una de las metas principales del régimen de Hussein, en particular desde el inicio de las hostilidades con Irán.

Quedan ahora sólo dos opciones, si es que se decide destruir los reactores:

a) un bombardeo aéreo
b) una operación comando de sabotaje
Después de algunas reuniones de consulta con el Departamento de Inteligencia Militar, hemos llegado a la conclusión de que la opción (a) es la más factible.

3

El bombardeo debe tener lugar antes de que el reactor se vuelva «caliente». El-Tuwaitha se encuentra a sólo veinte kilómetros de Bagdad y los vientos que predominan en esa zona pueden contribuir a que una pérdida masiva de radiación contamine una gran proporción de la ciudad y a sus tres millones y medio de habitantes.

Conclusión:
La Decisión de destruir o no el reactor es, desde luego, de naturaleza política. Sin embargo, nuestro Departamento

de Investigación y Análisis ha emitido una opinión que puede influir bastante sobre tal decisión.
Básicamente, como consecuencia del ataque aéreo antes mencionado, el Estado de Israel será objeto de una severa condena por parte de los demás países. En algunos casos será sólo de labios para afuera, como por ejemplo la que provenga de Egipto e Irán, pero en términos generales será una censura auténtica. A lo cual se suma la amenaza real de sanciones por parte de las Naciones Unidas.
Esa condena se fundamentará en dos principios básicos:

1) Iraq ha firmado y, hasta la fecha, cumplido escrupulosamente el Pacto de No Proliferación Nuclear. Israel, no.
2) La incursión aérea sentará un precedente de dimensiones incalculables. FIN.

Walter cerró la carpeta y se preguntó cómo interpretaría su conclusión el primer ministro. Un edecán abrió la puerta, le hizo un gesto y luego condujo al sudado Walter al despacho del Primer Ministro.

Estaba sentado con el general Hofti frente a una mesa situada en un rincón de la amplia habitación. Se puso de pie cuando Walter se le acercó y desestimó la presentación por parte de Hofti. Al tenderle la mano y sonreírle, le dijo:

—Aunque es la primera vez que nos encontramos, tengo la sensación de conocerlo bien. En nombre de Israel y del pueblo judío de todo el mundo, le agradezco lo que ha hecho y continúa haciendo por nosotros.

Walter le estrechó la mano y se sintió todavía más humilde. Notó con sorpresa que el Primer Ministro era más bajo de lo que suponía. Su aspecto era casi frágil, pero cuando Walter lo miró a los ojos, detrás de los gruesos cristales de sus gafas sólo vio confianza y decisión.

Al tomar asiento, el Primer Ministro dijo:

—Puede fumar si lo desea.

Walter sonrió y Hofti lo miró, atónito. Momentos antes le había suplicado que no se le ocurriera encender uno de sus enormes cigarros, pues estaba terminantemente prohibido fumar en el despacho. Walter metió la mano en un bolsillo interior de su chaqueta de seda natural color de lacre y extrajo un cigarro. Le quitó el envoltorio de celofán, le cortó un extremo y se lo puso entre sus gruesos labios. Entonces, para gran alivio de Hofti, anunció:

—Me conformaré con morderlo.

—Como quiera.

El Primer Ministro miró la carpeta que tenía frente a sí, tomó un rotulador rojo y comenzó a subrayar ciertos párrafos. Walter lo observó con interés.

Menahem Begin era un hombre que creía en aquello de «ojo por ojo y diente por diente», pero si el diente pertenecía a un judío, exigía una dentadura completa a cambio. Se veía a sí mismo como la encarnación del Estado de Israel. Era un apasionado convencido de los derechos históricos y bíblicos del pueblo judío. Eso lo convertía a veces, a los ojos de los demás, en un hombre contradictorio; censuraba con vehemencia al terrorismo, pero en su juventud había sido cabecilla de la escuadra terrorista Irgun Zvai Leumi. Denunciaba al mundo las atrocidades cometidas por los nazis y, al día siguiente, ordenaba la destrucción de una aldea palestina desde donde se había producido una incursión de la OLP. Hablaba con elocuencia de los derechos de los pobladores judíos en el Sinaí y, un mes más tarde, viajaba a Camp David y negociaba esos derechos.

Walter, en cambio, lo encontró fascinante y no vio en él ninguna contradicción. Cada acto de Menahem Begin tenía como objetivo una única meta: la permanente existencia y bienestar del Estado de Israel.

El Primer Ministro levantó la mirada del informe y le dijo a Walter:

—Su intervención en Francia ha sido muy loable.

Era un adjetivo curioso, pues se refería a dos asesinatos y a un sabotaje. El profesor Yahia el Mashad, el egipcio que encabezaba el programa nuclear iraquí, había sido asesinado en su habitación de un hotel parisiense. Fue un asunto bastante confuso: junto a él estaba una prostituta francesa que escapó después de ver a sus atacantes. Los agentes del Mossad debieron seguirle la pista y, una semana más tarde, arreglar las cosas para que sufriera un accidente de tráfico fatal. El profesor se encontraba en París para hacer de intermediario en nombre de los iraquíes en la compra de uranio enriquecido, fabricado por un consorcio llamado Eurodif. La operación fue anulada.

Unos meses antes, en abril de 1979, los agentes del Mossad habían colocado explosivos en un establecimiento encargado de la fabricación de partes del reactor, provocando así un retraso de más de un año en la entrega.

—Por desgracia —dijo Walter—, sólo logramos atrasar las cosas.

Begin gesticuló con énfasis.

—Pero ese retraso resultó vital para nosotros. Mientras tanto hemos concertado la paz con Egipto y dos de nuestros enemigos,

Irán e Iraq, están enfrascados en una guerra. Eso significa que si no nos queda más remedio que llevar adelante lo propuesto en este informe, el momento político es mucho más oportuno. —Luego se dirigió a Hofti—: General, usted hace un gran hincapié en las repercusiones internacionales que deberemos afrontar, pero pasa por alto el aspecto más importante.

Hofti se enderezó en la silla y preguntó:

—¿Cuál es?

—El presidente de los Estados Unidos de Norteamérica.

El Primer Ministro sonrió al ver la mirada azorada que se intercambiaron Hofti y Walter, entonces se puso de pie y comenzó a pasear por la habitación mientras hablaba.

—Extrañamente, la amenaza individual más seria para Israel no son los ejércitos árabes ni Rusia ni las armas nucleares. No. Es granjearnos la enemistad potencial de un presidente de los Estados Unidos que quizá no ambicione ser reelegido —dijo, y se detuvo ante la mesa—. Verán ustedes, caballeros: con los Estados Unidos convertidos en un aliado comprometido a fondo con nosotros, estamos en condiciones de afrontar virtualmente cualquier cosa. De hecho, en mi opinión, es el único aliado que vale la pena tener. Los estados europeos, con la honorable excepción de Holanda, siempre, en última instancia, actuarán movidos por sus propios intereses mezquinos. Es Norteamérica la que nos provee de armas y nos proporciona la ayuda económica que es vital para nosotros.

Comenzó a caminar de nuevo de aquí para allá y el tono de su voz subió por lo menos medio decibelio al aumentar su vehemencia.

—Desde luego, gran parte de la asistencia que nos brindan proviene de la generosidad de sus corazones. Sin embargo, los políticos desempeñan un papel de enorme importancia. Es casi imposible que un presidente norteamericano resulte elegido sin el voto de los judíos. Lo mismo puede decirse de un gran número de congresistas. Cuando Moshé Dayan visitó por última vez los Estados Unidos, el presidente Carter le suplicó que no lo criticara frente a las organizaciones judías de más peso. Prácticamente se lo pidió de rodillas. Moshé me contó que fue una escena bastante degradante.

Walter lo interrumpió.

—Pero Carter perdió las elecciones.

—Así es, señor Blum, y las organizaciones judías permanecieron neutrales. Se estimó que no había mucho que elegir entre ambos candidatos en cuanto a su política hacia Israel. Carter era amigo, pero también era un presidente débil. Es posible que Reagan tenga una actitud menos amistosa con nosotros. Pero se ocupará de que los Estados Unidos sean más fuertes y eso es vital para Israel.

El Primer Ministro lanzó un suspiro.

—El problema es que, en este mismo momento, el presidente Reagan está disgustado con Israel y conmigo en particular —dijo y sonrió con pesar—. Bueno, yo estoy acostumbrado a no ser popular... y no me importa. Reagan está furioso por nuestra actividad en el Líbano. Espera que nosotros adoptemos una actitud conciliadora respecto a la presencia siria en esa zona, frente a los miles de terroristas palestinos que la han elegido como base de operaciones para asesinar a nuestras mujeres y nuestros niños. Hasta me envió a su embajador para decirme que me portara bien.

Begin ahora resollaba y abanicaba el aire con las manos.

—¡Nos trata como a niños malcriados a quienes les hace falta una paliza! —vociferó, indignado. Entonces, bruscamente, se controló y sonrió con aire travieso—. Le recordé al embajador el bloqueo norteamericano a Cuba. Le señalé que América Central se estaba convirtiendo en su propio Líbano. Le pregunté qué haría el Presidente si los cubanos destacaran algunas divisiones armadas en la frontera entre México y Texas. Si enviaran terroristas a Dallas para matar colegiales.

—¿Cómo le sentó eso? —preguntó Walter, fascinado por tener acceso a los detalles íntimos de la diplomacia entre grandes estadistas.

Begin sonrió.

—Todavía no he recibido una respuesta, pero quiero creer que recibió mi mensaje —dijo y volvió a ponerse serio—. El problema es que Reagan es un hombre recio, y en vista de su edad tal vez decida no presentarse para otro período. Eso afectaría nuestro poder. Reagan podría dificultarle mucho las cosas a Israel. Sea como fuere tendremos un enfrentamiento con él por culpa de sus planes de venderles a los sauditas aviones de vigilancia AWAC. Tal vez sea una lucha dura y cabe la posibilidad de que la perdamos.

Begin regresó a su sillón, se sentó y dio unos golpecitos sobre el informe.

—Si bombardeamos este reactor y el presidente Reagan no está totalmente convencido de que fue necesario hacerlo, se pondrá furioso y quizá decida no vetar ninguna de las sanciones impuestas por las Naciones Unidas. Eso sería muy serio para Israel. Podría suspender o incluso cancelar la ayuda militar y financiera, lo cual resultaría catastrófico para Israel.

Levantó los ojos y miró alternativamente al general Hofti y a Walter.

—Así que ya ven cuál es la naturaleza de nuestro dilema. El gabinete tomará la decisión de bombardear o no ese reactor. Será una decisión muy difícil a menos que tengamos la certeza de poder presentar a Reagan, inmediatamente después, pruebas irrefutables de que los iraquíes planeaban usar el reactor para la fabricación de armas nucleares.

—Eso es tan obvio... —comenzó a decir Walter, pero el Primer Ministro le cortó la palabra.

—Obvio para nosotros, sí, y probablemente para todos los demás, incluyendo a los franceses. Pero los iraquíes, todos los estados árabes y Rusia pondrán el grito en el cielo. Me importa un comino. Que griten, que todo el mundo grite con excepción del presidente Reagan. Él debe saber por qué nos vimos obligados a hacerlo. Y no aceptará nuestra palabra. Debemos presentarle pruebas concretas.

Se echó atrás en el sillón, miró al general Hofti y preguntó:

—¿Cuál es exactamente la situación del Mossad en Iraq? ¿Qué posibilidades existen de infiltrar un agente nuestro dentro de su planta nuclear?

Hofti sacudió la cabeza y miró a Walter, quien dijo lisa y llanamente:

—Es casi imposible. Las medidas de seguridad, tanto francesas como iraquíes, son prácticamente inviolables. En cuanto a nuestra situación, es bastante endeble. Sólo tenemos un buen agente en el país.

—¿Sólo uno?

—Así es, señor. Bueno, también tenemos media docena de los que nosotros llamamos «cazadores de moscas». Son agentes de segundo nivel, buenos para vigilancia y algún tipo de intimidación, pero que carecen de habilidad para penetrar en semejante blanco. También tenemos un agente dentro del Mukhabarat iraquí, pero sólo nos transmite información limitada. No, decididamente sólo tenemos un hombre. Su nombre en código es Naranja Azul y es de primera.

—Hábleme de él. ¿Es israelí?

Menahem Begin vio que Walter miraba al general Hofti y agregó:

—No necesito detalles, señor Blum. Sólo quiero que me bosqueje a grandes rasgos cómo es ese hombre que es tan importante para Israel.

Walter reflexionó un momento y luego dijo:

—No, no es israelí. Su madre era judía y murió por Israel. Ahora él se siente judío y se identifica totalmente con el pueblo judío. Es un agente brillante, a pesar de que se inició en esto bastante tarde. También es muy independiente: algo así como un lobo solitario. Él mismo planeó su estrategia para entrar en Iraq sobre bases muy favorables. Asimismo, cuando los iraquíes invadieron

Irán, se dirigió inmediatamente a Teherán. Fue el hombre que negoció el acuerdo con Bani Sadr para que proporcionáramos secretamente a los iraníes municiones y repuestos y, a cambio, ellos intentarían bombardear la planta nuclear iraquí el El-Tuwaitha. Era un plan brillante, pero por desgracia la fuerza aérea de Irán hizo un trabajo terriblemente chapucero. Ninguna de las bombas cayó dentro de un radio de tres kilómetros del reactor.

—Sí, ya lo creo, fue una verdadera lástima —dijo Begin—. En un primer momento la CIA insinuó que era obra de la Fuerza Aérea Israelí disfrazada. Nosotros señalamos que, de haberse tratado de nosotros, no habríamos errado el blanco. ¿Dónde está ahora ese hombre?

—En Chipre, esperándome. Tiene previsto regresar a Iraq dentro de algunos días.

Begin permaneció pensativo.

—Sólo un hombre —reflexionó en voz alta—. Bueno, no será la primera vez en nuestra historia que un solo hombre ha logrado grandes cosas. Miren lo que hizo Cohen en Siria. Ahora dígame, general, ¿cómo sabremos en qué fecha se supone que el reactor entrará en servicio?

—Eso no es ningún problema —dijo Hofti con tono confiado—. Como es obvio, tratarán de mantenerlo en secreto, pero hace mucho que nos hemos infiltrado en la Central Internacional de Energía Atómica. Ellos estarán al corriente de ese dato —dijo y señaló el informe—. Según tenemos entendido, la fecha prevista es entre junio y setiembre de este año.

Begin frunció el entrecejo.

—Eso nos deja poco tiempo —dijo, se detuvo y luego reinició su recorrido por la habitación.

Era un hombre pequeño y enérgico, a quien lo impacientaba verse confinado incluso en un sillón. De pronto se detuvo y exclamó con aire triunfal:

—¡Julio! —Los miró a ambos y se rió a carcajadas de la expresión de azoramiento de sus rostros—. Lo activarán en julio. Como agentes de inteligencia, deberían haberlo sabido. «Tammuz» es el nombre de un dios pastor sumerio... ¡y también es el término árabe para designar el mes de julio!

—Eso es pura especulación —dijo Hofti, pero el Primer Ministro sacudió la cabeza enfáticamente.

—No, Hofti. Desde luego, con el retraso en el embarque, el plazo previsto puede modificarse, pero Saddam Hussein es un hombre que ve las cosas como símbolos. Muchos árabes son así. Si es posible, activarán el «Tammuz» en el mes que le dio el nombre. Así que si tenemos intenciones de destruirlo, debemos hacerlo antes de julio... Y eso nos da muy poco tiempo. —Se volvió hacia

Walter—. Su agente Naranja Azul debe ponerse en marcha inmediatamente. Yo debo tener esa prueba. Mientras, daré instrucciones a la Fuerza Aérea para que comience sus prácticas de precisión.

Walter echó su silla hacia atrás y se puso en pie.

—Entonces regreso ya a Limasol, señor Primer Ministro. Gracias por recibirme.

Begin se le acercó y, con cierta dificultad, lo abrazó.

—Por favor, pásele este mensaje a Naranja Azul: Israel depende de él. Le ruego que le transmita también mis respetos personales y mis mejores deseos.

Walter asintió solemnemente y echó a andar hacia la puerta.

Capítulo 15

—No tenemos la menor posibilidad de hacerlo —dijo Munger categóricamente y los carrillos mofletudos de Walter parecieron colgarle aún más.

—Opino lo mismo —añadió Misha Wigoda—. No cabe duda de que esperan algún tipo de acción por nuestra parte. Otro tanto les ocurre a los franceses. Y con todos esos científicos y técnicos allá en la planta, habrán agotado todos los recursos para que la seguridad en El-Tuwaitha sea perfecta. No, no hay ninguna posibilidad.

—También yo coincido —afirmó Isaac Shapiro—. Intentarlo siquiera sería contraproducente.

Walter lanzó un gruñido furioso y miró al cuarto hombre sentado al otro lado de su escritorio. Era Efim Zimmerman, quien llegaba de visita desde París y había sido invitado unánimemente para asistir a esa reunión trascendental.

—Es posible, Walter —dijo—, que estés enfocando esto desde una dirección equivocada.

Walter volvió a gruñir, en esa ocasión amenazadoramente. En su presente estado de ánimo, ni siquiera el venerable Zimmerman era inmune a una fuerte represión. Durante la última hora habían estado examinando distintas maneras de obtener esa prueba definitiva que Menahem Begin exigía. Una prueba que convenciera hasta a los escépticos más paranoicos. Habían barajado muchas posibilidades, desde sobornar a algún alto funcionario iraquí hasta irrumpir en la planta nuclear misma. Hasta el momento, sin ninguna perspectiva prometedora.

—Exactamente —masculló Walter—, ¿qué sugieres?

Zimmerman permaneció imperturbable frente al mal humor apenas contenido de Walter.

—Óxido de uranio —dijo con gran seguridad—. En el curso de los últimos tres años, los iraquíes han tratado de comprar cierta cantidad de esa sustancia. Lo han intentado con los portugueses, los brasileños e incluso los australianos por medio de una compañía títere. Se estuvieron moviendo en el mercado para tratar de conseguir más de mil toneladas. Gracias a nuestra intervención, sus negociaciones fracasaron, pero hasta hace tres meses siguieron intentándolo sin amilanarse. Entonces, repentinamente, desaparecieron del mercado.

—Así que se dieron por vencidos —dijo Walter—. O, lo que es más probable, descubrieron otra manera de obtener U235 o PU239. ¿No será, tal vez, que los rusos les proporcionaron cierta cantidad?

Zimmerman negó con la cabeza.

—Es muy poco probable. Ya sabes cómo son. No, Walter —dijo. Se echó hacia adelante y, con tono de maestro, dijo—: Piensa un poco, Walter. Vamos, exprímete un poco el cerebro. ¿Por qué otra razón habrían de abandonar los iraquíes el mercado del óxido de uranio?

Walter lo fulminó con la mirada y la explosión era inminente cuando Munger intervino.

—¿Porque ya lo tienen?

—Exactamente. Ésa es una presunción obvia —dijo Zimmerman y se echó hacia atrás en su asiento con aire satisfecho—. Y no resulta difícil imaginar de dónde lo obtuvieron. Sabemos que Libia tenía acumuladas más de quinientas toneladas. Creo que es razonable suponer que el Coronel ha hecho un trato con su buen amigo Saddam Hussein.

Walter sonreía y sacudía la cabeza.

—Eso será todo lo lógico que quieras, Efim, pero estás equivocado. La red Naranja está diversificada y debido al factor «Necesidad de saber», supongo que no estabas enterado de que tenemos esas reservas bajo vigilancia desde que Gaddafi comenzó a comprar la sustancia. Puedo detallarte la fecha de cada uno de los embarques que ha recibido. Hasta el momento, no se ha vuelto a exportar nada de óxido de uranio. Ésa ha sido una de nuestras operaciones furtivas más afortunadas —afirmó y se puso a hacer gestos ampulosos—. Justamente Isaac ha estado controlándola.

La expresión de Isaac Shapiro no era nada feliz. Preguntó:

—Señor Blum, ¿no ha leído usted los memorándums rotulados «Urgente»?

—No. Llegué anoche. Hasta el momento sólo he leído lo que estaba en el archivo de asuntos «Inmediatos». ¿Qué ocurre?

La prominente nuez de Shapiro subió y bajó repetidamente mientras tragaba en seco.

—Hace cuatro días —precisó—, los libios transportaron cien toneladas de óxido de uranio de las reservas de Sarir a la base naval de Tobruk. En este mismo momento se está embarcando en un buque de carga pequeño, el *SS Elmsland,* una nave de seiscientas toneladas, perteneciente hasta el mes pasado a una compañía británica pero, actualmente, propiedad de la Hirah Trading and Shipping Company, de Beirut.

Hubo un silencio penoso, roto por último por Misha Wigoda, quien dijo con gran serenidad:

—La Hirah es una compañía iraquí pantalla. En años anteriores compraron equipo militar norteamericano de desecho. Computadoras, aparatos electrónicos, etc.

Walter se disculpó frente a Zimmerman y los integrantes de la reunión siguieron examinando opciones.

Isaac Shapiro ya elaboraba planes para sabotear y, con un poco de suerte, hundir el *SS Elmsland.* Casi con toda seguridad descargaría su mercancía en el pequeño golfo portuario de Fao, motivo por el cual los iraquíes habían comprado una embarcación tan pequeña. Desde el cierre de la vía fluvial de Shatt Al Arab debido a la guerra, el puerto principal de Basrah había quedado aislado. Fao fue usado originalmente por jabegueros y sólo tenía calado para embarcaciones muy pequeñas.

El barco quizás atravesaría el Canal de Suez y Shapiro pensó que sería factible un ataque utilizando hombres rana, mientras la embarcación esperaba frente a Port Said la llegada de un convoy. Incluso era posible que los egipcios cooperaran. La mera idea de que Saddam Hussein tuviera un arsenal nuclear le provocaría pesadillas al presidente Sadat.

Analizaron luego si sería posible emplear otra ruta. Los iraquíes estaban haciendo entrar muchos suministros a través del puerto jordano de Aqaba, que luego transportaban en camiones por el desierto. Secretamente usaban también el puerto saudita de Jeddah, mientras las autoridades hacían la vista gorda.

Sin embargo, el consenso general indicaba que, debido a la naturaleza de la carga y la de los cilindros contenedores típicos, los iraquíes sin duda los harían entrar a través de Fao. En ese momento, Munger, que hasta entonces había permanecido en silencio, formuló una pregunta:

—¿Exactamente qué aspecto tienen esos cilindros y cuál será su número?

Shapiro se encargó de responder la pregunta con un tono formal, más acorde con el de un catedrático.

—El óxido de uranio es del color de la yema de huevo y su textura se asemeja a la arena gruesa. Los iraquíes no pueden usarlo para abastecer el reactor Tammuz, así que lo desean sólo por un motivo: para colocarlo circularmente alrededor del núcleo y extraer PU239. Esas cien toneladas de óxido de uranio les proporcionarán suficiente plutonio para permitirles fabricar alrededor de doscientas bombas del tamaño de la lanzada en Hiroshima. Debido a que es radiactivo y resulta peligroso inhalarlo, se transporta en cilindros amarillos especiales de doscientas libras con sellos de goma de un color rojo vivo. Cada cilindro pesa aproximadamente un tercio de tonelada y tiene grandes inscripciones negras que indican la fuente del mineral y un número de serie. El propósito de ello fue brindarle cierta medida de control a la IAEA, aunque no demostró demasiada utilidad. Este embarque consta exactamente de trescientos cilindros.

Munger se puso en pie y fue hasta un enorme mapa que casi cubría toda una pared. Mostraba el Medio Oriente en detalle. Las otras personas presentes le observaban la espalda mientras Munger estudiaba el mapa con atención. Cuando se volvió, estaba sonriendo. Dijo:

—Seríamos unos tontos rematados si hundiéramos la embarcación con esa carga. ¿Qué mejor prueba se le puede dar al presidente Reagan que una fotografía que muestre a los iraquíes recibiendo esa remesa de cilindros?

Munger regresó junto a la mesa y se sentó, mientras a su alrededor se elevaba el murmullo de una conversación. A todos les pareció una idea extraordinaria. Eso sí sería coger a los iraquíes con las manos en la masa. El único problema era si Munger sería capaz de hacerlo. Y en qué lugar.

Munger se mostró curiosamente satisfecho. Al fin y al cabo, tomar fotografías de temas prohibidos era su especialidad. Era obvio que en Fao existiría una impresionante operación de seguridad, pero era un sitio bastante cercano a la zona de guerra y no le costaría demasiado ingresar en el área. Existía todavía otra posibilidad interesante: sin duda los iraquíes no enviarían el óxido de uranio a El Tuwaitha mientras hubiera cientos de científicos franceses e inspectores de la IAEA en la planta. Nada de eso; lo transportarían a algún establecimiento secreto donde sería preparado y almacenado hasta que el Tammuz I estuviera en servicio y en El Tuwaitha no quedaran extranjeros. Tal vez pudiera seguirle la pista al embarque y obtener algunas fotos en el establecimiento secreto.

El nivel de excitación reinante se incrementó, como así también los decibelios, a medida que los demás ofrecieron sugerencias y operaciones de apoyo. Pero Munger no quiso saber nada de todo eso. Trabajaría solo e improvisaría sobre la marcha. Por medio de sus conexiones con los kurdos, tenía ya a su disposición escondrijos secretos en Bagdad y en otras ciudades de Iraq. También tenía una ruta de escape prevista a través de Kurdistán hacia el puerto turco de Mesin, en caso de que la operación fracasara. Lo importante era rastrear al *SS Elmsland* y calcular el día estimado de su llegada a Fao. En cuanto lograran establecerlo, Munger se dirigiría a Iraq.

La sesión se levantó. Isaac Shapiro y Misha Wigoda se alejaron para planear la vigilancia a que se sometería al barco y Walter le dijo a Munger que lo localizaría en Platres en cuanto tuviera noticias.

Munger se volvió para mirar a Zimmerman y le dijo:

—Efim, si no lo veo antes de que zarpe, que tenga un buen viaje.

Se estrecharon las manos y, movido por un impulso, Zimmerman lo abrazó.

—Ve con Dios, hijo.

Cuando Munger llegó a la puerta, Walter le dijo en voz alta:

—Dile a Ruth que estoy muy enojado con ella. Hace más de un mes que no almuerza conmigo.

—Ha estado muy ocupada, Walter. Estamos arreglando y ampliando la casa de mi vieja granja. Se queja de que no haces más que mandarme de viaje con demasiada frecuencia y le toca a ella hacer casi todo el trabajo.

—Eso no es ninguna excusa —gruñó Walter—. Dile que «me ha partido el alma en dos».

Munger sonrió con ganas.

—Eso es imposible, Walter. Eres un desalmado.

Cerró la puerta y Walter se dirigió a Zimmerman con expresión dolida.

—Eso no es cierto.

—Por supuesto que no, Walter —expresó Zimmerman, palmeándole consoladoramente el brazo—. Pero tu alma está oculta tras tantos rollos de grasa que tiende a pasar inadvertida. Ahora me hace falta un trago.

Mientras Walter servía dos whiskies, Zimmerman comentó:

—A una parte de mí le asusta mucho que todo dependa de la habilidad de un solo hombre. Y otra parte de mi ser está muy satisfecha de que ese hombre sea Munger.

Walter le entregó el vaso y ambos fueron a sentarse en un grupo de sillones situados en un rincón de la habitación.

—Es el agente perfecto para esta misión —dijo Walter—. Pero te confieso que me preocupa un poco su independencia. Detesta ser controlado, tener a alguien vigilándolo por encima del hombro. A mí me gusta tener un control completo de cada operación, guiarla y dirigirla, pero en este caso soy un mero espectador. Todos lo somos.

Zimmerman bebió unos sorbos de whisky y se arrellanó en el sillón. Intuía que Walter deseaba hablarle de algo. Tal vez necesitaba algún consejo «paternal». Era una situación muy poco frecuente y Zimmerman la estaba disfrutando. Para alentar a Walter, le dijo:

—Cuéntame algo más acerca de él.

Y así fue como Walter habló sin parar durante media hora. Le habló acerca del estado mental de Munger y cómo la causa de sus problemas seguía siendo un misterio. Le habló de Ruth y de cómo había intentado reclutarla para que sedujera a Munger y cómo se había negado de plano, a pesar de lo cual pocos meses después ambos se habían convertido en amantes. Cuando se refirió a Ruth su voz se suavizó y el afecto que sentía por ella se hizo evidente.

Describió la transformación de Munger. Cómo el carácter de ese hombre había florecido desde adentro. Walter era un gran escéptico, pero la primera vez que cenó con ellos en Platres quedó impresionado por la intensidad del amor que ambos se profesaban, por la integridad de ese sentimiento. No porque fueran excesivamente demostrativos. Se trataron el uno al otro con soltura y bromearon, pero durante la comida Walter advirtió las miradas que intercambiaron y sintió la fuerza del vínculo que los unía.

Al principio le preocupó la posibilidad de que eso pudiera afectar al trabajo de Munger, distraerlo de su misión. Pero muy pronto sus dudas se disiparon. La cooperación de Munger fue más intensa que antes, a pesar de que permaneciera más tiempo en Chipre. Su trabajo en Irán fue brillante, lo mismo que los métodos empleados para lograr acceso al frente de batalla iraquí.

Walter le detalló cómo, al fracasar el ataque aéreo iraní sobre El Tuwaitha, Munger consiguió deliberadamente ser expulsado de Irán, con la acusación de que las fotografías tomadas de las acciones bélicas exhibían una notoria parcialidad en favor de Iraq. Inmediatamente voló a Beirut, habló con Sami Asaf y le dijo que deseaba informar sobre la guerra desde el lado iraquí, y que, para ello, quería tener libertad de movimientos y necesitaba, por consiguiente, un visado de entrada múltiple. Sabía, desde luego, que Sami era un funcionario de alto rango en el Mukhabarat, pero el hecho de establecer contacto con él fue una actitud astuta pues era, asimismo, un antiguo corresponsal para el *Middle East News Bureau* y tendría obvios contactos con el Ministerio de Información de Iraq.

Sami Asaf tomó todas las medidas necesarias y Munger, gracias a su reputación y al reciente conflicto sostenido con las autoridades de Irán, fue recibido con los brazos abiertos. La única persona que objetó la presencia de Munger fue Janine Lesage, quien a esas alturas lo odiaba con una obsesión rayana en la histeria. Llegó incluso a escribir un artículo en *L'Universe* criticando las fotografías de Munger y dando a entender que sólo trabajaba en blanco y negro porque las dificultades técnicas de la fotografía en color lo superaban. El artículo en cuestión causó gran hilaridad en los medios informativos.

En ese momento de la conversación, Zimmerman aprovechó la ocasión para preguntarle a Walter qué pensaba hacer con respecto a Janine Lesage. A fin de cuentas, era una agente muy capacitada y hábil y trabajaba directamente contra Israel. Walter se encogió de hombros. Ya se ocuparía de ella a su debido tiempo. Conocían a fondo sus antecedentes y eso era mejor que tener que enfrentarse a un agente desconocido enviado por los franceses.

Finalmente Walter expresó su propio dilema. El anciano sentado frente a él era la única persona a quien podía confiarle sus pensamientos. En pocas palabras, le dijo que afrontaba el mismo problema que suele acosar a los titiriteros que se encariñan con sus muñecos. Le había cobrado mucho afecto a Ruth y también a Munger. Fue testigo de la felicidad de ambos y se regocijó ante la perspectiva de su futuro como pareja. Pero en las semanas que se avecinaban se vería obligado a exponer a Munger a peligros extremos. ¿Cómo reconciliar su deber con su conciencia? ¿Qué hacer si ambas cosas entraban en conflicto? Esbozó el tema con expresión atribulada y luego se desahogó y miró al hombre de más edad en busca de alguna palabra de consuelo o de paz.

Zimmerman lo escuchó encorvado en el sillón, con el mentón apoyado en el pecho, mientras con los dedos hacía girar el vaso casi vacío en el que golpeteaba rítmicamente un último cubito de hielo que se derretía con rapidez.

—Walter —le dijo—. Elegiste esta actividad porque te aburrían los negocios. Querías tener un trabajo excitante y lleno de intrigas. También querías comprometerte con un ideal. Era una manera de satisfacer a la vez tu ego... y tu conciencia —afirmó y sonrió para eliminar todo rastro de ofensa en sus palabras—. Pero, al hacerlo, firmaste también una especie de pacto con el diablo. Y a veces el diablo exige su parte. Has perdido a otros agentes y es posible que pierdas a éste. Más vale que aceptes esa posibilidad desde ahora.

Walter hizo una mueca. En realidad no esperaba oír palabras de consuelo. Al menos Zimmerman le estaba hablando con cruda sinceridad.

—¿Eso es todo lo que se te ocurre decirme?

Zimmerman negó con la cabeza.

—No. Ha llegado el momento de moderar un poco tus excesos. Maltrataste tu cuerpo demasiado tiempo con una indulgencia excesiva. Estás llegando a una edad en que tu peso podría ser fatal para ese corazón que se supone que no tienes. Frénate un poco. Lo mismo con la bebida y los cigarros. Te excedes en todo.

Walter le lanzó una mirada fulminante. Zimmerman le sonrió y le extendió su vaso vacío.

—Yo, en cambio, soy un monumento a la salud... así que consígueme otro trago, jovencito.

Ruth y Munger blanquearon la pared juntos. Tenía diez metros de largo y era la parte exterior de la nueva habitación que habían agregado a la vieja casa de la granja: la que sería el estudio y el laboratorio de David. Cuando la misión llegara a su fin, él tenía planeado dar un giro de ciento ochenta grados a su carrera de fotógrafo. Ya no haría más fotografías de guerra sino retratos y algún otro encargo especial para noticiarios o revistas de turismo. Trabajos en los cuales Ruth podría acompañarlo. También comenzaría a trabajar en color y pasaría más tiempo en el cuarto oscuro, equilibrando el aspecto artístico de su trabajo con el otro, más técnico, de revelar y copiar la película.

Comenzaron a trabajar cada uno en un extremo de la pared y, mientras lentamente iban acercándose, Munger le contó a Ruth todo lo referente a la reunión del día anterior. No omitió ningún detalle porque ambos habían decidido que entre ellos no existirían secretos y el acuerdo resultó satisfactorio. Ruth necesitaba la confianza que otorga el hecho de estar enterada, sin importar lo graves que fueran las cosas. Munger descubrió que si compartía con ella sus problemas de trabajo, si expresaba sus dudas y preocupaciones, todo le resultaba más llevadero.

Ruth sonrió cuando Munger le dio el mensaje de Walter y dijo que iría a Limasol dentro de una o dos semanas. De todos modos, tenía que ir a hacer algunas compras. Tenía también algo más que hacer, pero no se lo mencionó a Munger.

Desde hacía un año y medio, a partir de aquellos primeros días en la casa de la playa, había deseado poder concebir un hijo; hasta había rezado para quedar embarazada. Con el correr de los meses comenzó a desesperarse un poco, pues hacía tiempo que había pasado los treinta años y comenzaba a ver con alarma que se acortaban sus posibilidades de tener hijos. Su ginecólogo de Limasol la había tranquilizado: afirmó que no existía ningún motivo para que no quedara embarazada. Le preparó un gráfico, basado en el ciclo menstrual de Ruth, para que ella pudiera saber en qué momento del mes era más fértil. Resultó ser algo así como un ejercicio en frustraciones, pues en muchas de tales ocasiones Munger estaba ausente, dedicado a su trabajo. Su ansiedad se incrementó con el correr de los meses, pero en los últimos días sus esperanzas aumentaron considerablemente. Ruth era muy regular en su ciclo, pero ese mes el período llevaba cinco días de retraso. Trató de no hacerse demasiadas ilusiones por temor al desengaño y no le dijo nada a Munger. No quería que nada lo distrajera durante los días difíciles que muy pronto le tocaría vivir en Iraq. La semana siguiente iría a Limasol, se sometería a algunos análisis y si el resultado era positivo, Munger tendría una hermosa sorpresa con la cual poder iniciar una nueva vida.

Ruth se concentró durante un buen rato en la pared y la cal. Le gustaba ese trabajo; disfrutaba viendo cómo la casa se transformaba bajo las manos de ambos en el lugar que simbolizaba para los dos la felicidad futura. Al principio, cuando Munger sugirió que vivieran allí una vez casados, se mostró un poco tirante, pues le parecía más lógico que él se mudara a la amplia casa de campo que Ruth poseía. Pero luego reconoció las implicaciones mentales que eso podía tener. Siempre flotarían en la casa ciertas reminiscencias de Duff y, por más que Munger no hubiera indicado jamás que eso podría molestarle, Ruth pensó que era mejor evitar que ello sucediera.

Su primera visita a la granja y a la aldea de Phini había terminado de convencerla. Almorzaron en la taberna y el enorme respeto y cordialidad que los lugareños le demostraron a Munger y, a través de él, también a ella, le proporcionaron una cálida sensación de pertenencia.

Por la noche fueron a cenar a casa de Papadopoulos, y Helena les preparó *kleftiko* y le relató la historia del incendio y de cómo había utilizado ese plato de comida como cebo para granjearse la amistad de Munger. Ruth acarició al perro de Androulla y escuchó el relato de la pequeña acerca de cómo el animal se había cortado la pata y de lo mucho que la asustaba el «forastero malo».

Ruth se sintió como en su casa y a partir de ese momento consagró sus energías a la renovación de la casa de campo. Iba casi todos los días y de la aldea llegaban los distintos artesanos: albañiles, carpinteros y fontaneros que trabajaban junto a ella por pagas muy modestas. Vassos ayudó a formar una huerta detrás de la cocina y montó un sistema de riego elemental, pero eficiente, desde el pozo.

Dentro de un mes todo estaría listo y, por lo que Ruth acababa de enterarse, también la misión Naranja Azul habría terminado. Si los análisis de la semana siguiente dieran un resultado positivo, estaría saltando de felicidad.

Su éxtasis se vio interrumpido por el chasquido de una brocha muy cerca de su hombro. Giró la cabeza sobresaltada y se encontró con la sonrisa de Munger. Ya casi se habían reunido en el centro de la pared.

—Estabas soñando despierta —dijo él.

—Sí y era un buen sueño. Dame un beso para que termine bien.

—Cuando hayamos concluido con el muro — le respondió él con tono inflexible.

Ella mojó la brocha en el cubo y comenzó a salpicar la cal frenéticamente sobre la pared, pero el beso tuvo que esperar. Por el camino apareció un automóvil negro, el mismo que siempre enviaba mensajes de Walter.

En esa oportunidad se trataba de una nota muy breve, que decía:

«SS Elmsland ETA Fao 1 de junio.».

Munger se la pasó y le dijo:

—Tendré que partir mañana mismo.

Ruth asintió y comenzó a desparramar más cal sobre la pared.

Cuatro días más tarde, Joseph Levy y David Burg daban un paseo por el Bois de Boulogne. Levy era el residente interno del Mossad en París y Burg lo era en Londres. Eran viejos amigos y habían luchado juntos en el Haganah, en la batalla para la creación de Israel. Con frecuencia se visitaban durante los fines de semana y charlaban sobre viejos tiempos y antiguas batallas.

Eso era lo que habían hecho durante la hora del almuerzo en un restaurante cercano y, puesto que era una tarde de sol, decidieron caminar por el parque. Eran dos funcionarios de inteligencia, de alto rango, demasiado experimentados como para hablar de temas relativos al Mossad en un restaurante o en cualquier otro lugar en que sus palabras pudieran ser oídas o registradas por un micrófono oculto.

Pero en el espacio abierto y vacío del parque y hablando en voz baja, se sintieron suficientemete seguros como para intercambiar ideas sobre su trabajo y hablar de algunas personalidades y escándalos menores. Luego, cuando dieron media vuelta e iniciaron el regreso, la conversación se volvió más seria. Levy había estado íntimamente envuelto en los intentos del Mossad por impedir la exportación del reactor Tammuz I de Francia. Burg sentía curiosidad por saber qué ocurriría ahora que el reactor estaba instalado y a punto de volverse radiactivo. Desde luego, Levy no debería haber mencionado el tema pero, a fin de cuentas, Burg era un funcionario importante del Mossad y un viejo amigo, así que le contó lo que sabía, que no era por cierto demasiado.

A ciento cincuenta metros de distancia, en la parte posterior de un furgón verde oscuro estacionado frente al Pavillon Dauphine, un hombre con barba observaba a los dos israelíes con unos binoculares. Los dos hombres caminaban lentamente hacia él, agachándose apenas mientras hablaban. Cerca del hombro del individuo que los vigilaba estaba el tubo negro y largo de un micrófono direccional muy sensible. El sujeto lo desplazó para que apuntara directamente a los paseantes y luego giró la cabeza para mirar al interior del camión. Un hombre rubio y de poca estatura, vestido con un mono de trabajo, se encontraba sentado frente a una consola metálica que contenía una batería de grabadores y amplificadores. Tenía colocados unos auriculares.

—Inténtalo ahora.

—¿A qué distancia se encuentran? —preguntó el hombre rubio.

—A unos ciento cincuenta metros y se acercan lentamente.

El rubio se encogió de hombros con gesto negativo, pero extendió el brazo, oprimió un botón y las cintas de una de las máquinas comenzaron a girar con lentitud. Levantó las manos, se apretó más los auriculares, escuchó y sacudió la cabeza.

El hombre de la barba se volvió, observó por los binoculares y, con intervalos de varios segundos, modificó la dirección del micrófono para que enfocara a los israelíes que se acercaban en diagonal. Era obvio que no se acercarían a más de ochenta metros.

Ya casi se encontraban a la distancia mínima cuando el rubio dijo:

—Oigo algo. Muy débil... muy débil... Se desvanece... Lo he perdido.

—¡Mierda! —mascullÓ el de la barba—. Otros diez metros... sólo faltan diez metros. ¿Qué conseguiste?

El rubio se quitó los auriculares y dijo:

—Para mí era inaudible, pero a lo mejor en el laboratorio consiguen sacar algo en limpio. Vámonos de aquí.

Dos horas más tarde, en las oficinas centrales del SDECE, De Marenches leía la transcripción de lo obtenido en el laboratorio:

BURG: Quieres decir... (inaudible)... en Iraq? ¿Todo el país?

LEVY: Sí. Parece increíble pero es cierto. Sólo un agente de primera.

BURG: ¿Lo conoces?

LEVY: No. Él es... (inaudible)... llamado Naranja Azul. Lo esperamos en cualquier momento.

BURG: Pero, demonios, un solo hombre. Es... (inaudible)...

El hombre de la barba estaba sentado nerviosamente frente al escritorio. Dijo:

—Lo siento, señor. Es todo lo que pudimos recoger en las cintas. La distancia era de más de cien metros.

De Marenches sonrió y desestimó la disculpa.

—Hicieron un buen trabajo. Muy buen trabajo. Es poco frecuente pescar a los del Mossad con los pantalones abajo.

Oprimió un botón del intercomunicador y dijo:

—Quiero enviar un mensaje urgente a Janine Lesage.

Capítulo 16

Ahmed Nassir no sólo era un avaro sino también un cobarde. Munger se preguntaba si su avaricia sería mayor que su cobardía. Nassir era el enlace y el intérprete que le había asignado el Ministro de Información iraquí y su escolta permanente por más que Munger hablara un árabe pasable. Nassir pertenecía a las jerarquías inferiores del Mukhabarat. Era un hombre bajo y rechoncho de poco más de treinta años y hablaba inglés con acento norteamericano, pues había estudiado dos años en la Universidad Norteamericana de Beirut. Era la tercera ocasión en que se lo asignaban a Munger, ya que después de la primera vez y al reconocer la utilidad que podía significarle ese individuo, le había comentado a Sami Asaf en el curso de un almuerzo en el Hotel Simbad que le gustaría seguir trabajando con él. En el rostro de Ahmed Nassir estaba escrita su avaricia y también en sus dedos, que no cesaban de toquetear su prominente anillo de oro. Se advertía, asimismo, en la manera en que efectuaba sus gestos. Pues aunque Munger le pagara la comida en el restaurante —cosa que generalmente hacía— Nassir le pedía siempre el comprobante con una sonrisa de complicidad.

Su cobardía estaba más allá de cualquier duda. Su misión era acompañar a Munger en todo momento, lo cual incluía incursiones en la zona bélica. Sin embargo, cada vez que Munger se dirigía a un área peligrosa, Nassir inventaba alguna excusa para quedarse en el hotel. Alegaba sentirse mal o que esperaba una llamada telefónica muy importante o la llegada de un funcionario de alto rango.

Eso le venía de perillas a Munger, quien no había tardado en establecer una buena relación con los oficiales en el campo. Solía llevarles cigarrillos y bebidas alcohólicas, pero, lo que era más importante, los fotografiaba y luego les enviaba las copias y, en ocasiones, los periódicos y revistas en que aparecían. También logró impresionarlos con el coraje con que se movía bajo el fuego de artillería y por el hecho de haber sido expulsado de Irán por parcialidad hacia Iraq.

Se desplazaba con relativa libertad por el campo de batalla y era la envidia de los demás fotógrafos, quienes debían limitarse a las ocasionales excursiones al frente organizadas por las autoridades para los medios de información.

Sin embargo, en ese preciso instante Munger se enfrentaba con un problema concreto. Estaba sentado junto a Nassir, en el restaurante del Hotel El Jamhorya, en Basrah, y mientras lo contemplaba devorar debía decidir cuánto dinero haría falta para contrarrestar su cobardía.

Todo parecía indicar que a Munger no le sería posible obtener ninguna fotografía del SS *Elmsland* descargando los cilindros. Esa tarde, después de una visita fugaz a un brigadier que comandaba parte de la guarnición de defensa de Khorramshahr, Munger siguió viaje en automóvil a lo largo del canal de Shatt Al Arab hasta Fao. Nassir permaneció en el hotel con la excusa de una descomposición de estómago, una enfermedad de la cual al parecer se había curado de forma espontánea.

Munger había logrado pasar tres barricadas sin dificultad, gracias a sus papeles y conexiones. Pero al llegar a la cuarta las cosas fueron diferentes: sólo se encontraba a un kilómetro y medio del puerto y era parte de una barrera más amplia y cubierta de alambre de púas, que se extendían a todo lo ancho de la estrecha península. En toda su extensión se advertían señales con calaveras y huesos cruzados que indicaban la existencia de un campo minado.

El capitán a cargo de la barricada se mostró indiferente ante la documentación exhibida por Munger y afirmó que se trataba de una zona totalmente restringida. Munger intentó el recurso de mencionar el nombre de un brigadier y dos coroneles, pero el capitán sonrió y le informó que ni siquiera a ellos les estaba permitida la entrada.

Fue muy frustrante. A lo lejos, avistó varios barcos junto al único muelle y otro más en el mar, esperando su turno. La fecha prevista para la llegada del *Elmsland* era dos días después y presumiblemente atracaría sin pérdida de tiempo. El instinto de Munger le dijo que por más que lo intentara no lograría hacer que el capitán cambiara de idea. Su insistencia podría, en cambio, despertar sospechas. Así que conversó amablemente con él durante algunos minutos y observó cómo a dos camiones llenos de obreros se les permitía pasar por la barrera después de inspeccionarles los documentos. Entonces le regaló al capitán un paquete de Marlboro y se dirigió de regreso a Basrah. Para él era vital descubrir el destino final del óxido de uranio.

Nassir arrancó el último trozo de carne del último hueso de pollo y se limpió la grasa de la cara y los dedos con una servilleta de papel. Mientras extendía el brazo para tomar un mondadientes, Munger le dijo:

—Ahmed, tengo un problema. Quizá tú puedas ayudarme.

—¿De qué se trata, señor Munger?

Munger extrajo del bolsillo un pequeño paquete de papel blanco doblado en cuatro y se lo entregó.

—Necesito hacer valorar esto... de prisa.

Nassir colocó el papel sobre el mantel y lo desplegó con gran cuidado. En cuanto vio los cuatro pequeños diamantes, los tapó con su mano regordeta para ocultarlos de otros ojos que no fueran los suyos.

—¡Diamantes!

—Sí —dijo Munger con naturalidad—. Francamente, no sé mucho sobre diamantes. Llegaron a mis manos por casualidad.

—¿Quiere que se los venda?

El rostro de Nassir estaba ya cubierto de sudor y de codicia.

—Quizá. Pero primero quiero que me los tasen.

Nassir volvió a doblar el papel, pero lo dejó frente a él, sobre la mesa.

—Tal vez pueda ayudarlo, señor Munger. Conozco a un hombre aquí en Basrah que trabaja en joyas y es amigo de mi tío. Es un hombre honrado. Si quiere vender estos diamantes, le dará el mejor precio del mercado. Eso se lo garantizo.

—Espléndido. ¿Cuándo puedes averiguarme el dato?

Nassir consultó su reloj.

—Calculo que a esta hora estará en su casa, así que podría ir a verlo —dijo y un pensamiento le frenó—. Creo que es mejor que no me acompañe. El hecho de ver a un forastero podría despertar sospechas y usted sabe que la venta de piedras preciosas es ilegal.

—Por supuesto. De todos modos, tengo que quedarme aquí para esperar una llamada telefónica muy importante —dijo y le guiñó un ojo a Nassir, quien sonrió con cierta vacilación.

Luego el individuo tomó los diamantes y preguntó:

—¿Necesita que le dé un recibo?

Munger sacudió la cabeza enérgicamente. Eso hizo que la sonrisa de Nassir pareciera más confiada. Echó la silla hacia atrás y se puso en pie.

—Iré a su habitación en cuanto regrese.

Dos horas más tarde, Munger estaba acostado en la cama y medio adormilado cuando oyó unos golpecitos en la puerta.

Nassir entró en el cuarto con la expresión de un proxeneta. Aceptó un vaso de whisky y se instaló en la única silla. Munger se sentó en la cama, frente a él. En seguida Nassir le pasó el pequeño cuadrado de papel.

—Le traigo buenas noticias, señor Munger. Estos diamantes son de muy buena calidad. No son perfectos, como comprenderá, pero igualmente son valiosos. Cada uno tiene un poco menos de un quilate y mi amigo —el amigo de mi tío— le ofrece diez mil dólares por cada uno... sí, por cada uno, señor Munger. Lo cual sumaría cuarenta mil dólares. Es un muy buen precio. Le garantizo que no conseguirá uno igual en ninguna parte. Ni siquiera en Beirut.

Munger se sentía muy satisfecho. Calculó que Nassir debía de compartir su ganancia con el comprador, así que eso significaba que por alrededor de doce mil dólares estaba dispuesto a arriesgar su posición, tal vez su vida, al cometer una acción ilegal. Se cuidó de que su voz no trasluciera esa satisfacción.

—Esos diamantes pesan exactamente un quilate cada uno y son gemas impecables del tono «D». Su precio al por mayor es de alrededor de dieciséis mil dólares cada uno. Como mínimo. Así que estabas tratando de engañarme.

Nassir no demostró ninguna alarma, pero sus ojos se entornaron.

—Si conocía su valor, ¿por qué me pidió que se los hiciera tasar? ¿Qué está tramando?

—Lo que me propongo es descubrir si estás dispuesto a correr un gran riesgo por mucho dinero.

El árabe se echó hacia adelante.

—¿Cómo es de grande el riesgo y cuánto dinero hay?

Munger decidió no referirse a los peligros. A fin de cuentas, los buenos vendedores siempre hacen hincapié en los aspectos positivos de la operación. Ya se encargaría Nassir de valorar los riesgos.

—Esos diamantes, cuyo valor total es de sesenta y cuatro mil dólares, serán tuyos, Ahmed, a cambio de cierta información.

Nassir sonrió pero su mirada fue helada.

—Usted es un espía.

—También lo eres tú.

—Sí, pero sólo en escala menor. No puedo creer que yo posea información que valga tanto dinero.

—En esto tienes razón —convino Munger—. Tendrás que conseguirla.

—Bien. Y allí aparece el peligro.

—Precisamente, pero no es tan grande.

—¿Para quién trabaja? ¿Para la CIA?

Munger sonrió e hizo un gesto con las manos como si lo hubieran pescado *in fraganti*. Nassir asintió y volvió a sonreír.

—Ya me parecía. Los británicos jamás me habrían ofrecido tanto. ¿Qué es lo que quiere saber?

—Hay un barco llamado *SS Elmsland,* que llegará a Fao dentro de dos o tres días. Descargará inmediatamente y el cargamento se enviará por camión a un destino desconocido. Necesito conocer ese destino.

—¿En qué consiste la carga?

—No lo sé.

Nassir supuso que mentía y también que el cargamento en cuestión serían armas y municiones.

—Será muy difícil —dijo—. Fao es una zona restringida. Incluso para mí.

—Ya lo sé. Pero el cargamento deberá desembarcarse y luego cargarse en los camiones. Calculo que serán por lo menos cuatro vehículos. Así que en el convoy habrá cuatro conductores. O quizás incluso dos por camión. Estoy seguro de que podrás obtener la información de cualquiera de ellos. O de los estibadores del puerto. Muchos de ellos son de Basrah y no te costará mucho localizarlos.

—Es posible —dijo Nassir con aire pensativo—. Pero saldrá muy caro.

—Con sesenta y cuatro mil dólares se pueden comprar muchas cosas —dijo Munger y arrojó el anzuelo—. Te entregaré dos diamantes ahora mismo y los otros dos en Bagdad, antes de que abandone Iraq. Eso será en menos de una semana. Si la información que me proporcionas es exacta y me resulta útil, añadiré otros dos diamantes del mismo valor.

En un santiamén, Nassir calculó un total de noventa y seis mil dólares, menos el puñado de dinares que tendría que pagarle al conductor por la información.

Munger le preguntó:

—¿Trato hecho?

—Trato hecho —fue la respuesta.

Munger se puso en pie y tomó el vaso vacío de Nassir.

—Tomemos un trago juntos para celebrarlo.

A más de mil kilómetros de distancia, en su apartamento de Beirut, Janine Lesage también concertaba un trato por cinco mil libras libanesas, mucho más barato, por cierto, que la operación de Munger.

El «coronel» Jamil Mahmoud no era en realidad un coronel pero comandaba uno de los pequeños ejércitos privados de Beirut y era un individuo discreto. Su «ejército» de ciento cincuenta matones se dedicaba a proteger a las personas y las propiedades de adinerados industriales libaneses, pero Mahmoud tenía por costumbre alquilar a algunos de los hombres bajo su mando a cualquiera que tuviera dinero suficiente para pagarlos.

Janine Lesage necesitaba una docena de hombres, bajo las órdenes de un líder de confianza, para secuestrar a Melim Jaheen, tenerlo preso uno o dos días hasta que ella lograra extraerle información y luego eliminarlo.

El mensaje le llegó de París la noche anterior. Básicamente, le informaba que en Iraq se encontraba operando un agente de alto rango del Mossad, cuyo nombre en código era Naranja Azul. Sus instrucciones eran aliarse con el Mukhabarat iraquí y localizar y anular a ese agente. «Anular» era sólo un eufemismo por eliminar. El curso de acción que debía seguir era evidente: sabía que no era muy probable que Melim Jaheen fuera agente del Mossad y, por consiguiente, estuviera enterado de la identidad de Naranja Azul. Sabía que debería haberse puesto en contacto con Sami Asaf en Bagdad y usarlo como punta de lanza para su misión. No lo había hecho por varios motivos. En primer lugar, casi con toda seguridad habría utilizado a amigos de la OLP para secuestrar a Jaheen y extraerle información y, por experiencia, sabía que sólo les importarían sus propios intereses. En segundo lugar, deseaba llevar a cabo un gran golpe por sus propios medios, tanto para impresionar al cuartel central del SDECE como para burlarse de Sami Asaf. Últimamente las relaciones entre ambos se habían enfriado mucho. En parte se debía a que él pasaba casi todo su tiempo en Bagdad y, en parte, al creciente antagonismo que había surgido entre ellos. En realidad, todo comenzó con el asesinato de Duff Paget. Algunos meses más tarde se produjo un inevitable escape de información por parte de elementos disidentes de la OLP y los norteamericanos descubrieron que el Mukhabarat había estado detrás de esa operación. Con un celo poco frecuente, la CIA exigió que esa muerte se vengara y eliminó a cuatro agentes del Mukhabarat en distintas partes del Medio Oriente. Sami Asaf se sintió muy molesto. Y mucho más todavía con el asesinato del profesor Yahia el Mashad en París, el sabotaje de partes del reactor y los siguientes retrasos. No hizo más que mofarse de la incompetencia del SDECE, que se suponía debía impedir que ocurrieran esas cosas, y puso en tela de juicio la eficiencia de su colaboración en Iraq si permitía que eso pasara en sus propias narices. Janine Lesage también había reñido violentamente con Sami cuando éste utilizó su influencia para ayudar a Munger a cubrir la guerra en Iraq. El odio que sentía hacia Munger era como una brasa encendida en sus entrañas. Le había rogado a Sami que no lo ayudara, pero no tuvo éxito. Sami sentía simpatía y admiración por Munger y más tarde disfrutó al contarle a Janine con cuánta eficiencia Munger, a través de sus fotografías, había mostrado al mundo el punto de vista iraquí de la lucha.

Sami Asaf no iba a Beirut desde hacía tres meses. Ella lo visitó en Bagdad en dos oportunidades, pero fueron encuentros frustrantes y desprovistos de sexo. En su propio terreno, Asaf se mostraba seguro e incluso arrogante y, haciendo gala de una curiosa escala de valores morales, alegaba que no le era posible serle infiel a su esposa estando tan cerca de su hogar.

De hecho, toda la vida sexual de Janine Lesage fue una retahíla de frustraciones. Tuvo una breve aventura con Gordon Frazer que para ella resultó insatisfactoria y supuso que para él no fue otra cosa que una muesca más en el pilar de su cama. Al margen de eso, se permitió algunas otras escapadas de una sola noche que sólo sirvieron para aumentar su frustración.

Así que la que negoció con el «coronel» Jamil Mahmoud era una mujer resentida y llena de odio. Ella estableció las condiciones: Mahmoud recibiría la mitad del dinero en ese mismo momento y el resto cuando el trabajo estuviera concluido. Se cuidó muy bien de decirle que sospechaba que Jaheen era un agente del Mossad por si Mahmoud o alguno de sus hombres se mostraba indiscreto y se lo contaba a los de la OLP. Por lo tanto, cuando él le propuso ir derecho al grano y apresar a Jaheen en cualquier lugar donde lo encontraran, Janine encontró cierta dificultad en disuadirlo. Sabía lo competentes que eran los agentes del Mossad; no cabía duda de que estaría armado y, probablemente, oculto tras una pantalla protectora proporcionada por sus propios hombres. Sería suicida tratar de ponerle las manos encima en su oficina o en su casa. Ella conocía varios restaurantes y bares donde él solía comer y beber. Haría que vigilaran esos lugares de forma permanente para intentar atraparlo sin protección. Mientras, tenía preparado un escondrijo en el puerto de Damour, en poder de los musulmanes. Lo llevarían allí para interrogarlo.

El acuerdo se cerró y Janine Lesage le entregó las dos mil quinientas libras libanesas y sugirió que sellaran el pacto con un whisky.

El «coronel» Jamil Mahmoud se metió el dinero en el bolsillo pero rehusó el trago alegando ser un buen musulmán. Sugirió, en cambio, mirándola con avidez, que consumaran el trato de una manera mucho más agradable que, al mismo tiempo, no estuviera reñida con su religión. Ella se negó cortésmente. Aunque Mahmoud era un individuo fuerte y aparentemente en buen estado físico, supuso que tenía más de sesenta años y que, por consiguiente, el placer sería unilateral.

A la noche siguiente, Ahmed Nassir volvió a llamar a la puerta de la habitación de Munger y una vez más se deslizó en ella con el aspecto de un proxeneta. Trató de parecer calmado e indiferente, pero su cara traicionaba la excitación y la codicia que sentía.

—Hemos tenido suerte —dijo, mientras Munger le ofrecía una copa y le indicaba una silla—. Localicé a un conductor de camiones que acaba de llegar de Bagdad y es parte del convoy que transportará el cargamento del *Elmsland* a destino. —Tomó un gran sorbo de whisky, seguido atentamente por la mirada de Munger—. Fue muy caro. Tuve que darle dinero antes de que empezara a hablar.

—Prosigue —dijo Munger con impaciencia—. ¿Qué averiguaste?

Nassir hizo una pausa para crear suspense y luego dijo:

—El barco llegará pasado mañana, por la mañana. Ya hay cinco camiones Volvo F12 reunidos aquí en Basrah para transportar la carga. Las medidas de seguridad son muy rigurosas. En cada camión habrá tropas y la Policía Militar acompañará al convoy. Las carreteras serán despejadas previamente. El conductor ignora en qué consiste el cargamento —comentó y le lanzó una mirada significativa a Munger—. ¿Seguro que usted no sabe qué es? ¡Vamos! No me engañe.

—No lo sé. Ya sabes cómo son estas cosas. Te dicen sólo lo que quieren que hagas.

Nassir asintió.

—Bueno, el convoy se dirigirá a Kifri, una ciudad a ciento sesenta kilómetros al norte de Bagdad. Pasarán por Kifri y seguirán ocho kilómetros hasta llegar a una base militar. Ése es el lugar. El conductor me dijo que había estado allí antes con otros cargamentos. Puedo mostrarle en el mapa cuál es el lugar exacto.

Munger trató de que en la voz no se le notara el alivio que sentía.

—¿Cuándo tienen previsto llegar allá?

—Bueno, queda a unos seiscientos cincuenta kilómeros de Fao. Por lo general suelen hacer un alto en Al Hillah, que queda a mitad de camino, y pasar la noche allí.

—Muy bien. Tenemos cuatro días.

—¿Tenemos?

Munger hizo una mueca sombría.

—Así es. A primera hora de la mañana iremos a Bagdad. Necesitaré un día para arreglar los papeles para visitar la zona de combate del norte. Kifri sólo queda a sesenta y cuatro kilómetros de la frontera con Irán; sería natural que yo visitara la zona.

Nassir parecía muy incómodo.

—Yo ya he cumplido con mi parte del trato —aseguró—. Y me he arriesgado lo suficiente.

Munger hizo una jugada de riesgo calculado.

—De acuerdo. Pero, en ese caso, no recibirás la bonificación adicional. Dije que te la daría sólo si tu información me resultaba útil. Y eso no ocurrirá hasta que llegue a Kifri.

Una vez más Munger tuvo oportunidad de ver cómo en el rostro de Nassir se reflejaba la lucha entre la avaricia y el miedo. Por último preguntó:

—¿Cómo piensa conseguir los papeles? No se le permite a nadie entrar en esa zona.

—Tengo amigos en Bagdad.

Nassir lo observó con atención y luego dijo:

—Muy bien. Iré con usted a Kifri, pero ni un milímetro más allá. A partir de Kifri tendrá que arreglárselas solo.

Munger asintió y Nassir le preguntó:

—¿Después de eso abandonará Iraq?

—Sí.

—¿Y nunca regresará?

—Nunca.

—Me alegro. —Nassir se puso en pie, fue hasta donde estaba la botella de whisky y dijo—: Eso sí que es algo digno de un trago.

Y lo sirvió abundantemente.

Capítulo 17

Es un mito que los agentes secretos, o cualquier otra persona, pueden intuir la presencia del peligro, pero es cierto que son capaces de percatarse de que alguien los sigue. No se trata de algo instintivo sino de entrenamiento y experiencia. Es algo así como un monitor subconsciente del medio inmediato que lo rodea; un monitor que hace sonar una señal de alarma en cuanto capta alguna anormalidad: una cara vista con demasiada frecuencia, una figura que se desplaza al mismo ritmo. Un hombre que mira un periódico pero no lo lee. Un automóvil o camión en movimiento que no se integra al fluir del tráfico. Misha Wigoda era un agente experto y capaz, pero su señal de alarma no sonó porque nadie lo seguía.

Solía almorzar temprano en un pequeño restaurante emplazado en un estrecho *cul-de-sac* del distrito Fayadi Ya de Beirut. Iba allí con frecuencia porque, a su criterio, servían el mejor *kebbe* del Líbano. Era, asimismo, uno de los lugares en que Janine Lesage había colocado una vigilancia permanente. Al minuto de entrar Misha Wigoda en el restaurante, un hombre instalado en un café de la acera de enfrente le informaba por teléfono que Melim Jaheen se encontraba solo y sin protección.

Misha comió de prisa porque por la tarde pensaba ir al puerto de Jounieh para hablar con un agente falangista sobre la futura provisión de armas pequeñas. Tamar Feder, su asistente personal, debía recogerlo con su automóvil dentro de una hora, en la esquina de la Rue Hassel.

Mientras saboreaba la comida, los pensamientos de Misha se proyectaban hacia el futuro. Cuando Munger completara su misión, le habían prometido a Misha tres meses de licencia. Tamar Feder se haría cargo de Naranja 14 durante su ausencia. Sería una licencia bien merecida, la primera después de muchos meses de trabajo. Misha ya comenzaba a acusar síntomas de agotamiento. No era tan sólo la creciente tensión causada por la situación de Iraq, sino más bien el efecto de vivir en un medio hostil durante más de tres años y ocultarse tras una identidad falsa. Nunca tenía la menor oportunidad de bajar la guardia, de emborracharse o de conversar libremente con sus amigos o incluso con extraños. Era la constante necesidad de estar a la defensiva lo que le destrozaba los nervios. Hacía tiempo que debería haberse tomado un descanso y, en consecuencia, tenía los nervios tensos y la percepción embotada. Cuando recibiera esa licencia viajaría a Europa y a los Estados Unidos, sería un mero turista, comería y bebería todo lo que se le antojara y tal vez tuviera suerte y atrajera algunas mujeres, sencillamente quería pasarlo bien y cargar las baterías.

Munger nunca se alejaba demasiado de sus pensamientos. Hacía apenas algunas horas había llegado un enlace de Bagdad con un mensaje indicando el destino final del embarque de óxido de uranio y la información de que Munger intentaría fotografiar los cilindros dentro de los tres días siguientes.

El sistema de enlaces funcionaba bien. La red Naranja tenía ahora seis de ellos viajando hacia y desde Bagdad en una ruta fija. Eran personas genuinamente dedicadas a los negocios y comerciaban a un nivel que justificaba esas visitas frecuentes. Su papel consistía en recoger y depositar mensajes en una serie de direcciones secretas que cambiaban constantemente. Munger jamás se acercaba a esos lugares; de eso se encargaban sus amigos kurdos.

Misha terminó su almuerzo, bebió el café de un sorbo, asintió apreciativamente al obeso propietario del local y salió a la calle atestada y ardiente.

Doscientos metros más adelante Tamar Feder estacionó junto al bordillo de la acera, se secó el sudor de la cara y una vez más decidió presionar a Misha para que le pusiera aire acondicionado al automóvil. Después de conducir durante una hora en Beirut, no había hombre que no quedara hecho una piltrafa.

Automáticamente sus ojos registraron la bulliciosa calle. Cincuenta metros más allá, dos hombres descargaban cajones de la puerta trasera de un furgón. Al otro lado de la calle estaba estacionado un camión Ford gris. El conductor, asomado por la cabina, discutía con un comerciante, que lo recriminaba por taparle el escaparate. Por ser mediodía, el tránsito era escaso, pero había muchos peatones y mercachifles que trataban de vender sus mercancías.

Alcanzó a divisar la cabeza calva de Misha reluciendo al sol, mientras se abría camino por entre la multitud. Tamar estaba a punto de poner el motor en marcha cuando sucedió. Más tarde recordaría la habilidad con que fue llevado a cabo.

Misha estaba junto al furgón. Los hombres que, en la parte posterior del mismo, descargaban un cajón, lo soltaron, aferraron a Misha de los dos brazos, lo arrojaron dentro del vehículo y treparon de un salto al furgón. Misha no tuvo la menor oportunidad. La puerta trasera se cerró y el furgón se perdió inmediatamente entre el tráfico. Cuando Tamar puso en marcha el motor del coche, oyó que un automóvil aceleraba detrás de él. Giró la cabeza y consiguió ver un Mercedes verde que pasaba como una exhalación. Llevaba dos ocupantes. El pasajero se volvió para mirarlo y Tamar reconoció, gracias al archivo de fotografías, las facciones inconfundibles de Janine Lesage.

Estaba muy cerca del Mercedes, pero era demasiado tarde. Por el rabillo del ojo vio que un camión se desplazaba por la calle en diagonal. El Mercedes logró pasar antes, pero Tamar no lo consiguió; su pie se clavó rápidamente en el pedal del freno y levantó los brazos para protegerse la cara. No fue un choque espectacular pues, aparte de un pequeño corte en la barbilla, estaba ileso.

A partir de ese momento, sus actos siguieron un patrón rígido y preestablecido. Ni se le cruzó por la mente tratar de seguir y rescatar a Misha. La portezuela de su auto se había abierto de golpe por el impacto y Tamar se zambulló hacia la calle, se sumergió entre la multitud azorada y se apresuró a poner distancia entre él y el accidente. Dos manzanas más adelante llamó a un taxi y quince minutos después se encontraba en un escondrijo situado en el distrito de Ain Rummaneh: el último piso de un edificio alto de apartamentos. La antena de televisión del techo servía también como antena de radio y, antes de que transcurrieran treinta minutos desde el secuestro de Misha Wigoda, Tamar se encontraba ya enviando un informe completo a las oficinas centrales de Naranja en Limasol. Se le dijo que permaneciera en ese lugar. Su prioridad era asegurarse de que siguieran transmitiéndose todos los mensajes a y de Naranja Azul.

Tamar estaba desesperado. Se había pasado más de un año preparándose para suplantar a Misha y sentía un enorme respeto por él. Hubiera querido rastrear todo Beirut para encontrarlo, sin importarle el riesgo, pero sus órdenes eran explícitas: la prioridad número uno era Naranja Azul. Otros se encargarían de buscar a Wigoda. Otros, a su vez, cerrarían la red de Naranja situada en Beirut.

Tamar preguntó si no convendría intentar enviarle un mensaje a Naranja Azul, previniéndole del secuestro de Wigoda. Una vez más le dijeron que «otros» se encargarían de ello. Tamar se sintió impotente y asqueado.

Ruth llegaba con media hora de retraso pero radiante de felicidad. Al entrar a toda prisa en el Restaurante Amathus, vio a Walter en una mesa en un rincón. Un camarero acababa de colocar frente a él un plato de *hors d'oeuvres.* La vio, se puso trabajosamente en pie y cuando ella llegó junto a la mesa, le dijo con tono de reprobación:

—Ya creía que me harías objeto de la indignidad final de dejarme plantado.

Ruth lo besó en la mejilla, se disculpó y luego lo regañó por empezar el almuerzo sin ella.

Walter la miró con curiosidad mientras ella se sentaba y hacía a un lado el menú.

—¿Puedo ser realmente extravagante, Walter?

—Por supuesto.

—Entonces me gustaría pedir caviar, langosta thermidor y champaña Dom Perignon.

Los ojos de Walter se abrieron de par en par mientras le hacía señas al *maître*.

—Bueno, bueno, ¿qué celebramos hoy?

—Oh, nada en especial —replicó ella con aire imperturbable—. Sólo que me siento feliz. Tal vez porque estoy almorzando contigo.

Walter gruñó con escepticismo.

—Pues te las ingeniaste muy bien para ocultarlo. Hace varias semanas que no te veo.

—He estado terriblemente ocupada. Vamos, ahora sigue adelante y come. No quiero verte morir de inanición. Pero primero, dime, ¿hay alguna noticia sobre David?

Walter se metió una aceituna en la boca y asintió. Se sentía intrigado.

—Sí. Las cosas marchan bien. Espero que concluya su misión y abandone ese sitio dentro de cuatro o cinco días.

Ruth le dedicó una sonrisa deslumbrante.

—¿Me avisarás en seguida?

—Desde luego. —La observó de nuevo y luego dijo repentinamente—: ¡Estás embarazada!

La expresión de asombro de Ruth fue cómica.

—¿Cómo diablos...?

Walter sonreía complacido.

—Es obvio y lógico. Estás radiante y feliz cuando deberías sentirte tensa y nerviosa. Sólo una cosa podía obrar ese milagro. Me alegro muchísimo por ti y por David.

Walter se puso en pie pesadamente, rodeó la mesa y le estampó un beso en cada mejilla. De pronto Ruth se sintió tímida y llena de vergüenza.

De vuelta en su silla, Walter le preguntó:

—¿Cuándo lo supiste?

—Hace un momento. Por eso llegué tarde. El médico tuvo que atender una emergencia y me hizo esperar una hora.

—Estás totalmente perdonada. ¿Te sorprende la novedad?

—En cierto modo, sí. Hace meses que lo deseamos. Es todo culpa tuya —dijo, blandiéndole el dedo índice—, por enviarlo lejos en los momentos más inadecuados.

El camarero llegó con el caviar y el champaña y Walter, con aire solemne, brindó por el bebé y robó un poco de caviar.

—¿Cuándo os casaréis?

—Lo antes posible. Se tarda un par de semanas en conseguir la licencia.

Por un momento una sombra de tristeza oscureció las facciones de Ruth.

—¿Qué ocurre? —preguntó él.

—Gideon. Se sentirá muy desdichado.

—¿Te sigue escribiendo?

—Sí, el primer día de cada mes. Y siempre me dice lo mismo.

No era la primera vez que hablaba del asunto con Walter. Gideon Galili no había aceptado la rotura del compromiso como ella esperaba. Al principio quedó anonadado y luego se convirtió en un individuo implacablemente resuelto a conseguir su objetivo. En ningún momento se sumió en la autocompasión o en la desesperanza sino que con gran calma, casi de forma glacial, se dedicó a tratar de reconquistarla. Ruth le había dicho que no se casaría en seguida con Munger sino unos meses más tarde, pero no pudo explicarle el porqué. Y Gideon lo tomó como una oportunidad que se le brindaba. Al principio, durante la breve visita de Ruth a Israel para darle la noticia, discutió con ella utilizando argumentos lógicos y señalándole que su anterior matrimonio con un fotógrafo de guerra no había resultado, así que, ¿por qué suponer que con un segundo iría bien? Ruth le habló de amor y Gideon le respondió que el amor que él sentía por ella era tan intenso, tan arrollador, que con el tiempo le suscitaría, como un poderoso imán, un amor recíproco hacia él. En tal sentido, Gideon se mostró serenamente inflexible y Ruth no pudo quebrantr esa fe. Intentó el recurso de enojarse y de decirle que todo había terminado irremediablemente, que era joven y había triunfado en su carrera: nada menos que mayor a los treinta y un años, que ya encontraría a otras mujeres, mujeres más jóvenes y que volvería a enamorarse. En su desesperación por hacerle comprender la situación, Ruth le gritó, tratando de sacudir la actitud estoica de Gideon. Pero su furia tuvo el mismo efecto que una ola indómita que rompe contra una roca. Estaba decidido a no perderla.

Un mes más tarde, Gideon fue a Chipre en un momento en que a Munger le había sido encomendada una misión. Durante tres días se alojó en el Forest Peak Hotel. Fueron los días más desdichados de la vida de Ruth, al verlo tan decidido y patético. Tanto su vida pasada como un riguroso adiestramiento militar, unidos al éxito alcanzado en su carrera, le impedían aceptar el fracaso y el hecho de perder a Ruth frente a otro hombre representaba un fracaso aplastante. Por otro lado, el amor obsesivo que sentía por ella lo convertía, por momentos, en un muchachito sentimental. En el curso de los dos primeros días hablaron más de diez horas sobre el asunto. En varias ocasiones él llegó a llorar y a suplicarle que no lo abandonara. Verlo sufrir así y ser incapaz de ayudarlo fue desesperante para Ruth. Echó mano de los viejos y conocidos clisés: «El tiempo todo lo cura» y «Ojos que no ven, corazón que no siente». Pero él se plantó en sus trece e insistió en que jamás la olvidaría, jamás renunciaría a ella, jamás se daría por vencido. Había planeado quedarse en Platres dos semanas, pero después del segundo día Ruth se sintió incapaz de enfrentarse con él. Descolgó el teléfono y cerró con llave los portones de entrada a su propiedad. Gideon se pasó todo el día de pie al otro lado de los portones. No la llamó ni hizo nada. Permaneció allí, inmóvil y en silencio. Ruth lo veía desde la ventana de su dormitorio: una figura alta y enhiesta, con un rostro oscuro y bien parecido en el que se reflejaba la melancolía.

Esa noche, desesperada, llamó por teléfono a Walter para pedirle consejo. Después de escucharla Walter insistió en que se fuera a dormir y no se preocupara por nada, que él haría algo al respecto. Ruth le suplicó que no fuera demasiado severo con Gideon y él la tranquilizó en ese sentido. Después de cortar la comunicación, Ruth se sintió un poco más tranquila pero tampoco pudo pegar los ojos en toda la noche. A las ocho de la mañana llamó al hotel y la recepcionista le informó que, dos horas antes, Gideon había tomado un taxi rumbo al aeropuerto. Inmediatamente llamó a Walter, quien le dijo que había arreglado las cosas de modo que, durante la noche, Gideon recibiera una llamada telefónica del comandante de su escuadrón, ordenándole que regresara sin tardanza para cumplir una misión específica. Gideon no sospecharía nada y dada la situación actual en el Líbano, sin duda no faltarían misiones que asignarle. Ni siquiera el comandante del escuadrón estaría enterado de quién había movido los hilos para hacer regresar sin tardanza a Gideon.

Ruth le agradeció calurosamente su ayuda y, mientras colgaba el auricular, dio gracias a Dios de que Walter tuviera conexiones tan poderosas. Media hora más tarde, un taxi le entregó un ramo con una docena de rosas rojas de tallo largo y una carta. Era de Gideon y en ella le explicaba el motivo de su partida apresurada y de cómo había intentado en vano comunicarse con ella por teléfono. Le aseguraba también que le escribiría todos los meses hasta que contrajera matrimonio.

Las cartas eran casi idénticas. Llegaban puntualmente dentro de la primera semana del mes y en ellas Gideon afirmaba que seguía libre y esperándola.

—Tal vez piense que algo podría ocurrirle a Munger —sugirió Walter—. Muchos fotógrafos de guerra resultan muertos en acción.

Ella se encogió de hombros.

—Es posible que tenga esa esperanza en el fondo de su mente. Pero tengo la impresión de que está convencido de que algún día recapacitaré y volveré a mis cabales.

—Está completamente obsesionado —comentó Walter—. No es un caso insólito y tú debes saberlo bien por tu experiencia en psicología.

Ella asintió con la cara preocupada.

—Hace algunos meses, jamás habría creído que el amor podría ser tan profundo —dijo, levantó la mirada y sonrió—, pero con David he descubierto que en ese sentido no existen límites. —Su expresión se volvió más animada—. Una vez que David y yo estemos casados, Gideon tendrá que aceptar la situación. Eso destruirá su obsesión.

En ese momento llegó el camarero con la langosta y dos enormes bistecs para Walter. Apenas tuvo tiempo de saborear el primer bocado cuando el *maître* se le acercó y le informó que tenía una llamada telefónica urgente desde su oficina. Walter gruñó con irritación, dio instrucciones de que le mantuvieran la carne caliente y le dijo a Ruth que estaría de vuelta en un minuto.

Pero pasaron veinte minutos, Ruth ya había terminado su langosta cuando él regresó. Al ver su cara, Ruth quedó petrificada.

—¿Problemas?

—Sí.

—¿David?

—No directamente.

—Cuéntamelo todo, Walter.

Walter lanzó un suspiro y apartó el plato que el camarero intentaba poner frente a él. Ese solo hecho indicaba la gravedad de las noticias que acababa de recibir.

—Misha Wigoda ha sido secuestrado en Beirut.

Walter no vaciló en mencionar su nombre, seguro de que Munger la había puesto al corriente de todo. Era algo que le preocupaba un poco pero que no tuvo más remedio que aceptar.

—¿Cuándo?

Walter le echó una ojeada a su reloj.

—Hace menos de una hora.

—¿Fue la OLP?

Walter suspiró.

—No estamos seguros, pero sí sabemos que el SDECE tuvo participación en el hecho. Janine Lesage estaba en escena.

—¡Dios! —exclamó Ruth y se hundió en la silla.

Sabía bien todo lo referente a Janine Lesage y cómo había estado envuelta en la muerte de Duff. Incluso llegó a conocerla personalmente hacía muchos años, en una recepción en Hong Kong. Munger le aseguró que algún día Walter o él se tomarían la revancha por lo sucedido. Walter dijo con voz pesarosa:

—Yo no debería haber esperado tanto. Debería haberme ocupado de ella. Es una mujer dañina y malvada.

—¿Has avisado a David?

—En eso estamos. Suponemos que se encuentra en alguna parte entre Basrah y Bagdad —dijo y vio la expresión de pánico que apareció en la cara de Ruth.

—Ella conseguirá hacer que Wigoda hable, Walter. Lo sabes de sobra. ¡Tienes que localizar a David y sacarlo de allá!

Walter se inclinó hacia adelante y le palmeó el brazo con gesto tranquilizador.

—No te preocupes. Lo encontraremos. Todavía hay tiempo. Wigoda es un agente muy competente. Sí, hablará, pero no en seguida. Tal vez al cabo de algunos días o semanas.

Ruth se echó a llorar. Tomó un pañuelo de la cartera y se secó los ojos.

—Pero no puedes estar seguro de eso. Podría hablar después de algunas horas. Sólo Dios sabe lo que le harán. Son unos animales. Y David puede caer en una trampa. Tienes que prevenirlo.

—No te preocupes —repitió Walter—. Nos hemos puesto en contacto con nuestra gente en Bagdad. En cuanto David llegue a su hotel le avisarán. Él sabrá lo que hacer.

—¿Cuándo, Walter? ¿Cuándo llegará a su hotel?

Walter se encogió de hombros.

—No lo sabemos con certeza. Sí sabemos que abandonó el Hotel El Jamhorya de Basrah. Es posible que, camino a Bagdad, haya ido al frente de combate. Estamos tratando de averiguarlo.

Ella se secó los ojos y trató de recuperar el control de sí misma.

—Bueno, ahora me iré a casa. ¿Me avisarás en cuanto recibas noticias? Cualquier tipo de noticias, Walter: buenas o malas. No me moveré de casa.

—Por supuesto.

Cuando salieron del restaurante, Walter le propuso que Spiro la condujera a Platres y que él se encargaría de enviarle su automóvil con otro chófer. Ruth se lo agradeció pero rehusó y le dijo que se sentía bien. Walter permaneció de pie junto a su Mercedes mientras ella retrocedía con su Renault. Antes de emprender viaje, le dijo:

—Gracias por el almuerzo. Por favor, llámame en cuanto tengas noticias.

—Eso haré.

Con una expresión de profunda tristeza y de algo más, Walter se quedó mirando el Renault que se alejaba. Ruth lo miró por el espejo retrovisor y captó su expresión.

Tardó una hora en llegar a Platres. Lo primero que hizo fue prepararse una taza de café. No podía borrar de su cabeza la expresión que vio en la cara de Walter: de tristeza y de algo más. Al levantar la taza de café de pronto descubrió de qué se trataba y las implicaciones la paralizaron de miedo: ese algo más era culpa. La taza se le deslizó de los dedos y se hizo añicos sobre las baldosas del suelo y Ruth lanzó un grito cuando el café caliente le quemó las piernas.

Walter no pensaba avisar a David. Confiaba en que Wigoda mantuviera la boca cerrada durante el tiempo suficiente para permitir que Munger cumpliera su misión. Walter Blum había sopesado el cumplimiento del deber y la vida de su amigo y la balanza se había inclinado a favor del deber.

Corrió hacia el teléfono y ya había marcado los primeros dígitos del número de la Walen Trading cuando cayó en la cuenta de que eso no serviría de nada. Walter volvería a mentirle, pues ya tenía decidido cuál sería su curso de acción. La tranquilizaría y le haría promesas, pero no haría nada. Lentamente colgó el auricular y se obligó a pensar en forma racional. Regresó a la cocina, barrió los restos de la taza rota y se preparó más café, mientras mentalmente barajaba las distintas posibilidades. Podía tratar de conseguir una comunicación telefónica con Bagdad; sabía que él siempre se alojaba en el Hotel Simbad. Podía llamar a la Embajada norteamericana en Nicosia. El hombre de la CIA que le comunicó la muerte de Duff trabajaba allí; quizá pudiera ayudarla. Pero, en última instancia, tuvo que aceptar que cualquiera de esas dos posibilidades tenía sus peligros. Bagdad era un hervidero de recelos y de engaño. Al tomar una medida precipitada podía poner en peligro la vida de Munger.

Existía una sola salida. Le avisaría ella misma. Tomaría un vuelo a Bagdad y lo encontraría. El único problema eran los horarios de los vuelos. Sabía que no había ninguno directo y que David siempre viajaba allá vía Amman. El visado no era problema: meses antes, gracias a sus contactos con la Embajada norteamericana en Nicosia, había obtenido visados para casi todos los estados del Medio Oriente. Siempre tuvo miedo de que Munger fuera herido mientras trabajaba. Si eso llegaba a ocurrir, no quería que nada la retrasara en llegar a su lado. Desde luego, para algunos países como Irán y Yemen del Sur no pudo obtenerlo, pero tenía visados válidos para el Líbano, Jordania, Siria e Iraq.

Corrió de vuelta hacia el teléfono, llamó al aeropuerto de Larnaca y, después de una exasperante espera, se enteró de que había un vuelo a las 19:00 para Beirut. Allí haría una conexión con el vuelo JD 407 de Jordanian Airways a Bagdad, vía Amman. Desde su casa a Larnaca había dos horas de viaje, así que tenía el tiempo justo para alcanzarlo.

Fue al dormitorio y metió alguna ropa en un bolso pequeño que le fuera posible llevar con ella en la cabina del avión. Abrió un cajón de la mesita de noche y extrajo una Beretta semiautomática de 8 mm. Duff se la había dado algunos años antes porque debía pasar mucho tiempo sola. Sabía cómo usarla. También estaba enterada de los registros de seguridad que realizaban en los aeropuertos pero, después de haberse pasado años rodeada de fotógrafos de guerra, conocía las triquiñuelas que usaban para contrabandear rollos de película.

En la cocina encontró una pequeña caja de metal de dos centímetros y medio de profundidad y quince de ancho. Fue al escritorio y tomó varias hojas de papel de aluminio, con las cuales envolvió la Beretta, disimulando así su forma. Luego la puso en la caja metálica y llenó los rincones con un encendedor, varios lápices de labios y algunas monedas; todos objetos de metal. Colocó la caja en el fondo del neceser. Esperaba que el aparato de rayos X del aeropuerto no delatara ninguna forma extraña.

A las 16:30 estaba dentro del Renault, atravesando a toda velocidad los caminos de montaña rumbo a Larnaca.

Janine Lesage llegó a la casa situada en los suburbios de Damour quince minutos después que el furgón. Le había costado más tiempo negociar con los encargados de las barricadas de la OLP y de los izquierdistas. Jamil Mahmoud la esperaba en el polvoriento patio de entrada. Sus hombres habían formado un cerco protector alrededor de la casa. Janine se apeó del Mercedes. Usaba pantalones negros, una blusa negra de mangas cortas y llevaba un bolso pequeño. Le sonrió a Mahmoud.

—Buen trabajo. Todo salió a la perfección.

Él le devolvió la sonrisa.

—Hice lo que usted me indicó. Lo tengo preparado. ¿Quiere que empiece a torturarlo? Soy un experto —dijo, con ojos centelleantes.

Ella negó con la cabeza.

—Tal vez más tarde, si resulta necesario. Si es un individuo como yo supongo, es capaz de resistir la tortura física durante muchos días. Y no tengo demasiado tiempo.

—¿Entonces?

Ella apretó el bolso negro contra su cuerpo.

—Emplearé suero de la verdad. Esto, con un poco de suerte, le soltará la lengua rápidamente.

Jamil asintió juiciosamente.

—Ah, sí. He oído hablar de eso: penta no sé qué de sodio.

Ella sonrió y sacudió la cabeza.

—Eso es historia antigua. Ahora usamos valium puro.

—¡Valium! —exclamó Jamil, atónito—. Mi esposa toma eso para calmarse los nervios —dijo y sonrió—. Y es muy nerviosa.

—Me lo imagino. Pero en este caso usaremos una dosis mucho más alta: veinte miligramos por vía endovenosa.

Se volvió hacia donde estaba su conductor-guardaespaldas, de pie junto al Mercedes.

—Espera aquí. Y mantén los ojos bien abiertos.

Y luego a Jamil:

—Vamos, entremos.

Misha Wigoda yacía desnudo y de espaldas sobre una mesa de madera. Tenía las piernas y los brazos extendidos y fuertemente atados, hasta el punto que los cordeles se le incrustaban en las muñecas y en los tobillos. En la habitación no había nada más que la mesa sobre la que se encontraba tendido y una única bombilla de luz, sin pantalla, que colgaba de un cable sujeto al techo.

Al oír el ruido de la puerta que se abría, Wigoda giró la cabeza y vio a Janine Lesage y, detrás de ella, a Jamil Mahmoud. Mantuvo el rostro imperturbable mientras ella se aproximaba a la mesa y colocaba un bolso negro junto a él. Jamil se situó cerca de los pies de Wigoda, dispuesto a no perderse nada.

Lo primero que hizo Janine fue verificar las ligaduras, después de lo cual sonrió satisfecha. Entonces le tomó el pene y sonrió. Estaba circuncidado. Clavó en la cabeza expuesta del miembro una de sus uñas largas y pintadas de rojo y Misha arqueó el cuerpo de dolor, pero no emitió sonido alguno. Ella volvió a sonreír y dijo en árabe:

—Melin Jaheen. Tú no eres árabe. Eres judío y trabajas para el Mossad. Quiero algunas respuestas y tú me las darás. Lo sabes, ¿no es así? De una u otra manera me dirás lo que deseo saber. Si hablas ahora te ahorrarás un tormento atroz.

Lo miró a los ojos, pero Wigoda, sin pestañear siquiera, apartó la mirada.

Ella asintió, como confirmando un pronóstico, entonces abrió el bolso y extrajo una jeringa y un frasco con tapón de goma que contenía un líquido incoloro. Jamil la contempló, fascinado, mientras ella destapaba el frasco y aspiraba el líquido con la jeringa. Cuando Misha vio la jeringa, tensó la cabeza y miró hacia el cielo raso, con los ojos entornados por la concentración. Janine sabía que estaba utilizando su adiestramiento; que trataba de aislar y ocultar en su mente las cosas de las que no debía hablar.

Sin perder un minuto se agachó sobre él, le aferró el brazo en el lado opuesto al codo y apretó fuerte con el pulgar para que la vena sobresaliera. Pero Wigoda era gordo, así que en dos oportunidades la vena se le escapó y Janine lanzó una maldición. Se estaba apresurando demasiado. Respiró hondo, se concentró y, en el tercer intento, la aguja entró en la vena y ella lentamente oprimió el émbolo, con los ojos fijos en la graduación de la jeringa para inyectarle exactamente veinte miligramos. Tomó entonces un rollo de tela adhesiva que llevaba en el bolso y sujetó la jeringa al brazo, para que la aguja permaneciera en la vena.

Durante los siguientes minutos observó los ojos de Misha Wigoda con gran atención. Estaba esperando que él entrara en estado de ptosis, en el que involuntariamente se le entornarían los párpados y su mente perdería todas las inhibiciones naturales. Estaría despierto y consciente, pero su subconsciente estaría expuesto, libre de las trabas de su mente lógica y pensante.

Tardó alrededor de cinco minutos. Wigoda mantuvo su mirada fija en un punto del cielo raso, pero de pronto sus párpados se estremecieron y cayeron. Janine le levantó uno con el pulgar y comprobó que tenía la mirada vidriosa y la pupila dilatada. Estaba listo.

Le formuló las preguntas, primero en árabe y después en inglés. Él permaneció en silencio. Janine supo que una porción diminuta de su mente, que todavía conservaba su lucidez, estaba librando una terrible batalla con la bruma que la rodeaba. Las primeras palabras que pronunció fueron en inglés: una frase apenas murmurada que la obligó a agacharse para poder oír. Janine le había preguntado qué día era y él respondió:

—Nunca en domingo.

Ella lanzó una carcajada. El subconsciente era un verdadero pozo de sorpresas. Ese día era martes.

Durante la siguiente hora Janine avanzó por el laberinto. En dos oportunidades tuvo que inyectarle más valium para mantenerlo en estado de ptosis. Estaba impaciente pero se obligó a proceder con lentitud. Sólo necesitaba obtener una respuesta concreta. A medida que pasaban los minutos, su frustración iba en aumento. Wigoda divagaba refiriéndose a su niñez, sus antiguos compañeros de escuela, su madre, un accidente automovilístico acaecido mucho antes, una mujer. Cada vez que ella trataba de hacerlo hablar de su trabajo, él se volvía incoherente y la presión ejercida sobre su cerebro le contorsionaba la cara. Había sido adiestrado y condicionado para un momento semejante y Janine sabía que no lograría extraerle ninguna información detallada sobre su misión. Pero no era eso lo que ella necesitaba, sino tan sólo una respuesta: un nombre.

Se agachó sobre él y susurró:

—Naranja Azul. ¿Quién es Naranja Azul?

En la cara de Wigoda apareció inmediatamente una mueca y eso hizo que una oleada de excitación recorriera el cuerpo de Janine. Pues la reacción de Wigoda indicaba que sabía algo. Su subconsciente estaba en conflicto con su entrenamiento. Durante cinco minutos no hizo más que repetirle:

—¿Quién es Naranja Azul? ¿Qué es?

En determinado momento hizo una pausa para inyectarle más valium. Le temblaban los dedos y debía ser muy cuidadosa, ya que si se excedía en la dosis, Wigoda podía caer en un coma que tal vez duraría horas.

—Naranja Azul —repetía sin cesar—. ¿Quién es? ¿Qué es?

Comenzó a pensar que tal vez fracasaría y eso la hizo ponerse frenética. Se agachó sobre él y le colocó una mano sobre el pecho y la otra sobre el vientre, los labios cerca de su oído. Entonces, por primera vez, Jamil habló.

En tono despavorido dijo:

—Mire. ¡Mírelo!

Ella giró la cabeza y vio el pene erecto de Misha Wigoda. Le pareció un espectáculo risible y comenzó a reír histéricamente, pero entonces recordó y recuperó el control.

—Sí, puede suceder. En esas dosis, el valium borra todas las inhibiciones. Incluso es una especie de afrodisíaco.

—¿Quién lo hubiera imaginado? —farfulló Jamil—. Semejante árbol de una raíz tan pequeña.

Ella sonrió y entonces se le ocurrió que tal vez se debiera a que ella lo había tocado. Existía la posibilidad de que utilizara este hecho para su beneficio.

Le aferró el pene y movió la mano lentamente. El hombre gimió y se retorció sobre la mesa. Jamil comenzó a respirar con fuerza. Janine se agachó más y lamió el rostro de Wigoda. Ahora el individuo gemía constantemente, su lengua asomó en busca de la de ella y su espalda se arqueó empujando el pene erecto dentro de la mano de Janine.

De forma repentina ella lo soltó y se echó hacia atrás.

—Naranja Azul —dijo—. ¿Quién es? ¿Qué es?

Wigoda jadeaba, lleno de frustración y ella especuló con eso.

Media docena de veces jugueteó con su pene y luego se apartó, hasta que el hombre, drogado, enloqueció. Entonces le repitió:

—Dímelo. Naranja Azul. Dímelo y te daré lo que quieres.

Algo se quebró en el caleidoscopio del cerebro de Wigoda y su voz brotó como un graznido.

—Munger.

Al principio ella no alcanzó a entender lo que decía, pero de pronto Wigoda no hacía más que repetirlo, como una súplica.

—Munger... Naranja Azul... Munger.

Ella se apartó de la mesa, en un primer momento atontada por la revelación y luego embargada por un placer salvaje. Era el momento culminante de su vida. Jamil la observaba con curiosidad. No entendió lo que ella o Wigoda dijeron, pero jamás había visto a una mujer tan fascinada por una sola palabra.

—¿Qué ocurre? —preguntó—. ¿Consiguió lo que quería?

—Oh, sí —dijo ella en un susurro—. Y más todavía. Muchísimo más.

Estaba saboreando el momento. Saboreaba anticipadamente la reacción de Sami Asaf cuando recibiera la noticia y se enterara de que el hombre a quien había ayudado a entrar en Iraq, a trabajar allí y a viajar por todo el país era un espía del Mossad. Saboreaba la perspectiva de que Munger fuera arrestado y llevado Dios sabía adónde. Lo odiaba con todo su ser.

No, no enviaría un mensaje a Bagdad. Quería estar allí, ver las caras de todos, burlarse de ellos en sus propias narices. Tomaría el primer vuelo a Bagdad. Un retraso de algunas horas no tendría importancia; las aprovecharía para disfrutar la situación de antemano. La voz de Jamil interrumpió sus fantasías.

—¿Quiere que lo mate ahora mismo? —preguntó con vehemencia—. ¿Ya terminó con él?

Janine contempló a Wigoda. Seguía retorciéndose y estirando las cuerdas. Su erección era formidable en relación con el tamaño de su cuerpo.

—No —respondió ella—. Déjenos. Ya lo llamaré.

Jamil echó a andar hacia la puerta sin dejar de mirarla. Comenzó a decir algo, pero Janine le dijo que se fuera de una vez. Jamil salió al pasillo, dio un portazo pero no cerró la puerta del todo. La dejó apenas entreabierta, lo suficiente como para poder espiar desde afuera.

La vio levantar el brazo, quitarse la aguja que le sostenía el cabello y soltárselo. Luego se desabrochó la blusa negra, se quitó los pantalones y sacudió los pies para sacarse los zapatos. Jamil contuvo el aliento ante la visión de ese cuerpo femenino esbelto y desnudo.

Janine trepó a la mesa y montó a horcajadas sobre el cuerpo

de Wigoda. Sus labios retraídos mostraban los dientes, sus ojos estaban entornados.

Wigoda tenía los ojos abiertos de par en par y la miraba mientras movía las caderas. Ya no podía durar mucho. De pronto, cuando ella llegó al orgasmo, lo aferró por las orejas, le empujó la cabeza hacia atrás y le clavó los dientes en el cuello, justo en la yugular.

El «coronel» Jamil Mahmoud dio media vuelta y vomitó sobre el suelo de piedra.

Capítulo 18

Es práctica común entre las agencias de espionaje obtener listas completas de pasajeros de los aeropuertos situados en áreas estratégicas. Esas listas son luego procesadas en computadoras que están programadas para detectar determinados nombres.

Era lógico que la red Naranja tomara esa medida de precaución en el aeropuerto de Larnaca. El procedimiento era sencillo. Walen Trading tenía la mayoría de las acciones de una de las compañías aéreas más importantes, con oficinas en el edificio de la terminal. Por un pequeño sueldo adicional, un funcionario joven de la administración del aeropuerto entregaba, al cabo de quince minutos, la lista de pasajeros de todos los vuelos que llegaban y salían de la terminal. En el caso de los embarques, ni siquiera ofrecía una lista escrita a máquina sino tan sólo la tarjeta perforada de télex que se había usado para enviarla al aeropuerto de destino. Eso se introducía en la máquina de télex y aparecía simultáneamente en el télex de las oficinas centrales de la red Naranja en Limasol.

Sólo habían transcurrido veinte minutos del despegue del vuelo 502 de la Cyprus Airways con destino a Beirut, cuando el funcionario de guardia recorrió la lista de pasajeros y descubrió el nombre de: señora R. Paget.

Sabía que Walter aún estaría en la oficina de al lado, así que oprimió un botón del intercomunicador y le pasó la información. Walter tardó dos minutos en descubrir que había un vuelo de la Jordanian Airways de Bagdad a Beirut a las 21:00.

El tiempo de vuelo desde Larnaca a Beirut es de sólo veinticinco minutos, de modo que mientras Ruth pasaba nerviosamente por la oficina de inmigración de Beirut, Tamar Feder recibía un mensaje por radio urgente en su «escondrijo». Debía dejar todo lo que estuviera haciendo, correr al aeropuerto y, por todos los medios, asegurarse de que una tal señora Ruth Paget, proveniente de Larnaca, no subiera al vuelo de la Jordanian Airways con destino a Bagdad. Seguía una descripción detallada de la pasajera en cuestión. Dos minutos más tarde, Feder estaba en su automóvil, maldiciendo el tráfico infernal de las horas punta.

Ruth respiró aliviada cuando vio que en la aduana se limitaban a echarle un vistazo a la parte superior de su neceser y la hacían pasar. Con mucha frecuencia las mujeres hermosas tenían problemas en la aduana, pues a los funcionarios les gustaba mantenerlas allí un buen rato, cuando no revisarles detenidamente la ropa interior.

Ruth pasó al vestíbulo principal y se dirigió hacia el sector de embarque y el mostrador de la Jordanian Airways para recoger su pasaje. Debido a la guerra civil, ese edificio que solía estar atestado de gente se había transformado casi en un mausoleo. A su izquierda, algunos pasajeros estaban de pie junto al mostrador de registro de pasajes. Ruth levantó la mirada y examinó el cartel indicador de salidas. Su vuelo era el único en las siguientes dos horas. Compró su pasaje y el hombre detrás del mostrador le confirmó que el avión saldría puntual. Estaba a mitad de camino hacia el mostrador de registro cuando la vio, de pie al final de una cola de pocas personas. Había estado pensando en ella y la reconoció de inmediato: era Janine Lesage.

Ruth se alejó, confundida. Llevó su maleta y su neceser a una hilera de asientos y se sentó. Se obligó a reflexionar con calma. Si Janine Lesage iba a Bagdad, significaba que ya había terminado con Misha Wigoda y que éste había hablado. Trató de entender por qué Janine Lesage iba a Bagdad, en lugar de haber enviado el mensaje por radio. Pero Ruth no tenía idea del estado en que se encontraban las comunicaciones. ¿Habría decidido llevar la información personalmente? Eso sería bastante coherente con su personalidad y con su abrumador amor propio. Sin duda querría estar presente... ya que detestaba a Munger.

Con tal certeza, Ruth supo que Janine Lesage no debía subir a ese avión. Comenzó a hacer planes para impedírselo, pero sus proyectos eran confusos. Estaba en Beirut, no conocía a nadie y tampoco podía acudir a la policía.

No tardó en darse cuenta de que debería hacerlo por sus propios medios. Pero, ¿de qué manera? ¿Pegarle un tiro? Y, en ese caso, ¿dónde? Podía hacerlo allí, en el edificio de la terminal o en el avión. Pero sería peligroso. Cabía la posibilidad de que la reconociera. Había pasado mucho tiempo pero sin duda recordaría a la esposa de Duff Paget.

Ruth vio que Janine llegaba al mostrador, entregaba una única maleta y le sonreía seductoramente al empleado. Debía tomar una decisión y pronto: le quedaba muy poco tiempo. Entonces vio que la francesa se alejó del mostrador con la tarjeta de embarque en la mano, atravesó el vestíbulo en diagonal y traspasó la puerta del tocador.

Ruth supo que era su mejor oportunidad. Tomó el neceser y atravesó el vestíbulo.

Al otro lado de la puerta vio una habitación espaciosa. En un lado había seis compartimientos y sobre la pared opuesta, seis lavabos y un enorme espejo a todo lo ancho. Janine Lesage estaba de pie frente al lavabo del medio. Tenía la cartera abierta y se estaba maquillando a conciencia. Miró de reojo cuando Ruth entró y luego siguió aplicándose el lápiz labial.

Ruth colocó el neceser junto a un lavabo y trató de abrirlo. Tenía cerradura de combinación y, por un momento atroz, olvidó por completo los números que la formaban. Respiró hondo para tranquilizarse, logró recordarlos e hizo girar los discos. A esas alturas su decisión era férrea y fría. Quitó la bandeja superior y hurgó en el fondo del neceser. Levantó la tapa del estuche metálico, extrajo la Beretta, arrancó el papel de aluminio y quitó el seguro. Empuñar el arma le produjo una sensación de seguridad, la mano ya no le temblaba. Estaba a pocos centímetros de su blanco y no fallaría el tiro. Miró por el rabillo del ojo y vio que Janine Lesage se pintaba las cejas, inclinada hacia el espejo. Ruth decidió que apuntaría justo debajo del pecho izquierdo. Comenzó a levantar el arma y, en ese momento, a sus espaldas oyó la descarga de agua de un inodoro. Atónita, metió el revólver de vuelta en el neceser. La mano le temblaba de nuevo.

Se abrió la puerta de uno de los compartimientos y de él salió una vieja mujer árabe, que se dirigió hacia el lavabo que había entre las dos mujeres y comenzó a lavarse sus manos huesudas. Ruth lentamente recuperó su compostura y su resolución. La situación quedó reducida a una carrera entre las abluciones de la anciana y la vanidad de Janine Lesage.

Al principio Ruth pensó que tendría que hacerlo frente a la vieja. Su blanco había terminado de maquillarse las cejas y se estaba empolvando las mejillas. Malévolamente, Ruth pensó: «Te estás haciendo vieja, hija de puta. Se te notan las arrugas.» Entonces se topó con los ojos de la mujer que la miraban con curiosidad a través del espejo, así que comenzó a hurgar en el neceser y a mirar hacia otro lado.

Por fin la mujer árabe se enjugó las manos, recorrió el recinto con la mirada en busca de una toalla y, al no encontrar ninguna, murmuró algo entre dientes. A continuación echó a andar hacia la puerta sacudiéndose las manos. La puerta se cerró y una vez más Ruth empuñó el arma. Pero ahora Janine Lesage la miraba fijamente y en sus ojos brilló un destello de reconocimiento.

—Usted es...

Ruth giró para apuntarla con el arma en la mano.

—Sí, hija de puta. Soy Ruth Paget.

Tal vez fue el hecho de haber escupido esas palabras o quizá sólo la inexperiencia. Pero lo cierto fue que en un único movimiento felino reflejo, Janine Lesage se lanzó hacia ella y le dio un golpe con la mano derecha. Ruth apenas había comenzado a levantar el arma cuando Janine se la hizo saltar de la mano. El revólver rebotó contra el suelo de baldosas y fue a dar debajo de la puerta de uno de los compartimientos.

El hombro de Janine se aplastó contra Ruth y ambas mujeres cayeron al suelo, enzarzadas en una lucha feroz. Teóricamente, Janine Lesage le llevaba ventaja, pues había sido adiestrada para esas lides, pero Ruth tenía una motivación mayor y una furia mucho más intensa. Y también la fuerza casi inhumana de una madre decidida a proteger la vida que llevaba en su seno. Mientras luchaban en ese suelo resbaladizo, por la cabeza de Ruth desfilaban imágenes de Duff, a quien esa mujer había matado; de Munger, a quien deseaba matar; y, por encima de todo, de ese feto embrionario que estaba tomando forma en su vientre. Janine Lesage peleó con fuerza y habilidad. Ruth lo hizo con el encarnizamiento de una fiera.

Era la ferocidad concentrada de un felino salvaje que lucha por su cría y por su pareja. Mientras se esforzaba por rodear el brazo de la otra mujer con sus manos, Ruth lanzaba una especie de silbido por entre los dientes. Janine logró liberarse con facilidad, lanzó una patada con el talón, dirigida a la rodilla de Ruth y, al mismo tiempo, trató de clavarle en los ojos sus dedos extendidos. Ruth echó la cabeza hacia atrás y esquivó la mano, pero no pudo hacer lo mismo con el impacto del talón. Dejó escapar un gemido de dolor y entonces Janine rodó intentando hacerse lugar para ponerse de pie. Estaba a punto de lograrlo cuando Ruth giró tras ella y logró apresarle un tobillo y tirarla al suelo. Janine trató de amortiguar la caída con la mano izquierda. Los huesos de la muñeca le crujieron, lanzó un alarido de dolor y Ruth se abalanzó sobre ella. Luchó sin estilo ni plan, movida sólo por su instinto; estrelló los puños en la cara y el cuerpo de Janine, sin sentir ni siquiera el dolor de su propia pierna o de sus nudillos que golpeaban los dientes y los huesos de la otra mujer. Janine logró arrastrarse hacia atrás y la golpeó salvajemente con los pies, dándole en la zona inferior del vientre. Eso frenó un poco a Ruth y le dio tiempo a Janine a huir hacia un rincón y, con su mano sana, ayudarse para ponerse en cuclillas. Ruth estaba de rodillas jadeando de dolor, con las manos apoyadas sobre el vientre. Las dos mujeres se miraron. A Janine le colgaba, inerte, el brazo izquierdo. Tenía la cara molida a golpes, los dos labios partidos y sangrando y la nariz rota y torcida. Su blusa hecha jirones dejaba al descubierto sus pechos, que estaban rojos y arañados. En sus ojos había una mezcla de furia y de miedo. En los de Ruth, sólo furia. Lentamente Ruth se puso de pie, se quitó las manos del vientre y comenzó a avanzar. Cuando desplazó el peso de su cuerpo a la pierna izquierda, hizo una mueca de dolor y estuvo a punto de caer. En los ojos entornados de Janine fulguró una mirada de triunfo: al menos su adversaria estaba parcialmente tullida. Miró más allá de Ruth, en dirección a la puerta del compartimiento debajo de la cual se había deslizado el arma; entonces levantó la mano derecha y se quitó la aguja larga de plata que le sostenía el cabello. Mientras los rizos rubios caían sobre sus hombros, enarboló la aguja y la apuntó hacia Ruth. Por entre sus labios ensangrentados dijo:

—Vas a morir. Lo mismo que murió tu marido, y lo mismo que morirá ese hijo de puta de Munger.

El odio fluyó de una a la otra como filamentos de veneno. Ruth fue hacia adelante, manteniendo el peso del cuerpo sobre la pierna derecha. Janine la esperó con la espalda hacia el rincón, empuñando la aguja como una daga. Entonces, de pronto, saltó hacia adelante, lanzando la aguja hacia la cara de Ruth, concretamente hacia su ojo izquierdo.

Casi llegó a su destino, pero Ruth giró y la aguja se le clavó hondo en la mejilla, debajo del hueso molar. Lanzó un grito y sacudió la cabeza hacia atrás, arrancándole a Janine la aguja de la mano y arrojándola en uno de los lavabos. Pero el ataque había cumplido su propósito y ya Janine había pasado junto a Ruth y corría hacia la puerta del retrete y el revólver. Sólo una cosa le salvó la vida a Ruth. En su carrera precipitada, Janine perdió unos segundos preciosos tratando de abrir hacia afuera una puerta que debió haber empujado hacia adentro. Tanto eso como la posición del revólver le proporcionaron a Ruth un tiempo vital. Mientras Janine se arrodillaba y tanteaba detrás del inodoro para encontrar el arma, Ruth se desplomó sobre su espalda con todo el peso del cuerpo. La frente de Janine se estrelló contra el depósito de agua y eso le hizo perder el conocimiento momentáneamente. Ruth aferró un puñado de ese cabello de un metro de largo y lo enroscó dos veces alrededor del cuello de Janine. Con la mano izquierda sostuvo la cabeza de la francesa bien metida dentro de la taza del inodoro. Entonces, lentamente y con fuerza salvaje, comenzó a estirar y ajustar las delgadas hebras que rodeaban el cuello largo y elegante de Janine. La taza del inodoro amplificó los estertores ahogados de la mujer.

Tamar Feder estacionó el automóvil frente a la entrada de la terminal, se apeó de un salto y subió las escaleras corriendo. Se dirigió derecho al mostrador de registro de pasajes y preguntó si la señora Ruth Paget se había presentado. El empleado consultó la lista y negó con la cabeza. Dijo que tendría que apresurarse pues de lo contrario perdería el vuelo. Tamar escudriñó el vestíbulo con la mirada. No vio a nadie que respondiera a la descripción de una mujer alta, de pelo castaño. Caminó lentamente por el vestíbulo y ya comenzaba a pensar que los de las oficinas centrales de Naranja estaban perdiendo el juicio. Todavía no había decidido cómo se las ingeniaría para impedir que la mujer subiera al avión. Sus opciones iban desde una suave persuasión hasta golpearla con fuerza en la cabeza. Se detuvo, volvió a recorrer el recinto con la vista y entonces, a veinte metros, se abrió la puerta del tocador de damas y ella salió tambaleándose con un pañuelo manchado de sangre sobre la cara, el pelo revuelto y la ropa hecha jirones. En apenas una fracción de segundo, Tamar estuvo junto a ella, ocultándola de los demás con su cuerpo.

—Pertenezco a la red Naranja. ¿Qué pasó?

Ella lo miró azorada, con los ojos vidriosos. Él la aferró suavemente por los hombros y le dijo:

—Señora Paget, soy Tamar Feder, de la red Naranja.

La vista se le aclaró y murmuró:

—Janine Lesage.

—¿Dónde?

Y como ella no le respondiera, se vio obligado a sacudirla.

—¿Dónde, señora Paget?

Ella señaló el tocador con el pulgar.

—Siéntese allá —dijo Tamar Feder, indicándole una hilera de sillas.

En cuanto ella echó a andar, él introdujo la mano dentro de la chaqueta, empuñó el revólver y empujó la puerta.

Cuando, treinta segundos después, volvió a salir, Ruth estaba de pie junto a las sillas. Algunas personas la observaban con curiosidad, tanto a ella como a la sangre que tenía en la blusa blanca y en el pañuelo. Feder se movió con serenidad pero también con prisa, la rodeó con el brazo izquierdo, la mano derecha aún dentro de la chaqueta. Cuando llegaron a la puerta de la terminal, por el altavoz pronunciaron su nombre, instándola a presentarse sin tardanza en el mostrador de embarque.

Ruth comenzó a murmurar algo acerca de tener que ir a Bagdad, pero Feder la sostuvo con firmeza. Mientras la empujaba y la ayudaba a bajar las escaleras y a dirigirse al automóvil, le dijo:

—Adonde usted irá es de regreso a Chipre.

Capítulo 19

—¿Para qué mierda quiere ir allá?

—Mi olfato me dice que algo está a punto de ocurrir —respondió Munger.

Sami Asaf sonrió, pero no porque no lo creyera. Si de algo tenía fama Munger era de tener una intuición especial para adivinar dónde estallaría una lucha armada.

Estaban sentados en un rincón del bar del Hotel Simbad. Sami bebía zumo de naranja y Munger, su habitual vodka. La gran mayoría de los ocupantes de las demás mesas eran hombres de negocios occidentales que descansaban un rato al cabo de todo un día dedicado a negociar con los funcionarios del gobierno de Iraq. Munger reconoció a uno de ellos, pero ninguno de los dos dio muestras de conocerse. Era un comerciante de armas belga llamado Pierre Renard y hacía apenas un año había actuado como intermediario entre Irán e Israel en las transacciones de armas iniciadas por Munger. Cumplió su tarea con eficiencia y discreción y Munger, que le tenía simpatía, lo recomendó luego a Walter Blum. El hecho de que en ese momento se encontrara en Bagdad vendiéndoles armas a los iraquíes era una señal de la amoralidad reinante en ese ramo de negocios. Pues no existe mejor fórmula para triunfar en ese terreno que suministrar armas a los dos bandos cuando se trata de una guerra prolongada. Renard también tenía otra misión: era enlace de la red Naranja, y también ésa era una actividad rentable. Munger no esperaba encontrarse con él en Bagdad. Sin duda Walter estaba tomando todas las precauciones del caso.

—Quisiera consultarlo con el Comandante de Ejército —dijo Sami con una sonrisa—. El frente septentrional ha estado en calma desde hace meses, salvo alguna que otra escaramuza. Pero si piensa dirigirse allí con su cámara, tal vez las cosas cambien. ¿Cuánto tiempo se propone permanecer allá?

—Algunos días. Tal vez una semana. Me gustaría partir por la mañana.

—Ningún problema —dijo Sami—. Esta noche haré una llamada telefónica. Usted podrá recoger sus papeles en el Ministerio a primera hora de la mañana. ¿Nassir irá con usted?

—Por supuesto. Sabe bien que debe hacerlo. A mí no me importa; es un buen hombre.

Sami se inclinó hacia adelante y dijo muy serio:

—Eso no es cierto y usted lo sabe. Sé perfectamente por qué quiere que sea Nassir.

Munger sintió un momento de pánico, pero vio que Sami sonreía.

—Es perezoso e inservible. A usted le gusta porque no anda zumbándole alrededor como harían los demás.

Munger sonrió y se apresuró a cambiar de tema.

—¿Cuándo regresa a Beirut?

Sami se puso serio.

—No iré por el momento. ¿Supo lo que le pasó a Janine Lesage?

—No. Acabo de llegar de Basrah. ¿Qué le pasó?

—Está muerta.

—¿Cómo?

Sami bebió un sorbo del zumo de naranja. Su expresión era sombría.

—La mataron ayer en el tocador de damas del aeropuerto de Beirut.

—Tenía muchos enemigos y aparte de usted, Sami, muy pocos amigos.

—Así es. Fue una muerte brutal. La estrangularon con su propio cabello.

Se hizo un silencio prolongado, que por último fue interrumpido por Munger:

—Le dije que necesitaba un corte de pelo.

Walter Blum estaba acampando en su oficina. Es decir, que su secretaria había sido desalojada y la oficina se había convertido en un dormitorio temporal pero muy cómodo. En los días venideros Walter vería la culminación de muchos años de trabajo y no quería que nada saliera mal en el último momento. Recibía, asimismo, constantes mensajes del general Hofti. Tres días después tendría lugar una reunión de gabinete en la que sería preciso llegar a una decisión definitiva. La campaña electoral se había transformado en una de las más encarnizadas de la historia de Israel: Shimon Peres, líder de la oposición, había sido puesto al corriente de la posibilidad de un bombardeo aéreo sobre el reactor Tammuz I y se oponía enfáticamente a ello. Sospechaba que las motivaciones de Begin para alentar semejante incursión debían de ser sobre todo de carácter político. Tal situación hacía que fuera más importante que nunca obtener pruebas concretas de las intenciones aviesas de Iraq.

Pero, esa misma noche, mientras permanecía sentado en su oficina, Walter no pensaba en nada de eso sino en Ruth Paget. Esa misma tarde había recibido el mensaje de que Tamar Feder tenía intenciones de sacarla del Líbano durante la noche, desde el puerto cristiano de Jounieh. En veinticuatro horas estaría en Limasol. Walter temía el momento en que tuviera que enfrentarse con ella. En el mejor de los casos, Ruth se mostraría despectiva y fría; en el peor, muy violenta y agresiva. Sacudió la cabeza con azoramiento al pensar en la muerte de Janine Lesage a manos de Ruth y en el método empleado por la muchacha. Con toda seguridad le había salvado la vida a Munger. Si Janine hubiera enviado un mensaje antes de su muerte, a esa altura David ya habría sido arrestado, pero hacía sólo una hora se le había comunicado a Walter que Munger acababa de llegar al Hotel Simbad de Bagdad después de entrevistarse con Sami Asaf.

Al recibir la noticia del secuestro de Misha Wigoda, Walter se ocupó de enviar más agentes a Bagdad. Eran del tipo «cazadores de moscas» y no podrían permanecer allí mucho tiempo sin despertar sospechas, pero al menos durante algunos días Walter tendría una vigilancia permanente en el Hotel Simbad y en los distintos puntos designados para enviar correspondencia. Se había establecido un contacto por radio con uno de los escondrijos del Mossad en Bagdad, así que Walter estaba en condiciones de recibir informes al minuto.

Al hacer una evaluación general de la situación y a pesar de la creciente tensión que lo embargaba, Walter se sintió complacido. Su agente se encontraba en el sitio indicado y estaba a punto de obtener la prueba que tanto necesitaban. El Mukhabarat no sospechaba en absoluto de él y, gracias a los buenos oficios de Sami Asaf, estaba cooperando con Munger. Mientras tanto, un escuadrón de primera de la Fuerza Aérea Israelí estaba preparado y listo para destruir el reactor.

Todo se presentaba bien para Walter, excepto su inminente encuentro con Ruth.

A Munger le pareció que era un viejo campo de aterrizaje y Nassir se lo confirmó.

—Los británicos lo construyeron en la década de los veinte. Fue durante la época en que intentaron controlar las zonas rebeldes con su flamante Fuerza Aérea... soltando bombas sobre los campesinos. La cosa funcionó bien en las zonas llanas y desérticas, pero no aquí arriba. Había demasiados escondites.

Munger estudió el lugar a través de sus poderosos binoculares. Caía el sol y la luz era excelente. Estaba sentado en el automóvil estacionado junto al camino a Kalar, sobre una loma alta por encima del perímetro formado por alambre de púas, a unos tres kilómetros de distancia. Hacia el este, las montañas se alzaban abruptamente en dirección a la frontera con Irán.

Nassir había levantado el capó del coche y se encontraba de pie junto al motor, con un trapo sucio en la mano. Cualquiera que pasara por allí daría por sentado que el motor estaba recalentado, un hecho bastante frecuente durante el verano en esos caminos de montaña.

A través de los binoculares, Munger apenas alcanzó a divisar la forma rectangular de la antigua pista de aterrizaje. Desde hacía mucho había sido invadida por la hierba, pero, desde su punto de observación elevado, pudo distinguir sus contornos borrosos. Saltaba a la vista cuál había sido el motivo para que dejara de funcionar como tal: se hallaba situada junto a una cresta de las estribaciones de montaña y su longitud estaba restringida por la topografía. Sólo podían utilizarla aviones ligeros con propulsión a hélice. Hacia un lado de la vieja pista de aterrizaje se veía una hilera de barracas de techo ondulado y suelo de cemento; algunas estaban en ruinas y otras habían sido reparadas. Mientras observaba, tres hombres de uniforme salieron de una y se dirigieron hacia un edificio más grande, de ladrillos, situado un poco más lejos, sobre la pista. Munger supuso que debía de ser el antiguo comedor de la oficialidad y que era posible que en la actualidad sirviera para idénticos fines. Sobre el otro lado de la pista estaban las nuevas instalaciones: dos edificios contiguos que formaban una «T» alargada. La parte vertical era una construcción larga, baja y carente de ventanas, con puertas corredizas desde el suelo hasta el techo en su parte media. La parte transversal era un edificio de dos pisos y tenía muchas ventanas. Munger dedujo que se trataba del sector administrativo.

Los dos edificios se encontraban rodeados y aislados del resto de las instalaciones por una cerca de tela metálica espesa. En la parte superior aparecían varias hileras de soportes blancos que sostenían otro alambre. No era la primera vez que Munger los veía: era alambre electrificado. Sólo existía un portón, con una garita de guardia al lado y varios soldados que empuñaban lo que parecían ser metralletas. Esa cerca representaba en realidad la segunda barrera, pues alrededor de todo el complejo corrían varios hilos gruesos de alambre de púas. Era nuevo; Munger vio sobre él los reflejos del sol poniente. A una distancia de alrededor de cincuenta metros dentro de esa cerca, corría un alambre único sobre la parte superior de estacas de treinta centímetros y mirando hacia afuera se podía ver una serie de postes en los que había carteles con calaveras y huesos cruzados que indicaban la existencia de un campo minado. A través de él sólo había un camino desde el portón exterior, junto al cual también existía una garita de guardia y centinelas armados.

—¿Cuánto calcula que tardará? —le preguntó nervioso Nassir.

—Algunos minutos. Cállate la boca y toca un poco ese maldito motor.

Lentamente Munger examinó la zona con los binoculares y calculó la distancia aproximada. Desde fuera de la cerca exterior no podría obtener fotografías con gran precisión, ni siquiera usando su poderoso teleobjetivo. Además, las barracas obstruirían la visión de las puertas corredizas donde sin duda sería descargado el óxido de uranio.

En cambio, desde esas barracas y empleando una lente catadióptrica de 500 milímetros, podría conseguir un detalle excelente, a pesar de lograr las tomas a través de la tela metálica. El problema era llegar a las barracas. No le entusiasmaba la idea de caminar de puntillas por un campo minado a plena luz del sol, y mucho menos en la oscuridad.

Vio que una cantidad de hombres emergía del edificio de la administración, sin duda después de haber terminado el trabajo de ese día. Los observó traspasar el portón y luego atravesar la vieja pista de aterrizaje hacia las barracas. Algunos de ellos se detuvieron y comenzaron a chutar una pelota de fútbol. Munger alcanzó a ver dónde estaban colocadas las pilas de piedras que marcaban las porterías. Los contempló un rato, pero cuando Nassir comenzó de nuevo a quejarse, dirigió su atención al campo minado. Sería un verdadero problema.

Durante los siguientes minutos luchó con la idea. Sabía que los portones estarían vigilados día y noche. Había tenido oportunidad de ver un coche que los traspasaba y cómo los soldados lo revisaron a fondo, llegando incluso a deslizar un espejo con ruedas debajo del chasis. Munger comenzaba a desesperarse cuando un movimiento atrajo su atención. Uno de los futbolistas chutó la pelota hacia la portería y lanzó el tiro desviado. La pelota rebotó por el campo bañado por el sol, rodó debajo del único hilo de alambre y fue a caer en medio del campo minado. Munger vio, azorado, cómo uno de los jugadores, con toda naturalidad, saltó el alambre y corrió por el campo minado para buscarla. Munger comenzó a reír. El cartel con la calavera y los huesos cruzados era un señuelo; algo así como un espantapájaros para alejar de allí a las aves. Las autoridades se ahorraban dinero levantando una fachada. El campo de minas era apenas un peligro mental.

Movió los binoculares y examinó el camino que corría fuera del alambre de púas. A ambos lados había enormes y profundas alcantarillas de desagüe, que le proporcionarían buena protección.

Recorrió nuevamente el lugar hasta enfocar de nuevo las barracas. Justo detrás de ellas había un edificio estrecho y en ruinas, cuyos muros irregulares se elevaban entre noventa centímetros y un metro veinte. Munger adivinó que, cincuenta años antes, había contenido una hilera de letrinas. Ése también sería un buen refugio.

Bajó los binoculares, tomó un papel y un lápiz y dibujó un plano rudimentario de la instalación, marcando las distancias. La cara de Nassir exhibió un enorme alivio cuando finalmente Munger le dijo que cerrara el capó del coche.

Pero su alivio no duró mucho. Mientras viajaban de vuelta a Kifri, Munger le explicó a Nassir lo que debía hacer. En primer lugar, encontrar y comprar un par de alicates para cortar alambre; luego, algunas horas después, conducir a Munger de vuelta a un punto exacto del camino. Debía conducir despacio y, al llegar a una curva, Munger se apearía disimuladamente para que nadie pudiera ver que el coche se detenía.

Se suponía que el embarque de óxido de uranio llegaría a primera hora de la tarde del día siguiente. Una hora después de la puesta del sol, Nassir debía regresar al mismo lugar con el coche para recogerlo.

Nassir se sentía muy desdichado. No quería hacer el trabajo, pero Munger le señaló algunos hechos para considerar: ya estaba metido en el baile y podía ganar mucho dinero si seguía adelante. Además, si llegaban a detener a Munger, lo torturarían y eventualmente terminaría por confesar la complicidad de Nassir. No tenía opción. Nassir protestó durante todo el camino a Kifri, pero tuvo que reconocer que era verdad: no le quedaba otra alternativa.

Salió bien. A las diez de esa noche el camino estaba poco transitado. Munger se instaló en el asiento posterior, todo vestido de negro, incluyendo un gorro tejido y una bufanda. Llevaba una bolsa de lona con la cámara, objetivos, los alicates para cortar alambre, una chaqueta y pantalones caqui de camuflaje, un termo lleno de café caliente y otro de agua helada, un paquete con bocadillos de pollo, un tubo de tabletas de dexedrina y un envase de repelente para mosquitos en aerosol. No llevaba armas pues, si llegaban a descubrirlo, necesitaría toda una división blindada para salir con vida.

Nassir temblaba de miedo pero se las arregló para estabilizar la marcha del vehículo a quince kilómetros por hora cuando se aproximaron a la curva.

—Tu única oportunidad —le recordó Munger— es venir a buscarme mañana por la noche. Una vez que yo abandone Bagdad podrás respirar tranquilo.

—No debería haber aceptado —gimió Nassir—. No lo habría hecho de haber sabido los riesgos que correría.

—Piensa en el dinero —le dijo Munger.

Abrió la portezuela del coche y con la bolsa bien aferrada, se lanzó al camino.

Ni siquiera perdió pie. Por un momento el empujón lo llevó camino abajo, detrás del coche, pero luego acortó la marcha, viró hacia un lado y se dejó caer en la alcantarilla. Vio cómo las luces rojas del coche desaparecían en la curva y, a pesar del desprecio que sentía hacia Nassir, por un instante, le pesó la soledad.

La luna era sólo el recorte de una uña apenas, lo suficiente para delinear las formas unos metros más adelante. Durante diez minutos Munger aguardó y aguzó el oído. Vio luces en el edificio que suponía servía de comedor y alcanzó a oír débiles vestigios de música. Estaba a punto de aproximarse a la cerca de alambre de púas cuando oyó el ruido de motores a marcha lenta por el camino. Se ocultó y permaneció agachado durante cinco minutos mientras un convoy militar pasaba a pocos metros de distancia. Debió controlar cierta reacción de risa histérica: ¿Habría tomado Sami Asaf en serio su legendaria fama? ¿Acaso el Alto Mando había decidido por eso reforzar la frontera septentrional?

Volvió a reinar el silencio y Munger saltó de la alcantarilla, se envolvió la bufanda alrededor de la cara y, muy lentamente, se aproximó a la cerca.

Tardó una hora en abrirse camino porque debió arreglar la hierba que quedaba detrás de él para que su paso no llegara a ser detectado por casualidad a la luz del día. Cuando atravesó el anunciado campo minado, lo hizo con cierta aprensión. Después de todo, cabía la posibilidad de que hubieran enterrado un par de minas. Pero llegó sin novedad al único hilo de alambre, pasó por encima del mismo y luego, manteniéndose agachado y tomando las luces del salón comedor como punto de referencia, se escabulló de prisa por el campo abierto en dirección a las letrinas en ruinas. Encontró un rincón oscuro donde los muros exteriores se levantaban a casi un metro y medio y, a un metro ochenta de distancia, una pared lo ocultaba del lado opuesto. Primero se quitó la ropa negra y se roció el cuerpo desnudo con el repelente de mosquitos, luego se colocó la ropa camuflada, se sirvió café en el vaso del termo y tomó una tableta de dexedrina. Finalmente, usando su ropa negra como almohadón, se acurrucó en un rincón.

Sería una noche larga pero, por más que Ruth estuviera lejos, la sentía muy próxima a él haciéndole compañía. Ocupaba su mente, su corazón y su alma y lo templaba a medida que la noche se volvía más fría. La imaginó allá arriba en Platres, esperándolo. A esa hora ya estaría en la cama. Ruth le había dicho que siempre se dormía temprano cuando él no estaba. Imaginó su cabello negro sobre la almohada blanca, las rodillas encogidas contra el vientre suave, los brazos y las manos apretando una almohada contra el pecho. Siempre lo hacía cuando él partía. Solía llamar a esa almohada en particular «su Munger sustituto». Él hizo un chiste y dijo que al menos la almohada no roncaba, ella sonrió con aire travieso y replicó que tampoco hacía ninguna otra cosa.

Munger permaneció allí sentado, bebió el café y se dispuso a pasar la noche con Ruth como protagonista de sus pensamientos.

En realidad el pelo de Ruth no estaba desparramado sobre una almohada blanca, ni ella dormía abrazada a otra. Estaba sentada frente al escritorio de Walter Blum, oyéndolo hablar de su deber y de los dilemas que debía afrontar. Parecía muy serena y eso lo sorprendió. Aparte de un esparadrapo en la mejilla y arañazos en el cuello, cualquiera diría que regresaba de una excursión de fin de semana. Sólo cuando la miró a los ojos observó la tensión que la embargaba.

Walter habló de Israel y el futuro, de Israel y el pasado, de los sacrificios realizados y de los que el futuro exigiría. Admitió con total sinceridad haber estado dispuesto a sacrificar a Munger en aras de ese futuro y que, aunque tal vez ella se negara a creerlo, estaba dispuesto también a sacrificar su propia vida.

Ruth sí lo creía y así se lo dijo, pero a esas alturas resultaba irrelevante. Había matado por su hombre y lo único que le importaba era que él volviera a su lado. En su vientre crecía una criatura y quería que tuviera un padre con vida.

Walter la puso al corriente de las últimas novedades. Munger se había dirigido al norte para conseguir las fotografías. Era sólo cuestión de un par de días y emprendería el regreso. Walter estaba en comunicación permanente con Bagdad y tendría noticias en cuanto la misión terminara. Y, desde luego, la llamaría a Platres inmediatamente.

Ruth sacudió la cabeza. Se quedaría en Limasol. Cuando Munger abandonara Iraq, se dirigiría en seguida a Larnaca a recibirlo. Walter se mostró solícito y comprensivo y se ofreció a reservarle una suite en el Hotel Amathus.

Ruth hizo un gesto negativo con la cabeza, se puso de pie, renqueó hasta la puerta de la oficina de la secretaria, la abrió y examinó la morada transitoria de Walter.

—Dormiré allí —afirmó, señalando el angosto sofá junto al escritorio de Walter—. Tú puedes dormir aquí dentro. —Walter se quedó con la boca abierta—. O ir al Amathus —siguió diciendo, con un esbozo de sonrisa.

Walter, resignado, se encogió de hombros.

—Trata de dormir y de descansar. Estoy seguro de que Munger está bien.

—No estás seguro, Walter. Sólo esperas que así sea. Lo mismo me pasa a mí. Ah, Walter, y hazme un enorme favor: no se te ocurra citar a Hamlet si no quieres que te estrangule.

Ruth traspasó la puerta y la cerró tras ella.

La noche había sido fría pero dos horas después del amanecer Munger tenía calor. Se puso en cuclillas y saltó hacia arriba y hacia abajo para ejercitar los músculos de sus piernas acalambradas. Entonces abrió el otro termo y bebió un poco de agua fría. Repitió esa operación cada hora. Bebía apenas un par de sorbos para mojarse la boca y la garganta. Ni una sola vez espió por encima del muro bajo. Conocía el sonido de los camiones Volvo F12 y no pensaba correr el riesgo de que lo vieran nada más que para satisfacer su curiosidad. Durante la mañana oyó motores de otros vehículos; de hecho, la cantidad le resultó sorprendente. Era obvio que la llegada del óxido de uranio sería un día memorable para ese establecimiento. En varias oportunidades revisó su Nikon y el grueso teleobjetivo catadióptrico, hasta que llegó un momento en que se regañó a sí mismo. Estaba actuando como un novato. Si seguía así sería capaz de olvidarse de quitar la tapa del objetivo.

Apenas después de las dos los oyó: el rugido grave de cinco motores de trescientos caballos de fuerza. Recogió la cámara y, sonriendo para sí, quitó la tapa de la lente. Muy lentamente levantó la cabeza y rápidamente realizó una panorámica de trescientos sesenta grados. Entonces, de pronto, se quiso morir.

Los cinco camiones traspasaban el portón interior, precedidos y seguidos por jeeps del ejército. Sin embargo, sentados de espaldas a una barraca a cincuenta metros de allí, tres soldados jugaban a las cartas y fumaban cigarrillos. Era, precisamente, la barraca detrás de la cual pensaba ocultarse mientras tomaba las fotografías. Se volvió a sentar en cuclillas y maldijo a todos los soldados del mundo. El asunto era cuánto tiempo permanecerían allí. Él no podía salir de su escondite sin que lo vieran. Lo menos que podían hacer, dada la trascendencia del cargamento que estaba llegando, era dedicarse de lleno a sus tareas.

Oyó lejanas órdenes gritadas y el silbido de frenos hidráulicos; luego, el chirrido metálico de las puertas corredizas que se abrían. Se arriesgó a echar otra mirada por encima del muro. ¡Aleluya! Los tres soldados se ponían en pie, se quitaban la tierra de sus traseros y levantaban las metralletas. Pero, ¡diablos! Uno de ellos caminaba hacia él. Munger se acurrucó. ¿Lo habrían visto?

Esperó con los nervios de punta: oyó el sonido de pies que se arrastraban y luego de pisadas cada vez más cerca. Contuvo la respiración, obligando a sus miembros a permanecer inmóviles. El soldado estaba ahora muy cerca. Se oyó el ruido de una piedra al ser golpeada por un zapato, una breve tos mezclada con gruñidos y luego silencio, aparte del sonido de respiración.

En esos segundos Munger tuvo conciencia de la infinita cantidad de ruidos que genera el cuerpo humano: el golpeteo de su propio corazón, los latidos de su pulso, el leve sonido cuando tragaba. Entonces oyó otro ruido: como de un silbido y luego una salpicadura. ¡El muy hijo de puta estaba orinando! Sintió la imperiosa necesidad de reír a carcajadas. Recordó cómo, de niño, solía tratar de orinar formando un arco lo más alto posible. En la escuela era una especie de deporte. En una oportunidad llegó a orinar por la ventana de una letrina a un metro ochenta del inodoro. Si el soldado intentaba hacer eso, Munger acabaría mojado. Oyó el suspiro de alivio del hombre y una serie de pequeñas salpicaduras finales contra los ladrillos de la pared que estaba a sus espaldas. Luego las pisadas se alejaron.

Munger esperó otro minuto y luego volvió a espiar por encima del muro.

No había moros en la costa. Los camiones estaban ocultos por las barracas, pero en esa dirección se oía mucho barullo: gritos, el estrépito de metal que chocaba con metal.

Recogió la cámara, miró hacia atrás y luego apoyó la mano derecha sobre la parte superior de la pared y la saltó. Corrió agachado hasta la barraca, se ocultó tras ella y, muy lentamente, espió. Los cinco Volvos estaban estacionados con la parte posterior contra las puertas abiertas. Mientras observaba desde un ángulo de aproximadamente sesenta grados, vio dos camiones con elevadores de carga que maniobraban para bajar a tierra el cargamento. Había muchísimos soldados: algunos dentro de los camiones, moviendo los cilindros; otros en los alrededores. De pie, en un grupo, se veían también dos hombres con chaquetas blancas, del tipo de las que usan los médicos y los científicos. En el momento en que las barras de acero de los elevadores de carga atrapaban a los dos primeros cilindros, esos dos hombres se acercaron para examinarlos. Munger levantó la cámara. Por el visor observó las letras negras pintadas sobre los cilindros amarillos y los sellos de un rojo brillante.

Los dos hombres de chaqueta blanca se agacharon e inspeccionaron los sellos. Estaban de buen humor; era evidente por las sonrisas que ostentaban. Uno de ellos palmeó afectuosamente el cilindro mientras Munger obtenía una fotografía.

Fue la única que pudo conseguir. Oyó un sonido a su izquierda y giró la cabeza. Dos hombres salían del salón comedor a cien metros de distancia y él estaba bien a la vista y sin protección.

Sólo su traje camuflado lo salvó. Munger tuvo el buen tino de no moverse. Era como un camaleón, que cambiaba de color de acuerdo con el medio que lo rodeaba. Estuvo expuesto por más de diez segundos antes de que pasaran frente a la barraca. En ese lapso, Munger comprendió en carne propia el significado de la teoría de la relatividad, pues lo vivió como si hubiera sido una hora. Maldijo entre dientes. Había calculado mal todos los ángulos. Según lo planeado debería haberse encontrado a cubierto del edificio del comedor. Había tenido suerte, pero debía tomar una decisión. Estaba totalmente expuesto y otros podían salir en cualquier momento. Sólo tenía una fotografía. ¿Sería suficiente? Debía serlo. Para eso era un profesional. La imagen estaba impresa en la película.

Dio media vuelta y se escabulló de nuevo hacia el edificio en ruinas; saltó sobre el muro y cayó rodando de espaldas amortiguando la cámara con su vientre.

Ese día sólo hubo otro momento difícil: cuando estaba sentado en la alcantarilla y se preguntaba si Ahmed Nassir acudiría a recogerlo. Si su cobardía sería vencida por su avaricia.

No menos de una docena de veces consultó el reloj, hasta que de pronto oyó el sonido del automóvil. Avanzaba lentamente por la curva con la puerta de pasajeros abierta. Munger saltó de la alcantarilla, corrió algunos metros junto al vehículo y trepó a él de un salto, yendo a dar contra el hombro de Nassir y haciéndolo virar violentamente por el camino. Rió frente al chillido de pánico de Nassir y cerró la portezuela a sus espaldas.

—¿Hecho? —preguntó Nassir, mientras apretaba el acelerador.

—Hecho —le respondió Munger.

—¿Todo ha terminado?

—Sí, todo ha terminado.

Nassir sonrió aliviado.

—¿Así que recibiré los otros diamantes?

—En efecto —dijo Munger, mientras se contorsionaba para quitarse la camisa camuflada—. Primero conduce hasta Bagdad y entonces tú recibes los diamantes.

—Y se va de Bagdad... para siempre.

—Seguro —dijo Munger y le echó una ojeada al reloj—. No llegaremos a Bagdad antes de las nueve, así que perderé el último vuelo. Tomaré el de la Jordanian Airways de la mañana. Lo que tú debes hacer, amigo mío, es dejarme en el hotel y regresar una hora más tarde para recoger tus diamantes. Y, escúchame... no seas estúpido. Ni se te ocurra ponerte a llevar una vida dispendiosa. Es así como pescan a los rateros.

—Yo no soy un ladrón, señor Munger —dijo Nassir—. No he robado nada, sólo he prestado un servicio. Si quiere saberlo, le diré que no soy partidario de este régimen. Lo tolero porque no me queda otro remedio. Sí, ya sé; usted puede decir que yo he cometido traición, pero en ese caso lo mismo se aplica a usted. ¡Un inglés trabajando para la CIA, para los norteamericanos! Es tan grave como mi caso.

—Tienes razón —dijo Munger con tono apaciguador—. Ahora te ruego que te concentres en el camino. Me gustaría llegar entero a Bagdad.

Nassir se concentró y condujo bien, llegaron al Hotel Simbad justo antes de las nueve. Munger extendió el brazo para recoger su bolsa del asiento posterior, abrió la portezuela y dijo:

—Sube a mi habitación a las diez.

—¿Por qué no ahora?

Munger negó con la cabeza.

—Tengo que hacer algo antes.

No podía explicarle que primero tenía que revelar el negativo y asegurarse de que la fotografía estuviera nítida. En caso contrario y por pavorosa que le resultara esa posibilidad, debería regresar allá e intentarlo de nuevo, para lo cual necesitaría los servicios de Nassir. Munger vio en el rostro del árabe el conflicto interior y los recelos que lo atormentaban.

—Tranquilízate, Ahmed. No abandonaré esta habitación. Sube a las diez. Ve a ver a tu esposa y muéstrale que tiene un buen marido... un marido rico.

Nassir sonrió con expresión pusilánime. Sabía que no había ningún vuelo hasta la mañana siguiente.

—Hasta las diez, entonces —dijo.

Munger le palmeó la espalda y lo miró alejarse. Entonces entró al vestíbulo, tomó su llave de la conserjería y preguntó si tenía mensajes. No había ninguno. Giró sobre sus talones y echó a andar hacia los ascensores. Vio a Pierre Renard a punto de introducirse en uno y apresuró el paso; Renard, cortésmente, sostuvo abierta la puerta y lo dejó entrar primero.

Cuando el ascensor comenzó a moverse, Munger preguntó en voz baja:

—¿Número de habitación?

—302.

Fueron las únicas palabras que intercambiaron. En el tercer

piso, Renard salió del ascensor sin siquiera mirar hacia atrás y Munger siguió hasta el quinto y se dirigió a su habitación.

Dos minutos más tarde estaba en el cuarto de baño revelando el negativo. Media hora más tarde, dos copias de contacto colgaban de un cordel para secarse. Estudió una con una lupa. Era impecable y de una nitidez formidable. Pudo leer sin dificultad los números y letras pintados en negro sobre los cilindros amarillos. Uno de los hombres de chaqueta blanca palmeaba uno de los cilindros como si se tratara de su cachorro preferido. El otro sonreía de oreja a oreja a su colega. Munger se preguntó quiénes serían. Ambos eran individuos de mediana edad y usaban gafas. Parecían árabes y tenían aspecto de científicos. Al mismo tiempo, daban la sensación de ser médicos, pero eso sin duda se debía a las chaquetas blancas.

En cuanto las copias estuvieron secas, Munger envolvió una, junto con el negativo, en papel celofán y escondió ambas cosas en una ranura de la parte inferior de su neceser con elementos para afeitarse. En la tarde siguiente los colocaría sobre el escritorio de Walter Blum y su misión habría concluido. Sin embargo, quería asegurarse. Había planeado dejar la otra copia en uno de los «puntos para correspondencia», pero decidió que era mejor entregárselo a Pierre Renard. Metió la copia dentro de un sobre y escribió en la parte de delante:

«NARANJA UNO. MUY URGENTE»

Bajó por la escalera en lugar de usar el ascensor, buscó la habitación 302 y deslizó el sobre por debajo de la puerta.

Regresó a su cuarto, se quitó la camisa, se soltó el cinturón para dinero y extrajo un cuadradito de papel que contenía los diamantes adicionales para Ahmed Nassir. Entonces tiró el cinturón dentro de un cajón, se sirvió una dosis generosa de vodka con soda y miró su reloj. Eran las 21:40.

Estaba muy cansado, le dolían la cabeza y los ojos por las tabletas de dexedrina que había tomado la noche anterior para permanecer despierto. Fue al teléfono, llamó a la Jordanian Airways y reservó asiento en el vuelo de las ocho. A continuación llamó a la recepción y pidió que lo despertaran a las seis. Sólo restaba saldar su cuenta con Nassir. Volvió a consultar su reloj: las 21:50.

Cinco minutos más tarde oyó un golpecito en la puerta y sonrió. Nassir era un tipo impaciente. Recogió el cuadradito de papel y se encaminó hacia la puerta. Liquidaría ese trámite en un minuto. Nada de bebidas ni de celebraciones.

Abrió la puerta con una sonrisa y se encontró mirando a Sami Asaf, flanqueado por dos hombres con metralletas en la mano. Detrás de ellos había otros cuatro hombres.

El rostro de Sami era imperturbable.

—Ahmed Nassir le envía sus excusas —dijo—. Ha tenido un inconveniente insalvable.

La mirada de Sami se dirigió al cuadrado de papel que Munger tenía en la mano. Se lo quitó de un manotazo y luego empujó a Munger y lo obligó a meterse de nuevo en la habitación.

Con ocho personas dentro, no quedaba mucho espacio. Sami le dijo a Munger que se sentara en la cama y ordenó a los dos hombres armados que le dispararan a las piernas si intentaba moverse. Entonces fue hasta la puerta del cuarto de baño, espió dentro y olisqueó. Incluso desde la cama, Munger podía oler los productos químicos para el revelado fotográfico. Cuando Sami se volvió, otro hombre entró en la habitación e informó que, de acuerdo con las declaraciones del portero, Munger no había abandonado el hotel después de su llegada, a las nueve en punto.

—De modo que están aquí —dijo Sami y les dio instrucciones a los cuatro hombres y al recién llegado.

Debían tratar de encontrar negativos o copias o ambas cosas.

Eran expertos y procedieron con método. Literalmente desmenuzaron todo lo que había en la habitación y en el cuarto de baño. Mientras trabajaban, Sami acercó una silla frente a Munger y revisó el contenido del cinturón para guardar dinero, colocando el efectivo y los diamantes sobre la cama, junto a Munger. A los dos hombres con las metralletas les resultó difícil mantener los ojos apartados de semejante fortuna.

—Tuvo usted muy mala suerte —dijo Sami, con ánimo de conversar—. Esta tarde, un libanés fue arrestado en el aeropuerto cuando estaba a punto de subir a un avión. Nuestra gente lo vigiló durante meses pues se sospechaba que era un enlace para los negociantes de divisas ilegales. Solía hacer frecuentes visitas a Bagdad. Pues bien, teníamos razón. Se le encontró una importante suma de dinero y también dos diamantes —comentó e indicó el centelleante montoncito de piedras que había junto a Munger—. Exactamente iguales a ésos. Después de un interrogatorio extenuante, reconoció que los había recibido de cierto comerciante en Al Azamiya, quien, también al cabo de otro interrogatorio similar, confesó habérselos comprado dos días antes a un tal Ahmed Nassir. Y entonces recurrieron a mí... hace sólo una hora. Fuimos derechos a la casa de Nassir. Como usted sabe, es un cobarde. Sólo tardamos media hora en hacerle hablar... y qué historia nos relató. ¡El famoso fotógrafo David Munger es agente de la CIA! —exclamó y lanzó una risotada desagradable.

»Bueno, en ese sentido existe un buen precedente. Recuerde a Duff Paget, que era también agente de la CIA. De paso, esta tarde tuve oportunidad de leer un informe de la policía de Beirut sobre la muerte de Janine Lesage. Al parecer, la principal sospechosa es la viuda de Paget.

Por primera vez, Sami vio aparecer una expresión en los ojos de Munger y una vez más se echó a reír.

—Sí, la hermosa Ruth Paget. Ella estuvo en la escena del crimen. De hecho, tenía reservado asiento en el mismo vuelo a Bagdad. Pero ninguna de las dos tomó el avión. La vieron salir del aeropuerto ayudada por un hombre. Estaba sangrando.

Munger lo miraba fijamente. Comenzó a decir algo pero fue interrumpido por la exclamación de uno de los hombres que estaban en el cuarto de baño. Salió blandiendo el neceser en una mano y el pequeño cuadrado de celofán en la otra.

Sami extrajo el negativo y la copia, los llevó bajo la luz y los examinó. Luego asintió satisfecho.

—¿Sólo una fotografía? ¿Eso es todo lo que obtuvo?

Munger se encogió de hombros y no le contestó.

—Hablará, Munger, créamelo. Yo mismo dirigiré el interrogatorio. Y pienso disfrutar. No me gusta la gente que me traiciona. Yo lo ayudé y usted me puso en ridículo.

Estaba de pie junto a Munger, mirándolo desde arriba con los ojos entornados por la ira. Munger levantó la mirada y le dijo:

—No me costó mucho.

Sami llevó el brazo hacia atrás y estrelló el puño contra la cara de Munger, tirándolo de espaldas sobre la cama. Munger se incorporó en seguida y sus manos buscaron el cuello de Sami. Pero los dos cañones de las metralletas cubrieron a Sami mientras saltaba hacia atrás y reía.

—Esto no es más que el comienzo, Munger. Lo llevaremos a Kast al Nihaya... Puesto que es un espía, debe de haber oído hablar de ese sitio. Lo llaman «el Palacio del fin».

Capítulo 20

La reunión de gabinete tuvo lugar durante la mañana del 5 de junio y, como se había previsto, fue tormentosa. El general de división David Ivri, Comandante de la Fuerza Aérea Israelí, esperaba en la antesala. Si la decisión era realizar un ataque aéreo, la incursión se llevaría a cabo el domingo 7, día en que se esperaba que la mayoría de los científicos y técnicos franceses estuvieran lejos del lugar.

Los miembros del gabinete estaban divididos y, durante media hora, los halcones y las palomas estuvieron gritándose mutuamente. Aunque, como era de esperar, los halcones se mostraron un poco más agresivos que los otros.

Menahem Begin dejó que siguieran despotricando. Al cabo de un par de minutos intervendría para imponer orden en la reunión, tomarían una decisión y deberían enfrentarse a las consecuencias de la misma. Para Begin no cabía la menor duda: era imperioso bombardear el reactor. Pero mientras escuchaba el alboroto reinante en esa habitación supo que el país estaría tan dividido como el gabinete.

El ataque aumentaría las probabilidades del gabinete de coalición en las futuras elecciones, pero durante lo que le quedaba de vida se lo acusaría de actuar movido por razones políticas. Suspiró y golpeó la mesa con la mano.

El barullo casi se había acallado cuando un asistente abrió la puerta, se dirigió a Begin y le entregó una nota. Todos notaron la animación que brilló en sus ojos al leerla.

—El general Hofti está en la otra habitación —dijo—. Parece que tiene algo muy interesante para mostrarnos. —Luego, dirigiéndose al asistente, le dijo—: Hágalo pasar.

El asistente se agachó y le murmuró algo al oído, a lo cual Begin asintió y dijo:

—Sí, él también.

Instantes después, el general Hofti y Walter Blum entraron en la habitación. Hofti traía en sus manos un gran sobre de papel manila. Begin quedó muy impresionado por lo mucho que había envejecido Walter desde la última vez que se vieron. Estaba pálido y la carne parecía colgarle de la cara. Por un momento Begin temió que las noticias fueran malas, pero cuando vio la excitación de los ojos de Hofti, se tranquilizó.

Les acercaron un par de sillones y Begin dijo:

—Todos ustedes conocen al general Hofti. Éste es el señor Blum —comentó indicando a Walter—. Algunos de ustedes sin duda estarán al corriente de lo mucho que ha servido a Israel.

Walter saludó con la cabeza a esa serie de rostros.

—¿Qué tiene para nosotros, general? —preguntó Begin.

Hofti abrió el sobre y extrajo una docena de copias de una gran fotografía muy ampliada, que distribuyó alrededor de la mesa. Algunos de los ministros debieron compartir una copia. Se hizo un silencio absoluto mientras todos la examinaban y luego Begin dijo:

—Por favor, explíquenos de qué se trata, general.

Hofti carraspeó.

—Esta fotografía fue obtenida por uno de nuestros agentes en Iraq, hace dos días, en un establecimiento secreto emplazado al nordeste del país. Los cilindros contienen óxido de uranio y son parte de un cargamento de cien toneladas proporcionadas por el coronel Gaddafi. Los números y las letras han sido verificados y se encuentran registrados en la OIEA de Viena. Como ustedes sabrán sin duda, los iraquíes no pueden emplear óxido de uranio como combustible para su nuevo reactor. Pero con él sí pueden extraer suficiente Pu239 como para fabricar alrededor de veinte bombas nucleares del tamaño de la lanzada en Hiroshima.

Todos lo observaban con enorme atención. Hofti volvió a carraspear y siguió diciendo:

—Los dos hombres que aparecen en la fotografía son el profesor Jabar Mohammed y el profesor Saddam Azzawi, dos de los más renombrados científicos nucleares de Iraq. Hace dos años se informó oficialmente que habían sido ejecutados por traición. No cabe duda de que eso fue tan sólo una cortina de humo para ocultar de los ojos inquisitivos de los franceses y de los inspectores de la OIEA el hecho de que estaban instalando un centro secreto de investigación.

Hofti se arrellanó en el sillón y Ariel Sharon sonrió y preguntó:

—¿Alguien desea seguir discutiendo el asunto?

Hubo un movimiento general de cabezas y entonces Begin dijo:

—Entonces podemos darle nuestras órdenes a David Ivri. Buen trabajo, Hofti, y lo mismo le digo a usted, señor Blum. Fue un trabajo magnífico. Les ruego que transmitan mis felicitaciones y mi agradecimiento al hombre que se arriesgó tanto para obtener esta prueba.

Alrededor de la mesa hubo murmullos de aprobación, hasta que Walter dijo lisa y llanamente:

—Me temo que no podré hacerlo. Lo descubrieron.

—Oh, Dios —exclamó Begin, con expresión de desaliento—. ¿Cuándo fue eso?

—Apenas unas horas después de tomar la fotografía. Pero se las ingenió para enviarnos una copia con un enlace.

Ariel Sharon, como siempre un hombre activo, preguntó:

—¿Tiene alguna idea de dónde está? ¿Existe alguna posibilidad de liberarlo?

—Lo tienen en el «Palacio del fin».

—Hay una esperanza —dijo Hofti, volviéndose a Begin—. Es muy pequeña y por eso quise que el señor Blum me acompañara. Pero para intentarlo necesitamos la decisión del gabinete.

—Explíquese— dijo Begin.

Hofti bosquejó el plan, que se basaba en el hecho de que el Mossad tenía un agente, Hammad Shihab, dentro del palacio. Hasta ese momento su papel había sido pasivo, pero en esa coyuntura debía asumir un papel activo, aunque ello implicara el peligro de ponerlo en evidencia. Esa misma mañana había informado que el agente estaba siendo sometido a un interrogatorio. Hasta el momento no había abierto la boca y los del Mukhabarat seguían convencidos de que trabajaba para la CIA. En opinión de Shihab, el agente no podía durar con vida más de una semana.

El Mossad poseía, desde hacía mucho, planos detallados del Palacio y, gracias a Shihab, incluso la ubicación exacta de la celda ocupada por el agente. Estaba al final de un pasillo. En la parte exterior del pasillo, separado por una pesada puerta metálica, había un patio rodeado por muros de piedra de quince metros de alto y dos metros y medio de espesor. Shihab podía conseguir la llave de esa puerta.

—¿Una incursión comando?— preguntó Sharon.

Hofti sacudió la cabeza.

—Imposible. El Palacio está en plena ciudad. No. Lo que tenemos que hacer es tirar esa pared en un momento dado. Y la única forma de hacerlo es con una bomba lanzada desde un avión, un avión que vuele muy bajo. Nos gustaría que la Fuerza Aérea separe uno de sus aviones de la incursión al reactor y lo intente. La zona del blanco mide sólo ocho metros por diez.

—Y suponiendo que se logre abrir una brecha en el muro —dijo Begin—, ¿qué ocurrirá después?

Fue Walter quien le contestó.

—Ciento cincuenta metros más adelante al otro lado de la plaza está el *souk*. Confiamos en que, debido a la confusión que reinará después del bombardeo, nuestro agente y Shihab podrán llegar hasta él. Tendremos gente esperándolos y no creemos que resulte difícil desaparecer desde allí. Entonces se dirigirán a un escondrijo kurdo, donde la esposa y los dos hijos de Shihab estarán esperándolos. Después de eso, los kurdos los sacarán del país por Kurdistán y Turquía. La ruta de escape ya ha sido trazada.

—¿Han hablado con David Ivri? —preguntó Begin.

—Sí —respondió Hofti—. Tuvimos una breve charla antes de entrar en esta habitación. Le mostramos los planos del Palacio y su emplazamiento. Él nos hizo notar dos cosas. En primer lugar, que dado el tamaño del blanco y las dificultades inherentes para aproximarse a él, las probabilidades de éxito son muy escasas. En segundo lugar, que debido a la distancia y la necesidad de proceder en forma furtiva y engañosa, en la incursión aérea sólo se usarán ocho F16, cubiertos por seis F15 en misión de ataque. Señaló que para destruir el reactor será preciso que den en el blanco por lo menos cinco o seis bombas, así que con ocho posibilidades el margen de error es ya muy bajo. Por eso necesitaríamos la decisión del gabinete.

—¿No podemos mandar un avión adicional?

Mordechair Zipori se encargó de contestar.

—No. Un total de catorce es el máximo absoluto y deben estar coordinados a la perfección. Hace quince días que practican. Sólo faltan dos días para la incursión. Es imposible agregar otro avión. —Paseó la vista alrededor de la mesa y agregó con aire sombrío—: La opción es clara. En aras de una posibilidad muy remota de rescatar a este agente, deberíamos reducir significativamente el margen de error en el bombardeo del reactor.

Se hizo un silencio agobiante. Entonces Hofti dijo:

—Antes de que lleguen a una decisión, quisiera señalarles algo. En el Mossad siempre nos ha preocupado mucho salvar a nuestros agentes. Es uno de nuestros preceptos básicos y nace precisamente de los principios sobre los que se funda esta nación.

Walter se inclinó hacia adelante.

—También yo quisiera decir algo. Este agente no es israelí, pero es judío por parte de madre, quien murió por Israel aquí en Jerusalén, en 1948. Es un hombre de gran valor que, en su vida privada, ya ha estado en el infierno y ha logrado escapar de él. Tenía previsto casarse después de esta misión. Su futura esposa está esperando un hijo suyo. También ella arriesgó la vida para que esta fotografía fuera tomada —dijo, mientras señalaba la copia que Begin tenía delante—. Cuando ayer se enteró de que su compañero había sido apresado, perdió el conocimiento en mi oficina. Ahora se encuentra en el hospital, sometida a fuertes dosis de sedantes.

Se echó hacia atrás en su asiento y miró uno por uno a los dieciséis ministros.

—Bueno, señores —dijo Begin—. Más vale que tomemos una decisión. Los que estén a favor de separar uno de nuestros cazabombarderos del ataque al reactor, que levanten la mano.

Inmediatamente y al unísono, se alzaron dieciséis manos.

Dos horas más tarde, Walter participaba en otra reunión. Había volado con el general de división David Ivri a la base de la Fuerza Aérea de Etzion, en el desierto del Sinaí, y se encontraba de pie junto a una enorme mesa en el salón de instrucciones, observando al coronel Daniel Rener, que tenía en sus manos un aeroplano de juguete. La Fuerza Aérea Israelí tenía maquetas en escala de todas las ciudades importantes del Medio Oriente y, en ese momento, una Bagdad en miniatura ocupaba veinte metros cuadrados de la mesa. Una pequeña bandera roja de plástico sobresalía de la parte superior del «Palacio del fin», de dos centímetros y medio de altura. El coronel Rener, el líder de la misión, estaba inclinado sobre la mesa con un diminuto F16 en la mano, demostrándole a Walter las dificultades de llevar a cabo un bombardeo a baja altura sobre una zona poblada. Desde el otro extremo de la mesa, el general de división David Ivri observaba y asentía frente a los comentarios de Rener.

—El piloto tendrá el blanco a la vista durante sólo cinco segundos antes de lanzar su bomba y en ese momento estará saliendo de un viraje muy brusco, así que deberá soportar una fuerza de gravedad muy elevada. Si llegara a desviarse diez metros hacia la izquierda, le sería imposible acertar a la esquina del muro. Y si se desviara diez metros hacia la derecha, su bomba caería justo en la celda del agente.

—Supongo que eso sería mejor que desviarse a la izquierda —dijo Walter con expresión pesimista.

Rener asintió y siguió diciendo:

—El piloto sólo podrá hacer una única pasada —dijo y señaló varios círculos oscuros sobre la maqueta—. Esos son emplazamientos de misiles tierra-aire; algo muy desagradable, por cierto. Por lo tanto, después de soltar la bomba debe ladearse y trepar de forma brusca en este sitio. Si llega a fallar por dos o tres grados, se acabó.

Walter dejó escapar un suspiro.

—Nunca pensé que fuera sencillo, coronel.

—Hay otro factor adicional que debemos tener en cuenta —dijo Rener—. Normalmente, un piloto debería entrenarse durante muchos días antes de llevar a cabo una misión semejante. Las computadoras de a bordo serían programadas especialmente. Se filmaría una película con esta maqueta, que luego se colocaría en un simulador de vuelo, y eso le permitiría practicar un poco. Asimismo, filmaríamos un modelo a escala del edificio y la pared y también colocaríamos esa película en el simulador. Pero la incursión se llevará a cabo el domingo. No hay suficiente tiempo para nada de eso.

—Pero, ¿es posible?

Rener se encogió de hombros.

—Todo es posible. Lo único que he hecho es señalar las probabilidades. Quiero que me entiendan. Es una de tres.

—Es mejor que nada —murmuró Walter—. Supongo que usará el mejor piloto que tenga... aparte de usted, naturalmente.

—Señor Blum, todos mis pilotos son de primer orden. Son lo mejor de lo mejor de cualquier fuerza aérea del mundo.

Walter inclinó la cabeza en señal de reconocimiento.

—Permítame entonces expresarlo de otro modo. Si usted estuviera preso allá y a punto de ser torturado, ¿quién desearía que estuviera en el asiento del piloto?

Rener miró de reojo al general Ivri, quien le sonrió y le dijo:

—Respóndele a este hombre, Daniel.

Rener se encogió de hombros.

—Tendría que ser el mayor Gideon Galili.

Walter sonrió con tristeza.

—Es extraño; estaba seguro de que me contestaría eso.

Capítulo 21

Munger oyó la voz por entre una bruma de dolor. Era un murmullo, una voz insistente que lo enfurecía. Lo habían mantenido despierto durante setenta y dos horas. Contando la noche anterior a su arresto, hacía cuatro días y cuatro noches que no dormía. Y cuando por fin, a pesar del dolor, su mente comenzaba a sumergirse en la inconsciencia, esa voz molesta lo devolvía a la realidad y al dolor. Lentamente abrió los ojos, esperando ver el rostro cruel y vengativo de Sami Asaf. Tardó un buen rato en darse cuenta de que las facciones que veía sobre él no estaban distorsionadas por la furia y que en sus ojos no anidaba el odio. Estaban llenos de impaciencia, pero eran ojos bondadosos.

—Munger, ¿me oye?

Se las ingenió para lanzar un gruñido afirmativo.

—Me llamo Hammad Shihab. Soy un amigo. Sólo puedo permanecer aquí algunos minutos. Es muy peligroso. Le ruego que me escuche. Los israelíes intentarán rescatarlo mañana por la tarde, exactamente a las 15:30. Debemos cruzar la plaza allá afuera y hacerlo a toda velocidad.

La cabeza de Munger rodó sobre los listones de madera del jergón.

—Jamás... No podré hacerlo.

—Sí que puede. Yo estaré con usted. Lo ayudaré. Faltan menos de veinticuatro horas.

—Pero estaré peor de lo que estoy ahora.

—No. No lo seguirán torturando. Sami Asaf ha ido a Kifri para averiguar por qué las medidas de seguridad fueron tan deficientes. No regresará hasta mañana por la noche. Dio órdenes estrictas de que solamente él lo interrogaría. Por eso le han permitido dormir. Procure conservar todas sus fuerzas. Solamente un día más.

—Pero, ¿cómo? ¿De qué manera saldremos?

Ya se sentía mejor. En el transfondo de su mente ardía una llamita de esperanza.

—Derribarán el muro del patio. No sé de qué forma.

La llamita cobró intensidad. Munger creyó adivinar qué método emplearían.

—Le traigo también un mensaje de Naranja 1. Le manda decir que conserve la fe.

En los labios de Munger apareció un esbozo de sonrisa.

—Claro, me lo imaginaba... Dígame, ¿por qué está haciendo esto?

Shihab se encogió de hombros.

—Naranja 1 no me dejó elegir. De todos modos, ya es hora de que abandone este lugar antes de que me vuelva loco.

Munger hizo una mueca.

—Estoy totalmente de acuerdo.

—Ahora debo irme —dijo Shihab—. Trate de dormir un poco.

Apretó cordialmente el hombro a Munger y se apresuró a apartar la mano y a disculparse cuando le vio un gesto de dolor.

Después de la partida de Shihab, Munger trató de decidir si había estado soñando o teniendo alucinaciones. Pero el dolor en el hombro había sido real. Cerró los ojos. El tiempo lo diría. Trataría de conservar la fe. Comenzó a sumergirse en el sueño y el rostro de Ruth surgió por entre la bruma. Era real. Ella estaba con él. Como lo había estado permanentemente, haciendo que la pesadilla fuera tolerable. Incluso cuando lo golpearon con mangueras de goma, cuando le sujetaron las conexiones eléctricas al cuerpo, cuando ellos reían y se mofaban mientras él se contorsionaba de dolor. Ruth estaba siempre allí, era como una cuerda de seguridad que le impedía perder la cordura.

El domingo por la mañana, a las diez, hora de Bagdad, el Ministro de Información iraquí convocó una conferencia de prensa y, entre grandes muestras de indignación y de propaganda, anunció al mundo que las Fuerzas de Seguridad habían arrestado a un espía de la CIA. Se trataba nada menos que del famoso fotógrafo David Munger, a quien habían detenido tratando de pasar de contrabando información bélica clasificada fuera de Iraq, después de intentar sobornar a funcionarios iraquíes.

A las once, Walter Blum estaba sentado en la oficina de Daniel Rener, escuchándole decir:

—Es imposible. Galili ha estado ya ocho horas en el simulador. No nos queda tiempo para que otro piloto realice suficientes prácticas. ¡Por Dios, amigo, el despegue está previsto para dentro de cinco horas! ¿Por qué cuernos no me dijo esto antes?

—No lo esperaba —dijo Walter con aire desdichado—. Fue una sorpresa total para mí. Sólo me queda suponer que los iraquíes se proponen fastidiar a los norteamericanos por motivos que sólo ellos conocen. Al menos eso demuestra que Munger ha logrado mantenerse con vida.

—¿Está seguro de que Galili lo relacionará?

—Desde luego —dijo Walter—. En cuanto se entere de las noticias... Supongo que no hay posibilidad de aislarlo antes del despegue, ¿no es así?

Rener sacudió la cabeza.

—De ningún modo —dijo y consultó su reloj—. En este preciso momento está en el simulador de vuelo. Terminará dentro de media hora. Entonces los pilotos tomarán un almuerzo ligero juntos y descansarán un par de horas antes de recibir las instrucciones finales. Algunos de ellos ya habrán oído la noticia por la radio. Será un tema de conversación inevitable.

Walter suspiró y Rener dijo, consternado:

—He oído hablar de triángulos amorosos, pero ninguno como éste. Sí, Gideon ha estado muy quieto y retraído durante el último año. Pero no tenía idea de por qué.

—Es un hombre obsesionado —dijo Walter, preocupado.

Rener sacudió la cabeza como para despabilarse.

—Señor Blum, creo que se preocupa usted excesivamente. Conozco a Gideon Galili desde que era un aprendiz de piloto, hace exactamente doce años. Es un hombre excelente y un israelí intachable. Se mostró entusiasmado cuando le asignaron esta misión. Entusiasmado por tener la oportunidad de salvar a ese hombre.

—Pero entonces no sabía de quién se trataba.

—Eso no representa diferencia alguna —dijo Rener con firmeza—. Es un profesional y un patriota. Pondrá lo mejor de sí —le aseguró y entornó los ojos—. Más vale que usted lo crea. Ya conoce cuáles son las probabilidades. Si falla no será por no haberlo intentado.

Walter volvió a suspirar y Rener le preguntó:

—¿Quiere que hable con él?

—No, lo haré yo —dijo Walter y se puso de pie—, cuando salga del simulador de vuelo.

Media hora más tarde, Rener miró por la ventana de su oficina y los vio caminando juntos fuera del salón de instrucciones. Presentaban un extraño contraste: el piloto alto y esbelto y el civil obeso y extravagante. Galili agachaba la cabeza para poder oír lo que Walter le decía. Por un momento se detuvieron y miraron cuando una formación de F15 levantó el vuelo en la pista lejana y se perdió ruidosamente en el cielo. Entonces reiniciaron el paseo y el piloto alternativamente colocaba y apartaba la mano del hombro de Walter.

A las tres, Spiro estacionó el Mercedes junto a la puerta principal del Hospital Saint Barnabas de Limasol. Vio a Ruth bajar renqueando la escalinata y se apresuró a subir y tomar su pequeña maleta.

Mientras viajaban rumbo a Platres, Spiro la miraba de vez en cuanto por el espejo retrovisor. Era una mujer hermosa y estaba triste.

Había recibido una llamada telefónica de Walter una hora antes, en cumplimiento de una promesa. La voz de Blum se oía muy poco y no dijo nada indiscreto. Sólo que la acción se llevaría a cabo antes de las seis, que las probabilidades de éxito eran bastante remotas y que le avisaría en cuanto tuviera novedades concretas, fueran éstas buenas o malas. Le preguntó que cómo se sentía y ella le respondió que mucho mejor. Le dijo que regresaría a Platres y esperaría allí sus noticias. Walter se mostró complacido y le informó que se pondría en contacto inmediatamente con su oficina y le pediría a Spiro que la fuera a buscar.

Cuando pasaron por la aldea de Kalini, Ruth vio la pequeña iglesia ortodoxa griega junto a la plaza. Movida por un impulso, oprimió un botón que hacía bajar el cristal que la separaba de Spiro y le pidió que detuviera el coche.

Por ser domingo, los pobladores estaban vestidos con su mejor ropa. Se los veía sentados en sillas y bancos delante de sus casas y fuera de la taberna, intercambiando chismes y abanicándose en ese calor sofocante. La miraron con curiosidad cuando atravesó renqueando la plaza y ascendió las escaleras de la iglesia.

Un sacerdote anciano y barbado, vestido de negro y con un sombrero alto de copa chata la recibió en la puerta y le avisó que el servicio religioso había concluido. Entonces advirtió con extrañeza la pequeña estrella de David de oro que le colgaba de la garganta. Ruth miró hacia ese recinto oscuro y fresco, con el altar mayor, los iconos y las velas largas de color ámbar con llamas vacilantes.

—¿Sería posible —preguntó— que me quedara aquí un rato?

El sacerdote la miró, vio la tristeza de su rostro y asintió.

—Es usted bienvenida.

Ruth dio media vuelta, se dirigió al automóvil y le preguntó a Spiro si no le importaba esperarla. Él sonrió, hizo un gesto indicando la taberna y le dijo que se quedara todo lo que quisiera.

Un vez dentro de la iglesia, tomó asiento en un banco de atrás. No era una mujer religiosa. Ni siquiera recordaba cuándo había sido la última vez en que había rezado de manera consciente. Estaba en una iglesia, que ni siquiera era la suya, pero eso no representaba ninguna diferencia. No trató de lograr una intervención divina. En ese lugar, en esa casa de Dios, recuperaría la serenidad.

Una hora más tarde, cuando el sacerdote regresó de su siesta miró por la puerta y la vio de rodillas.

Capítulo 22

A las 15:45, los transportes llevaron a los pilotos a sus respectivos aviones.

Ataviados con sus trajes antigravedad, sus arneses de torso y sus cascos y máscaras de oxígeno, parecían astronautas a punto de invadir el espacio exterior. No hablaron mucho. No hubo falsa alegría ni jactancia. Cada uno de los hombres era una armoniosa y compleja amalgama de talento natural e interminables horas de práctica. Representaban la *élite* de los pilotos de todo el mundo.

Los cinco hombres que componían la tripulación de tierra de Gideon Galili lo observaron apearse del vehículo y permanecer un momento contemplando su avión. Era algo que hacía siempre.

El F16 refulgía con la luz del sol y bajo su bruñido vientre sobresalía la larga superficie de la bomba, que parecía impaciente por ser lanzada a tierra. Para la tripulación no era exactamente así. Para ellos era una máquina que requería horas y horas de cuidados intensivos. Una máquina formada por miles de cables, miles de partes móviles y que albergaba una serie de aparatos electrónicos muy temperamentales. Hacían falta miles de horas/hombre de trabajo por mes para tenerla lista para el combate. Pero, una vez en vuelo, era el arma más formidable del cielo.

Gideon hizo un gesto de asentimiento a la tripulación y se acercó a la máquina para hacer su verificación visual mientras caminaba alrededor de ella y murmuraba para sí:

«Protectores frontales de turbina y orificios de tomas de aire, quitados... Calzas de ruedas, fuera... Paneles y puertas bien cerrados... Bomba, colocada y asegurada... Fusible de lanzamiento, conectado.»

La tripulación lo observó con aire impasible. Era la rutina. Sus hombres sabían, al igual que Gideon, que todo estaba perfecto. También ellos eran de primera línea.

Gideon llegó a la escalerilla metálica, le entregó el casco y la máscara de oxígeno a su asistente, trepó a la máquina y se inclinó hacia la cabina.

«Freno de estacionamiento, colocado... Llaves de armamento en seguro... Asiento proyectable, en seguro... Paracaídas y anclajes OK.»

En el resto del aeropuerto, dentro de trece hangares diseminados en el campo de vuelo, otros trece pilotos llevaban a cabo una supervisión similar. Ese día en particular y para esa misión, ninguno encontraría el menor fallo.

Gideon se metió en la cabina del piloto, se instaló en el asiento reclinable y su asistente le colocó el casco y la máscara y lo ayudó a conectar los tubos.

«Equipo de supervivencia conectado al arnés del torso... Correas de cintura, ajustadas... Arnés de paracaídas conectado al arnés de torso... Casco, colocado... Conexiones de oxígeno y de R/T, conectadas... Flujo de oxígeno, OK... Dispositivo de seguridad del asiento proyectable, fuera... Controles de disparo, activados.»

El asistente bajó de la máquina, quitó la escalerilla y se dirigió al frente del avión para esperar el encendido de los motores. Gideon realizó los controles previos a la puesta en marcha. Al terminar, movió la mano con el pulgar levantado frente a su visor y un cable serpenteó debajo de la manga de aire del F16.

Eran las 16:15 y desde el otro extremo del campo de vuelo, se oyó el rugir de la primera máquina que cobraba vida.

En la cabina del piloto, el pulgar de Gideon estaba a punto de oprimir el botón de arranque, cuando la decisión estalló en su mente con el impacto de una bengala. Quedó aturdido y pasmado frente a la total certeza que experimentó. ¡Fallaría el blanco! ¡Y lo haría desviándose unos metros hacia la derecha!

Quedó allí inmóvil, con el dedo apoyado sobre el botón de arranque. Se encontraba en un estado de sublime exaltación. Se sentía consustanciado con la bomba que estaba un metro debajo de él. Con todo su talento, su entrenamiento y su voluntad, la guiaría diez metros a la derecha del blanco. Tendría un nuevo blanco. ¿Qué fue lo que le dijeron? Que era mejor desviarse hacia la derecha que hacia la izquierda... Que era mejor que el agente muriera y no que quedara a merced del Mukhabarat. Gideon Galili le proporcionaría esa liberación.

De pronto en sus oídos resonó la voz de su asistente. Gideon se sacudió y regresó al presente, prestando atención.

—¿Todo bien, señor? Los demás ya han encendido sus máquinas.

—Todo bien. Todos los controles correctos —dijo y oprimió el pulgar.

Oyó cómo se aceleraba el motor, los dispositivos de encendido chisporroteaban y, segundos después, el F16 lanzaba un rugido ronco al ponerse definitivamente en marcha.

A las 16:30 la escuadrilla comenzó a deslizarse por la pista. Walter permaneció en la torre de control junto al general Ivri y vio a los aviones emerger de sus hangares y converger hacia el final de la pista, para ocupar cada uno su lugar como parte de una coreografía. No había ningún tipo de comunicación radioeléctrica entre los cazabombarderos y la torre de control ni entre los aviones entre sí, pues no deseaban correr el menor peligro de que una onda extraña de radio fuera escuchada por oídos enemigos. En ese momento, las máquinas se movían y adoptaban una formación paralela: los F16 delante y los F15 detrás.

—Galili está a la izquierda, en el tercer par —murmuró Ivri—. El coronel Rener me contó la relación que existe entre él y el agente. Es realmente sorprendente... Pero puede usted quedarse tranquilo. Gideon Galili llevará adelante su misión y lo hará con maestría.

—Ya lo sé —respondió Walter—. Conversé con él durante media hora y después me sentí molesto de haber dudado.

El sonido se incrementó y los siete pares de cazabombarderos comenzaron a cobrar velocidad a lo largo de la pista oscura y larga. El segundo par de aviones despegó frente a la torre de control, levantando la nariz y trepando a baja altura para evitar la estela de los dos primeros. El tercer par completó el dibujo subiendo muy alto.

Walter tenía la vista clavada en el avión de la izquierda del tercer par. Apenas podía distinguir la cabeza con el casco, debajo de la cubierta corredera de la cabina del piloto. Walter sintió una oleada de confianza. Todo el espectáculo fue de una perfección llena de armonía.

—Ahora comienza la espera —dijo Ivri—. Gracias a Dios en esta ocasión no será demasiado larga. Solamente una hora.

—¿En esta ocasión?

—Sí. La otra ocasión similar fue la incursión a Entebbe. Yo no estaba al mando de la Fuerza Aérea pero participé en el planeamiento... y en la espera. Creo que envejecí diez años en un solo día.

Tomó a Walter del brazo y le dijo:

—Venga. Vamos a la Sala de Mando.

Gideon condujo su avión como un autómata, pero con pericia. Su mano derecha descansaba sobre la palanca de mando, sus pies, sobre los timones de dirección, sus ojos examinaban sin cesar el panel de instrumentos y las cambiantes indicaciones de la pantalla encima de su cabeza, que se encontraba operando automáticamente en «navegación». Los radares estaban desconectados y sus pantallas se encontraban en blanco para evitar la posibilidad de que el enemigo captara la señal.

Los F16 volaban en formación táctica fluida y aunque el cerebro de Gideon no funcionara, mantuvo su posición instintivamente mientras atravesaban el golfo de Aqaba y luego viraban ligeramente para tomar un nuevo curso sobre la costa de Arabia Saudita. La parte activa de su cerebro pensaba en Munger, en Ruth y en Walter Blum. Volvía a escuchar las palabras de Walter Blum: «Ella lo ama, usted debe comprenderlo. Quedó destrozada cuando se enteró de la noticia, no pudo tolerarlo. Pase lo que pase, estoy convencido de que jamás amará a ninguna otra persona... nunca.»

Y luego, sus propias palabras: «Tranquilícese, señor Blum, haré todo lo que pueda por él. Sé que todo esto no tiene nada que ver con Ruth. Sé por qué está allá y qué le están haciendo. Mi misión es difícil pero haré lo posible por cumplirla con éxito. No debe tener ninguna duda al respecto.»

Recordó entonces aquellas primeras horas en que el coronel Rener le dijo que lo habían seleccionado para intentar un bombardeo muy peligroso a fin de liberar a un hombre que se había arriesgado mucho por Israel. Recordó lo orgulloso que se sintió. Recordó las horas pasadas en el simulador de vuelo, comprobando por primera vez la imposibilidad de lo que le estaban pidiendo. Cómo se empeñó en llevar las cosas a buen término, aplicó todos sus conocimientos y realizó una vez tras otra el recorrido simulado a quinientos nudos, siempre fallando en el blanco mientras intentaba, en escasos segundos, tener el blanco a la vista, alinearse con la indicación de la pantalla de datos encima de su cabeza y oprimir el dispositivo de lanzamiento de bomba en el momento preciso. Hasta que, durante la tercera sesión y para admiración de la tripulación del simulador que lo observaba, comenzó a lograr su objetivo: cada vez volaba con mayor suavidad y precisión, localizaba antes su blanco, estrechaba cada vez más el diámetro de los impactos de bomba. En esa sesión, el sesenta por ciento de sus disparos hicieron blanco. Cuando se apeó del simulador por última vez, los miembros de la tripulación lo rodearon, le estrecharon la mano y sacudieron la cabeza maravillados. Pero lo que lo había impulsado fue la motivación. Eso fue lo que le hizo concentrar todas sus facultades.

Entonces se encontró con Walter Blum que lo esperaba fuera y fue éste quien lanzó su bomba... justo en el blanco. El héroe que se encontraba en el otro extremo era nada menos que Munger. Para Gideon, ese nombre equivalía al cáncer. Munger, el hombre que le había robado a Ruth. Munger, el demonio que destruyó su futuro. Algo se quebró dentro de Gideon. Fue como una escisión esquizoide de su cerebro. La mayor parte se encontraba paralizada; la parte diminuta que seguía funcionando había tomado su decisión y ahora controlaba la máquina. El F16 estaba en manos de un hombre mentalmente enfermo.

En sus oídos volvían a vibrar sonidos. Era el coronel Rener que hablaba con el control de la base de Maan. Gideon escuchó sólo a medias esa charla en árabe cuidadosamente ensayada. Unos minutos más tarde, su mano izquierda se desplazó sobre la consola de la computadora de navegación y sus ojos observaron los símbolos de la pantalla de datos, más arriba, fluctuar y cambiar cuando la formación hizo un viraje para tomar un nuevo curso: este-nordeste rumbo a Bagdad.

En la Sala del Mando de Etzion, el general Ivri señaló un punto en el mapa mural y le dijo a Walter:

—Gideon abandonará la formación aquí, justo al sur de Ar Ramadi. Entonces, tres minutos más tarde, estará sobre Bagdad haciendo su recorrido de bombardeo.

Giró la cabeza y miró un reloj de pared.

—Aproximadamente quince minutos a partir de este momento.

Walter asintió y recorrió la sala con la mirada. Había hileras de pantallas de computadoras observadas por operadores serenos, y una muchacha repartía tazas de plástico con café. El comandante de la base y un grupo de oficiales se agruparon y hablaron en voz baja. De vez en cuando, uno de ellos le echaba una mirada al altavoz negro situado en lo alto de una esquina del recinto. Por allí se oirían las voces de los pilotos cuando rompieran el silencio radial para informar sobre el éxito o el fracaso de sus recorridos de bombardeo. La tensión reinante era tal que Walter tuvo la sensación de que podría clavar sus dedos en ella.

Su propio corazón le galopaba en el pecho.

Cruzaron la frontera de Iraq a sesenta metros de altura. De vez en cuando los cazabombarderos se elevaban y caían suavemente como gaviotas a la deriva movidas por la brisa, mientras sus pilotos observaban el contorno de los desiertos que se desplazaban debajo de ellos.

A las 17:20, un símbolo apareció en la pantalla de datos sobre la cabeza de Gideon y la parte activa de su cerebro se puso en funcionamiento. Sacó al F16 de la formación y se dirigió hacia el este. Su mano izquierda se apoyó sobre la alerta de lanzamiento de misiles. Cruzó el espejo de agua del lago Habbaniyan y segundos después volaba sobre los suburbios más alejados de Bagdad. Ahora en su cerebro había tres imágenes que se proyectaban intermitentemente una después de la otra: lo que veía a través del parabrisas, sobreimpreso a recuerdos de las pasadas realizadas en el simulador; los símbolos de la pantalla de proyección de datos y, por último, el muro gris de piedra del «Palacio del fin».

Ahora se veían edificios más altos. El F16 viró primero a la izquierda y luego a la derecha, para esquivar posibles emplazamientos de misiles. Inició su pasada final y en su imagen mental estaba grabada la maqueta del muro. En ese momento miraba un punto situado a diez metros hacia la derecha, un punto por encima de un amplio contrafuerte. Ése era precisamente el punto donde centraría el símbolo del blanco de la pantalla de datos, encima de su cabeza, en pocos segundos. Ése era el punto detrás del cual Munger yacía esperando ser liberado.

Por la cubierta corredera de la cabina irrumpió la realidad: una hilera curvada de edificios, de color distinto y más oscuro que los observados en el simulador, pero idénticos. Viraba violentamente, aplastado en el asiento por la fuerza de gravedad. Sabía que detrás de esos edificios había una avenida ancha, luego una plaza y, más allá, el «Palacio del fin» y el famoso muro. Mentalmente volvió a ver el punto sobre el contrafuerte, cubierto por el símbolo del proyector de datos. Cada segundo se descomponía en milésimas de segundo. Veía todo a la perfección. Los edificios que pasaban vertiginosamente debajo y a pocos metros del ala de su avión. La avenida que se abría cuando el F16 se enderezó. Allí estaba la plaza. Y allí estaban el muro y el contrafuerte. El símbolo de ataque se desplazó hasta cubrirlo. Sus dedos se movieron hacia el gatillo de lanzamiento de bombas.

Entonces una voz tranquila y serena le inundó los oídos. La voz del coronel Rener.

—Líder rojo a base. Bomba lanzada sobre blanco.

Era la voz de un piloto, un piloto israelí que cumplía una misión brillantemente. En un instante, esa voz se incrustó en el cerebro de Gideon como un relámpago y le curó la enfermedad. En la siguiente milésima de segundo la mano derecha de Gideon desplazó la palanca de mando mientras su pie izquierdo se apoyaba levemente sobre los pedales de dirección. El símbolo del blanco, en la pantalla de datos, osciló una pequeña fracción a lo ancho del muro y sus dedos oprimieron el gatillo.

Tres segundos después, el F16 vibró al dejar caer casi media tonelada de peso y trepar hacia el cielo. La bomba tenía una espoleta de retardo de medio segundo. Se incrustó en la pared grisácea, hizo una pausa y luego estalló. Allá en lo alto del cielo, Gideon Galili sollozaba detrás de su visor y todo su cuerpo se estremecía al pensar en lo cerca que había estado de cometer un desatino, de negar todos los principios más sagrados y los fundamentos de sus creencias y su entrenamiento. Sin dejar de ascender, viró el F16 hacia el oeste, hasta un trayecto predeterminado en el que no había peligro de ser alcanzado por misiles. Giró la cabeza, vio la explosión y los escombros lanzados al aire y a través de la amplia plaza. Oyó a los demás pilotos que informaban del éxito alcanzado en su misión en El Tuwaitha, puso en funcionamiento su propio micrófono y, con voz temblorosa, dijo:

—Rojo Tres a base. Bomba lanzada... sobre blanco.

Entonces niveló el avión y dio la vuelta para echar un vistazo. Conocía bien sus limitaciones de combustible y también que se exponía a ser blanco de misiles. No le importaba. Estuvo muerto y ahora estaba vivo... había resucitado. Llevó la palanca de mando hacia adelante, apagó el motor y avanzó oblicuamente hacia la plaza llena de polvo.

Le pareció verlos. Estaban dos tercios más adelante. Dos hombres. Uno renqueaba y el otro lo ayudaba, tenía los brazos alrededor de él y casi arrastraba ese torso fláccido. Se movían con penosa lentitud. En la plaza no se veía otro movimiento. Sin duda lograrían llegar al *souk*.

Entonces, por entre el polvo que rodeaba el «Palacio del fin», surgió un grupo de hombres de uniforme caqui, que corrían tras los fugitivos.

Gideon lanzó una maldición. Si su F16 no hubiese sido despojado del cañón... No importaba. Encendió el motor, sintió la vibración cuando el avión dejó de planear y se alineó detrás de los perseguidores. La poscombustión de un F16 rugiendo seis metros por encima de la cabeza de un hombre es algo así como todos los tormentos del infierno concentrados entre dos pulsaciones. Cuando Gideon levantó el morro de su avión, volvió la cabeza y vio que los individuos huían con las manos sobre las orejas. Tres de ellos estaban acurrucados contra el suelo. Gideon lanzó una carcajada sonora y apostó a que todos se habrían muerto de miedo. Ya no se veía por ninguna parte ni a Munger ni a su ayudante. Lo habían logrado. La risa de Gideon se heló. En su mente apareció la imagen de Ruth esperando a su amante, a su futuro marido. Bueno... Tendría que aprender a convivir con ese dolor.

Miró la pantalla de datos sobre su cabeza y comenzaba a computar su curso de salida cuando oyó un ruido estridente y sus ojos se dirigieron a la alarma de lanzamiento de misiles. El corazón se le paralizó cuando comprendió que los misiles estaban enganchados a su avión. Su último picado lo había llevado demasiado cerca del Palacio que albergaba las oficinas del gobierno, demasiado cerca de las bases de misiles que lo custodiaban. Sabía que se trataría de misiles tierra-aire (SAM) y que probablemente serían dos descargas de dos cada una. Viró violentamente hacia la izquierda, la mente momentáneamente en blanco por la fuerza de gravedad y luego accionó de forma automática el botón de contramedidas. Conocía las distancias al dedillo. Si un SAM llegaba a estar a doscientos metros de él, se engancharía al cazabombardero y sus contramedidas serían inútiles. Cuando estuviera a treinta metros, su espoleta de proximidad detonaría y una serie de varillas metálicas explotarían a velocidad hipersónica en su línea de vuelo. Gracias a su receptor de alarma de misiles, comprobó que uno de los SAM se había desviado. El otro se le acercaba por la izquierda. Puesto que no podía superarlo en velocidad, entró en picado y giró de golpe hacia él, esperando que la fuerza de gravedad hiciera que el misil le pasara por encima.

Casi lo logró. Sin duda fue una diferencia de poco menos de un metro. Pero el ruido estridente continuó y supo entonces que moriría un segundo más tarde. Llegó incluso a divisar una forma plateada por el rabillo del ojo. Lo último que pensó fue: «Yo te lo he regalado.»

Hubo una llamarada frente a él y Gideon Galili y su F16 se desintegraron convertidos en una bola de fuego.

Capítulo 23

A medida que la noticia del bombardeo israelí sobre El Tuwaitha se iba propagando, una condena brotó en todo el mundo como un eco profundo. Mientras los oficiales de la fuerza aérea de infinidad de países aplaudían en silencio el planeamiento y la precisión del ataque, los políticos y estadistas de esos mismos países proclamaban su censura públicamente y con voz potente. Orquestados por Francia e Iraq, se refirieron con elocuencia a la desenfrenada agresión del Estado judío y respaldaron la declaración del Secretario General de la OIEA, en el sentido de que toda la evidencia con que contaba esa institución demostraba que el programa nuclear de Iraq tenía como única finalidad propósitos pacíficos.

El presidente Reagan hizo pública una declaración que más tarde se describió como el mensaje formulado en términos más fuertes dirigidos nunca por un presidente norteamericano a su aliado de tantos años.

En los salones y pasillos de las Naciones Unidas, los delegados comenzaron a redactar una resolución exigiendo sanciones contra Israel. La delegación norteamericana se mostró confusa y silenciosa. Se rumoreaba que el Departamento de Estado le aconsejaba al presidente que debía darle una lección a Israel reduciendo drásticamente su ayuda militar y financiera. Una fuente no autorizada de la Casa Blanca afirmaba que Reagan consideraba a Menahem Begin poco menos que un lunático peligroso.

Tres días más tarde, en las primeras horas de la mañana del 10 de junio, el general Yitzhak Hofti llegó a Washington a bordo de un transporte de la Fuerza Aérea Israelí. Se fue derecho a Langley y pasó dos horas con William J. Casey, director de la CIA. Por la tarde se llevó a cabo una reunión en el Despacho Oval de la Casa Blanca. Los asistentes a la misma eran el presidente Reagan, Alexander Haig, el general Yitzhak Hofti y William J. Casey. El general Hofti extrajo de su maletín una carpeta delgada y una fotografía de gran tamaño. Tanto el Presidente como el Secretario de Estado leyeron juntos la carpeta y examinaron la fotografía. Luego miraron a William J. Casey, quien asintió y dijo:

—Nuestros analistas confirman que es auténtica.

Se hizo un silencio prolongado y luego Reagan le dijo a Hofti:

—El Secretario de Estado hará pública una declaración manifestando que, si bien nuestro gobierno considera que Israel actuó de forma precipitada, existen motivos para pensar que su proceder estuvo justificado.

El Presidente hizo una pausa, miró a Haig y agregó:

—Desde luego, no habrá ningún tipo de reducción en nuestra ayuda a Israel. Cualquier sanción propuesta por la ONU será vetada por nuestro gobierno.

Una leve sonrisa apareció en los labios de Hofti.

—Muchísimas gracias, señor.

Reagan bajó la mirada y preguntó:

—Dígame, General, ¿cómo fue obtenida esta fotografía?

—Con gran valor y sacrificio, señor Presidente.

EPÍLOGO

Había transcurrido una década. Una década en la cual Israel, lenta y dolorosamente, concertó la paz con sus vecinos. Una paz a veces tensa y a menudo cargada de recelos, pero paz al fin. Los habitantes de Israel se fueron adaptando gradualmente a ella y concentraron sus energías en discutir entre sí, que era con lo que en el fondo disfrutaban más.

Cierto atardecer de fines de verano, Walter Blum fue en su automóvil al Aeropuerto Ben-Gurion a recibir a un visitante. Desde su retiro vivía en Jerusalén y rara vez viajaba al exterior, prefiriendo, en cambio, que sus amigos fueran a visitarlo.

Ya era un hombre de edad y no gozaba exactamente de buena salud. Dos ataques cardíacos leves el año anterior lo preocuparon mucho. Se le aconsejó que restringiera sus hábitos excesivamente indulgentes para consigo mismo, pero él sostenía que una vida sin excesos no era vida en absoluto. Estaba bastante resignado a enfrentarse a su Hacedor y discutir con él ese tema.

Solía recibir muchas visitas de todo el mundo, pero esperaba con gran expectativa a esa visita en particular. Era un muchacho de diez años y permanecería con Walter dos semanas. Sus padres se encontraban de viaje en las Antillas, cubriendo un trabajo para una revista y, simultáneamente, festejando sus diez años de casados. Durante las siguientes dos semanas Walter le mostraría al muchacho un poco de Israel y, al mismo tiempo, le explicaría algunas cosas sobre la historia de sus padres, quienes consideraban que había llegado a una edad en la que podía comprender y que Walter era la persona ideal para explicársela.

El muchacho salió corriendo de la aduana, localizó en seguida a Walter, se abalanzó hacia él y se le colgó del cuello. Walter resplandeció al verlo, lo apartó un poco y lo observó con detenimiento. Había crecido mucho desde el año anterior. Era alto para su edad y delgado, con cabello oscuro, ojos muy azules y una cara despejada y despierta.

Recorrieron el país, visitando los antiguos campos de batalla de los desiertos y las montañas, los lugares arqueológicos y los monumentos y edificios históricos, los *kibbutzim* y las ciudades. Todo el tiempo Walter hablaba y el muchacho escuchaba; a veces se aburría un poco, como le ocurriría a cualquier chiquillo de diez años, pero jamás lo demostraba, pues amaba y respetaba a ese hombre viejo.

El último día fueron al Monte Hertzl de Jerusalén, el cementerio de los hombres y mujeres que habían contribuido al nacimiento de Israel; los soldados y los estadistas, los obreros y los pensadores.

A pesar de la proximidad de la ciudad, reinaba una extraña calma entre esas interminables hileras de lápidas planas y blancas. Walter condujo al muchacho junto a una de ellas, le tradujo la inscripción en hebreo y le habló de su abuela. El muchacho le hizo muchas preguntas y escuchó las respuestas con aire solemne. Más tarde fueron al Monumento al Soldado Desconocido, rodeado de las tumbas de los hombres y mujeres que perdieron la vida en las innumerables guerras y jamás fueron identificados, y que también contiene las tumbas de aquellos cuerpos que jamás pudieron ser recuperados. Todas las lápidas eran idénticas.

El muchacho advirtió que sobre algunas de las tumbas había un montoncito de guijarros y le preguntó a Walter qué significaban. Éste le contestó que era una costumbre que se remontaba a miles de años en la época en que los judíos vivían en el desierto. Se solían apilar piedras sobre las tumbas para proteger los cuerpos de los animales de rapiña. De alguna manera, la costumbre había sobrevivido como un gesto simbólico de protección a los muertos.

Llegaron a una tumba muy próxima al Monumento, Walter cogió el brazo del muchacho, le tradujo la inscripción y le habló de un hombre que había muerto el 7 de junio de 1981. Cuando terminó de hablar, el muchacho permaneció con la vista fija en la tumba durante un largo rato. Entonces se agachó, recogió dos guijarros del sendero y los colocó sobre el mármol blanco.

El nombre del muchacho era Gideon Munger.

El nombre que figuraba en la lápida era Gideon Galili.

ÍNDICE